Edgar Allan

Poe

Unheimliche Geschichten

Edgar Allan Poe

Unheimliche Geschichten

Deutsch von Hedda Eulenberg
Illustrationen von Beate Brömse

Weltbild

Inhaltsverzeichnis

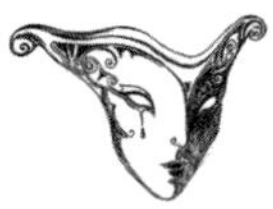

Der Untergang des Hauses Usher

Son coeur est un luth suspendu;
Sitôt qu'on le touche il résonne.

De Béranger

An einem dunklen, stummen Herbsttage, an dem die Wolken tief und schwer fast bis zur Erde herabhingen, war ich lange Zeit durch eine eigentümlich trübe Gegend geritten und sah endlich, als sich schon die Abendschatten niedersenkten, das Stammhaus der Familie Usher vor mir.

Ich weiß nicht, wie es kam – gleich beim ersten Anblick der Mauern breitete sich eine unerträgliche Düsterkeit über meine Seele. Ich sage eine unerträgliche Düsterkeit, weil sie keinen Augenblick lang durch jene beinah angenehme Empfindung gemildert wurde, mit der das Gemüt eines Menschen, der die Dinge künstlerisch schaut, selbst die wüstesten Bilder der Verödung und des Schreckens in sich aufzunehmen pflegt.

Ich betrachtete das vor mir liegende Gebäude mit seiner einfachen landschaftlichen Umgebung – die frostigen Mauern, die leeren Fensterhöhlen, die wie erloschene Augen starrten, ein paar Büschel steifer Binsen, ein paar weißlich schimmernde Stämme verdorrender Bäume mit einem Gefühl so tiefer Niedergeschlagenheit, dass ich sie mit keiner anderen Stimmung auf dieser Welt vergleichen könnte als mit dem trostlosen Erwachen des Opiumessers aus seinem Rausche, mit dem scheußlichen Augenblick, wenn der schimmernde Schleier langsam zerreißt und die Alltagswelt wieder grau und frostig dasteht. Öde, versunkene Trauer lag über dem Stammsitz und teilte sich mir mit: Eine müde Melancholie glitt in mich hinein und ließ kein fantastisches Bild in mir aufleben.

Was mochte es sein – ich hielt mein Pferd an, um darüber nachzudenken –, was mochte es sein, das mich bei der Betrachtung des Hauses Usher mit so entnervender Macht anfiel? Es schien mir, als wäre es ein undurchdringliches Geheimnis, und vergebens bemühte ich mich, die schattenhaften Fantasiegebilde, die durch meinen Geist und meine Grübeleien zogen, zu verscheuchen. Ich kam nicht über den unbefriedigenden Schluss hinaus, dass es ohne Zweifel in der Natur gewisse Verbindungen einfacher Gegenstände gibt, welche die Macht haben, eine solche niederdrückende Wirkung auszuüben, während die Bedingungen, unter denen diese Macht entsteht, unserem Erkenntnisvermögen entzogen sind. Es war ja möglich, so grübelte ich weiter, dass schon eine bloße veränderte Anordnung der einzelnen Bestandteile der Landschaft, der Eigentümlichkeiten des Gesamtbildes, genügen konnte, den trauervollen Eindruck zu mildern oder vielleicht sogar ganz aufzuheben.

Dieser Gedanke bestimmte mich, mein Pferd an das steile Ufer eines finsteren Teiches zu lenken, der in unheimlicher Regungslosigkeit das ganze Gebäude umgab. Ich beugte mich vor, starrte in den schwarzen Glanz und erblickte, von einem noch heftigeren Schauder gefasst, das umgekehrte Spiegelbild der steifen Binsen, der gespenstischen Baumstümpfe und der leeren Fensterhöhlen, die wie erloschene Augen starrten.

Und dennoch hatte ich vor, in dieser Heimstätte der Trauer einen mehrwöchigen Aufenthalt zu nehmen. Der Besitzer des Hauses,

Roderich Usher, war in meiner Knabenzeit einer meiner vertrautesten Gefährten gewesen, doch jetzt waren viele Jahre verflossen, seit wir uns zum letzten Mal gesehen. Da hatte ich vor kurzer Zeit in einem abgelegenen Bezirk des Landes einen Brief von ihm erhalten, der in seiner seltsam ungestümen Abfassung keine andere als eine persönliche Antwort zuließ. Die Handschrift zeugte von nervöser Aufregung, der Schreiber erzählte von einer heftigen körperlichen Erkrankung, von einer geistigen Angegriffenheit, die ihn niederdrückte, und sprach das sehnsüchtige Verlangen aus, mich als seinen besten und in der Tat einzigen persönlichen Freund bald wiederzusehen, weil er hoffe, dass meine Gegenwart ihm einige Erleichterung und Aufheiterung verschaffen werde.

Die Art und Weise, in der alles dies und noch manches andere gesagt worden war, das wirkliche Herzensbedürfnis, das aus seiner Bitte geklungen, gestattete mir nicht, zu zögern, und ich leistete seiner Aufforderung, obwohl sie mir verwunderlich und eigentümlich genug erschien, unverzüglich Folge.

Trotzdem wir in der Jugend sehr vertraute Kameraden gewesen, wusste ich fast nichts über die Lebensverhältnisse meines Freundes, da er von seinen persönlichen Angelegenheiten immer nur mit großer Zurückhaltung gesprochen. Doch hatte ich einmal gehört, dass seine sehr alte Familie schon seit undenklichen Zeiten bekannt sei wegen einer besonderen Reizbarkeit des Temperamentes, die ihre Bestätigung im Laufe der Jahrhunderte in manchem erlesenen Kunstwerke gefunden; und in jüngster Zeit sollte sie sich durch wiederholte Akte einer großartigen geheimen Wohltätigkeit sowie durch eine leidenschaftliche Neigung zur Musik geäußert haben, das heißt mehr zu den schwierigen Verschlingungen und theoretischen Schönheiten als zu den althergebrachten und leicht verständlichen Reizen dieser Kunst. Außerdem war mir die merkwürdige Tatsache bekannt, dass sich von dem Stammbaum der Familie Usher, die zu allen Zeiten in hohem Ansehen gestanden, niemals eine länger fortbestehende Seitenlinie abgezweigt hatte; mit anderen Worten, dass die ganze Familie ihre Abstammung in direkter Linie herleiten konnte und dass dies mit sehr geringen, vorübergehenden Abweichungen immer so gewesen sei.

Während ich nun über die Tatsache nachgrübelte, dass sich mangels eines solchen Seitenzweiges das Besitztum der Usher stets ganz und ungeteilt vom Vater auf den Sohn vererbt hatte, kam mir erst recht zum Bewusstsein, wie es möglich gewesen, dass sich auch die bekannten Charaktereigentümlichkeiten der Mitglieder dieser Familie so ungeschmälert durch die Jahrhunderte hindurch erhalten, und ich erwog den möglichen Einfluss, den diese beiden Tatsachen gegenseitig aufeinander ausgeübt haben könnten.

Eine Folge dieser unabänderlichen Übertragung des Grunderbes vom Vater auf den Sohn war ohne Zweifel der Umstand, dass der Name und das Besitztum der Familie so miteinander verschmolzen waren, dass der ursprüngliche Titel der Besitzung sich in die seltsame und doppelsinnige Benennung ›das Haus Usher‹ umgewandelt hatte, mit der die Bauern die Familie sowohl als auch das Stammschloss zu gleicher Zeit bezeichneten.

Ich sagte schon, dass mein ein wenig kindliches Beginnen – in den finsteren Spiegel des Teiches hinunterzublicken – nur den Erfolg hatte, den ersten rätselhaften Eindruck, den mir das Ganze gemacht, zu verschärfen. Wahrscheinlich trug der Umstand, dass sich mein fast abergläubisches Erschrecken – weshalb soll ich es nicht so nennen – fortwährend und rasch steigerte, nicht wenig dazu bei, jenen verschärften Eindruck hervorzurufen. Dies ist, wie bekannt, das paradoxe Gesetz aller Gefühle, die in einer Furchtempfindung wurzeln. Und vielleicht die alleinige Ursache, dass sich meiner, als ich meine

Blicke von dem Teiche wieder zu dem Schlosse erhob, ein seltsamer Wahn bemächtigte – ein so törichter Wahn, dass ich überhaupt nur von ihm rede, um die Heftigkeit meiner Empfindungen annähernd zu beschreiben.

Meine Fantasie war so überreizt, dass ich wirklich zu sehen glaubte, wie das ganze Gebäude und seine nächste Umgebung in eine besondere, nur ihnen eigentümliche Atmosphäre gehüllt waren, eine Atmosphäre, die sich durchaus nicht mit der gewöhnlichen Himmelsluft zu vermischen schien, sondern von den verdorrenden Bäumen, den grauen Mauern und dem schweigenden Teiche aufstieg – wie ein giftiger, mystischer Hauch, bleifarben, trübe, schwer und doch kaum erkennbar.

Ich bemühte mich, diese Wahngebilde, die ich nur für die Ausgeburt meiner traumhaften Versunkenheit halten konnte, von mir abzuschütteln und betrachtete eingehend das wirkliche Äußere des Schlosses.

Auf den ersten Blick erkannte man, dass es schon außerordentlich alt sein müsse. Es war sehr verwittert, kleine Pilze überwucherten es nach allen Richtungen hin und hingen wie ein zartes Spinngewebe von den Dachrinnen herunter.

Doch im Übrigen war von einem Verfall der Baulichkeiten nichts weiter zu merken. An keiner einzigen Stelle schien das Mauerwerk eingesunken, und der zerbröckelnde Zustand der einzelnen Steine stand mit der Bewohnbarkeit der Gebäude in seltsamem Widerspruche. Die Fassade erinnerte mich lebhaft an reiches Holzgetäfel, das lange Zeit, von keinem Hauch der äußeren Luft berührt, in einer verlassenen Halle gelegen und sein wohl erhaltenes Aussehen bewahrt hat. Außer diesen leichten Anzeichen von Verwitterung verriet das Schloss an keiner Stelle Spuren von Baufälligkeit. Vielleicht wäre dem Auge eines scharfen Beobachters ein kaum bemerkbarer Riss nicht entgangen, der an der Vorderseite des Gebäudes am Dache begann und in einer Zickzacklinie das ganze Mauerwerk bis herunter in das trübe Wasser des Teiches durchlief.

Während ich noch mit der Betrachtung dieser Einzelheiten beschäftigt war, ritt ich auf einem kurzen, gepflasterten Wege bis dicht vor das Haus. Ein Diener, der mich zu erwarten schien, übernahm mein Pferd, und ich selbst trat unter den großen gotischen Bogen der Halle. Von hier aus führte mich ein Lakai mit leisen Schritten durch verschiedene düstere und gewundene Korridore in das Studierzimmer seines Gebieters.

Zahlreiche Gegenstände, die ich auf dem Wege erblickte, trugen dazu bei, jene seltsamen Empfindungen, von denen ich schon gesprochen, wieder zu erhöhen.

Das Schnitzwerk der Plafonds, die düsteren Wandbekleidungen, die ebenholzartigen, dunklen Fußböden und die fantastisch zusammengestellten Wandschirme, die bei jedem meiner Schritte rasselten, waren doch nur Dinge, an die ich von Kindesbeinen an gewöhnt war, und ich staunte nicht wenig darüber, dass ein so bekannter Anblick so unbekannte Empfindungen in mir wachrufen konnte. Auf einem der Treppenabsätze traf ich den Hausarzt. Ich glaubte auf seinem Gesichte den Ausdruck niedriger Verschmitztheit und doch auch wieder kläglicher Ratlosigkeit zu lesen. Er begrüßte mich ziemlich unsicher und ging seiner Wege. Jetzt warf der Diener eine Tür auf und führte mich bei seinem Herrn ein.

Das Gemach, in dem wir uns befanden, war sehr groß und hoch. Die Fenster waren lang und schmal, liefen in Spitzbogen aus und befanden sich in solcher Höhe über dem schwarzen eichenen Fußboden, dass sie von unten her nicht erreichbar waren. Durch die vergitterten Scheiben drang ein matter rötlicher Schimmer, der gerade hinreichte, die mehr hervortretenden Gegenstände im Zimmer ziemlich deutlich erkennbar zu machen. Dagegen versuchte das Auge vergeblich, bis in die entfernteren Winkel des Raumes oder in die Bogen der gewölbten, reich verzierten Decke zu dringen. Die Wände waren mit dunklen Draperien bekleidet, die Ausstattung schien im Allgemeinen reich, doch nicht traulich, sie war alt und an vielen Stellen schadhaft. Zahlreiche Bücher und Musikinstrumente lagen zerstreut umher, ohne jedoch dem Ganzen einen wärmeren, wohnlicheren Anblick zu verleihen.

Ich fühlte, dass ich eine gramgeschwängerte Luft einatmete. Ein Hauch bitterer, starrer, nicht zu bannender Düsterkeit bedeckte und durchdrang alles.

Bei meinem Eintritt erhob sich Usher von einem Diwan, auf dem er ausgestreckt gelegen, und empfing mich mit so lebhafter Wärme, dass ich sie im ersten Augenblick für die übertriebene Herzlichkeit, die erkünstelte Liebenswürdigkeit eines blasierten Weltmannes hielt. Doch überzeugte mich ein Blick in sein Angesicht, dass seine Worte vollkommen aufrichtig gemeint waren. Wir setzten uns, und da er einige Augenblicke lang nicht sprach, betrachtete ich ihn, während mich ein aus Mitleid und Erschrecken seltsam gemischtes Gefühl ergriff. Noch nie war mit einem Menschen in so verhältnismäßig kurzer Zeit eine gleich grässliche Veränderung vorgegangen wie mit Roderich Usher! Mein Geist sträubte sich gegen die Vorstellung, dass die bleiche Gestalt da vor mir und der vertraute Gefährte meiner Jugendjahre ein und dieselbe Person seien! Und doch war schon damals der Ausdruck seines Gesichtes merkwürdig gewesen. Eine leichenhafte Blässe – große, klare, unvergleichlich leuchtende Augen – schmale, bleiche, doch unübertrefflich schön geschwungene Lippen – die Nase von edelstem jüdischen Schnitt, mit eigentümlich breiten Nüstern, die man sonst nie mit diesem Typus vereinigt findet – ein schön modelliertes Kinn, dessen Zurücktreten auf einen

Mangel an Energie schließen ließ – spinnwebfeines, seidenweiches Haar – alle diese Einzelheiten bildeten mit seinen ungewöhnlich breit ausladenden Schläfen ein Antlitz, das man, wenn man es einmal gesehen, nicht leicht wieder vergessen konnte. Jetzt hatte sich bloß durch ein schärferes Hervortreten der charakteristischen Eigentümlichkeiten dieses Gesichtes und seines Ausdrucks eine solche Veränderung im Aussehen meines Freundes vollzogen, dass ich fast zweifelte, wirklich ihn vor mir zu sehen. Die gespenstische Blässe seines Angesichtes, das nicht mehr natürliche Glänzen seiner Augen beunruhigten und erschreckten mich am meisten. Sein seidenweiches Haar hatte er ungepflegt lang wachsen lassen, wie seltsames Spinngewebe umhing es seine Züge, und vergebens bemühte ich mich, die rätselhaften Arabesken, die es bildete, als etwas einfach Menschliches hinzunehmen.

Gleich bei den ersten Worten, die ich mit meinem Freunde wechselte, fiel mir ein Mangel an Zusammenhang – ein Widerspruch in seinem Wesen auf, und ich entdeckte bald, dass dies seinen Grund in wiederholten, nur schwachen und ganz vergeblichen Anstrengungen hatte, eine zur Gewohnheit gewordene ängstliche Unschlüssigkeit – eine außerordentlich starke nervöse Aufregung zu bemeistern.

Ich war allerdings auf etwas Derartiges vorbereitet, nicht allein durch seinen Brief, sondern auch durch gewisse Eigentümlichkeiten seines Temperaments, die ich noch von unserer Knabenzeit her an ihm kannte, sowie durch verschiedene Schlüsse, die ich aus der eigentümlichen Beschaffenheit seiner körperlichen und geistigen Konstitution gezogen.

Seine Bewegungen waren abwechselnd lebhaft und träge, seine Rede ging oft unvermittelt von zögernder Unschlüssigkeit zu straffer Kürze über – er sprach in wuchtigen, gemessenen Tönen, um gleich darauf wieder in jene gaumigen, schwerfälligen, ungenügend modulierten Laute zu verfallen, die man nur von verkommenen Trunkenbolden oder von unverbesserlichen Opiumessern vernimmt.

In dieser Weise sprach er von dem Zwecke meines Besuches, von seinem sehnsüchtigen Verlangen, mich zu sehen, und von der tröstlichen Aufheiterung, die er von mir erwarte. Dann redete er eingehend über die Natur seiner Krankheit, die, wie er sagte, ein angeborenes und ererbtes Familienübel sei, für das wohl kein Kraut gewachsen wäre. »Übrigens«, fügte er dann unmittelbar hinzu, »ist es wohl doch bloß eine einfache nervöse Angegriffenheit, die bald vorübergehen wird.«

Diese nervöse Angegriffenheit äußerte sich bei meinem Freunde in unnatürlichen Erregungen der verschiedensten Art. Er beschrieb mir einige derselben, und ich horchte mit gespanntestem Interesse, ja, mit tiefer Bestürzung sowohl auf das, was er sagte, wie auf die Art und Weise, wie er sprach. Er litt an einer krankhaften Verschärfung aller seiner Sinne, nur durchaus ungewürzte, fade Speisen waren ihm erträglich, er konnte nur Kleider von ganz bestimmtem Gewebe tragen, Blumenduft belästigte ihn aufs Unangenehmste, Licht, selbst schwaches, tat seinen Augen weh, und nur die Töne von Saiteninstrumenten vermochte er ohne Schmerz anzuhören. Bald bemerkte ich auch, dass er einem ganz unnatürlichen Gefühl von Furcht sklavisch unterworfen war.

»Ich werde«, rief er, »ich muss an dieser beklagenswerten Torheit zugrunde gehen. So und nicht anders werde ich sterben. Ich fürchte mich vor manchen zukünftigen Ereignissen und zwar nicht um ihrer selbst, als um ihrer Folgen willen. Der bloße Gedanke an irgendeinen, wenn auch geringfügigen Vorfall, der mich in diese unerträgliche Gemütserregung versetzen würde, macht mich schaudern. Und doch fürchte ich mich wirklich nicht vor irgendeiner Gefahr, sondern nur vor ihrer unausbleiblichen Folge: dem Schrecken. Ich fühle deutlich, dass in diesem entnervten, bejammernswerten Zustand früher oder später der Zeitpunkt eintreten wird, wo ich im Kampfe mit dem grässlichen Hirngespinste ›Furcht‹ Vernunft und Leben verlieren werde.«

Nach und nach ließen mich abgebrochene, unbestimmte Andeutungen noch eine andere Eigentümlichkeit seines geistigen Zustandes erkennen. Gewisse abergläubische Vorstellungen fesselten ihn so eng an das Haus seiner Väter, dass er schon seit langen Jahren nicht mehr gewagt hatte, dasselbe zu verlassen. Verschiedentlich deutete er mir den Einfluss, den seine Umgebung auf ihn ausübe, an, jedoch immer in so vagen, schattenhaften Worten, dass ich sie nicht wiederholen kann. Er glaubte etwa, dass gewisse Besonderheiten in der Bauart und dem Material seines Stammschlosses, in Verbindung oder vielmehr mittels seines langen Leidens, wie er sich ausdrückte, eine Wirkung auf seinen Geist ausübten – eine Wirkung, die von den physikalischen Bestandteilen der grauen Mauern und Türme und des schwärzlichen Teiches, in dem sich alles widerspiegelte, ausging und nach und nach sein geistiges Dasein in Mitleidenschaft gezogen habe.

Doch gab er, wenn auch zögernd, zu, dass die trauervolle Verdüsterung seines Gemütes noch einen anderen, natürlichen Grund habe, nämlich die schwere, langwierige Krankheit, ja, den offenbar nahe bevorstehenden Tod seiner zärtlich geliebten Schwester, seiner letzten und einzigen Verwandten – der einzigen Gefährtin seiner letzten, trostreichen Jahre.

»Ihr Abschied von dieser Welt«, sagte er mir mit einer Bitterkeit, die ich nie werde vergessen können, »wird mich, den Hoffnungslosen, als den Letzten der Usher zurücklassen.«

Während er sprach, schritt Lady Magdalena, die Schwester, im

Hintergrunde des Gemaches langsam vorüber und verschwand, ohne mich bemerkt zu haben. Ich betrachtete sie mit erschrecktem Staunen und konnte mir über meine Gefühle keine Rechenschaft geben. Wie eine Erstarrung legte es sich über mich, während meine Augen ihrer entschwebenden Gestalt folgten. Als die Tür sich hinter ihr geschlossen, richtete ich meine Blicke unwillkürlich auf ihren Bruder, aber er hatte sein Gesicht in den Händen vergraben, und alles, was ich bemerken konnte, war, dass seine abgemagerten Finger noch bleicher als gewöhnlich schienen, und manche bittere Träne zwischen ihnen hervorquoll.

Lange hatte die Krankheit der Lady Magdalena der Kunst ihrer Ärzte gespottet. Eine anhaltende Spannung, eine stetig fortschreitende Entkräftung des ganzen Körpers und häufige, wenn auch vorübergehende Anfälle von meist kataleptischer Natur – so lautete die ungewöhnliche Diagnose.

Bisher hatte sie dem Andringen der Krankheit standhaft Trotz geboten und war nicht bettlägerig geworden. Am Tage meiner Ankunft jedoch schien ihre Kraft aufgebraucht, sie konnte, wie mir ihr Bruder am Abend mit unaussprechlicher Aufregung mitteilte, der zerstörenden Gewalt des Übels nicht länger widerstehen.

Ich erfuhr, dass der flüchtige Anblick, den ich von ihrer Person erhascht, wohl auch der letzte bleiben, dass ich die Lady, bei ihren Lebzeiten wenigstens, nicht mehr sehen werde.

In den folgenden Tagen wurde ihr Name weder von Usher noch von mir mehr erwähnt; ich bemühte mich unterdessen eifrig, meinen Freund wenigstens in etwa seiner schwermütigen Versunkenheit zu entreißen. Wir malten und lasen miteinander, oder ich lauschte traumversunken seinen seltsamen, leidenschaftlichen Fantasien auf der Gitarre. Und wie unsere Vertraulichkeit wuchs und inniger wurde, und er mir alle Verborgenheiten seiner Seele immer unverhüllter zeigte, musste ich mit tiefer Bitterkeit erkennen, wie nichtig alle meine Versuche seien, ein Gemüt aufzuheitern, dem die Schwermut so eingeboren war, dass sie aus ihm alle Dinge der geistigen und körperlichen Welt mit düsterer, unheilvoller Glut überschien.

Solange ich lebe, wird mich die Erinnerung an die vielen feierlichen Stunden, die ich mit dem Letzten der Usher allein verbrachte, nie verlassen. Doch würde es mir nicht gelingen, die Studien und die Lektüre, in die er mich einführte, genauer zu kennzeichnen. Sein aufgeregter, nie befriedigter Idealismus flackerte wie ein grelles, schwefelgelbes Licht um die Dinge, von denen er sprach. Seine langen improvisierten Totenlieder werden mir ewig in den Ohren klingen, nie wird meinem Gedächtnis eine seltsame Paraphrase über ›Carl Maria von Webers letzter Gedanke‹ entschwinden. Die Malereien, die seine immer tätige Fantasie entstehen ließ, waren von einer seltsamen Unbestimmtheit, die mir einen Schauer erregte, der nur umso durchdringender, heftiger war, als ich mir seine Ursache nicht recht zu erklären wusste. Und obschon die Bedeutung jedes dieser Bilder lebhaft und deutlich vor meinen Augen steht, würde es mir doch nur zum ganz geringen Teile gelingen, dieselbe in geschriebenen Worten wiederzugeben. Durch die höchste Einfachheit, welche in seinen Bildern die ›Idee‹ nackt zum Ausdruck brachte, erregte und fesselte er die Aufmerksamkeit. Wenn es je einem Sterblichen gelang, eine ›Idee‹ zu malen, so war es Roderich Usher. Mich wenigstens erfüllten die reinen Abstraktionen, die dieser Melancholiker auf die Leinwand warf, mit unerträglichem, angstvollem Schauder, wie ich ihn nie wieder, nicht einmal bei den gewiss glühenden und doch immer noch zu wirklichen Träumereien Fuselis empfunden habe.

Ich möchte hier eine der fantastischen Schöpfungen meines Freundes, die nicht so starr abstrakt war wie die meisten übrigen, wenn auch nur durch einen schattenhaften Versuch, in Worten wiedergeben. Ein kleines Gemälde stellte das Innere eines unendlich langen, rechtwinkligen Gewölbes oder Tunnels dar, dessen niedrige, glatte, weiße Mauern sich ohne jeden Absatz oder Verzierung, ohne jede Unterbrechung hinzogen. Gewisse Nebendinge in der Zeichnung deuteten an, dass sich dies Gewölbe tief unter der Erde befinde. An keiner Stelle der erschreckend monotonen Längsseiten war ein Ausgang zu entdecken, keine Fackel oder sonst eine künstliche Lichtquelle erhellte den schauerlichen Raum, den dennoch eine Flut greller Strahlen durchwogte und mit gespenstischem, rätselhaftem Scheine erfüllte.

Ich habe schon einmal von einem krankhaften Zustande der Gehörnerven gesprochen, welche dem Leidenden jede andere Musik als die von Saiteninstrumenten unerträglich machte. Vielleicht trugen die engen Grenzen, in denen er die Kunst pflegte – er spielte nur die Gitarre –, dazu bei, allem, was ich an Musik im Hause Usher hörte, einen fantastischen Charakter zu verleihen. Seine Impromptus waren von glühendem Schwung, die Musik sowohl wie die Verse, die er ihnen oft aus dem Stegreif unterlegte. Sie konnten nur jener stärksten geistigen Spannung, jener Konzentration entspringen, welche die menschliche Seele in den Augenblicken höchster künstlerischer Erregung empfindet.

Ich erinnere mich der Worte einer dieser Rhapsodien noch vollständig.

Vielleicht machte sie hauptsächlich deshalb solchen Eindruck auf mich, weil ihr mystischer Sinn mich zum ersten Male erkennen ließ, dass Usher sich vollkommen darüber klar sei, wie sehr seine erhabene Vernunft auf ihrem Throne wanke. Diese Rhapsodie, welche die Überschrift ›Das verwunschene Schloss‹ trug, lautete, wenn nicht genau, so doch ungefähr folgendermaßen:

Inmitten einer lieblichen Au,
Die sonniges Licht übergoss,
Erhob sich einst ein stattlicher Bau,
Ein schönes, strahlendes Schloss.
Das Reich, wo es sich luftig erhob,
War des Königs ›Gedanke‹ Land,
Und Seraphschwingen waren darob
Unsichtbar ausgespannt.

Goldgelbe Banner aus Damast,
Gebadet in Sonnglut,
Wallten schimmernd herab vom Palast,
Wie eine goldene Flut.
Und jeder schmeichlerische Zephir
Der mit den Blüten dort
Gekost, flog aus dem Zauberrevier
Als Wohlgeruch wieder fort.

Die Wanderer blickten in jenem Tal
Durch Fenster aus leuchtendem Glas
In einen hohen, blendenden Saal,
Wo des Reiches Gebieter saß.
Sein Thron mit purpurnem Baldachin
War ganz aus Edelstein,
Und Genienscharen umschwebten ihn
Zu lieblichen Melodein.

Mit Perlen und Rubinen besät
War des Palastes Portal,
Durch dieses flatterte früh und spät
Ein Echoschwarm ohne Zahl
Vor den König hin, indem es ihm
Seiner hohen Weisheit zum Preis
Einen Chorus sang, wie Seraphim
So süß und träumerisch leis.

Doch wüstes Volk in der Sorge Gewand
Nahm Thron und Reich in Beschlag –
Weh, nie mehr dämmert in jenem Land
Der Tag, weh, nimmer ein Tag!
Und alles, alles, was dort umher
Gepranget an Herrlichkeit,
Ist jetzt und eine traumhafte Mär
Aus lang begrabener Zeit.

Jetzt zeigen sich des Wanderers Blick
Gestalten, knöchern und starr,
Und schwingen sich zu toller Musik
In Reigen wild und bizarr,
Dieweil gleich einem lautlosen Strom
Sich in die ewige Nacht
Zur Tür hinausstürzt Phantom um Phantom
Und nimmermehr lächelt – doch lacht!

Ich erinnere mich sehr wohl, dass diese Ballade uns zu gewissen Gedanken anregte, denen Usher bald leidenschaftlichen Ausdruck lieh. Ich erwähne sie nicht, weil ich sie für neu halte, sondern wegen der Hartnäckigkeit, mit der Usher immer und immer wieder auf sie zu sprechen kam. Im Allgemeinen bezog sich diese Ansicht auf das Empfindungsvermögen der Pflanzen. Doch hatte sich diese Idee in seiner überreizten Fantasie fast ins Unbegrenzte fortgesponnen, er hatte sie auf die unorganischen Stoffe übertragen.

Ich finde die Worte nicht, um seine Ansicht ihrer vollen Bedeutung nach, und den Ernst, mit dem er sie vertrat, zu schildern. Sie stand, wie ich schon andeutete, mit den grauen Mauern seines Stammschlosses in Verbindung.

Er behauptete, die Bedingungen jenes Empfindungsvermögens seien hier erfüllt worden durch die Art und Weise, wie man die Steine zusammengefügt – wie man den Plan der Mauern entworfen durch die vielen Schwämme und Pilze, die sie allenthalben überwucherten – durch die vermodernden Bäume vor allem aber durch das lange, ungestörte Bestehen der ganzen Besitzung und die fortwährende Spiegelung des Hauses in dem Teiche. Der augenscheinliche Beweis für jenes Empfindungsvermögen liege – hier versetzten mich seine Worte in grenzenlose Bestürzung – in der allmählichen, aber sicher fortschreitenden Verdichtung der über dem Teiche und dem Gebäude lagernden Atmosphäre. Das Ergebnis sei in dem stillen, aber schreckensvollen Einfluss unverkennbar, den diese Umgebung schon seit Jahrhunderten auf das Schicksal seiner Familie gehabt und die das aus ihm gemacht habe, was ich nun vor mir sähe. – Solche Ansichten lassen sich nicht erläutern, und ich will auch nicht versuchen, es zu tun.

Die Bücher, welche nicht den kleinsten Teil des geistigen Lebens des Kranken gebildet hatten, stimmten, wie man sich denken kann, mit seinem Hange zum Fantastischen vollkommen überein. Wir grübelten zusammen über Werke wie: ›Ververt und Chartreuse‹ von Greesset, ›Belphegor‹ von Macchiavelli, ›Himmel und Hölle‹ von Swedenborg – über ›Die unterirdische Reise des Nikolas Klimm‹ von Holberg, die ›Chiromantie‹ von Robert Flud, von Jean d'Indaginé und von De la Chambre; über Ludwig Tiecks ›Reise ins Blaue‹, über ›Die Stadt der Sonne‹ des Campanella. Ein Lieblingsbuch meines Freundes war eine kleine Oktav-Ausgabe über das Directorium Inquisitorium des Dominikaners Eymeric de Gironne; und über manche Stellen im Pomponius Mela, die sich auf die alten afrikanischen Feld- und Waldgeister beziehen, konnte sich Usher in stundenlange Träumereien verlieren. Das höchste Entzücken jedoch gewährte ihm das Durchblättern eines äußerst seltenen, merkwürdigen Buches in gotischem Quartformat – es war das Handbuch einer vergessenen Kirche, die ›Vigiliae Mortuorum, secundum Chorum Ecclesiae Maguntinae‹.

Ich dachte viel über das seltsame Ritual dieses Werkes und seinen vermutlichen Einfluss auf den Melancholiker nach, als dieser mir plötzlich eines Abends die Mitteilung machte, dass Lady Magdalena verschieden sei.

Er teilte mir mit, dass er beschlossen habe, ihren Körper vierzehn Tage lang, bis zu ihrer endgültigen Bestattung, in einem der zahlreichen Gewölbe, die sich zwischen den Grundmauern des Schlosses befanden, aufzubewahren.

Der Grund, den er für dies sonderbare Vorgehen angab, war so eigentümlicher Art, dass ich mich nicht berechtigt fühlte, ihm davon abzuraten. Er war, wie er mir sagte, in Anbetracht des ungewöhnlichen Charakters der Krankheit seiner Schwester sowie gewisser zudringlicher Fragen der Ärzte zu diesem Entschlusse gekommen, den der

Umstand, dass die Familiengruft sehr entfernt und schutzlos läge, nur befestigt habe. Ich muss gestehen, dass die Erinnerung an das wenig Vertrauen erweckende Aussehen des Arztes, dem ich am Tage meiner Ankunft auf der Treppe begegnet, jeden Einwand, der mir vielleicht gekommen wäre, noch besonders zurückwies.

Überdies handelte es sich ja auch nur um eine harmlose und keineswegs unnatürliche Vorsichtsmaßregel.

Auf Ushers Bitte war ich ihm bei der vorläufigen Bestattung behilflich. Nachdem wir den Körper in den Sarg gelegt, brachten wir ihn allein an seine Ruhestätte. Das Gewölbe, in dem wir ihn niedersetzten, war eng, feucht und so lange nicht geöffnet worden, dass unsere Fackeln in der dicken Atmosphäre fast verloschen und uns nur geringe Möglichkeiten boten, eine weitere Untersuchung vorzunehmen. Dieses Gewölbe lag in ziemlicher Tiefe unmittelbar unter dem Teile des Gebäudes, der auch mein Schlafzimmer enthielt. Augenscheinlich hatte es in den lange vergangenen Zeiten der Feudalherrschaft zu den schlimmsten Zwecken als Burgverlies und in späteren Tagen wahrscheinlich als Bewahrungsort für Pulver und andere feuergefährliche Stoffe gedient, denn ein Teil des Fußbodens und das ganze Innere eines langen Ganges, der in dies Verließ führte, war sorgfältig mit Kupferplatten belegt. Die Tür bestand aus massivem Eisen und war ebenfalls mit Kupfer bekleidet. Als wir sie öffneten, verursachte ihr schweres Gewicht ein ganz ungewöhnlich lautes, schrilles Gekreisch in den Angeln.

Nachdem wir unsere traurige Bürde an diesem Orte des Grauens auf ein Gestell niedergesetzt hatten, schoben wir den noch nicht zugeschraubten Deckel des Sarges zur Seite und betrachteten das Angesicht der Toten. Was mir zuerst auffiel, war eine überraschende Ähnlichkeit zwischen den beiden Geschwistern. Usher, der meine Gedanken zu erraten schien, murmelte einige Worte, aus denen ich entnahm, dass er und die Verstorbene Zwillinge gewesen und dass von jeher eine beinahe rätselhafte Sympathie zwischen ihnen bestanden habe. Doch ruhten unsere Blicke nicht lange auf den Zügen der Toten, denn ihr merkwürdiger Anblick erfüllte uns mit einer sonderbaren, unbekannten Scheu. Die Krankheit, welche die Lady in der Blüte der Jugend aufs Totenbett dahingestreckt, hatte, wie alle Krankheiten von ausgesprochen kataleptischer Natur, gleichsam zum Hohne auf Brust und Antlitz eine zarte Röte zurückgelassen; und um den Mund der Verschiedenen spielte jenes tückisch zögernde Lächeln, welches den Tod doppelt schauerlich macht. Wir schoben den Deckel des Sarges wieder zurecht, schlossen die eiserne Tür und kehrten auf beschwerlichem Wege in die kaum weniger düsteren Gemächer der oberen Stockwerke zurück.

Und jetzt, nachdem einige Tage bitteren Schmerzes vorübergegangen waren, trat in den äußeren Anzeichen der geistigen Störung meines Freundes eine bemerkenswerte Veränderung ein. Seine gewohnten Beschäftigungen vernachlässigte er oder gab sie ganz auf. Mit hastigen, ungleichen, ziellosen Schritten durchirrte er die lange Reihe der Gemächer.

Die Blässe seines Antlitzes war noch geisterhafter geworden – das frühere Leuchten seiner Augen erloschen. Die Heiserkeit, die vorher seine Stimme oft verschleierte, war verschwunden, doch wurden seine Worte jetzt stets von jenem Beben getragen, das nur der höchste Schrecken verursachen kann.

Es gab Zeiten, in denen ich annahm, sein erregter Geist ringe nach Mut, irgendein quälendes Geheimnis auszusprechen – dann wieder schob ich alles auf die Launen des beginnenden Wahnsinns. Stundenlang sah ich ihn oft mit dem Ausdrucke tiefster Aufmerksamkeit ins Leere starren, als lausche er auf irgendeinen eingebildeten Ton. Es war kein Wunder, dass ein solcher Zustand mich erschreckte – ja, ansteckte. Schon fühlte ich, wie seine fantastischen und doch ergreifenden Wahngebilde sich langsam und sicher auch den Weg zu meinem Hirne bahnten.

In der Nacht des siebenten oder achten Tages nach der Beisetzung der Lady Magdalena in dem Burgverlies musste ich die schreckliche Gewalt, die diese Hirngespinste bereits über mich gewonnen hatten, sehr grauenvoll erfahren. Stunde auf Stunde verrann, kein Schlaf wollte sich meinem Lager nahen. Ich bot alle nur möglichen Vernunftgründe auf, um meine immer heftiger werdende nervöse Aufregung zu bemeistern. Ich wollte mich zu dem Glauben zwingen, dass vieles, wenn nicht alles von dem, was ich empfand, nur dem verwirrenden Eindruck, der düsteren Ausstattung des Gemaches zuzuschreiben sei – den dunklen, schadhaften Wandbekleidungen, die der Lufthauch eines aufziehenden Sturmes zuckend hin und her bewegte, oder dem unheimlichen Rascheln der gelockerten Verzierungen an der Bettstatt.

Doch waren alle meine Bemühungen vergeblich. Ein Zittern durchrann meinen Körper, und wie ein Alp lastete quälend wildes Entsetzen auf meiner Brust.

Mit einem gewaltsamen Ruck und einem tiefen Atemzuge schüttelte ich endlich die Beklemmung von mir ab und setzte mich aufrecht in die Kissen. Meine Blicke starrten unbeweglich in die schwarze Finsternis des Zimmers, während ich, ohne zu wissen weshalb, angestrengt auf gewisse leise, unbestimmte Töne lauschte, die, wenn der Sturm einen Augenblick schwieg – ich weiß nicht recht, woher –, an mein Ohr schlugen. Dann, plötzlich, von dem unerklärlichen Entsetzen überwältigt, warf ich mich hastig in meine Kleider. Ich fühlte, dass ich in dieser Nacht keinen Schlaf mehr finden sollte, und versuchte durch rasches Auf- und Abgehen im Gemache der jämmerlichen Verfassung, in die ich geraten, wieder zu entgehen.

Kaum war ich ein paar Mal auf und nieder geschritten, als ich leichte Tritte auf der anstoßenden Treppe vernahm und sogleich Ushers Schritt erkannte.

Im nächsten Augenblicke pochte er auch schon leise an meine Türe und trat mit einer Lampe ein.

Sein Gesicht war wie gewöhnlich von leichenhafter Blässe – doch leuchteten seine Augen wie in irrsinniger Heiterkeit, eine mühsam gebändigte hysterische Erregung schien sein ganzes Wesen zu durchzucken. Ich schauderte bei seinem Anblick, und doch war alles andere eher zu ertragen als die Einsamkeit, sodass ich selbst seine Gegenwart als eine Erleichterung empfand.

»Und du hast es nicht gesehen?«, fragte er plötzlich, nachdem er einige Minuten lang schweigend umhergestiert. »Du hast es also nicht gesehen? Aber warte nur! Du wirst es bald sehen!«

Dann eilte er, indem er die Lampe vorsichtig mit der Hand schützte, ans Fenster, riss beide Flügel auf und gewährte dem Sturme freien Einlass.

Die wütende Gewalt des Orkans riss uns fast vom Boden empor. Es war eine wüste, furchtbar schöne, grausige Nacht. Dicht bei dem Hause schien ein Wirbelwind aufgefahren zu sein, denn in der Richtung des Luftstromes trat fast jeden Augenblick ein heftiger Umschwung ein. Die schweren Wolken hingen so tief herab, dass sie auf die Türme des Hauses zu drücken schienen, und wir sahen, von seltsamer Furcht erfüllt, wie sie gleich beseelten Wesen von allen Seiten gegeneinander stürmten, ohne sich in der Ferne zu verlieren.

Wir sahen dies alles, trotzdem kein Schimmer vom Monde oder von den Sternen, kein aufzuckender Blitzstrahl das Schlachtgetümmel erhellte.

Denn die untere Fläche der ungeheuren Massen wogenden Dunstes und alle Dinge auf der Erde in unserer Umgebung glühten in dem unnatürlichen Glanze, den ihnen eine matt leuchtende, doch deutlich sichtbare gasartige Ausstrahlung verlieh, die wogend wie ein Leichentuch um das ganze Haus zusammenschlug.

»Du darfst – du sollst dies nicht sehen!«, sagte ich schaudernd zu Usher und führte ihn mit sanfter Gewalt vom Fenster weg zu einem Sessel. »Diese Erscheinungen, die dich in Aufregung versetzen, sind weiter nichts als ganz bekannte elektrische Prozesse – vielleicht auch verdanken sie ihr spukhaftes Dasein nur den giftigen Ausdünstungen des Teiches. Wir wollen das Fenster schließen – die Luft ist schneidend und könnte dir in deinem Zustande gefährlich werden. Da liegt ja eins deiner Lieblingsbücher! Ich will dir vorlesen, und so wollen wir diese schreckliche Nacht zusammen verbringen.«

Der altertümliche Band, den ich eben ergriffen hatte, war ›Mad Trist‹ von Sir Launcelot Canning, doch hatte ich ihn mehr in trübem Scherz als im Ernst Ushers Lieblingsbuch genannt, da seine wunderliche, fantasielose Weitschweifigkeit dem kühnen Geiste meines Freundes wenig Interessantes bieten konnte. Aber es war das einzige Buch, das ich zur Hand hatte, und ich nährte die schwache Hoffnung, dass die Erregung meines Freundes in der Überfülle von Torheiten, die es enthielt, Erleichterung finden werde.

Die Geschichte der Geisteskranken ist ja voll von solchen oder ähnlichen Anomalien.

Nach der leidenschaftlich gespannten Aufmerksamkeit zu urteilen, mit der er meinen Worten lauschte oder zu lauschen schien, hätte ich mir zu dem Erfolge Glück wünschen dürfen.

Ich war bis zu jener wohl bekannten Stelle gekommen, wo Ethelred, der Held des Trist, nach seinen vergeblichen Versuchen, sich in Güte Einlass in die Behausung des Eremiten zu verschaffen, mit Gewalt die Tür erbricht. Die Worte an dieser Stelle lauten etwa folgendermaßen:

»›Und Ethelred, der von Natur ein tapferes Herz besaß und sich nach dem Genuss des kräftigen Weines doppelt stark fühlte, wollte mit dem boshaften Eremiten nun nicht länger zwecklos Zwiesprache führen, sondern erhob, da er den Regen schon auf seinen Schultern fühlte und das Unwetter immer näher heranziehen sah, seine Keule und schaffte sich durch kräftige Stöße gegen die starken Bretter der Tür bald so viel Raum wie nötig war, um seine gepanzerte Hand hindurchstecken zu können. Dann gebrauchte er sie kräftig, zerbrach, zerstieß und riss alles auseinander, sodass der Lärm von dem trockenen, krachenden Holz im ganzen Walde widerhallte.‹«

Am Schlusse dieses Satzes fuhr ich erschreckt empor und hielt einige Augenblicke lang mit dem Lesen inne. Obschon ich eine Sekunde später alles nur für eine Vorspiegelung meiner Fantasie hielt, glaubte ich doch ganz deutlich gehört zu haben, wie von einem sehr entlegenen Teile des Hauses her ein Ton an mein Ohr drang, der ein genaues, wenn auch dumpfes und unterdrücktes Echo von jenem ächzenden, krachenden Geräusch zu sein schien, das Sir Launcelot eben beschrieben. Doch war es sicherlich nur dies Zusammentreffen des Geräusches mit meinen Worten, was meine Aufmerksamkeit erregte, denn mitten in dem Rasseln der Fensterläden und dem Toben, das der stetig wachsende Sturm vollführte, wären diese Töne an sich wohl unbemerkt vorübergegangen, ohne mir aufzufallen oder mich zu beunruhigen. Ich las also weiter:

»›Aber als der wackere Kämpe Ethelred jetzt eintrat, erstaunte er und geriet in Zorn, als er von dem boshaften Eremiten keine Spur entdeckte, sondern an seiner Stelle einen schuppigen Drachen von fürchterlichem Aussehen erblickte, der Feuer sprühend vor einem goldenen Palast mit silbernem Fußboden auf der Lauer lag. An der Wand hing ein Schild von schimmerndem Erze, in das folgende Inschrift eingegraben war:

›Wer hier eindringt, ein Sieger ist!
Wer den Drachen bezwingt,
Auch den Schild sich erringt.‹

Und Ethelred schwang seine Keule und schlug sie dem Drachen auf das Haupt, dass er vor ihm zu Boden stürzte und seinen giftigen Atem mit so misstönendem, scheußlichem Geheul von sich gab, dass Ethelred sich gern seine Ohren gegen dies grässliche Getöse, wie es ähnlich nie zuvor vernommen wurde, verstopft hätte.‹«

Wieder hörte ich plötzlich auf zu lesen, und zwar diesmal mit einem Gefühl starrer Bestürzung – denn es unterlag keinem Zweifel mehr, dass ich in diesem Augenblicke tatsächlich einen leisen und anscheinend fernen, lang gezogenen, seltsam kreischenden Laut gehört hatte: die genaue Wiederholung des unnatürlichen Drachengeheuls, das ich eine Sekunde vorher, von des Dichters Beschreibung heraufbeschworen, schon in meiner Fantasie vernommen hatte.

Von tausend widerstreitenden Gefühlen, von Staunen und höchstem Schreck gefasst, hatte ich doch die Geistesgegenwart, durch keine Bemerkung über meine Beobachtungen die Nervosität meines Gefährten zu steigern.

Ich war nicht sicher, ob er die fraglichen Töne auch gehört hatte, wiewohl während der letzten paar Minuten eine sonderbare Veränderung in seinem Wesen vor sich gegangen war.

Anfangs saß er mir gerade gegenüber, nun hatte er seinen Stuhl so herumgedreht, dass er mit dem Gesichte gerade der Zimmertür zugewandt war. Seine Züge konnte ich nur teilweise erblicken, doch bemerkte ich, dass sich seine Lippen zitternd bewegten, als murmelte er leise vor sich hin. Sein Kopf war auf die Brust gesunken, aber ich erkannte aus einem flüchtigen Blick auf sein Profil an seinen starr aufgerissenen Augen, dass er keineswegs schlief. Außerdem war sein Körper in beständiger Bewegung, er wiegte sich unablässig sanft und gleichmäßig von einer Seite auf die andere. Mit einem raschen Blick hatte ich dies alles bemerkt und fuhr in der Erzählung Sir Launcelots fort:

»›Und jetzt, da der Kämpe der furchtbaren Wut des Drachen entronnen war, erinnerte er sich an den metallenen Schild und seine mächtige Zauberkraft. Er schaffte den Kadaver des Drachen aus dem Wege und schritt auf dem silbernen Boden des Palastes mutig auf die Stelle zu, wo der Schild hing. Dieser aber wartete nicht, bis der Held ganz herangekommen war, sondern stürzte mit gewaltigem Schmettern auf den silbernen Fußboden hinab.‹«

Kaum waren meinen Lippen die letzten Worte entflohen, da drang – als sei wirklich eben ein eherner Schild auf einen silbernen Fußboden gefallen – ganz deutlich ein hohler, metallisch dröhnender, aber offenbar gedämpfter Widerhall an mein Ohr. Außer mir vor Entsetzen sprang ich auf; doch Usher verharrte ungestört bei seinem wiegenden Schaukeln. Ich stürzte auf ihn zu. Seine Augen waren starr auf einen Punkt gerichtet, und auf seinen Zügen lag eine steinerne Ruhe. Doch als ich meine Hand auf seine Schulter legte, durchzuckte ein heftiger Schauder seinen ganzen Körper, ein wahnsinniges Lächeln irrte um seine Lippen, und ich bemerkte, dass er, als sei er sich meiner Gegenwart nicht bewusst, hastig unverständliche Worte vor sich hinmurmelte. Ich beugte mich dicht über ihn, und es gelang mir endlich, den grausigen Inhalt seiner Rede zu verstehen.

»Es nicht hören? – O ja! Ich höre es wohl und habe es gehört! Lange – lange – lange – viele Minuten – viele Stunden – viele Tage lang schon habe ich es gehört! Und ich wagte nicht – o beklage mich jammervoll Elenden! – ich wagte nicht – ich wagte nicht, zu reden! Wir haben sie lebendig ins Grab gelegt! Sagte ich nicht, dass meine Sinne scharf sind? Jetzt sage ich dir, dass ich in der tiefen Gruft ihre ersten schwachen Regungen hörte. Ich hörte sie – es ist schon manchen, manchen Tag her – aber ich wagte nicht – ich wagte nicht zu reden! Und jetzt – in dieser Nacht – Ethelred – ha! – ha! – Das Einreißen von des Eremiten Tür, und das Sterbegeheul des Drachen, und der dröhnende Klang des Schildes! – ha! ha! – sage besser: Sie sprengte ihren Sarg, die eisernen Angeln der Grabtür kreischten – qualvoll tastete sie sich durch die kupfernen Bogengänge des Gewölbes! O, wohin soll ich fliehen? Wird sie nicht gleich bei uns erscheinen? Eilt sie nicht schon herbei, um mir meine Hast vorzuwerfen? Höre ich nicht schon ihre Tritte auf der Treppe? Vernehme ich nicht schon das schwere, fürchterliche Pochen ihres Herzens? Wahnsinniger!« – Hier sprang er wie wütend von seinem Stuhle auf und schrie, als wolle er sich mit den Worten seine Seele ausschreien: »Wahnsinniger! Ich sage dir, dass sie in diesem Augenblicke draußen vor der Türe steht!«

Zu gleicher Zeit schob sich – als läge in der übermenschlichen Kraft seiner Worte eine Zaubergewalt – die schwere, altertümlich getäfelte Ebenholztür, auf die er mit der Hand wies, wie ein dunkler Rachen auf.

Es war nur eine Wirkung der Zugluft gewesen, doch hinter diesen Türflügeln erschien die hohe, in ihre Leichentücher gehüllte Gestalt der Lady Magdalena Usher. Ihre weißen Gewänder waren mit Blut befleckt, und an ihrem abgezehrten Körper waren überall die Spuren eines zähen Kampfes zu erkennen. Einen Augenblick blieb sie wankend auf der Schwelle stehen, dann taumelte sie, tief aufstöhnend, auf die Gestalt ihres Bruders zu und zog ihn in ihrem Todeskampfe, als Opfer der Schrecken, die er vorher empfunden hatte, entseelt mit sich zu Boden.

Entsetzt, angstgehetzt, floh ich aus jenem Zimmer, aus jenem Hause. Der Sturm toste noch mit voller Wut, als ich auf der Landstraße war und wieder zu mir selbst kam. Plötzlich schoss ein greller Schein

über meinen Weg. Ich wandte mich zurück, um zu sehen, woher dies sonderbare Aufglühen kommen könne, denn das Schloss lag tief im Schatten hinter mir. Der Glanz strahlte von dem blutrot untergehenden Vollmonde her, der in diesem Augenblicke mit wildem Leuchten den sonst kaum merklichen Riss beschien, der, wie ich bereits früher erzählte, im Zickzack das ganze Gebäude vom Dache bis zum Fundament hinunterlief. Während ich noch staunend hinblickte, erweiterte sich der Spalt mit jäher Schnelligkeit – ein heftiger Wirbelwind sprang plötzlich hoch – die volle Scheibe des Mondes überflutete auf einmal die ganze Landschaft mit blutiger Helle – mir schwindelte, als ich die mächtigen Mauern wanken und auseinanderbersten sah. Ein langes, verworrenes Getöse, wie von tausend Wasserstürzen – und der tiefe, dunkle Teich zu meinen Füßen schloss sich finster und schweigend über den Trümmern des Hauses Usher.

Im Strudel des Malstroms

The ways of God in Nature, as in
Providence, are not as our ways;
nor are the models that we frame in
any way commensurate to the vastness,
profundity, and unsearchableness of
His works, which have a depth in them
greater than the well of Democritus.

Joseph Glanvill

Wir hatten jetzt den Gipfel der höchsten Felsenklippe erreicht. Einige Minuten lang war der alte Mann zu erschöpft, um sprechen zu können.

»Es ist noch nicht lange her«, begann er endlich, »dass ich Sie so gut wie der jüngste meiner Söhne diesen Weg hätte führen können, aber vor ungefähr drei Jahren hatte ich ein Erlebnis, wie es keinem Sterblichen vorher begegnete – wenigstens überlebte es keiner, um davon erzählen zu können –, und die sechs Stunden Todesangst, die ich damals erdulden musste, haben mich an Leib und Seele gebrochen. Sie halten mich für einen sehr alten Mann –, ich bin es nicht. Es bedurfte weniger als eines einzigen Tages, um dies Haar aus glänzendem Schwarz in Weiß zu verwandeln, meine Glieder zu schwächen und meine Nerven so zu zerrütten, dass ich bei der geringsten Anstrengung zittere und ein Schatten mich zu erschrecken vermag.

Glauben Sie wohl, dass ich kaum von dieser kleinen Klippe herunterblicken kann, ohne schwindelig zu werden?«

Die »kleine Klippe«, an deren Rand er sich so sorglos zum Ausruhen hingeworfen hatte, dass die schwerere Hälfte seines Körpers über dieselbe hinaushing, während nur die beiden, auf dem äußersten schlüpfrigen Rand aufgestützten Ellbogen ihn vor dem Fallen bewahrten – diese »kleine Klippe«, ein steiler, senkrecht stehender Felsblock von glänzend schwarzem Granit, erhob sich etwa fünfzehn- oder sechzehnhundert Fuß hoch aus der Welt von Felsen unter uns. Nichts hätte mich bewegen können, dem Rand auf Ellenweite nahe zu treten. Ich war in der Tat so erregt durch die gefährliche Stellung meines Begleiters, dass ich mich der Länge nach auf den Boden streckte, mich an das Gestrüpp des Bodens festklammerte und nicht einmal wagte, aufwärts zum Himmel zu blicken. Vergebens suchte ich die Vorstellung zu bekämpfen, dass die Gewalt des Sturmes die Grundfesten des Berges in Gefahr brächte.

Es dauerte lange, bis mir meine Vernunft genügenden Mut zugesprochen hatte, sodass ich mich aufrecht setzen und in die Ferne blicken konnte.

»Sie müssen solche Einbildungen überwinden«, sagte der Führer, »denn ich habe sie auf die Idee gebracht, damit Sie den möglichst besten Überblick über den Ort der Begebenheit gewännen, die ich eben erwähnte – und damit ich Ihnen die ganze Geschichte erzählen könne, während sie den Schauplatz vor Augen hätten.«

»Wir sind jetzt«, fuhr er in der ihm eigenen umständlichen Art und Weise fort, »wir sind jetzt dicht über der norwegischen Küste – im achtundsechzigsten Breitengrade, in der großen Provinz Nordland – und in dem traurigen Distrikt Lofodden. Der Berg, auf dessen Gipfel wir sitzen, heißt Helseggen, der Bewölkte. Erheben Sie sich jetzt einmal ein wenig – halten Sie sich am Grase fest, wenn Ihnen

schwindelt –, so, und nun blicken Sie, über den Gürtel von Dunst unter uns, hinaus auf das Meer.«

Ich schaute mit unsicheren Blicken auf und sah auf einen weiten Ozean hinab, dessen Wasser von tintenschwarzer Farbe war, sodass mir sofort der Bericht des nubischen Geografen von seinem Mare Tenebrarum in den Sinn kam.

Keine menschliche Fantasie kann sich ein erschreckenderes, trostloseres Panorama ausdenken.

Zur Rechten und zur Linken, so weit das Auge reichte, lagen wie Wälle, wie Grenzsteine der menschenbewohnten Welt, Reihen von schreckhaft finsteren, überhängenden Felsenklippen, deren düsterer Charakter durch die wüste Brandung, die seit Ewigkeiten heulend und kreischend ihre weißen, geisterhaften Schaumkämme emporpeitscht, grauenhaft gesteigert wird.

Dem Felsenvorsprung, auf dessen Spitze wir uns niedergelassen, gerade gegenüber, lag etwa fünf oder sechs Meilen weit in der See eine kleine, schwärzliche Insel, von einer Wildnis von brandendem Wogenschaum umgeben, die sich noch deutlich erkennbar machte. Etwa zwei Meilen näher dem Lande zu erblickte man eine zweite, kleinere, die erschreckend unfruchtbar und steinig und mit Unterbrechungen von Gruppen dunkler Felsen begrenzt war.

Das Aussehen des Ozeans zwischen der entfernteren Insel und der Küste hatte etwas Ungewöhnliches an sich. Obwohl gerade zu der Zeit eine so starke Brise landwärts wehte, dass eine Brigg weit draußen auf der offenen See die Segel gerefft hatte und fortwährend mit dem ganzen Rumpfe untertauchte, so herrschte doch hier durchaus kein regelmäßiges Anschwellen der Wellen, sondern nur ein kurzes, rasches, zorniges Aufplatschen des Wassers nach jeder Richtung hin – selbst gegen den Wind. Schaum kam wenig vor, ausgenommen in der nächsten Nähe der Felsen.

»Die entferntere Insel«, fuhr der alte Mann fort, »nennen die Norweger Vurrgh. Die näher liegende heißt Moskoe. Jene dort, eine Meile weiter nach Norden, heißt Ambaaren. Nach dieser Seite liegen Islesen, Hotholm, Keildhelm, Suarven und Buckholm und weiterhin – zwischen Moskoe und Vurrgh – Otterholm, Flimen, Sandflesen und Stockholm. Dies sind die wirklichen Namen aller dieser Erdflecken – aber weshalb man es für nötig gefunden hat, dieselben überhaupt zu benennen, werden wir uns wohl nicht erklären können. Hören Sie etwas? Bemerken Sie irgendeine Veränderung im Wasser?«

Wir befanden uns nun seit etwa zehn Minuten auf der Spitze des Heiseggen, zu dem wir aus dem Innern von Lofodden aufgestiegen waren, sodass wir nicht den kleinsten Ausblick auf das Meer gehabt hatten, bis es plötzlich in seiner ungeheueren Weite vor uns gelegen. Während der alte Mann sprach, wurde ich mir eines dumpfen, allmählich zunehmenden Getöses bewusst, ähnlich dem Brüllen und Stöhnen einer riesigen Büffelherde auf einer amerikanischen Prärie. Und zu gleicher Zeit bemerkte ich, dass das, was die Seeleute den »springenden« Wogengang zu bezeichnen pflegen, sich mit äußerster Schnelligkeit in einen nach Osten treibenden Strom verwandelte. Während ich hinblickte, wuchs die Strömung mit reißender, ungeheurer Schnelligkeit.

Mit jedem Augenblick nahm ihr gigantisches Ungestüm zu. In fünf Minuten war die ganze See bis nach Vurrgh hin zu unbezähmbarer Wut aufgepeitscht, doch zwischen Moskoe und der Küste raste der Aufruhr am wildesten.

Hier narbte und zerfurchte sich das ungeheuere Wasserbett in tausend gegeneinander wütende Kanäle, brach sich plötzlich mit krampfhaften Zuckungen – toste, brodelte, zischte, wirbelte in riesenhaften, unzählbaren Strudeln und schoss mit einer Schnelligkeit nach Osten, die man sonst nur bei wilden Wasserstürzen findet.

Wenige Minuten später erlitt die Szene wieder eine vollkommene Veränderung. Die Oberfläche wurde im Allgemeinen ruhiger, und die Strudel verschwanden einer nach dem anderen, während mächtige Streifen Schaumes an Stellen sichtbar wurden, an denen man bis jetzt noch keinen wahrgenommen.

Die Streifen breiteten sich allmählich weithin nach allen Richtungen aus, verbanden sich miteinander und nahmen die wirbelnden Bewegungen der verschwundenen Strudel an, als wollten sie einen neuen, größeren hervorbringen.

Plötzlich – ganz plötzlich – nahm dieser deutlich und bestimmt Gestalt an in einem Umkreise, der mehr als eine Meile im Durchmesser hatte. Den Rand des Wirbels bildete ein breiter Gürtel von schimmernder Gischt; doch nicht das kleinste Teilchen derselben schlüpfte in den Schlund des fürchterlichen Trichters, dessen Inneres, so weit das Auge es ergründen konnte, eine ebene, glänzende, kohlschwarze Wassermauer war, die mit dem Horizont einen Winkel von fünfundvierzig Grad bildete und mit schwindelnder Hast immerfort in der Runde herumraste und dabei mit grauenhafter Stimme in den Sturm hinein schrie und brüllte, grässlicher wie der mächtige Katarakt des Niagara in seiner Todesangst zum Himmel schreit.

Der Berg erzitterte in seinen Grundfesten, und der Felsen bebte. Ich warf mich auf mein Angesicht und klammerte mich im Übermaß nervöser Erregung an das Gras an.

»Dies«, sagte ich endlich zu dem alten Mann, »kann nichts anderes sein als der große Strudel des Malstroms.«

»So wird er zuweilen genannt«, antwortete er, »wir Norweger nennen ihn den Moskoestrom, von der Insel Moskoe in seiner Nähe.«

Die gewöhnlichen Berichte über diesen Strudel hatten mich keineswegs auf das, was ich sah, vorbereitet. Die Beschreibung des Jonas Ramus, die vielleicht die umständlichste von allen ist, gibt auch nicht die schwächste Vorstellung, weder von der Großartigkeit noch von der Furchtbarkeit des Schauspiels – noch von dem seltsam ergreifenden Gefühl des »noch nie Gesehenen«, Einzigartigen, das den Beschauer verwirrt.

Ich weiß nicht, von welchem Orte aus noch zu welcher Zeit der genannte Schriftsteller die Erscheinung beobachtete; keinesfalls geschah es vom Gipfel des Heiseggen aus und während eines Sturmes. Dennoch gibt es ein paar Stellen in seiner Beschreibung, die es um ihrer Einzelheiten willen verdienen, angeführt zu werden, obgleich ihre Wirkung im Vergleich mit dem Eindruck des Schauspiels außerordentlich schwach ist.

»Zwischen Lofodden und Moskoe«, sagt er, »schwankt die Tiefe des Wassers zwischen fünfunddreißig und vierzig Faden; aber nach der anderen Seite, nach Vurrgh hin, nimmt sie derart ab, dass sie keinem Schiffe genügende Durchfahrt gewährt. Es läuft Gefahr, an den Klippen zu zerschellen, was sich schon bei dem ruhigsten Wetter ereignet hat. Zur Zeit der Flut schießt der Strom mit tosender Hast zwischen Lofodden und Moskoe dahin, aber bei seinem Zurückebben ins Meer kommt seinem Gebrüll kaum das Getöse des lautesten, furchtbarsten Kataraktes gleich. Man hört das Gebrause mehrere Meilen weit, und die Strudel und Abgründe sind von solcher Ausdehnung und Tiefe, dass ein Schiff, welches in ihren Bereich gerät, unausweichlich hinuntergezogen werden und in der Tiefe an den Felsenklippen zerschellen muss. Wenn die Gewalt des Wassers nachlässt, werden die Trümmer wieder nach oben geworfen. Aber diese Ruhepausen finden nur beim Wechsel von Ebbe und Flut während sehr ruhigen Wetters statt und dauern nur eine Viertelstunde, dann beginnt allmählich der alte Ungestüm wieder. Wenn der Strom am wildesten tobt oder ein Sturm seine Gewalt noch steigert, kann es schon Gefahr bringen, sich ihm auf eine Norwegische Meile zu nähern. Boote, Yachten und selbst große Schiffe, die sich nicht vorsichtig fernhielten, sind schon von ihm ergriffen und zum Grunde gerissen worden. Es kommt auch häufig vor, dass Walfische der Strömung zu nahe kommen und von ihrer Macht überwältigt werden; ihr Heulen und Bellen bei den fruchtlosen Anstrengungen, sich der Wut des Stromes zu entziehen, ist ganz unmöglich zu beschreiben. Einmal wurde ein Bär, der von Lofodden nach Moskoe zu schwimmen versuchte, von dem Strome erfasst und hinabgezogen; sein entsetzliches Gebrüll konnte man an der Küste noch hören. Föhren und andere Nadelholzbäume, die der Strom verschlungen hatte, kommen zerbrochen und so zersplittert wieder an die Oberfläche, als wüchsen Borsten auf ihnen. Dies zeigt klar, dass der Meerboden an dieser Stelle aus zackigen Felsen besteht, zwischen denen sie hin und her gewirbelt wurden. Der Strom wird durch die Ebbe und Flut des Meeres reguliert, alle sechs Stunden wechselt hohes und niedriges Wasser. Im Jahre 1645 in der Morgenfrühe des Sonntags Sexagesimae raste er mit solcher Wut und solchem Getöse, dass die Steine von den Häusern an der Küste zu Boden fielen.«

Was nun die Wassertiefe betrifft, so war mir nicht klar, wie man sie in unmittelbarer Nähe des Strudels überhaupt hätte bestimmen können. Die »fünfunddreißig bis vierzig Faden« können sich allein auf Teile des Kanals dicht am Ufer von Lofodden oder von Moskoe beziehen. Die Tiefe im Zentrum des Malstroms muss unermesslich viel größer sein; es bedarf dazu keines weiteren Beweises, als eines seitlichen Blickes in den Abgrund des Strudels, wie man ihn von der Spitze des Heiseggen aus haben kann. Während ich von dem Gipfel in den heulenden Phlegethon unter mir hinabblickte, konnte ich nicht umhin, die Einfalt zu belächeln, mit welcher der ehrliche Jonas Ramus, als sei es schwer zu glauben, seine Anekdoten von Walfischen und Bären erzählt; denn mir war es ganz selbstverständlich, dass das größte Linienschiff, welches in den Bereich dieser tödlichen Anziehungskraft geriet, derselben ebenso wenig widerstehen könne, wie eine Feder dem Orkan, und sofort mit Mann und Maus verschwinden müsse.

Die Versuche, dies Phänomen zu erklären – ich erinnere mich, dass mir einige derselben beim Lesen ziemlich überzeugend und erschöpfend vorgekommen waren –, machten mir nun einen ganz anderen, einen ungenügenden Eindruck. Man nimmt im Allgemeinen an, dass dieser Strudel, wie auch drei kleinere zwischen den Ferroe-Inseln, »keine andere Ursache haben, als das Aufeinanderstoßen von Wellen, die sich während Flut und Ebbe an zackigen Felswänden brechen, zwischen denen das Wasser so eingepresst ist, dass es wie Katarakte hinunterstürzt. Je höher daher die Flut steigt, desto tiefer muss der Fall sein, und die natürliche Folge davon ist ein Strudel oder Trichter, dessen wunderbare Einsaugekraft von kleineren Experimenten her genügend bekannt ist.« Dies sind die Worte der Encyclopaedia Britannica.

Kircher und andere nehmen an, dass sich in der Mitte des Malstroms ein Abgrund befindet, der den ganzen Erdball durchbohrt und seinen Ausgangspunkt in irgendeinem entfernten Erdteile hat – in einem Falle wird der Bothnische Meerbusen mit Entschiedenheit als Endpunkt angegeben.

Dieser vielleicht ein wenig kindlichen Annahme stimmte meine Fantasie beim Anblick der Erscheinung am liebsten zu. Ich teilte dies meinem Führer mit und war nicht wenig erstaunt, als er mir antwortete, er teile diese Ansicht, die in Norwegen allgemein verbreitet sei, durchaus nicht. Die erstere Annahme verstehe er überhaupt nicht – hier war ich vollständig einer Meinung mit ihm, denn so überzeugend sie auf dem Papier erscheint, so unbegreiflich, ja, absurd findet man sie mitten im Donner des Abgrundes.

»Nun haben Sie den Strudel wohl genugsam betrachtet«, sagte der alte Mann, »und wenn Sie um diesen Felsblock herumgleiten wollen, der uns vor dem Wind schützt und zugleich das Getöse des Wassers abschwächt, will ich Ihnen eine Geschichte erzählen, die Sie überzeugen wird, dass ich wohl etwas von dem Moskoestrom wissen muss.«

Ich ließ mich nieder, wo er es wünschte, und er begann: »Ich und meine beiden Brüder besaßen früher eine zweimastig aufgetakelte Schmack von etwa siebzig Tonnen, mit welcher wir gewöhnlich zwischen den Inseln über Moskoe hinaus in der Nähe von Vurrgh auf den Fischfang fuhren. In allen heftigen Brandungsstellen ist der Fischfang zuzeiten sehr ergiebig, wenn man nur den Mut hat, sich heranzuwagen, doch wir drei waren die einzigen unter den Küstenbewohnern von Lofodden, welche ein regelmäßiges Geschäft daraus machten, an den Inseln zu fischen. Das gewöhnliche Gebiet des Fischfangs liegt viel weiter ab, nach Süden zu. Dort kann man zu jeder Zeit und ohne viel Gefahr fischen und zieht deshalb jene Stellen bei Weitem vor. Die bevorzugten Stellen jedoch hier zwischen den Felsen liefern nicht nur die verschiedensten Arten, sondern diese obendrein in reichlichstem Überfluss, sodass wir oft in einem einzigen Tage mehr fingen, als unsere furchtsameren Berufsgenossen zusammen in einer Woche.

Kurz, wir machten eine Art verzweifelter Spekulation aus der Sache. Die Gefahr für unser Leben war unser Arbeitseinsatz und der Mut unser Kapital.

Wir brachten unser Fahrzeug in einer Bucht unter, die ungefähr fünf Meilen aufwärts von hier liegt, und hatten es uns zur Gewohnheit gemacht, bei schönem Wetter die fünfzehn Minuten Ruhepause zu benutzen, um den Hauptkanal des Moskoestromes weit oberhalb zu durchschiffen und dann irgendwo in der Nähe von Otterholm oder Sandflesen, wo die Brandungen bei Weitem nicht so stark sind, wie an anderen Stellen, vor Anker zu gehen. Hier blieben wir, bis wieder ruhige See eintrat, lichteten dann sofort die Anker und fuhren heimwärts. Niemals wagten wir dieses Unternehmen, wenn wir nicht mit ziemlicher Bestimmtheit auf günstigen Wind sowohl für den Hinweg wie für die Rückfahrt rechnen konnten, und täuschten uns in diesem Punkte selten.

Im Laufe von sechs Jahren mussten wir zweimal die ganze Nacht vor Anker liegen, weil eine vollständige Windstille eintrat, die sonst in dieser Region nur selten vorkommt; und einmal konnten wir sogar ungefähr eine Woche lang nicht an die Heimkehr denken und wären fast Hungers gestorben, weil sich gleich nach unserer Ankunft ein Sturm erhoben hatte, der derart im Kanal wütete, dass an keine Rückfahrt zu denken war.

Bei dieser Gelegenheit würden wir trotz aller Anstrengungen in die offene See getrieben worden sein – die Strudel warfen uns so wild hin und her, dass wir den Anker aufgezogen hatten –, wären wir nicht in einen der zahlreichen Gegenkanäle geraten, die heute da sind und morgen verschwinden, und der uns endlich an einer windgeschützten Stelle von Flimen glücklich landen ließ.

Ich könnte Ihnen nicht den zwanzigsten Teil der Schwierigkeiten aufzählen, die uns begegneten. Dort, an den Inseln, ist nicht so gut sein, selbst nicht bei gutem Wetter – doch gelang es uns immer, dem Moskoestrom selbst zu trotzen, obwohl mir oft das Herz bis zum Hals hinauf schlug, wenn wir uns bei der Berechnung der Ruhepause auch nur um eine Minute geirrt hatten. Manchmal war der Wind nicht so stark wie wir beim Ausfahren gehofft, und wir kamen langsamer voran, als wir erwartet, weil der Strom das Fahrzeug unregierbar machte. Mein ältester Bruder hatte einen achtzehnjährigen Sohn und ich zwei kräftige Knaben. Diese hätten uns in solchen Fällen wichtigen

Beistand leisten können, durch Rudern sowohl wie nachher beim Fischefangen, aber obwohl wir selbst unser Leben wagten, hatten wir nicht das Herz, diese Jugend der Gefahr auszusetzen, denn, um die Wahrheit zu sagen – es war stets eine furchtbare Gefahr.

In ein paar Tagen wird es drei Jahre her sein, dass sich das, was ich erzählen will, ereignete. Es war am 10. Juli 18.., ein Tag, den die Leute hierzulande niemals vergessen werden, denn er brachte uns den fürchterlichsten Orkan, der hier jemals zwischen Himmel und Erde gewütet hat. Doch wehte den ganzen Morgen bis spät in den Nachmittag hinein eine sanfte und beständige Brise aus Südwest, während die Sonne freundlich schien, sodass der älteste Seemann unter uns nicht vorhersehen konnte, was sich ereignen sollte.

Wir drei – meine beiden Brüder und ich – waren ungefähr um drei Uhr nachmittags zu den Inseln hinübergefahren und hatten das Fahrzeug fast ganz mit vorzüglichen Fischen beladen. Sowohl mir wie meinen Brüdern war aufgefallen, dass die Beute heute reichlicher sei als jemals vorher.

Nach meiner Uhr war es gerade sieben, als wir Anker lichteten und uns auf die Heimfahrt machten, um die schlimmste Stelle der Strömung zur Zeit der größten Ruhe zu durchqueren, die, wie wir wussten, gegen acht Uhr eintreten musste.

Mit einem frischen Wind über Steuerbord brachen wir auf und kamen eine Zeit lang sehr gut vorwärts, ohne uns das Geringste von einer Gefahr träumen zu lassen, denn es war, wie gesagt, auch nicht im entferntesten Grund zu einer Befürchtung vorhanden. Plötzlich wurden wir von einer Brise überrascht, die über den Heiseggen daherkam. Das war etwas ganz Ungewohntes, etwas, das uns noch nie früher vorgekommen war, und eine kleine Unruhe bemächtigte sich meiner, obwohl ich nicht genau wusste, weshalb eigentlich. Wir richteten das Boot nach dem Winde, konnten jedoch

der Wirbel wegen nicht vorwärts kommen, und ich war schon auf dem Punkte, die Rückkehr zum Ankerplatze vorzuschlagen, als wir, rückwärts blickend, den ganzen Himmel von einer seltsamen kupferfarbenen Wolke umhüllt sahen, die mit erstaunlicher Schnelligkeit heraufgestiegen.

Zu gleicher Zeit legte sich plötzlich der Wind, der uns überrascht hatte; es trat eine tote Windstille ein; wir trieben ungewiss nach jeder Richtung hin und her. Doch währte dieser Zustand nicht lange genug, um uns Zeit zum Nachdenken zu lassen. In weniger als einer Minute überfiel uns ein wilder Sturm – und in weniger als zwei war der Himmel vollständig bezogen. Die Wolken und der aufspritzende Schaum verursachten eine solche Dunkelheit, dass wir einander im Boote nicht mehr sehen konnten.

Es wäre Torheit, einen Orkan, wie den, der jetzt losbrach, beschreiben zu wollen. Der älteste Seemann in Norwegen hat nie auch nur Ähnliches erlebt. Wir hatten unsere Segel gelöst, ehe der Sturm uns überraschte, aber bei dem ersten Windstoß gingen unsere beiden Masten über Bord, als seien sie abgesägt worden – der Hauptmast riss meinen jüngsten Bruder, der sich zur Sicherheit an ihn angebunden hatte, mit sich fort.

Unser Boot war das federleichteste Ding, das sich jemals auf dem Wasser schaukelte. Es hatte ein vollständig geschlossenes Verdeck, das am Bug nur durch eine kleine Falltür, die wir beim Durchkreuzen des Stromes als Vorsichtsmaßregel gegen die ›springende‹ See stets niederließen, zu öffnen war. Dieser Umstand allein rettete uns vor dem sofortigen Untergang, denn ein paar Augenblicke lang waren wir buchstäblich unter dem Wasser begraben. Wie es kam, dass mein ältester Bruder dem Tode entging, kann ich nicht sagen; ich habe es mir nie zu erklären vermocht. Ich hatte mich, sobald ich das Vordersegel losgelassen, glatt auf die Erde geworfen, stemmte meine

Füße gegen die enge Laufplanke des Bugs und klammerte mich mit den Händen an einem Ringbolzen am Fuße des Vordermastes fest. Der bloße Instinkt trieb mich an, dies alles zu tun – zweifellos das Beste, was ich tun konnte –; der Schreck ließ mich nicht nachdenken.

Einige Sekunden lang waren wir vollständig überflutet, wie ich schon sagte. Ich hielt während der Zeit den Atem an und klammerte mich an den Bolzen. Als ich fühlte, dass ich dies nicht länger mehr ertragen konnte, ohne zu ersticken, erhob ich mich auf die Knie, ohne dass meine Hände ihren Stützpunkt losließen. So bekam ich wenigstens meinen Kopf frei. Dann gab sich unser kleines Boot selbst einen Stoß, wie ein Hund, der aus dem Wasser will, und erhob sich teilweise über die See. Ich bemühte mich nach Kräften, die Betäubung, die über mich gekommen war, abzuschütteln und meine Sinne so weit zu sammeln, dass ich erkennen könnte, was nun zu tun sei, als ich fühlte, wie mich jemand am Arme packte. Es war mein ältester Bruder, und mein Herz klopfte vor Freude, denn ich glaubte ihn längst über Bord gerissen.

Im nächsten Augenblick jedoch verwandelte sich die Freude in Grausen, denn er näherte seinen Mund meinem Ohre und kreischte das Wort: ›Moskoestrom!‹

Kein Mensch könnte beschreiben, was ich in diesem Augenblicke fühlte. Es schüttelte mich vom Kopf bis zu den Füßen, als habe ich einen heftigen Fieberanfall. Ich verstand nur zu wohl, was er durch das eine Wort sagen, was er mir zu verstehen geben wollte! Der Wind, der uns vorwärtstrieb, führte uns dem Strudel entgegen – und nichts konnte uns retten!

Ich sagte Ihnen schon, dass wir, wenn wir den Strömungskanal durchkreuzten, selbst bei ruhigstem Wetter stets in weiter Entfernung oberhalb des Wirbels fuhren und auch mit größter Sorgfalt die Zeit der ruhigen See abwarteten – aber nun trieben wir mit dem fürchterlichsten Orkane auf den Strudel zu. ›Jedenfalls‹, dachte ich, ›kommen wir gerade zur Zeit der stillsten See dort an – wir haben also noch etwas Hoffnung.‹ Aber im nächsten Augenblick verfluchte ich mich für die Torheit, noch von Hoffnung zu träumen. Ich wusste nur zu gut, dass wir dem Untergange geweiht waren, und wären wir zehnmal ein Schiff mit neunzig Kanonen gewesen.

Mittlerweile hatte sich die erste Wut des Sturmes erschöpft, oder vielleicht fühlten wir ihn nicht mehr so sehr wie vorhin, da er uns vor sich her trieb; jedenfalls erhob sich die See, die der Sturm bis jetzt flach und schäumend darniedergehalten hatte, zur Bergeshöhe. Auch der Himmel hatte eine sonderbare Veränderung erlitten. Rundherum in jeder Richtung war er pechschwarz, aber gerade über unserm Kopfe war eine kreisförmige Öffnung entstanden, durch die das Firmament herabsah, so klar und so glänzend tiefblau, wie ich es nie vorher gesehen, mit einem Vollmond, der in solch hellem Lichte strahlte, wie ich es nie zuvor wahrgenommen. Er erleuchtete alles um uns mit größter Deutlichkeit – aber großer Gott! Welch ein Schauspiel war da zu erleuchten!

Ich versuchte ein- oder zweimal, mit meinem Bruder zu sprechen, aber das Getöse hatte unerklärlicherweise so zugenommen, dass ich mich mit keinem Wort verständlich machen konnte, obgleich ich ihm mit voller Kraft ins Ohr schrie. Plötzlich schüttelte er den Kopf, wurde totenbleich und erhob einen Finger, als wolle er sagen: ›Horch!‹

Zuerst begriff ich nicht, was er sagen wollte, doch kam mir bald ein grauenvoller Gedanke. Ich zog meine Uhr aus der Tasche. Sie ging nicht mehr. Ich betrachtete ihr Zifferblatt beim Mondschein, dann brach ich in Tränen aus und schleuderte sie in den Ozean. Sie war um sieben Uhr stehen geblieben. Wir hatten die Ruhezeit der See versäumt, und der Wirbel der Strömung war in voller Wut.

Wenn ein Fahrzeug gut gebaut, richtig ausgerüstet, nicht zu schwer beladen ist und mit dem Winde geht, so scheinen die Wellen stets unter ihm wegzuschlüpfen – eine Tatsache, die den Landratten immer sehr seltsam vorkommt. Man nennt dies in der Seemannssprache ›reiten‹.

Bis jetzt waren wir ganz geschickt auf den Wogen ›geritten‹ – aber nun erfasste uns eine riesenhafte Welle von hinten und hob uns höher und höher, als sollte es in den Himmel gehen. Ich hätte nie geglaubt, dass eine Welle sich so hoch auftürmen könne.

Dann sausten wir hinab mit einer gleitenden, tauchenden Bewegung, dass mir übel und schwindelig wurde, als fiele ich im Traume von einem hohen Berge herab. Aber von der Höhe der Welle herab hatte ich einen raschen Blick um mich geworfen – und dieser eine Blick genügte. In einer Sekunde überblickte ich unsere ganze Lage. Der Strudel des Moskoestroms lag eine Viertelstunde vor uns, aber er glich so wenig dem Malstrom aller Tage, wie der Strudel, den Sie jetzt sehen, einem Mühlgerinne gleicht.

Wenn ich nicht gewusst hätte, wo wir waren und was uns bevorstand, ich hätte den Ort nicht wiedererkannt. So aber schloss ich unwillkürlich meine Augen vor Grauen, und meine Lider zogen sich wie im Krampfe zusammen.

Kaum zwei Minuten später fühlten wir, wie die Wogen nachgaben, und wurden von Gischt eingehüllt. Das Boot machte eine scharfe halbe Drehung nach Backbord und schoss dann blitzschnell nach dieser Richtung fort. Zu gleicher Zeit wurde das Gebrüll des Wassers von einer Art schrillem Gekreisch übertönt – ein Ton, den man sich nur als das Pfeifen von Tausenden von geöffneten Dampfventilen vorstellen kann. Wir befanden uns nun in dem Schaumgürtel, der den Strudel immer umgibt, und ich glaubte natürlich, der nächste Augenblick werde uns in den Abgrund hinabschleudern, in den wir, wegen der rasenden Schnelligkeit, mit der wir vorwärtsschossen, nur sehr undeutlich hineinblicken konnten. Das Boot schien das Wasser gar nicht mehr zu berühren, sondern wie eine Luftblase darüber hin zu fliegen. Die Steuerbordseite war dem Strudel zugekehrt, und hinter dem Backbord erhob sich die Meereswelt, die wir verlassen hatten. Sie stand wie eine ungeheure verzerrte Wand zwischen uns und dem Horizonte.

Es mag seltsam klingen, aber jetzt, da wir uns schon im Rachen des Abgrundes befanden, fühlte ich mich gefasster, als da wir uns ihm näherten. Nachdem ich mich einmal jeder Hoffnung begeben hatte, verließ mich auch zum größten Teil jenes Entsetzen, das mich zuerst überwältigt hatte.

Ich glaubte, dass das Übermaß der Verzweiflung keine Wirkung auf meine Nerven mehr ausüben konnte.

Es klingt wahrscheinlich wie eine Prahlerei, doch ist es reine Wahrheit – ich begann nachzudenken, welche Großartigkeit darin läge, in dieser Weise zu sterben, und wie töricht es von mir gewesen, angesichts dieser wunderbaren Kundgebung der göttlichen Allmacht ein so kleines Interesse wie die Erhaltung meines persönlichen Daseins war, gehabt zu haben. Ich glaube, ich errötete vor Scham bei diesem Gedanken.

Nach einer kleinen Weile ergriff mich eine durchdringende Neugierde in Bezug auf den Strudel selbst. Ich fühlte klar den Wunsch, seine Tiefen zu erforschen, selbst auf Kosten meiner selbst; mein Hauptkummer war, dass ich meinen alten Gefährten an der Küste die Geheimnisse, die ich schauen sollte, niemals würde mitteilen können. Dies sind ohne Zweifel sonderbare Gedanken für einen Mann, der sich in äußersten Todesgefahr befindet – ich habe es mir später damit erklärt, dass die vielen Umdrehungen des Bootes um den Schlund mich wohl ein wenig verdreht gemacht haben könnten.

Noch ein anderer Umstand trug dazu bei, mir meine Selbstbeherrschung wiederzugeben; der Wind belästigte uns nicht mehr im Geringsten, da er uns in unserer jetzigen Lage nicht erreichen konnte, denn der Schaumgürtel liegt, wie Sie selbst sahen, bedeutend niedriger als das Meeresbett im Allgemeinen, das sich jetzt wieder wie ein hoher schwarzer Bergesgrat vor uns auftürmte. Wenn Sie sich niemals während eines heftigen Sturmes auf See befunden haben, können Sie sich nicht vorstellen, welche Geistesverwirrung der Wind und der aufspritzende Wasserschaum verursachen. Man kann nichts mehr sehen noch hören, man wird halb erstickt und verliert die Kraft zum Handeln und zum Denken. Von diesen Belästigungen waren wir wie gesagt jetzt zum größten Teil befreit wie die zum Tode verurteilten Verbrecher im Kerker, denen man kleine Annehmlichkeiten gestattet, die man ihnen, solange der Urteilsspruch noch zweifelhaft war, verweigerte.

Wie oft wir in dem Schaumgürtel die Runde machten, kann ich nicht angeben. Wir kreisten wohl eine Stunde lang herum, flogen mehr, als dass wir glitten, und gelangten allmählich in die Mitte des Strudels und näherten uns immer mehr, immer mehr seinem grässlichen inneren Rande. Während der ganzen Zeit hatte ich den Ringbolzen nicht losgelassen. Mein Bruder befand sich auf dem Hinterdeck und hielt sich an einem kleinen, leeren Wasserfass fest, welches unter der Steuerbank angebunden worden war, es war der einzige Gegenstand, den der erste gewaltige Windstoß nicht über Bord geweht hatte.

Als wir uns dem Rande des Abgrundes näherten, ließ mein Bruder seinen Halt los und stürzte sich auf den Ring, den er im Entsetzen seiner Todesangst meinen Händen zu entreißen strebte, da er uns beiden keinen Halt gewähren konnte. Niemals habe ich eine tiefere Betrübnis empfunden als in dem Augenblick, da ich ihn dies tun sah – obgleich ich wusste, dass er im Wahnsinn handelte, rasend geworden durch die bloße Angst!

Mir lag jedoch nichts daran, ihm den Platz streitig zu machen. Ich wusste, dass es jetzt nichts mehr zu sagen hatte, ob wir uns überhaupt irgendwo festhielten. So überließ ich ihm den Ring und kroch auf das Hinterdeck zu dem Fass.

Das war nicht besonders schwierig zu vollbringen, denn die Schmack flog ziemlich gleichmäßig mit glattem Kiel rundumher und schwankte nur in dem ungeheuren Schwellen und Brodeln des Strudels hin und her.

Kaum hatte ich mich in meiner neuen Lage befestigt, als wir mit einem wilden Satz Hals über Kopf in den Abgrund stürzten. Ich stammelte ein kurzes Gebet und dachte, alles sei vorüber.

Als ich fühlte, wie übel mir bei dem Hinabschießen wurde, hatte ich mich instinktiv fester an die Tonne angeklammert und die Augen geschlossen.

Einige Sekunden lang wagte ich nicht, sie zu öffnen, denn ich erwartete jeden Augenblick unseren Untergang und wunderte mich nur, dass ich noch nicht im Todeskampfe im Wasser läge.

Aber Sekunde nach Sekunde verging. Ich lebte noch. Das Gefühl des Fallens hatte aufgehört, und die Bewegung des Schiffes glich der von vorhin in dem Schaumgürtel, nur mit dem Unterschied, dass es jetzt mehr der Länge nach fuhr. Ich fasste Mut und blickte wieder auf den Schauplatz hinaus. Niemals werde ich das Gefühl der Furcht, des Grausens und der Bewunderung vergessen, mit dem ich nun um mich blickte. Das Boot schien wie durch Zauberkraft auf dem halben Wege nach unten auf der innern Fläche eines ungeheuer weiten, unermesslich tiefen Trichters zu hängen, dessen vollständig glatte Seitenwände man für Ebenholz gehalten hätte, hätte man nicht gesehen, dass sie mit betäubender Schnelligkeit rundum drehten, während sie einen blendenden, geisterhaften Glanz widerspiegelten, als auf der eben beschriebenen kreisrunden Öffnung der Wolken die Strahlen des Vollmondes wie eine Flut glorreichen Goldes die schwarzen Wände hinab und bis tief in die innersten Tiefen des Abgrundes hineinströmten.

Zuerst war ich zu verwirrt, um irgendetwas genauer beachten zu können. Nur ein allgemeiner Eindruck grauenhafter Größe kam mir zum Bewusstsein. Als ich ein wenig zu mir gekommen war, sandte ich den Blick instinktiv nach unten. Nach dieser Richtung hin konnte mein Blick ungehindert erforschen, wie es kam, dass unsere Schmack auf der geneigten Oberfläche des Abgrundes hängen geblieben. Sie ging auf ebenem Kiel, das heißt, ihr Deck bildete mit der Oberfläche des Wassers eine Parallele, aber das Letzte schrägte sich in einem Winkel von mehr als fünfundvierzig Grad nach unten ab, sodass es schien, als befinde sich das Schiff in senkrechter Lage. Dessen ungeachtet bemerkte ich, dass es mir kaum schwieriger war, mich mit Hand und Fuß festzuhalten, als wenn wir uns auf ebenem Plan befunden hätten.

Dies mochte wohl seinen Grund in der Schnelligkeit haben, mit der wir uns drehten.

Die Strahlen des Mondes schienen den innersten Grund des Schlundes erforschen zu wollen, doch konnte ich nichts deutlich erkennen wegen des dichten Nebels, der dort alles umhüllte und über dem sich ein prachtvoller Regenbogen ausspannte, gleich der schmalen, schwankenden Brücke, die nach dem Glauben der Muselmänner der einzige Pfad aus der Zeitlichkeit in die Ewigkeit ist. Dieser Nebel oder dieser Schaum wurde ohne Zweifel durch das Aufeinanderprallen der mächtigen Wasserwände auf den Boden des Trichters verursacht, aber den grässlichen, gellenden Schrei, der aus dem Nebel zum Himmel emporstieg, wage ich nicht zu beschreiben.

Unser erstes Hinabgleiten aus dem Schaumgürtel in den eigentlichen Abgrund hatte uns ein großes Stück den Abhang hinuntergerissen, doch glitten wir nicht im selben Verhältnis weiter nach unten. Wir sausten vielmehr in der Runde herum, nicht in gleichmäßiger Bewegung, sondern in schwindelerregenden Stößen, die uns manchmal nur etwa hundert Ellen vorwärts, manchmal fast rund um den Strudel herumgeschleudert.

Mit jeder Runde näherten wir uns langsam, aber sehr bemerkbar dem Abgrunde.

Als ich auf der weiten Wüste flüssigen Ebenholzes, die uns trug, umherblickte, bemerkte ich, dass unser Boot nicht der einzige Gegenstand war, den der Strudel an sich gerissen. Über uns und unter uns erblickte ich Schiffstrümmer, große Mengen Bauholz und Baumstämme, viele kleinere Gegenstände, Stücke Hausgerät, zerbrochene Kisten, Fässer und Latten. Ich erzählte Ihnen schon von der unnatürlichen Neugierde, die an die Stelle meiner ursprünglichen Angst getreten war. Sie schien nur zu wachsen, je näher ich meinem schrecklichen Untergang zutrieb.

Ich fing an, die Gegenstände, die mit uns dahintrieben, mit ganz eigentümlichem Interesse zu betrachten. Ich muss wohl von Sinnen gewesen sein, denn es machte mir Vergnügen, über die verschiedenen Geschwindigkeiten ihres Hinabstürzens in den Schaum da unten Betrachtungen anzustellen.

Ich überraschte mich einmal, wie ich zu mir sagte: ›Diese Fichte wird sicher das Nächste sein, was den grausigen Sprung tut und verschwindet –‹, und ich war enttäuscht, als ich bemerkte, dass sie von dem Wrack eines holländischen Handelsschiffes, das vor ihr verschwand, überholt wurde.

Zuletzt, als ich mehrere Vermutungen dieser Art aufgestellt und mich in allen verrechnet hatte, brachte mich diese Tatsache – die

Tatsache meiner unfehlbar falschen Berechnung – auf einen Gedankengang, der meine Glieder wieder erbeben und mein Herz noch einmal heftig schlagen ließ.

Es war kein neues Entsetzen, das mich so ergriff, sondern das noch fürchterlichere Dämmern einer Hoffnung.

Sie erstand mir teils aus der Erinnerung, teils aus meinen gegenwärtigen Beobachtungen.

Ich erinnerte mich an die große Verschiedenheit der an der Küste von Lofodden angeschwemmten Dinge, die der Moskoestrom erst an sich gerissen und dann wieder ausgeworfen hatte. Diese Gegenstände waren größtenteils in der ungewöhnlichsten Weise zersplittert und zerrieben, sodass es aussah, als seien sie mit Borsten bedeckt –; aber dann besann ich mich deutlich, dass einige von ihnen ganz unbeschädigt geblieben waren. Für diese Erscheinung fand ich keinen anderen Grund als die Annahme, dass die zersplitterten Trümmer die einzigen gewesen seien, die der Strudel vollständig eingesogen haben – dass die anderen so spät in die Strömung geraten oder aus irgendeinem Grund nach dem Eintritt so langsam abwärts geglitten waren, dass sie den Boden nicht erreichten, ehe die Zeit der Flut oder je nachdem auch der Ebbe wiedergekommen war.

Ich hielt es in beiden Fällen für möglich, dass sie wieder an die Oberfläche des Meeres emporgewirbelt werden könnten, ohne das Schicksal der Dinge zu teilen, die der Strudel früher oder schneller in sich aufgesogen hatte.

Außerdem machte ich drei wichtige Beobachtungen. Die erste war die allgemeine Regel, dass ein Körper, je größer er ist, desto schneller sinkt; die zweite, dass bei zwei Körpern von gleichen Volumen, von denen der eine von sphärischer, der andere von irgendeiner anderen Gestalt war, der sphärische stets rascher unterging; die dritte, dass bei zwei Körpern von gleichem Volumen, von denen der eine zylindrisch, der andere von irgendeiner anderen Gestalt war, der Zylinder am langsamsten eingesogen wurde. Nach meiner Rettung habe ich mich öfters mit einem alten Schulmeister unseres Distrikts über ihre Erscheinungen unterhalten; von ihm habe ich auch die Bedeutung der Worte ›Zylinder‹ und ›Sphäre‹ gelernt. Er erklärte mir auch – ich vergaß jedoch wie –, dass das, was ich gesehen hatte, die natürliche Folge der Formen der schwimmenden Trümmer sei, und zeigte mir, woher es kommt, dass ein Zylinder der Einsaugekraft eines Strudels größeren Widerstand entgegensetzt als ein Körper von gleichem Volumen in irgendeiner anderen Form.

Außerdem trug noch ein auffälliger Umstand dazu bei, mich von der Richtigkeit meiner Beobachtungen zu überzeugen und mich anzutreiben, Nutzen aus ihnen zu ziehen. Bei jeder Umdrehung um den Trichter kamen wir an einer Tonne oder Segelstange oder einem Schiffsmast vorüber, während viele derartige Gegenstände, die mit uns auf gleicher Höhe gewesen waren, als ich zuerst gewagt, meine Augen für die Wunder des Strudels zu öffnen, jetzt hoch über uns schwammen und sich nur wenig fortbewegt hatten.

Nun war mir nicht länger zweifelhaft, was zu tun sei. Ich beschloss, mich fest an das Wasserfass, an das ich mich bisher angeklammert, anzubinden, das Seil, mit dem es an dem Boot befestigt war, zu lösen und mich mit ihm zusammen ins Wasser zu werfen.

Ich machte meinen Bruder durch Zeichen aufmerksam, deutete auf die Fässer, die in unserer Nähe schwammen und versuchte alles, was in meinen Kräften stand, um ihm mein Vorhaben verständlich zu machen.

Ich nahm endlich an, dass er mich begriffen habe; aber wie dem auch sei; er schüttelte verzweifelt den Kopf und weigerte sich, seinen Platz bei dem Ringbolzen zu verlassen. Ihn mit Gewalt fortzubringen war ein Ding der Unmöglichkeit, denn die Situation duldete keinen

Aufschub. So überließ ich ihn denn nach bitterem Seelenkampfe seinem Schicksal, band mich mit den Seilen, die das Fass auf dem Schiffe befestigt hatten, an und stürzte mich mit ihm, ohne noch einen Augenblick Zeit zu verlieren, in das Wasser.

Der Erfolg entsprach vollständig meinen Hoffnungen. Da ich selbst Ihnen die Geschichte erzähle und Sie also sehen, dass ich wirklich dem Untergange entronnen bin, und Sie überdies wissen, auf welche Art und Weise ich meine Rettung bewerkstelligte, will ich schnell zum Schluss kommen.

Es mochte wohl eine Stunde vergangen sein, seit ich die Schmack verlassen, als ich sie in weiter Entfernung unter mir plötzlich drei bis vier wilde Umdrehungen machen und mit meinem geliebten Bruder kopfüber auf immer in das Chaos von Schaum hinabstürzen sah.

Das Fass, auf das ich mich festgebunden hatte, sank wenig tiefer als über die Hälfte der Strecke zwischen dem Boden des Abgrundes und der Stelle, an der ich über Bord gesprungen war, als das Aussehen des Strudels plötzlich eine große Veränderung erfuhr. Der Abhang der Seitenwände des ungeheuren Trichters wurde von Minute zu Minute weniger steil. Die Umdrehungen des Strudels ließen immer mehr an Heftigkeit nach. Allmählich verschwand der Schaum und der Regenbogen, und der Boden des Strudels schien sich langsam zu erheben. Der Himmel wurde klar, die Winde hatten sich gelegt, und der Vollmond ging strahlend im Westen unter, als ich mich auf der Oberfläche des Ozeans wiederfand, angesichts der Küste von Lofodden, oberhalb der Stelle, wo der Wirbel des Moskoestroms gewesen war. Die Ruhepause war eingetreten, doch ging die See infolge des Orkans noch haushoch. Ich wurde heftig in den Kanal der Strömung gerissen und in wenigen Minuten an die Küste gespült, in die Nähe der beliebten Fangstellen unserer Fischer.

Ein Boot nahm mich auf; ich war vollständig erschöpft, und jetzt, da die Gefahr vorüber, sprachlos beim Andenken an ihre Gräuel. Die Leute, die mich an Bord zogen, waren meine alten Kameraden und täglichen Genossen, aber sie erkannten mich ebenso wenig, wie sie einen Wanderer aus dem Schattenlande wiedererkannt haben würden. Mein Haar, das Tags zuvor rabenschwarz gewesen, war so weiß geworden, wie es heute ist. Man sagte auch, dass sich der ganze Ausdruck meines Gesichts verändert habe. Ich erzählte ihnen meine Geschichte – man glaubte sie nicht. Nun habe ich sie auch Ihnen erzählt und kann erwarten, dass Sie dieselbe für wahrhaftiger halten als die zweifelsüchtigen Fischer von Lofodden.«

Die Maske des Roten Todes

Der Rote Tod hatte schon lange im Lande gewütet; noch nie hatte die Pest grauenhaftere Verheerungen angerichtet. Blut ging vor ihr her – Blut folgte ihr; überall sah man die Farbe des Blutes, spürte seine Schrecken.

Sie brachte stechende Schmerzen und plötzliche Schwindelanfälle mit sich, denen starke Blutungen aus allen Poren folgten, und ließ unerbittlich den Tod zurück.

Die scharlachroten Flecken auf dem ganzen Körper und besonders auf dem Gesichte des Opfers waren die Brandmale, die den Unglücklichen von der Hilfe und dem Mitleid der Menschen ausschlossen; und der erste Anfall, der qualvolle Fortschritt und das Ende der Seuche war das schauerliche Werk einer halben Stunde.

Doch Prinz Prospero? … Prinz Prospero war glücklich, furchtlos und weise. Als seine Besitztümer halb entvölkert dalagen, entbot er tausend lebenslustige Gesellschafter aus dem Kreise der Ritter und Damen seines Hofes zu sich und zog sich mit ihnen in die tiefe Abgeschiedenheit eines seiner befestigten Schlösser zurück. Es war ein weitläufiges, prächtiges Gebäude, eine Schöpfung nach des Prinzen eigenem, wildem, aber großartigem Geschmack. Eine starke, hohe, mit eisernen Toren verschlossene Mauer umgab das ganze Besitztum. Als die Höflinge eingezogen waren, brachte man Schmelzöfen und schwere Hämmer herbei und schmiedete die Riegel an den Toren zu, denn die Verzweiflung sollte weder jählings von außen herein noch die irre Lustigkeit von innen heraus gelangen können. Die Welt draußen mochte für sich selbst sorgen! Es wäre Torheit gewesen, sich um der Zukunft oder der Menschheit willen trübem Nachdenken und Grübeleien hinzugeben!

Der Prinz hatte denn auch reichlich für Vergnügungen und Unterhaltung gesorgt.

Da waren Spaßmacher, Improvisatoren, Balletttänzer, Musiker, dazu die schönen Damen, und die edlen Weine! Ja, alles das und Sicherheit war im Schloss! Draußen war der Rote Tod!

Im fünften oder sechsten Monat, als die Pest im Lande gerade am schlimmsten wütete, lud Prinz Prospero seine tausend Freunde zu einem Maskenballe von ganz ungewöhnlicher Pracht ein.

Die Schar der Masken bot einen berauschenden Anblick dar, doch will ich erst die Räume beschreiben, in denen das Fest stattfand.

Es waren ihrer sieben – eine wahrhaft fürstliche Zimmerflucht! In den meisten Palästen würde sie wohl eine einzige, lange Durchsicht geboten haben, da man im Allgemeinen die Flügeltüren nach jeder Seite hin bis fast an die Wand zurückschieben und alle Räumlichkeiten mit einem Blicke durchschweifen konnte. Die Vorliebe des Prinzen für alles Bizarre hatte ihn jedoch bewogen, das Schloss so unregelmäßig bauen zu lassen, dass man zu gleicher Zeit nur wenig mehr als ein Zimmer überschauen konnte. Nach je zwanzig oder dreißig Schritten gelangte man an eine scharfe Biegung, die einem stets den Anblick auf ein neues Bild freiließ. In jedem Zimmer ging zur Rechten und Linken in der Mitte jeder Wand ein hohes, schmales, gotisches Fenster auf einen geschlossenen Korridor hinaus, der den Windungen der Zimmerflucht folgte. Die Scheiben der Fenster waren aus buntem Glase, dessen Farbe mit derjenigen übereinstimmte, die in der Ausschmückung des Zimmers vorherrschte.

Das Zimmer am östlichen Ende der Reihe war zum Beispiel in Blau gehalten, und dementsprechend strahlten auch die Fensterscheiben in funkelndem Blau.

Das zweite Zimmer war mit purpurroten Wandbekleidungen und Zierraten ausgestattet, und auch die Scheiben waren purpurn – das dritte Gemach war ganz in Grün ausgestattet, und zauberhaftes grünes Licht ergoss sich durch seine Fenster. Das vierte Zimmer hatte orangefarbige Möbel und Beleuchtung, das fünfte Gemach war weiß, das sechste violett – das siebente aber mit schwarzem Sammet ausgeschlagen, der den Plafond und die Wände umhüllte und in schweren Falten auf den Bodenteppich von derselben Farbe und dem gleichen Stoff niederfiel.

In diesem Zimmer allein entsprach die Farbe der Fenster nicht der übrigen Ausschmückung. Hier waren die Scheiben scharlachrot, tief scharlachrot.

In keinem der sieben Zimmer war unter dem Überfluss an goldenen Zierraten, die zahllos umherstanden oder von der Zimmerdecke herunterhingen, eine Lampe oder ein Kandelaber zu entdecken. In den Korridoren, welche die ganze Zimmerflucht umschlossen, stand jedem Fenster gegenüber ein massiver Dreifuß, in dem ein Kohlenfeuer loderte, das seine Flammen durch das bunte Glas in das Zimmer warf und ihm so eine glühende Helle und eine stets wechselnde, fantastische Beleuchtung mitteilte. Aber in dem westlichen oder schwarzen Zimmer war die Wirkung, die das feurige Licht der blutroten Scheiben auf den schwarzen Wandbekleidungen hervorbrachte, eine so gespenstische, gab den Gesichtern der Eintretenden ein so grässliches Aussehen, dass nur wenige kühn genug waren, ihren Fuß über die Schwelle des Gemaches zu setzen.

An der westlichen Wand in diesem Zimmer stand eine riesengroße Uhr aus Ebenholz. Ihr Pendel schwang mit dumpfem, schwerem, eintönigem Schlagen hin und her. Und wenn der Minutenzeiger seinen Kreislauf über das Zifferblatt beendet hatte und das Uhrwerk die Stunde zu schlagen begann, drang aus der metallenen Brust der Uhr ein voller, tiefer, wunderbar musikalisch klingender Ton hervor, der von so besonderem Klange, von so seltsamer Feierlichkeit war, dass nach Verlauf jeder Stunde die Musiker sich wie von einer unerklärlichen Macht gezwungen fühlten, eine Pause zu machen und dem Tone zu lauschen; die Tanzenden mussten plötzlich innehalten, ein kurzes Missbehagen breitete sich über die ganze fröhliche Gesellschaft. Man sah, während die Glocken des Uhrwerkes tönten, die Leichtfertigsten erbleichen und die Älteren und Gesetzteren, wie in traumhaftem Nachdenken verloren, ihre Stirn in ihre Hand senken. Doch sobald der letzte Schlag verklungen war, brach die Gesellschaft wieder in heiteres Lachen aus, die Musiker blickten einander an, lächelten wie über eine Torheit und gelobten flüsternd, sich beim nächsten Stundenschlage nicht wieder in eine ähnliche Aufregung bringen zu lassen.

Aber wenn nach Verlauf von sechzig Minuten (die dreitausendsechshundert Sekunden der flüchtigen Zeit bedeuten) neue Glockenklänge von der Uhr her tönten, dann schrak die fröhliche Maskenschar wie vorher auf und wartete wieder mit banger, verstörter Angst auf ihren letzten Schlag.

Und doch war's trotz allem ein heiteres, köstliches Fest. Der Prinz hatte seinen ganz persönlichen Geschmack. Er liebte seltene Farben und Farbenwirkungen und verachtete alles Herkömmliche. Seine Pläne waren kühn und voller Leben, und aus seinen Entwürfen sprühte die Glut ferner, schöner Zonen. Manche da draußen hatten ihn für wahnsinnig gehalten. Seine Hofgesellschaft wusste, dass dies ein

Irrtum war; aber man musste ihn selbst hören, ihn sehen, musste mit ihm reden, um wirklich überzeugt zu sein, dass er es nicht war.

Um dieses große Fest zu verschönern, war ein Teil der beweglichen Ausschmückung der sieben Gemächer unter seiner Leitung entstanden, sein eigener, eigenartiger Geschmack hatte auch die Kostüme der Masken bestimmt.

Und sie waren wirklich höchst grotesk. Da gab es Farbenpracht und Glanz und Glitzern, viel Fantasie und Pikanterie. Arabeskenhafte Gestalten mit seltsam verrenkten Gliedmaßen wandelten umher und gemahnten wohl an die Traumgebilde eines Tollen. Viel Schönes war da, viel Übermütiges, viel Bizarres, manches Schreckliche und nicht wenig, das widerwärtig wirkte. Auf und ab wogte es in den sieben Zimmern, wie eine Menge wirrer Traumgestalten. Und die Masken gingen ein und aus, stets wechselnd, bald zaubervoll, bald spukhaft beleuchtet, und die lauten Klänge des Orchesters durchtönten die Luft wie das Echo ihrer Schritte. Und mitten in den Trubel hinein erklingen dann plötzlich die Glockenschläge der Ebenholzuhr – und für einen Augenblick tritt Totenstille ein, man hört keinen Laut – nichts, nur die Stimme der Uhr! Die Traumgestalten bleiben, wie von plötzlicher Erstarrung ergriffen, auf dem Flecken stehen.

Aber kaum ist der letzte Ton verhallt – so erklingt hinter ihm her ein leichtes, halb unterdrücktes Lachen.

Die Musik schwillt wieder sanft empor, die erstarrten Träume beleben sich wieder und wogen noch heiterer auf und ab durch das Glühen der vielfarbigen Fenster, durch den seltsamen Feuerschein, den die Dreifüße flackernd entsenden. Aber in das westliche der sieben Zimmer wagt sich keine der Masken mehr hinein; denn es ist schon tief in der Nacht, und ein grelles Licht dringt durch die scharlachroten Scheiben; und die Düsterkeit der schwarzen Draperien tritt immer erschreckender hervor, und dem, der es wagt, seinen Fuß auf den schwarzen Teppich zu setzen, klingt das dumpfe Ticken der Ebenholzuhr warnender, feierlicher ins Ohr, als denen, die sich in den anderen Gemächern der lauten Fröhlichkeit überlassen.

Aber in den übrigen sechs Gemächern herrschte ein dichtes Gedränge, und fieberhaft pulste dort der Herzschlag des Lebens. Der Festesrausch stieg höher und höher, bis endlich die Uhr die Mitternachtsstunde zu schlagen begann.

Und nun, wie bei jedem Stundenschlage, bricht die Musik plötzlich ab; die Tanzenden bleiben starr stehen, überall tritt, wie vorher, eine unheimliche Ruhe ein.

Aber diesmal waren es zwölf Schläge, die von der Uhr ertönten, und daher kam es auch wohl, dass in der längeren Zeit den Nachdenklicheren unter den Festgenossen tiefere und ernstere Gedanken kamen. Und daher kam es auch wohl, dass, noch ehe der letzte Schlag in der Stille verklungen war, mehrere aus der Menge sich der Gegenwart einer maskierten Gestalt bewusst wurden, die bis dahin noch keiner von ihnen bemerkt hatte.

Als das Gerücht von der Anwesenheit dieser seltsamen neuen Erscheinung flüsternd die Runde gemacht, ertönte aus der ganzen Gesellschaft ein Murmeln des Staunens, der Missbilligung – das sich endlich zu einem Ausdruck des Schreckens, des Entsetzens und des Abscheus steigerte.

Es lässt sich denken, dass es schon eine ganz ungewöhnliche Maske sein musste, die in einer so fantastisch gekleideten Gesellschaft eine derartige Erregung hervorbringen konnte. Die Maskenfreiheit war in der Tat für jene Nacht fast unbeschränkt, aber die unbekannte Erscheinung ging sogar über des Prinzen weitgehendste Erlaubnis hinaus. Selbst in den leichtfertigsten, frivolsten Herzen gibt es Saiten, bei deren Berührung der Mensch erbebt. Und selbst für die

Verlorenen, denen Leben und Tod nur noch ein Spott ist, gibt es Dinge, die sie nicht zu ihrem Gespött machen wollen. Die ganze Gesellschaft schien auch hier von dem Gefühl durchdrungen, dass in dem Kostüm und dem Auftreten des Fremden weder Geist noch die geringste Empfindung für Schicklichkeit zu erkennen sei. Seine Gestalt war lang und hager und vom Kopfe bis zu den Füßen in Leichentücher gehüllt. Die Maske, die sein Gesicht verhüllte, war so getreu dem Angesichte eines schon erstarrten Leichnams nachgebildet, dass man auch bei genauester Prüfung die Täuschung kaum erkennen konnte.

Doch dies alles hätten die tollen Festgenossen – vielleicht nicht gebilligt, aber doch noch erträglich gefunden. Aber der Vermummte war so weit gegangen, den Typus des Roten Todes anzunehmen. Die Laken, die ihn umhüllten, waren mit den grauenhaften scharlachroten Flecken besprenkelt.

Als die Augen des Prinzen Prospero die gespenstische Erscheinung erblickten, welche mit langsamen, feierlichen Schritten, als wolle sie ihre Rolle möglichst gut markieren, zwischen den Tanzenden auf und ab schritt, bemerkte man, dass er im ersten Augenblick in heftigem Schauder, voll Schrecken oder Abscheu, zusammenzuckte. Doch dann stieg ihm die Zornesröte ins Gesicht.

»Wer wagt es«, fragte er mit heiserer Stimme die Höflinge in seiner Nähe, »uns durch diesen gotteslästerlichen Spott zu beleidigen? Ergreift ihn und reißt ihm die Maske ab, damit wir sehen, wen wir bei Sonnenaufgang an den Zinnen des Schlosses aufhängen lassen!«

Der Prinz befand sich im östlichen oder blauen Zimmer, als er diese Worte sprach.

Sie tönten laut und klar durch die sieben Räume – denn der Prinz war ein kühner, kraftvoller Mann, und die Musik hatte ein Wink seiner Hand zum Schweigen gebracht.

In dem blauen Zimmer also stand der Prinz, umgeben von einer Schar Höflinge, denen das Blut aus dem Antlitz gewichen war. Als er zu sprechen begonnen hatte, machte sich in der Gruppe eine leichte Bewegung auf den Eindringling zu bemerkbar, der in diesem Augenblick ebenfalls in der Nähe war und jetzt mit gemessenen, majestätischen Schritten auf den Sprecher zutrat. Aber die wahnsinnige Vermessenheit des Vermummten flößte der ganzen Gesellschaft ein so namenloses Entsetzen ein, dass niemand es wagte, Hand an ihn zu legen. Ohne dass ihn jemand aufgehalten hätte, trat er bis auf zwei Schritte an den Prinzen heran, und während die Höflinge wie von einem Gefühl der Angst getrieben aus der Mitte der Zimmer an die Wände zurückwichen, durchschritt er ungehindert, mit demselben feierlichen, gemessenen Schritt, mit dem er gekommen, das blaue Zimmer, dann das purpurne, das grüne, das orangefarbne, das weiße, das violette.

Niemand machte eine Bewegung, bis plötzlich Prinz Prospero, rasend vor Wut und Scham über seine eigene, unerklärliche Feigheit – obwohl ihm niemand von den Höflingen zu folgen wagte, so sehr hatte sie der Schreck gelähmt –, durch die sechs Zimmer stürzte. Er schwang einen Dolch und war der vor ihm herschreitenden Gestalt schon auf drei oder vier Fuß nahe gekommen, als diese gerade das Ende des schwarzen Gemaches erreicht hatte, sich plötzlich umwandte und den Verfolger anblickte.

Ein gellender Schrei erscholl, der Dolch fiel blitzend auf den schwarzen Teppich nieder, auf den einen Augenblick später Prinz Prospero tot hinsank.

Nun raffte sich endlich eine Schar der Festgenossen auf! Sie drangen in das schwarze Gemach, ergriffen den Vermummten, dessen hohe Gestalt aufrecht und bewegungslos im Schatten der Ebenholzuhr stand – aber in wahnsinnigem Entsetzen schrien sie auf, als sie fühlten, dass die Grabgewänder und die Leichenmaske, die sie mit so rauer Gewalt gepackt, keine Gestalt eingehüllt hatten, die greifbar war!

Und nun erkannten sie die Gegenwart des – Roten Todes. Er war gekommen wie ein Dieb in der Nacht. Und einer nach dem anderen sanken die Gäste des Prinzen Prospero in den blutbedeckten Sälen ihrer Lustbarkeit dahin und starben in der verzweifelten Stellung, in der sie niedergesunken waren.

Die Ebenholzuhr stand mit dem Tode des letzten der Fröhlichen still. Die Flammen der Dreifüße verloschen. Und Finsternis und Verwesung legten sich über das Totenschloss.

Das ovale Porträt

Mein Fieber war äußerst hitzig und langwierig. Alle Heilmittel, die ich mir in den wilden Apenninen verschaffen konnte, hatte ich schon erfolglos angewandt. Mein Kammerdiener und einziger Mitbewohner des einsamen Schlosses war zu nervös und zu ungeschickt, um mich zur Ader zu lassen; überdies hatte ich auch bei dem Zusammenstoß mit den Banditen Blut genug verloren. Da fiel mir ein, dass ich noch ein kleines Paket Opium in meiner Tabatière bei mir hatte. Pedro reichte mir die Büchse; doch als ich mir einen Teil von dem Gift abschneiden wollte, zögerte ich ein wenig. Beim Rauchen kam es nicht so sehr darauf an, wie viel man nahm, doch hier lag die Sache anders. Ich hatte noch nie Opium gegessen. Aber ich half mir aus der Verlegenheit, indem ich beschloss, zuerst nur eine ganz kleine Dosis zu nehmen. Sollte sie nicht wirken, so wollte ich sie so lange gradweise verstärken, bis ich fühlte, dass das Fieber sich verminderte und der Schlaf, der mich nun schon seit fast acht Tagen floh, sich auf meine taumelnden Sinne herabsenken würde.

Das Schloss, in das mein Diener gewaltsam eingedrungen war, damit ich in meinem beklagenswerten Zustand die Nacht nicht im Freien zubringen müsse, war ein Gebäude von halb großartiger, halb melancholischer Bauart und mochte wohl schon lange, lange finster in die Apenninen hinabgeschaut haben. Allem Anschein nach war es erst seit Kurzem und nur für kurze Zeit verlassen worden. Wir richteten uns in einem der kleinsten und am wenigsten prunkvoll möblierten Zimmer ein. Es lag in einem Eckturm des Schlosses und war mit reichem, wenn auch altem, teils zerfallenem Schmuckwerk ausgestattet. Die Mauern waren mit einer wahrhaft erstaunlichen Menge moderner Gemälde behangen, die nicht nur die Hauptwände des Zimmers, sondern auch die zahlreichen Nischen und Erker schmückten. Ich befahl Pedro, meinem Diener, die schweren Vorhänge vor die Fenster zu ziehen und, da es Nacht wurde, einen großen, vielarmigen Kandelaber anzuzünden, der am Kopfende des Bettes stand. Dann hieß ich ihn die schwer befransten, schwarzsamtenen Bettgardinen beiseiteschieben. Ich wollte, falls ich nicht schlafen konnte, die Gemälde betrachten und den kleinen Band durchlesen, den ich auf den Kissen gefunden hatte und der eine Beschreibung und Kritik der Gemälde enthielt.

Ich las lange, lange und betrachtete die Bilder voll Ehrfurcht und Andacht. Schnell, mit glänzenden Flügeln entflohen die Stunden, und die tiefe Mitternacht zog heran. Die Stellung des Kandelabers missfiel mir, und um meinen schlafenden Diener nicht zu wecken, streckte ich selbst mit Mühe die Hand aus und wandte ihn so, dass seine Strahlen voller auf mein Buch fielen.

Diese kleine Bewegung hatte eine ganz ungeahnte Wirkung. Die Strahlen der zahlreichen Kerzen fielen jetzt in eine Nische, die bis dahin tief im Schatten eines Bettpfostens gelegen hatte, und ich erblickte in hellster Beleuchtung ein bis jetzt unbemerktes Porträt. Es war das Bild eines jungen, zum Weibe reifenden Mädchens. Ich blickte es schnell an und schloss dann sofort die Augen. Weshalb ich das tat, wusste ich im ersten Augenblick selbst nicht, und ich begann mit geschlossenen Lidern über den Beweggrund nachzugrübeln. Es war wohl eine instinktive Bewegung gewesen, um Zeit zum Nachdenken zu gewinnen – um mich zu vergewissern, dass mein Blick mich nicht getäuscht – um meine Fantasie zu beruhigen, damit sie den

Gegenstand nüchtern und ruhig betrachte. Nach ein paar Sekunden blickte ich das Gemälde wieder fest an.

Dass ich nun richtig sah, konnte ich nicht länger bezweifeln, noch wollte ich es – denn der erste Widerschein der Kerzen auf der Leinwand hatte die träumerische Versunkenheit, die sich vielleicht über meine Sinne gebreitet hatte, verwischt und mich plötzlich vollständig wach gemacht.

Das Bild war, wie schon gesagt, das Porträt eines jungen Mädchens – nur der Kopf und die Schultern, und zwar in jener Art gemalt, die man mit dem technischen Ausdruck ›Vignettenstil‹ bezeichnet. Die Arme, der Busen und selbst die Spitzen ihres schimmernden Haares gingen unmerklich in den unbestimmten, tiefen Schatten über, der den Hintergrund des Gemäldes bildete. Der Rahmen war oval, reich vergoldet und in maurischem Geschmack verziert. Rein als Kunstwerk genommen, konnte es nichts Bewunderungswerteres geben als dieses Porträt – und doch hätte weder die vollkommene Ausführung des Bildes noch die himmlische Schönheit der dargestellten Person mich so plötzlich und so heftig erregen können. Auch sah ich sehr wohl ein, dass ich im ersten Augenblick des Erwachens aus meinen Träumereien das Bild nicht etwa für eine lebendige Person hätte halten können: Die vignettenhafte Art der Ausführung und der glänzende Rahmen hätten einen solchen Gedanken überhaupt wohl nicht aufkommen lassen … Ich dachte über dies alles vielleicht eine Stunde lang nach, in meine Kissen zurückgelehnt, und hielt meine Blicke immer fest auf das Porträt gerichtet, bis ich endlich das ganze Geheimnis dieses sonderbaren Bildes entdeckte. Sein Reiz bestand nämlich in der vollkommenen Lebensähnlichkeit seines Ausdrucks, der mich beim ersten Anblick so lebhaft erregt, verwirrt, ja, erschreckt hatte. Mit einem Gefühl tiefen, ehrfürchtigen Schauderns schob ich den Kandelaber in seine frühere Stellung

zurück, und nachdem ich so die Ursache meiner lebhaften Erregung meinen Blicken entzogen hatte, ergriff ich das Buch, das die Beschreibung und die Geschichte der Gemälde enthielt. Ich suchte die Nummer des ovalen Porträts auf und las die deutungsreichen, sonderbaren Worte:

»Sie war ein Mädchen von seltenster Schönheit und so heiter wie liebenswürdig. Und verhängnisvoll war die Stunde, in welcher der Maler sie sah, liebte und zur Gattin nahm. Er war leidenschaftlich, grüblerisch, streng und hatte schon eine Braut in seiner Kunst ... Sie aber war ganz Licht und Lächeln und zu Scherzen aufgelegt wie ein junger Pfau; sie liebte und hätschelte alle Dinge und hasste nur eins: die Kunst, die ihre Rivalin war, und fürchtete nur die Palette und die Pinsel und die übrigen verhassten Werkzeuge, die ihr den Anblick des Geliebten so oft entzogen hatten. Mit Schrecken vernahm sie den Wunsch ihres Gatten, sie zu porträtieren. Doch war sie ergeben und gehorsam und saß geduldig lange Wochen hindurch in dem düsteren, hohen Turmzimmer, durch das nur von oben ein bleiches Licht auf die graue Leinwand fiel. Er aber, der Maler, setzte seinen ganzen Stolz in dies Werk, das täglich, stündlich seiner Vollendung entgegenging. Und er war ein leidenschaftlicher, seltsamer, grüblerischer Mann, der sich in Träumereien verlor, sodass er nicht sah oder nicht sehen *wollte,* dass das Licht, das so gespenstisch in jenes einsame Turmzimmer fiel, die Gesundheit und die Seele seiner Frau zerstörte, die für alle Welt, nur nicht für ihn, sichtbar dahinsiechte. Dennoch lächelte sie immer und klagte niemals, weil sie sah, dass der Maler, der weit über das Land berühmt war, in seinem Schaffen tiefen Genuss fand und Tag und Nacht arbeitete, um die zu malen, die ihn so grenzenlos liebte – und die täglich müder und schwächer wurde. Und alle, die das Porträt sahen, sprachen mit unterdrückter Stimme von seiner Ähnlichkeit wie von einem unerklärlichen Wunder, wie von einem machtvollen Beweis von der Kunst des Malers und seiner Liebe zu ihr, die er so vollendet ähnlich auf die Leinwand bannte. Doch als sich die Arbeit ihrem Ende nahte, wurde niemand mehr in den Turm zugelassen, denn der Maler war wie besessen vom Eifer für sein Werk und wandte nur selten noch seine Blicke von dem Bild auf die Züge seiner Frau. Und er *wollte* nicht sehen, dass die Farben, die er auf die Leinwand auftrug, von den Wangen der Frau verschwanden, die vor ihm saß. Und als viele Wochen vorübergegangen waren und nur noch wenig zu tun blieb – noch ein Strich über die Lippen, noch ein letzter Glanz über dem Auge –, flackerte die Seele der jungen Frau noch einmal auf wie eine verglimmende Lampe. Und der Maler machte den Strich über die Lippen und legte den Glanz über das Auge, und er stand einen Augenblick wie entzückt vor dem Werk seiner Hände. Im nächsten Augenblick aber, während er noch in Anschauung versunken war, begann er zu zittern und wurde totenbleich und schrie, von einem Entsetzen jäh angefasst, mit lauter Stimme: ›Das ist ja das Leben selbst!‹ und wandte sich zu seiner Geliebten. – Sie war tot!«

Der schwarze Kater

Ich verlange und erwarte nicht, dass man die höchst seltsame und doch einfache Geschichte, die ich hier niederschreiben will, glaubt. Es wäre auch töricht, dies zu tun, denn ich selbst vermag dem Zeugnis meiner Sinne kaum zu trauen. Doch bin ich weder wahnsinnig noch habe ich geträumt. Morgen aber muss ich sterben und möchte darum heute meine Seele entlasten. Zu diesem Zweck will ich der Welt klar und bündig und ohne weitere Erörterungen eine Reihe rein häuslicher Begebenheiten vor Augen führen. Die Folgen dieser Begebenheiten haben mich dem Entsetzen, haben mich der Qual anheimgegeben und mich schließlich zugrunde gerichtet. Doch will ich nicht versuchen, sie weiter zu erklären. Mir haben sie ein Schaudern verursacht; anderen mögen sie vielleicht weniger schrecklich als sonderbar erscheinen. Später vielleicht wird ein denkender Geist meine Wahngebilde auf Selbstverständlichkeiten zurückführen – er wird, ruhiger, logischer und viel weniger nervös als ich, in all den Umständen, die ich nun mit Grausen erzähle, die gewöhnliche Folge ganz natürlicher Ursachen und Wirkungen erkennen.

Von früher Kindheit an war ich wegen meines gelehrigen, liebevollen Wesens bekannt. Die Zärtlichkeit meines Herzens war so ungewöhnlich, dass sie mich zum Gespött meiner Kameraden machte. Ich war ein großer Tierfreund, und meine Eltern gestatteten mir gütigst, eine ganze Anzahl solcher Lieblinge zu halten. Mit ihnen verbrachte ich den größten Teil meiner Zeit und fühlte mich nie so glücklich, als wenn ich sie fütterte und liebkoste. Diese Eigenheit meines Wesens wuchs mit den Jahren und war später im Mannesalter der Quell meiner größten Vergnügungen. Denen, die jemals Neigung für einen treuen und gelehrigen Hund gehabt haben, brauche ich wohl die Natur und die innige Befriedigung, die aus solch einer Liebhaberei entstehen kann, nicht weiter zu erklären. In der selbstlosen und aufopferungsfähigen Anhänglichkeit eines Tieres liegt etwas, das unmittelbar zum Herzen dessen spricht, der oft Gelegenheit gehabt hat, die Armseligkeit und Unbeständigkeit der Menschen – was Freundschaft und Treue angeht – zu erproben.

Ich heiratete früh und war glücklich, bei meiner Frau eine meinem Wesen entsprechende Gemütsart zu finden. Als sie meine Vorliebe für Haustiere bemerkte, ließ sie keine Gelegenheit vorübergehen, mir die gefälligsten zu verschaffen. Und so besaßen wir denn Vögel, Goldfische, einen schönen Hund, Kaninchen, einen kleinen Affen und einen – Kater.

Er war ein auffallend großes und schönes Tier, vollständig schwarz und erstaunlich klug. Meine Frau, die ein wenig abergläubisch war, machte oft, wenn sie von dieser Klugheit sprach, Anspielungen auf den volkstümlichen Aberglauben, nach dem alle schwarzen Katzen verkappte Hexen sind. Ich will nicht sagen, dass sie jemals ernsthaft daran glaubte, und ich erwähne es überhaupt nur, weil ich mich zufällig wieder daran erinnere.

Pluto – so hieß der Kater – war mein bevorzugter Liebling und Spielgenosse. Ich allein fütterte ihn, und er begleitete mich auf Schritt und Tritt im ganzen Hause herum. Ich konnte ihm nur mit Mühe verwehren, mir auch auf die Straße zu folgen.

Unsere Freundschaft hatte nun schon mehrere Jahre bestanden – Jahre, in denen mein Temperament und mein Charakter, wie ich mit Beschämung gestehen muss, durch den Dämon Unmäßigkeit allmählich eine vollständige Wandlung zum Schlimmen erfuhr. Ich wurde von Tag zu Tage trübsinniger, reizbarer, rücksichtsloser. Selbst meiner Frau gegenüber gestattete ich mir eine brutale Sprache und vergriff mich schließlich sogar tätlich an ihr. Meine Lieblinge mussten natürlich ebenfalls unter dieser Veränderung meiner Gemütsart leiden. Ich vernachlässigte sie nicht nur, sondern misshandelte sie. Für Pluto jedoch empfand ich noch immer so viel Zuneigung, dass ich ihn wenigstens nicht quälte, obwohl ich mir kein Gewissen daraus machte, die Kaninchen, den Affen und selbst den Hund, wenn sie mir aus Zufall oder Anhänglichkeit in den Weg liefen, zu peinigen, wie ich nur konnte.

Aber meine Krankheit gewann immer mehr Macht über mich – denn welche Krankheit ist an Hartnäckigkeit dem Hang zum Alkohol zu vergleichen? –, und zum Schluss musste selbst Pluto, der anfing, alt und infolgedessen etwas mürrisch zu werden, die Wirkungen meiner Verdüsterung an sich erfahren.

Eines Nachts, als ich vollständig betrunken aus einer meiner geliebten Kneipen in der Stadt spät nach Hause zurückkehrte, bildete ich mir ein, der Kater meide meine Gegenwart. Ich fing ihn ein, raffte ihn hoch, wobei er mir, wahrscheinlich aus Angst vor meiner Heftigkeit, mit den Zähnen eine kleine Wunde an der Hand beibrachte. In demselben Augenblick ergriff mich eine wilde Wut; ich kannte mich selbst nicht mehr, es war, als sei meine Seele aus dem Körper entwichen; eine mehr als teuflische, vom Schnaps noch angefeuerte Bosheit zuckte in jeder Fiber meines Leibes. Ich zog ein Federmesser aus meiner Tasche, öffnete es, packte das arme Tier an der Gurgel und stach ihm ganz bedächtig eins seiner Augen aus der Höhle heraus. Oh! – es überläuft mich abwechselnd ein glühender und eisiger Schauder, da ich diese fluchwürdige Scheußlichkeit hier niederschreibe.

Als ich am anderen Morgen den Dunst meiner nächtlichen Ausschweifung verschlafen hatte und wieder zu Verstande kam, empfand ich über mein Verbrechen ein aus Abscheu und Gewissensbissen gemischtes Gefühl; doch war es nur eine schwache Empfindung, und in ihrer Tiefe blieb meine Seele von derselben unberührt. Ich überließ mich aufs Neue meinen Unmäßigkeiten, und jede Erinnerung an die Tat ertränkte ich im Branntwein. Der Kater genas mittlerweile langsam. Seine leere Augenhöhle bot allerdings einen schauerlichen Anblick, doch schien er keine Schmerzen mehr zu leiden. Wie früher strich er im Hause umher, floh aber, wie leicht erklärlich, entsetzt davon, sobald ich in seine Nähe kam. Ich hatte mir noch so viel Gefühl bewahrt, dass mich die offenbare Abneigung eines Geschöpfes, das mir früher zugetan war, betrübte. Doch wich diese Empfindung bald einer tückischen Erbitterung. Und dann kam auch, um meinen endgültigen, unwiderruflichen Untergang zu besiegeln, der Geist der Perversität über mich.

Die Psychologie hat sich noch nie mit diesem Dämon befasst. Doch so wahr meine Seele lebt, ich glaube, dass die Perversität einer der Grundtriebe des menschlichen Herzens ist, eine der unteilbaren Urfähigkeiten oder Gefühle, die dem Charakter des Menschen seine Richtungslinie geben.

Wem wäre es nicht hundertmal begegnet, dass er sich bei einer niedrigen oder törichten Handlung überraschte, die er nur deshalb beging, weil er wusste, dass sie verboten war? Haben wir nicht beständig die Neigung, die Gesetze zu verletzen, bloß weil wir sie als solche anerkennen müssen? Dieser Geist der Perversität kam also, wie ich schon sagte, über mich, um meinen Untergang zu vollenden. Jener unergründliche Drang der Seele, sich selbst zu quälen, ihrer eigenen Natur Gewalt anzutun und das Unrecht nur um des Unrechts willen zu begehen, trieb mich an, das unschuldige Tier, das ich schon so grässlich misshandelt hatte, noch weiter zu quälen. Eines Morgens legte ich kaltblütig eine Schlinge um seinen Hals und hängte es an dem Ast eines Baumes auf; hängte es auf, während mir die Tränen aus den Augen strömten und Gewissensbisse mein Herz folterten; hängte es auf, *weil* ich wusste, dass es mich geliebt, und *weil* ich fühlte, dass es mir nie eine Ursache zu dieser Misshandlung gegeben hatte; hängte es auf, *weil* ich fühlte, dass ich mit der Tat eine Sünde beging, eine Todsünde, die das Heil meiner Seele vernichten konnte, sie, wenn es noch möglich gewesen wäre, dem Bereich der Gnade des allgerechten und allbarmherzigen Gottes hätte entziehen müssen.

In der Nacht, die dem Tage folgte, an dem ich die grausame Tat vollführt hatte, wurde ich durch Feuerlärm aus dem Schlafe geweckt. Die Vorhänge meines Bettes brannten, das ganze Haus stand schon in Flammen. Unter großen Gefahren entrannen meine Frau, unser Dienstbote und ich der Feuersbrunst. Alles wurde zerstört, mein ganzer Besitz an irdischen Gütern war dahin. Und ich selbst überließ mich von nun ab nur noch widerstandsloser dem Trunk.

Ich bin längst über die Schwäche hinaus, ein Verhältnis von Ursache und Wirkung zwischen diesem Unglück und der vorhergegangenen Schändlichkeit zu erblicken. Ich stelle nur eine Kette von Tatsachen fest und möchte dabei kein Glied unerwähnt lassen. Am Tag nach dem Brand besichtigte ich die Trümmer. Die Mauern waren bis auf eine zusammengestürzt: Und zwar war die nicht sehr dicke Scheidewand in der Mitte des Hauses, an der das Kopfende meines Bettes gestanden hatte, stehen geblieben. Die Wandverkleidung selbst hatte dem Feuer auffallend gut widerstanden – ich führte dies auf den Umstand zurück, dass sie erst vor Kurzem neu angeworfen worden war. Um diese Mauer herum hatte sich eine dichte Menschenmenge versammelt und schien einen bestimmten Teil derselben einer eingehenden, eifrigen Prüfung zu unterziehen. Worte wie ›seltsam!‹ und

›sonderbar!‹ und ähnliche Ausrufe erregten meine Neugierde. Ich näherte mich und erblickte auf der weißen Oberfläche, wie im Basrelief eingegraben, die Gestalt eines riesigen Katers. Die Konturen waren mit wunderbarer Sorgfalt ausgeführt. Um den Hals des Tieres lag ein Strick.

Als ich diesen Spuk – für etwas anderes konnte ich's kaum halten – erblickte, geriet ich vor Staunen und Grausen außer mir. Schließlich erinnerte ich mich, dass ich den Kater in einem Garten erhängt hatte, der dicht an mein Haus anstieß. Bei dem Feuerlärm hatte sich der Garten sofort mit Menschen gefüllt. Einer von ihnen musste das Tier abgeschnitten und durch ein offenes Fenster – wahrscheinlich in der Absicht, mich aus dem Schlafe zu wecken – in mein Zimmer geschleudert haben. Beim Einsturz der anderen Mauer musste irgendein Zufall das Opfer meiner Grausamkeit in die frisch aufgetragene Masse des Mauerputzes fest eingedrückt haben. Das Feuer hatte dann in Verbindung mit dem tierischen Alkali des Kadavers seine Umrisse fest in den Kalk eingebrannt.

Obgleich ich, was diese aufregende, rasch erzählte Tatsache angeht, meiner Vernunft, wenn nicht meinem Gewissen Genüge tat, machte sie nichtsdestoweniger einen tiefen Eindruck auf meine Fantasie. Monatelang konnte ich mich von der Spukgestalt des Katers nicht befreien, und eine unbestimmte Empfindung, die wie Reue erschien, es aber doch nicht war, kehrte in mein Gemüt ein. Ich fing sogar an, den Verlust des Tieres aufrichtig zu bedauern, und begann, mich in den niedrigen Schenken, die ich meist besuchte, nach einem anderen Tier derselben Art und von einigermaßen ähnlichem Aussehen umzusehen, das den Platz Plutos wieder ausfüllen konnte.

Eines Nachts, als ich, schon halb stumpfsinnig, in einer der allerniedrigsten Lasterhöhlen saß, lenkte sich meine Aufmerksamkeit plötzlich auf einen dunklen Gegenstand, der oben auf einem riesigen Oxhoftfass voll Branntwein oder Rum lag, das ein Hauptstück der Ausstattung des Lokales bildete. Einige Minuten lang blickte ich fest nach dem in die Höhe gerichteten Boden des Fasses, und es setzte mich in Erstaunen, dass ich den betreffenden Gegenstand nicht eher bemerkt hatte. Ich ging darauf zu und berührte ihn mit der Hand. Es war ein schwarzer Kater – ein sehr großer schwarzer Kater –, ganz so groß wie Pluto und ihm, mit Ausnahme einer einzigen Abweichung, vollständig ähnlich. Pluto hatte an seinem ganzen Körper kein einziges weißes Haar; dieser Kater hatte dagegen einen großen, wenn auch undeutlich gezeichneten weißen Flecken, der beinahe die ganze Brust bedeckte.

Als ich das Tier berührte, erhob es sich sofort, begann laut zu schnurren, rieb sich an meiner Hand und schien über die ihm gespendete Aufmerksamkeit höchst erfreut. Dies war also wohl gerade das Tier, das ich suchte! Ich machte dem Wirt sofort ein Angebot, um es zu kaufen, aber der erhob überhaupt keinen Anspruch darauf, sagte, er kenne es nicht und habe es nie zuvor gesehen.

Ich fuhr in meinen Liebkosungen fort, und als ich mich auf den Heimweg machte, schien das Tier mir folgen zu wollen. Ich gestattete es und stand unterwegs hin und wieder still, um es zu streicheln. Zu Hause angekommen, gewöhnte es sich gleich ein und wurde sofort der Liebling meiner Frau.

In mir jedoch fühlte ich bald eine Abneigung gegen das Tier entstehen. Das war gerade das Gegenteil von dem, was ich erwartet hatte, aber – ich weiß nicht, wie und weshalb – seine augenscheinliche Anhänglichkeit an mich widerte mich an. Nach und nach verwandelte sich dies Gefühl des Widerwillens in erbitterten Hass. Ich mied die Katze; ein gewisses Gefühl der Beschämung und die Erinnerung an meine frühere Grausamkeit verhinderten jedoch, dass ich sie misshandelte. Einige Wochen vergingen, ohne dass ich sie schlug oder sonst quälte. Aber allmählich – ganz allmählich – fing ich an, sie mit unaussprechlichem Abscheu zu betrachten und vor ihrer verhassten Gegenwart wie vor dem giftigen Hauch der Pest schweigend zu entfliehen.

Was ohne Zweifel meinen Hass gegen das Tier noch verschärfte, war die Entdeckung, die ich gleich am ersten Morgen machte: dass das Tier, gerade wie Pluto, des einen Auges beraubt war. Dieser Umstand machte es meiner Frau nur noch lieber, die, wie ich schon sagte, in hohem Maße jene Zärtlichkeit des Herzens besaß, die einst auch mein hervorstechendster Charakterzug und die Quelle einfachster und reinster Freuden gewesen war.

Doch schien mit meinem Widerwillen gegen den Kater dessen Vorliebe für mich nur noch zu wachsen. Er folgte mir stets auf dem Fuße, mit einer Beharrlichkeit, die ich nur schwer beschreiben kann. Setzte ich mich nieder, so kauerte er sich unter meinen Stuhl oder sprang mir auf die Knie und überhäufte mich mit den hässlichsten Liebkosungen. Stand ich auf, um wegzugehen, so zwängte er sich zwischen meine Füße und warf mich fast zu Boden, oder er klammerte sich mit seinen langen, scharfen Krallen in meine Kleider und kletterte an mir fast bis zur Brust herauf. Und obgleich mich bei solchen Gelegenheiten das Verlangen packte, ihn mit *einem* Hiebe totzuschlagen, hielt mich immer wieder irgendetwas davon zurück, teils die Erinnerung an mein früheres Verbrechen, jedoch hauptsächlich – ich will es nur gleich gestehen – eine wirkliche *Angst* vor dem Tier.

Ich fürchtete mich nicht gerade vor einer körperlichen Verletzung durch den Kater – und doch wusste ich nicht, wie ich sonst dies Gefühl erklären sollte! Ich gestehe mit Beschämung, selbst in dieser Verbrecherzelle mit Beschämung, dass der Schreck und der

Abscheu, den das Tier mir einflößte, durch ein nichtiges Hirngespinst – so nichtig, wie man sich nur eins vorstellen mag – noch gesteigert wurde. Meine Frau hatte mich gelegentlich auf die Form des weißen Fleckens hingewiesen, von dem ich schon gesprochen habe, und der den einzigen sichtbaren Unterschied zwischen diesem seltsamen Tiere und dem von mir getöteten ausmachte. Der Leser wird sich erinnern, dass dieser Fleck, obgleich er groß war, nur sehr undeutliche Umrisse aufwies. Aber in ganz allmählichen, kaum wahrnehmbaren Steigerungen, die meine Vernunft sich vergeblich als Einbildungen einreden wollte, erlangten dieselben eine fürchterliche Deutlichkeit.

Sie stellten jetzt einen Gegenstand dar, den ich zu nennen schaudere und dessentwegen allein ich das Ungeheuer verabscheute und fürchtete und mich von ihm befreit haben würde, hätte ich es nur *gewagt*.

Es war das Abbild eines scheußlichen, spukhaften Gegenstandes – ich spreche es aus: Es war die Zeichnung eines Galgens. O trauriges und furchtbares Mahnbild der Schande und der Sühne niedrigsten Verbrechens – voll Todesqual und Tod!

Und nun war ich elend – elend über alle Grenzen menschlichen Elends hinaus. Und ein unvernünftiges Tier – von dessen Geschlecht ich eines verächtlich getötet hatte –, ein vernunftloses Tier bereitete mir, einem Menschen nach dem Ebenbilde Gottes, eine solch unerträgliche Qual! Ach! Weder bei Tage noch bei Nacht empfand ich mehr die Wohltat der Ruhe. Tagsüber ließ mich das Tier keinen Augenblick allein, und des Nachts fuhr ich stündlich aus Träumen voll unaussprechlichsten Grausens auf, fühlte seinen Atem über meinem Gesicht und sein schweres Gewicht – wie einen körperlich gewordenen Nachtspuk, den ich abzuschütteln nicht die Kraft hatte – unablässig auf meiner Brust!

Unter dem Druck solcher Qualen schwand der schwache Rest dahin, der noch von Gutem in mir war. Schlimme Gedanken wurden meine einzigen Begleiter – schlimmste, finsterste Gedanken! Mein gewöhnlicher Trübsinn artete in Hass aus gegen alles in der Welt, ja gegen die ganze Menschheit: Meist war es meine still duldende Frau, die unter den plötzlichen zügellosen Wutausbrüchen, denen ich mich jetzt oft blindlings überließ, bitter zu leiden hatte.

Eines Tages begleitete sie mich wegen irgendeiner häuslichen Angelegenheit in den Keller des alten Gebäudes, das zu bewohnen uns unsere Armut nötigte. Die Katze folgte mir die steilen Treppen hinunter und veranlasste, dass ich stolperte und fast kopfüber hinuntergestürzt wäre.

Dies erboste mich sehr. Ich ergriff eine Axt, vergaß in meiner kindlichen Wut die Angst, die bis jetzt meine Hand zurückgehalten hatte, und führte einen Streich auf das Tier, der sicher tödlich gewesen wäre, wenn er so getroffen hätte, wie ich es wünschte.

Meine Frau jedoch hielt den Schlag auf. Dies versetzte mich in eine mehr als teuflische Raserei, ich riss meinen Arm aus den Händen meiner Frau los und hieb ihr die Axt in den Schädel. Ohne den geringsten Laut brach sie sofort tot zusammen.

Kaum war dieser grauenvolle Mord geschehen, als ich mich auch schon daran machte, den Leichnam mit aller Überlegung zu verbergen. Ich sah ein, dass ich ihn weder bei Tag noch bei Nacht aus dem Hause schaffen konnte, ohne Gefahr zu laufen, von den Nachbarn bemerkt zu werden. Mancherlei Pläne kamen mir in den Sinn. Einmal dachte ich daran, den Körper in lauter kleine Teile zu zerschneiden und zu verbrennen, dann beschloss ich, ihn im Boden des Kellers zu vergraben, dann überlegte ich, ob ich ihn nicht in den Brunnen, der sich auf unserm Hofe befand, werfen solle – ja, ich dachte sogar daran, ihn wie eine Ware in eine Kiste zu verpacken und diese von einem Paketträger aus dem Hause wegschaffen zu lassen. Endlich blieb ich bei einer Idee, die mir bei Weitem als beste erschien. Ich beschloss, ihn im Keller einzumauern, wie es nach verschiedenen Überlieferungen die Mönche des Mittelalters mit ihren Opfern gemacht haben sollen.

Der Keller schien mir für einen solchen Zweck wohl geeignet. Die Mauern waren leicht gebaut und erst kürzlich mit grobem Mörtel beworfen worden, der in der feuchten Kellerluft noch nicht vollständig verhärtet war. Überdies befand sich an einer der Mauern ein Vorsprung, hinter dem sich ein falscher Kamin befand, den man ausgefüllt hatte, wodurch die Stelle den übrigen Wänden gleichgemacht war. Ich zweifelte nicht, die Ziegel an dieser Stelle leicht herausbrechen, den Leichnam in der Höhlung verbergen und das Ganze wieder so zumauern zu können, dass kein Auge irgendetwas Verdächtiges entdecken würde.

Und diese Annahme täuschte mich nicht. Ich entfernte mittels eines Brecheisens mit leichter Mühe die Steine, lehnte den Körper gegen die innere Wand, befestigte ihn etwas in dieser Stellung und stellte die Mauer, genau so, wie sie ursprünglich gewesen, wieder her. Da ich mir mit Verbrecherschlauheit Mörtel, Sand und Stroh verschafft hatte, bereitete ich einen Bewurf, der von dem vorigen nicht zu unterscheiden war, und verstrich die neu gemauerte Stelle auf das Sorgfältigste. Als ich fertig war, empfand ich eine große Befriedigung darüber, dass nun alles in Ordnung sei. An der Wand war nicht das Geringste zu bemerken, den Fußboden säuberte ich mit peinlichster Sorgfalt von dem übrig gebliebenen Schutt. Dann blickte ich mit triumphierenden Blicken umher und sagte zu mir: »Hier ist meine Arbeit wenigstens keine vergebliche gewesen.«

Mein nächster Gang galt dem Kater, der all dies Elend verschuldet hatte und den ich nun mit Bestimmtheit töten wollte. Hätte ich ihn in dem Augenblick gefunden, so wäre sein Schicksal entschieden gewesen, doch es schien, als habe das schlaue Tier noch Furcht vor meinem wilden Zorn und vermeide es, sich vor mir in meiner augenblicklichen Stimmung blicken zu lassen. Es ist unmöglich, das tiefe, selige Gefühl der Erleichterung, mit welchem mich die Abwesenheit des verhassten Wesens erfüllte, zu beschreiben oder gar sich vorzustellen. Auch am Abend kam es nicht wieder zum Vorschein, und so verbrachte ich die erste Nacht, seit es ins Haus gekommen war, in gesundem, tiefem Schlaf; ja, ich *schlief,* obwohl ein Mord meine Seele belastete!

Der zweite und dritte Tag verging – mein Peiniger kam nicht wieder. Noch einmal atmete ich in Freiheit auf. Das Untier war vor Schrecken aus meinem Hause entflohen! Ich würde es nicht mehr sehen! Mein Glück war unbeschreiblich. Das Andenken an meine schwarze Tat beunruhigte mich so gut wie gar nicht. Man hatte einige Nachforschungen angestellt, doch hatte ich sie bald zu erledigen gewusst. Sogar eine Haussuchung hatte stattgefunden, die natürlich ergebnislos verlaufen war. Ich fühlte mich vollständig ruhig und sicher.

Am vierten Tage nach dem Mord erschienen jedoch ganz unerwartet noch einige Abgesandte der Polizei und nahmen von Neuem eine sorgfältige Haussuchung vor. Da ich jedoch vollkommen überzeugt war, dass man das verhängnisvolle Versteck nicht auffinden werde, blieb ich ganz kaltblütig. Die Beamten forderten mich auf, sie bei der Durchsuchung zu begleiten. Sie ließen keinen Winkel, keine Ecke außer Acht. Endlich stiegen sie zum dritten oder vierten Mal in den Keller hinab. Ich zuckte mit keiner Wimper, und mein Herz schlug so ruhig wie das eines Menschen, der in Unschuld schläft. Ich durchschritt den Keller von einem Ende zum andern, kreuzte die Arme über die Brust und ging seelenvergnügt auf und ab. Die Beamten schienen befriedigt und schickten sich an, wieder hinaufzugehen. Die Freude meines Herzens war zu groß, als dass ich sie ganz hätte verbergen können.

Es stachelte mich förmlich, meinem Triumph, wenn auch nur durch ein Wort, Ausdruck zu verleihen und sie in ihrer Überzeugung von meiner Unschuld zu bestärken.

»Meine Herren«, sagte ich endlich, als die Gesellschaft schon die Stufen hinaufschritt, »ich freue mich, dass sich Ihr Verdacht als unbegründet erwiesen hat. Ich wünsche Ihnen ein herzliches Lebewohl und für die Zukunft etwas mehr Höflichkeit. Im Übrigen, meine Herren, ist dies ein sehr solide gebautes Haus!« (In dem wahnsinnigen Verlangen, irgendetwas Anzügliches leicht hinzuwerfen, wusste ich kaum selbst mehr, was ich sprach.) »Man könnte es fast ein außerordentlich solide gebautes Haus nennen! Diese Mauern – Sie gehen schon, meine Herren? – diese Mauern sind fest gefügt.« Und hier klopfte ich aus purer Prahlerei mit einem Stocke, den ich in der Hand hielt, heftig gerade gegen den Teil der Mauer, hinter dem der Leichnam jener Frau verborgen war, die ich von Herzen geliebt hatte.

Aber möge Gott mir gnädig sein und mich aus den Klauen des Erzfeindes befreien! Kaum war der Nachklang der Schläge in der Stille verhallt, als eine Stimme aus dem Innern des Grabes antwortete. – Es war ein Geschrei, anfangs gebrochen und halb erstickt, wie das Schluchzen eines Kindes, ein Geschrei, das dann zu einem langen, anhaltenden Laut anschwoll, der übernatürlich und unmenschlich klang – einem Geheul, einem kreischenden Wehklagen, in dem sich Schreck und Frohlocken zu mischen schienen, wie es sich nur den Kehlen der Verdammten in ihren Qualen und der Brust triumphierender Teufel entringen kann.

Es wäre unnütz, von meinen Empfindungen sprechen zu wollen. Einer Ohnmacht nahe, taumelte ich gegen die Rückwand des Kellers.

Einen Augenblick standen die Polizisten im Übermaß des Entsetzens und Grausens regungslos und starr, im nächsten jedoch arbeiteten bereits ein Dutzend kräftige Arme an der Mauer.

Sie war bald niedergerissen, und der schon stark in Verwesung übergegangene, mit geronnenem Blut bedeckte Leichnam meiner Frau stand aufrecht vor ihren Augen da. Auf dem Kopf, mit aufgerissenem roten Maul und seinem einzigen glühenden Auge, hockte das scheußliche Tier, dessen Gebaren mich zum Morde verleitet hatte und dessen verräterische Stimme mich jetzt dem Henker überlieferte.

Ich hatte das Ungeheuer mit in das Grab eingemauert.

Eleonora

Sub conservatione formae specificae salva anima.

Raymond Lully

Ich stamme aus einem Geschlecht, das durch kraftvolle Fantasie und heiße Leidenschaftlichkeit ausgezeichnet ist. Die Menschen haben mich einen Wahnsinnigen genannt; aber es ist noch die Frage, ob der Wahnsinn nicht die höchste Stufe der Geistigkeit bedeutet, ob nicht vieles Glorreiche und alles Tiefe seinen Ursprung in einer Krankhaftigkeit des Gedankens, in dem besonderen Wesen eines Zustandes hat, der auf Kosten des allgemeinen Verstandes aufs äußerste, und zwar einseitig, erregt ist. Die Menschen, die am hellen Tage träumen, lernen Dinge kennen, die denen entgehen müssen, die nur nachts träumen. Durch den grauen Nebel ihrer Visionen dringen die ersten Lichtschimmer der Ewigkeit zu ihnen, und halb erwachend fühlen sie mit Schaudern, dass sie einen Augenblick lang an das große Geheimnis gerührt haben. Ruckweise erfassen sie einiges von der Weisheit, die gut, und vieles von der Erkenntnis, die böse ist. Sie dringen ohne Ruder und Kompass auf dem ungeheuren Ozean des ›unaussprechlichen Lichtes‹ vor, und wieder, wie in den Abenteuern des nubischen Geografen, ›agressi sunt mare tenebrarum, quid in eo esset exploraturi‹.

Bleiben wir also dabei: Ich bin wahnsinnig. Dennoch erkenne ich deutlich zwei unterscheidbare Zustände meines geistigen Seins: den Zustand vollständig klaren, nicht anzuzweifelnden Verstandes, der sich auf die Erinnerung aller Ereignisse erstreckt, welche die erste Epoche meines Lebens bildeten – und den umdunkelten Zustand voller Zweifel, in den meine Seele jetzt versunken ist und der alle Erinnerungen an Begebenheiten aus der zweiten großen Epoche meines Lebens betrifft. Glauben Sie also alles, was ich Ihnen von der ersten Periode erzähle, und von der zweiten nur das, was Ihnen glaubwürdig erscheint. Oder zweifeln Sie ruhig alles an; sollten Sie dies aber nicht können, so spielen Sie wenigstens den Ödipus vor dem Rätsel der Sphinx meiner Seele.

Sie, die ich in meiner Jugend liebte und der zum Andenken ich dies hier niederschreibe, war die einzige Tochter der einzigen Schwester meiner lang verstorbenen Mutter und hieß Eleonora. Im *Tal des Vielfarbigen Grases,* unter tropischer Sonne, hatten wir immer zusammengewohnt. Niemals betrat ein Fremder das Tal, denn es lag verborgen zwischen einer Kette gigantischer Berge, die von allen Seiten seinen Frieden umhegten und seine köstlichen Schlupfwinkel vor dem Brand der Sonne beschützten. Kein begangener oder gangbarer Pfad führte hinein; um von außen in unser glückliches Heim zu gelangen, hätte man das Geäst von vielen tausend Waldbäumen durchbrechen und die Schönheit unzähliger duftiger Blumen dem Tode weihen müssen. So lebten wir also ganz allein und kannten nichts von der Welt außerhalb des Tales – ich, meine Cousine und ihre Mutter.

Aus den nebelhaften Regionen der höchsten Bergspitzen, die unser Reich so gut verschlossen, wand sich ein schmaler, tiefer Fluss hervor, der glänzender schien als alles um uns her – es sei denn, man hätte in Eleonorens Augen gesehen. Er schlängelte sich in zahlreichen Krümmungen durch das Tal und entschlüpfte dann in eine finstere Bergschlucht, in Felsenspalten, die in noch dichterem Nebel lagen als die, aus denen er hervorgetreten. Wir nannten ihn den ›Fluss des

Schweigens‹, denn eine große Beruhigung schien von seinen Fluten auszugehen. Kein Murmeln stieg aus seinen Wellen hervor; er glitt so sanft dahin, dass die perlgleichen Sandkörner tief unten in seinem Schoße, die wir so gern betrachteten, sich nicht bewegten, sondern in ruhevollem Glück an ihrem Platz liegen blieben und in immerwährendem Glanz erstrahlten.

Das Ufer des Flusses und der vielen schimmernden Bäche, die auf verschlungenen Wegen seinem Bette zuströmten, der ganze Raum vom Ufer bis zum Kieselsteingrunde in der klaren Tiefe, ja die ganze Oberfläche des Tales vom Fluss bis an die Bergwände war mit zartgrünem, dichtem, gleichmäßigem Rasen bedeckt, der vanillesüß duftete und mit gelben Ranunkeln, weißen Gänseblümchen, purpurnen Veilchen und rubinroten Asphodelen übersät war, sodass seine wunderbare Schönheit in unseren Herzen ein Loblied auf die Liebe und Herrlichkeit Gottes anstimmte. Und hier und da, Traumseltsamkeiten gleich, erhoben sich auf dem Rasen fantastische Bäume, deren schlanke Stämme nicht aufrecht standen, sondern sich dem Licht zuwandten, das zur Mittagszeit in die Mitte des Tales fiel. Ihre ebenholzfarbene Rinde war silbergesprenkelt und weicher als alles – es sei denn man hätte Eleonorens Wangen gefühlt. Ohne die glänzenden, grünen, riesigen Blätter, die in zitternden Linien von ihrem Gipfel herabhingen und mit dem Zephyr spielten, hätte man sie für ungeheure syrische Schlangen gehalten, die der Sonne, ihrer Herrscherin, Huldigungen darbrachten.

Eleonora und ich streiften fünfzehn Jahre lang Hand in Hand in dem Tal umher, ehe die Liebe in unsere Herzen einzog. Eines Abends, gegen Ende des dritten Lustrums ihres Lebens und im vierten des meinigen, saßen wir innig umschlungen unter den Schlangenbäumen und betrachteten unser Bildnis, das der ›Fluss des Schweigens‹ widerspiegelte. Wir sprachen an diesem köstlichen

Abend kein Wort, und auch am folgenden Morgen war unsere Rede noch zitternd und zögernd. Gott Eros war aus den Wellen zu uns heraufgestiegen, und wir fühlten, dass er die feurige Seele unserer Vorväter in uns entzündet hatte. Die Leidenschaftlichkeit und die blühende Kraft der Fantasie, die Jahrhunderte lang unser Geschlecht ausgezeichnet, kam über uns und hauchte ein Übermaß von Seligkeit durch das Tal des Vielfarbigen Grases. Alle Dinge veränderten sich. Seltsame, leuchtende, sterngestaltete Blumen brachen an Bäumen auf, an denen wir bis dahin nie Blüten bemerkt hatten. Die Tinten des grünen Teppichs vertieften sich, die weißen Gänseblümchen verschwanden, eins nach dem anderen, und an der Stelle eines jeden schossen je zehn rubinrote Asphodelen auf. Und Leben erhob sich auf unseren stillen Pfaden, denn der große Flamingo, den wir bis dahin noch nie gesehen, und zahllose muntere, leuchtend beschwingte Vögel entfalteten ihr strahlendes Gefieder. Gold- und Silberfische durchschossen den Fluss, aus dessen Schoß nach und nach ein Flüstern heraufklang, das zu einer sanften, wiegenden Melodie anschwoll, die himmlischer tönte als der Gesang der Äolsharfe, süßer als alles – es sei denn, man hätte Eleonorens Stimme gehört. Es kam auch eine ungeheure Wolke heran, die wir schon lange in Hesperus' Gebiet beobachtet hatten. Es rieselte in ihr von goldenem und purpurnem Lichte – gerade über uns blieb sie stehen und senkte sich Tag für Tag tiefer, bis sie auf den Spitzen der Berge ruhte, ihre Düsterkeit in Glanz verwandelte und uns unten im Tal des Vielfarbigen Grases wie in einem Schloss voll zauberhafter Herrlichkeit gefangen hielt.

Eleonorens Schönheit war die der Seraphim; doch war sie einfach und natürlich und unschuldig, wie das kurze Leben, das sie unter den Blumen unseres Tales geführt hatte. Keine Künstlichkeit verbarg die Glut der Liebe, die ihr Herz empfand – dieses Herz, dessen geheimste Verborgenheiten sie mir enthüllte, wenn wir zusammen umherstreifen und über die machtvollen Veränderungen sprachen, die sich in so kurzer Zeit in unserem Tal vollzogen hatten.

Eines Tages, als wir von jener letzten traurigen Veränderung sprachen, die alle Menschen erdulden müssen, ließ sie von diesem schmerzvollen Thema nicht mehr ab und wusste es in jede Wendung unseres Gesprächs zu bringen … Sie fühlte wohl, dass der Finger des Todes ihre Brust berührt hatte – gleich dem Leben der Eintagsfliege hatte sich ihre Schönheit nur entfaltet, um zu sterben; doch alle Schrecken des Todes waren für sie in dem einen Gedanken enthalten, von dem sie eines Abends im Zwielicht an den Ufern des Flusses zu mir gesprochen hatte. Es bereitete ihr Kummer, zu denken, dass ich, wenn ich sie im Tal des Vielfarbigen Grases begraben hätte, diese selige Stätte auf immer verlassen und die leidenschaftliche Liebe, die jetzt ihr galt, einer Tochter der äußeren, alltäglichen Welt schenken werde. Doch ich warf mich ihr zu Füßen und schwor ihr und dem Himmel einen Eid, dass ich niemals ein Kind der Welt zur Ehe nehmen wolle, dass ich niemals ihrem Angedenken und der Erinnerung an die heiße Liebe, mit der sie mich beseligt, abtrünnig werden würde. Ich rief den allmächtigen Herrscher der Welt zum Zeugen der frommen Feierlichkeit meines Gelübdes an. Und der Fluch, den ich von ihm und von ihr – der Heiligen im Paradiese – auf mich herabrief, sollte ich mein Gelöbnis brechen, schloss eine so schauerliche Strafe in sich, dass ich ihn nicht niederzuschreiben vermag. Bei meinen Worten erglänzten Eleonorens Augen in höherem Licht; sie seufzte auf, als sei ihr eine tödliche Last vom Herzen genommen, sie zitterte und weinte bitterlich, doch nahm sie meinen Eid entgegen … Sie war ja noch ein Kind, und ich weiß: Dieser Eid hat ihr das Sterben leichter gemacht.

Wenige Tage später, als sich der Tod ihrem Lager schon näherte, sagte sie mir, dass sie zum Dank für das, was ich für die Ruhe ihrer

Seele getan habe, mit dieser selben Seele nach dem Tode über mich wachen werde. Sie wolle wiederkommen und mir des Nachts sichtbar erscheinen. Doch wenn dies über die Macht der Seelen im Paradies hinausginge, so wolle sie mir wenigstens Andeutungen ihrer Gegenwart geben. Sie werde mit dem Abendwind um mich seufzen und die Luft, die mich umwehe, mit dem Dufte der himmlischen Weihrauchschalen erfüllen. Mit solchen Worten auf den kindlich unschuldigen Lippen verschied sie.

Bis hierher habe ich wahrheitsgetreu erzählt. Aber da ich die Grenzlinie, die der Tod meiner Geliebten auf meinem Lebenspfad gezogen hat, überschreite und zur zweiten Periode meines Daseins komme, fühle ich, dass eine Wolke mein Gehirn umschattet und dass ich selbst nicht mehr an die vollständige Gesundheit meines Gedächtnisses zu glauben vermag. Doch ich will fortfahren.

Jahre schleppten sich langsam vorüber, und ich wohnte noch immer im Tal des Vielfarbigen Grases. Aber eine zweite Veränderung war vor sich gegangen. Die sterngestalteten Blüten hatten sich in die Rinde der Bäume zurückgezogen und kamen niemals mehr hervor. Die Tinten des grünen Teppichs verblassten, die rubinroten Asphodelen verwelkten eine nach der anderen, und an der Stelle einer jeden erblühten zehn dunkle Veilchen, die wie weinende Augen im Tau erglänzten. Das Leben verschwand von unseren Pfaden, denn niemals mehr breitete der große Flamingo sein Scharlachgefieder vor uns aus; traurig zog er sich aus dem Tal in die Berge zurück und all die munteren Vögel mit ihm. Die Silber- und Goldfische flohen in die Schlucht an der Grenze unseres Reiches und schimmerten nie wieder durch die schönen Wasser des Flusses. Und seine zärtliche Musik, die süßer gewesen war als die der Äolsharfen, als alles, ausgenommen Eleonorens Stimme, erstarb nach und nach in Murmeln, bis auch dieses ganz verstummte und der Fluss wieder mit der Feierlichkeit seines ursprünglichen Schweigens dahinrollte. Endlich erhob sich auch die große Wolke und gab die Gipfel der Berge ihrer alten Finsternis zurück. Sie glitt wieder in Regionen des Hesperus und raubte dem Tal des Vielfarbigen Grases seinen purpurgoldenen Glanz.

Doch Eleonora hatte ihr Versprechen nicht vergessen. Ich hörte, wie Engel um mich her Weihrauchschalen schwangen, und fühlte Ströme heiligen Duftes das Tal durchfluten; und in einsamen Stunden, wenn mein Herz laut schlug, trugen die Winde, die meine Stirne badeten, weiche Seufzer zu mir her. Leises Flüstern erfüllte oft nachts die Luft, und einmal – ach, nur einmal – erwachte ich aus meinem Schlummer, der tief gewesen war wie ein Todesschlaf, weil zwei unirdische Lippen die meinen berührt hatten ... Aber dies alles konnte die Leere meines Herzens nicht füllen. Es verlangte wieder nach der Liebe, von der es vorher so übervoll gewesen. Im Laufe der Zeit quälte mich der Aufenthalt im Tal, in dem mich alles an Eleonora erinnerte, und ich vertauschte es für immer gegen die Eitelkeiten und friedlosen Freuden der Welt.

Ich fand mich in einer fremden Stadt, in der alle Dinge wie geschaffen waren, mich die Träume, die ich so lange im Tal des Vielfarbigen Grases geträumt hatte, vergessen zu machen. Der Pomp und das üppige Wesen eines reichen Hofes, berauschendes Waffengetön, die strahlende Schönheit der Frauen – all dies blendete mich und machte meinen Geist trunken. Doch war meine Seele bis jetzt ihrem Gelübde treu geblieben, und immer noch gab mir Eleonora in den stillen Stunden der Nacht Anzeichen ihrer Gegenwart. Plötzlich hörten diese Zeichen auf, die Welt wurde schwarz vor meinen Augen, und ich stand erschrocken – erschrocken über die glühenden Gedanken, die in mir erwachten, über die Gewalt der schrecklichen Versuchung, die mich anfiel. Aus einem fernen, fernen, unbekannten Land kam ein Mädchen an den Hof des Königs, dem ich diente. Ihrer Schönheit

ergab sich mein abtrünniges Herz im ersten Augenblick, da ich sie sah … Ohne Widerstand warf ich mich in heißer, abgöttischer Liebe vor dem Schemel ihrer Füße nieder. Was waren meine Gefühle zu dem jungen Mädchen, das im Tal des Vielfarbigen Grases begraben lag, im Vergleiche zu der Glut, dem Übermaß und Überschwang der wilden, ganz selbstvergessenen Anbetung, mit der ich meine Seele vor dieser anderen ausströmte! O herrlich, herrlich war Ermengard! Sie, an der ich jetzt mit jedem meiner Gedanken hing! Und wenn ich in die Tiefen ihrer heißen, seltsamen Augen blickte, war Eleonora vergessen.

Ich vermählte mich mit Ermengard und fürchtete den Fluch nicht, den ich auf mich herabrief.

Da, einmal wieder, im Schweigen der Nacht, kamen die leisen Seufzer, die ich so lange nicht mehr vernommen, mit dem Winde durch mein Fenster und klangen zusammen zu einer vertrauten, süßen Stimme, die also sprach: »Schlafe in Frieden! Der Geist der Liebe herrscht! Und wenn du Ermengard an dein wildes Herz drückst, bist du aus Gründen, die dir im Himmel offenbar werden sollen, von deinem Gelübde an Eleonora entbunden …«

Die Scheintoten

Es gibt gewisse Themen, die stets das größte Interesse erregen, aber zu schaurig sind, als dass man sie zum Gegenstand einer Erzählung machen dürfte. Der bloße Romancier darf sie nicht zu seinem Stoff wählen, wenn er nicht Gefahr laufen will, zu beleidigen oder abzuschrecken. Man kann sie schicklicherweise nur behandeln, wenn ihnen die ernste Majestät der Wahrheit heiligend und schätzend beisteht.

Wir schaudern zum Beispiel in schmerzlichster Wollust, wenn wir Berichte lesen über den Übergang über die Beresina, über das Erdbeben von Lissabon, über die Pest in London, über das Blutbad in der Bartholomäusnacht, über den Erstickungstod der hundertdreiundzwanzig Gefangenen in dem schwarzen Loch zu Kalkutta. Doch immer ist es die Tatsache an sich – die Wirklichkeit, die Geschichte –, die unser Interesse weckt. Wären diese Begebenheiten Erfindungen, sie würden nur unseren Abscheu erregen.

Ich habe einige wenige große und in ihrer Art teilweise großartige Schrecklichkeiten aus der Geschichte erwähnt; und es ist sowohl die Tragweite wie die besondere Art der betreffenden Begebenheiten, die unsere Fantasie so lebhaft erregt. Ich brauche dem Leser wohl nicht zu versichern, dass ich aus der langen, schaurigen Liste menschlichen Elends Einzelfälle hätte herausgreifen können, bei denen die Leiden noch qualvoller waren als bei irgendeinem dieser ungeheuren beklagenswerten Ereignisse, die so zahlreiche Opfer forderten. In der Tat:

die tiefste Tiefe von Elend, das Äußerste an Qual trifft immer den Einzelnen, nicht eine Anzahl von Menschen. Das unheimliche Schmerzensübermaß des Todeskampfes muss der Mensch einzeln ertragen, nie wird es der Masse der Menschen zuteil; und dafür wollen wir einem gnädigen Gott danken.

Lebendig begraben zu werden ist ohne Zweifel die grässlichste unter den Qualen, die das Schicksal einem Sterbenden zuteilen kann. Und dass dies oft, sehr oft geschieht, wird kein Nachdenkender leugnen können. Die Grenzlinien, die das Leben vom Tod trennen, sind immer schattenhaft und unbestimmt. Wer vermag zu sagen, wo das eine endet und das andere beginnt? Wir wissen, dass es Krankheiten gibt, bei denen ein vollkommener Stillstand jeder sichtbaren Lebensfunktion eintreten und bei denen dieser Stillstand doch nur eine Unterbrechung genannt werden kann. Es sind lediglich Pausen, in denen der unbegreifbare Mechanismus seine Tätigkeit einmal aussetzt. Eine gewisse Zeit verläuft, und irgendein geheimnisvolles Prinzip, das wir nicht kennen, setzt das magische Getriebe wieder in Bewegung.

Die silberne Saite hatte ihre Spannkraft noch nicht verloren, noch war der goldene Bogen auf immer untauglich! Aber wo war indessen die Seele?

Abgesehen von dem aprioristischen Schluss, dass solche Ursachen solche Wirkungen hervorbringen *müssen* – dass in den nicht abzuleugnenden Fällen pausierender Lebensfunktion natürlicherweise dann und wann verfrühte Begräbnisse stattfinden *müssen* –, abgesehen davon haben Ärzte und Erfahrungen bewiesen, dass solche Beerdigungen in der Tat stattgefunden haben. Wäre es nötig, so könnte ich auf der Stelle wohl hundert erwiesene Fälle anführen.

Ein ganz besonders bemerkenswerter, dessen Einzelheiten manchem meiner Leser noch frisch im Gedächtnis sein werden, ereignete sich vor nicht allzu langer Zeit in Baltimore und erregte ein peinliches, heftiges und weitgehendes Aufsehen. Die Frau eines hoch geachteten Bürgers – eines namhaften Advokaten, der auch Mitglied des Kongresses war – wurde von einer plötzlichen, unerklärlichen Krankheit befallen, bei der die geschicktesten Ärzte nicht aus noch ein wussten. Nach vielem Leiden starb sie oder wurde vielmehr für tot erklärt.

Niemand ahnte oder hatte auch nur den geringsten Grund zu der Annahme, dass sie nicht wirklich tot sei. Ihr Körper wies alle Kennzeichen des Todes auf. Das Gesicht verfiel und schrumpfte zusammen, die Lippen zeigten die gewöhnliche Marmorblässe, die Augen waren glanzlos. Keine Spur von Wärme war mehr wahrnehmbar, der Herzschlag hatte vollständig ausgesetzt. Drei Tage lag der Körper aufgebahrt, und eine steinerne Leichenstarre war eingetreten. Dann nahm man eiligst die Beerdigung vor, weil das, was man für Verwesung hielt, rasche Fortschritte machte.

Die Tote wurde in der Familiengruft beigesetzt, die nun drei Jahre unberührt blieb. Nach Ablauf dieser Zeit wurde sie wieder geöffnet, um einen anderen Sarg aufzunehmen – doch ach! Welch grässlicher Schlag harrte des Gatten, der selbst die Grabstätte öffnete! Als er den Riegel der Tür, die sich nach außen öffnete, zurückschob, sank ihm klappernd ein weiß umhülltes Ding in die Arme. Es war das Skelett seiner Frau in ihrem noch nicht verfaulten Leichentuch.

Bei der nun folgenden sorgfältigen Untersuchung stellte es sich heraus, dass sie zwei Tage nach dem Begräbnis wieder zu Bewusstsein gekommen sein musste, dass ihre verzweifelten Anstrengungen im Sarge wohl bewirkt hatten, dass er von seinem Ständer auf den Fußboden gefallen und zerbrochen war, sodass sie selbst aus ihm heraussteigen konnte. Eine Lampe, die man zufällig mit Öl gefüllt in der Gruft gelassen hatte, wurde leer vorgefunden, doch konnte dies auch die Folge von Verdunstung sein. Auf der obersten Stufe, die in das Totengemach führte, lag ein Stück von dem Sarg, mit dem sie, in der Hoffnung gehört zu werden, gegen die eiserne Tür geschlagen haben mochte. Wahrscheinlich wurde sie alsbald ohnmächtig oder starb vor Schrecken.

Als sie niedersank, hakte sich dann ihr Leichentuch in einigen nach innen stehenden Eisenstücken fest. So blieb sie und verweste stehend.

Im Jahre 1810 ereignete sich in Frankreich ein Fall von vorzeitigem Begräbnis, dessen nähere Umstände die Richtigkeit der Behauptung, dass die Wahrheit seltsamer als alle Dichtung ist, von Neuem beweisen. Die Heldin dieser Geschichte ist ein Fräulein Victorine Lafourcade, ein junges Mädchen aus reicher, vornehmer Familie und von großer Schönheit.

Unter ihren zahlreichen Anbetern befand sich auch ein gewisser Julien Boßnet, ein armer Literat oder Journalist, der in Paris lebte. Seine Talente und seine Liebenswürdigkeit schienen die Aufmerksamkeit der Erbin auf ihn gelenkt und ihm ihre Liebe erworben zu haben. Ihr Standesbewusstsein bestimmte sie aber endlich doch, ihn abzuweisen und einen Herrn Renelle, einen Bankier und geschickteren Literaten, zu heiraten. Nach der Hochzeit wurde sie von ihrem Gatten vernachlässigt, ja, vielleicht sogar misshandelt. Nachdem sie einige elende Jahre an seiner Seite dahingelebt hatte, starb sie, wenigstens glich ihr Zustand so sehr dem Tod, dass er jeden, der sie sah, täuschte. Sie wurde begraben – nicht in einer Gruft, sondern in einem gewöhnlichen Grab auf dem Kirchhof ihres Heimatdorfes.

Verzweifelt und noch voll von der Erinnerung an seine ehemalige tiefe Zuneigung reist der erste Liebhaber aus der Hauptstadt in die entfernte Provinz, in der das Dorf liegt, mit dem romantischen

Vorsatz, den Leichnam auszugraben und sich die üppigen Locken der Toten anzueignen. Er findet das Grab, gräbt um Mitternacht den Sarg aus, öffnet ihn und will gerade das Haar abschneiden, als sich die geliebten Augen öffnen: Man hatte die Dame lebendig begraben! Das Leben war noch nicht vollständig entwichen, und die Zärtlichkeiten ihres ehemaligen Geliebten hatten sie wohl aus der Lethargie, die man fälschlich für den Tod gehalten hatte, erweckt. Er brachte sie in wahnsinniger Freude in seine Wohnung im Dorf und wandte alle Stärkungsmittel an, die ihm – er war in der Medizin ziemlich bewandert – nützlich erschienen.

Kurz und gut, die Totgeglaubte kam wieder vollständig zum Leben. Sie erkannte ihren Retter und blieb so lange bei ihm, bis sie ihre frühere Gesundheit vollständig wiedererlangte. Sie hatte kein Herz von Stein, und dieser letzte Beweis von Liebe genügte, um es zu erweichen. So schenkte sie es dem Boßnet. Zu ihrem Gatten kehrte sie nicht zurück, sie hielt ihre Wiederauferstehung geheim und floh mit ihrem Geliebten nach Amerika.

Nach zwanzig Jahren kehrten beide nach Frankreich zurück, überzeugt, dass die Zeit das Aussehen der Dame so verändert habe, dass ihre Freunde sie nicht wiedererkennen würden. Doch täuschten sie sich; Herr Renelle erkannte bei dem ersten Zusammentreffen seine Frau wieder und machte seine Ansprüche geltend. Sie weigerte sich, dieselben anzuerkennen; die Gerichte sprachen sich zu ihren Gunsten aus, indem sie erklärten, dass die eigentümlichen Umstände sowie die lange, inzwischen verflossene Zeit die Ansprüche des Mannes ungültig gemacht hätten – nicht nur moralisch, sondern auch juristisch.

Das Leipziger Journal für Chirurgie – eine Autorität auf seinem Gebiet – brachte einmal einen Bericht über einen höchst betrüblichen ähnlichen Vorfall.

Ein Offizier der Artillerie, ein Mann von mächtigem Körperbau und bester Gesundheit, wurde von einem scheuenden Pferd abgeworfen und erlitt eine schwere Kopfwunde, die ihn sofort bewusstlos machte. Doch schien direkte Gefahr nicht vorhanden, da der Schädelbruch nur ein unbedeutender war. Der Verletzte wurde mit Erfolg trepaniert. Man ließ ihn zur Ader und wandte auch sonst alle Erleichterungsmittel an. Allmählich jedoch verschlimmerte sich sein Zustand, er sank in Betäubung und anhaltende Erstarrung, sodass man ihn zuletzt für tot ansah.

Das Wetter war warm, und vielleicht war dies der Grund, dass er mit eigentlich unschicklicher Hast auf einem der öffentlichen Kirchhöfe begraben wurde. Das Begräbnis fand am Donnerstag statt. An dem darauffolgenden Sonntag wurde der Kirchhof wie gewöhnlich von einer zahlreichen Volksmenge besucht, und gegen Mittag entstand unter den Leuten eine ungeheure Aufregung, weil ein Bauer erklärte, er habe, als er auf dem Grab des Offiziers gesessen, ganz deutlich eine Erschütterung des Bodens gefühlt, als kämpfe unten jemand, um herauszugelangen.

Anfänglich schenkte man den Behauptungen des Mannes wenig Glauben, aber das offenbare Entsetzen und die Hartnäckigkeit, mit der er diese wiederholte, übten endlich ihre Wirkung auf die Menge aus. Man verschaffte sich schleunigst Spaten, und das oberflächlich bereitete, gar nicht tiefe Grab war bald so weit geöffnet, dass der Kopf seines Bewohners zutage kam.

Er war scheinbar tot, doch saß er fast aufrecht in dem Sarg, dessen Deckel er bei seinen wütenden Befreiungsversuchen zum Teil aufgestoßen hatte.

Er wurde sofort in das nächste Spital gebracht, wo man ihn als noch lebend, obgleich in asphyktischem Zustand befindlich, erklärte. Nach einigen Stunden kam er langsam zu sich, erkannte Personen aus seiner Bekanntschaft und erzählte in abgerissenen Sätzen von seiner Todesangst und Qual im Grabe.

Aus dem, was er sagte, ging hervor, dass er nach dem Begräbnis noch länger als eine Stunde das Bewusstsein gehabt hatte, er lebe noch, und dann erst in den Zustand der Empfindungslosigkeit versank. Das Grab war nachlässig und mit besonders poröser Erde zugeworfen worden, sodass immerhin ein wenig Luft hindurchdrang. Er hörte die Tritte der Menge über sich und wollte sich deswegen bemerkbar machen. Es schien ihm, sagte er, als habe ihn der Trubel auf dem Kirchhof aus einem tiefen Schlaf geweckt, doch kaum war er vollständig erwacht, als ihm auch das Bewusstsein seiner grässlichen Lage aufging.

Der Patient befand sich also, wie gesagt, in relativ günstigem Zustand, und es war die beste Hoffnung vorhanden, dass er sich vollständig wieder erholen würde; da wurde er das Opfer quacksalberischer Experimente. Man wandte nämlich die Voltasche Säule bei ihm an, und er verschied in einem jener ekstatischen Paroxismen, welche die Anwendung der Elektrizität manchmal herbeiführt.

Da ich gerade von der Voltaschen Säule spreche, kommt mir ein wohlbekannter außerordentlicher Fall ins Gedächtnis, wo sich ihre Wirkung als ausgezeichnetes Mittel bei den Wiederbelebungsversuchen erwies, die man mit einem jungen Londoner Advokaten anstellte, der schon zwei Tage im Grab gelegen hatte. Auch dieser Fall – er geschah im Jahre 1831 – erregte überall, wo er besprochen wurde, das außerordentlichste Aufsehen.

Ein Herr Edward Stapleton war anscheinend an einem typhösen Fieber gestorben, das von einigen abnormen Symptomen begleitet gewesen war, die die Neugier der Ärzte erregt hatten. Nach seinem scheinbaren Tode wurden die Freunde ersucht, ihn sezieren zu lassen, doch willigten sie nicht ein. Wie es nun bei solchen Weigerungen öfters geschieht, beschlossen die Ärzte, den Körper heimlich auszugraben und die Sezierung im Verborgenen und in aller Muße vorzunehmen. Man setzte sich mit leichter Mühe mit ein paar Leichenräubern in Verbindung, von denen London damals wimmelte, und in der dritten Nacht nach dem Begräbnis wurde der scheinbare Leichnam aus seinem acht Fuß tiefen Grab wieder ausgegraben und in das Operationszimmer eines Privathospitals gebracht.

Als bei einem ziemlich großen Schnitt in den Unterleib das frische, unverweste Aussehen des Körpers auffiel, beschloss man, Gebrauch von der galvanischen Batterie zu machen. Ein Experiment folgte dem anderen, und die gewohnten Wirkungen traten ein, ohne dass etwas Auffälliges zu bemerken gewesen wäre, als dass die Konvulsionen ein paarmal in ganz außerordentlich hohem Grade an das wirkliche Leben erinnerten.

Es war schon spät in der Nacht, der Tag begann zu dämmern, und man entschloss sich, zur Sektion selbst überzugehen. Ein Student jedoch wollte noch eine von ihm aufgestellte Theorie erproben und bestand darauf, den elektrischen Strom noch einmal auf die Brustmuskeln spielen zu lassen. Man machte einen tiefen Schnitt und führte schnell einen Draht in die Wunde.

Da stieg der Patient mit einer eiligen, aber absolut nicht krampfhaften Bewegung vom Tisch, trat in die Mitte des Zimmers, blickte ein paar Sekunden unbehaglich umher – und sprach. Was er sagte, war nicht verständlich, doch sprach er jedenfalls Worte aus, da man deutliche Silbenbildung vernahm. Dann fiel er schwer zu Boden.

Einige Sekunden lang standen die Anwesenden ganz schreckerstarrt – doch bald brachte die Dringlichkeit des Falles sie in den Besitz der vollen Geistesgegenwart zurück. Es war offenbar, dass Herr Stapleton noch am Leben, wenn jetzt auch ohnmächtig war. Durch Anwendung von Äther wurde er vollständig zu sich gebracht und erlangte bald seine Gesundheit wieder. Seinen Angehörigen gab man ihn jedoch erst dann zurück, als keine Gefahr für einen Rückfall mehr zu befürchten war. Ihr Erstaunen, ihre Freude und ihr Entzücken kann man sich kaum vorstellen!

Das Schaudererregende, Merkwürdige dieses Falles ist jedoch das, was Herr Stapleton selbst erzählte. Er erklärte, dass er keinen Augenblick vollständig fühllos gewesen – dass er, wenn auch nur dumpf und verworren, von allem Bewusstsein gehabt habe, was man mit ihm vornahm, von dem Augenblick an, in dem ihn die Ärzte für tot erklärten, bis zu dem, wo er im Spital ohnmächtig zu Boden sank. »Ich lebe noch«, das waren die unverständlichen Worte, welche er, als er den Seziersaal erkannte, im Übermaß des Entsetzens hatte aussprechen wollen.

Es wäre mir ein Leichtes, noch viele solcher Geschichten hier anzuführen, aber ich sehe davon ab, da wir ihrer, wie gesagt, nicht bedürfen, um die Tatsache festzustellen, dass verfrühte Begräbnisse stattfinden. Und wenn wir uns daran erinnern, wie selten es in unserer Macht steht – die Natur der Sache macht dies ja leicht begreiflich –, dergleichen Ereignisse zu entdecken, dann müssen wir sogar annehmen, dass sie *häufig* vorkommen.

Man kann in der Tat kaum einen Kirchhof umgraben, ohne Skelette in Stellungen zu finden, die zu den grauenvollsten Mutmaßungen führen müssen.

Wahrhaftig, grauenvoll ist solch eine Mutmaßung, noch grauenvoller aber das Schicksal eines lebendig Begrabenen. Man kann wohl ohne Weiteres behaupten, dass *kein* Unfall ein solches Übermaß körperlicher und seelischer Qualen mit sich bringt als das Lebendigbegraben-Werden. Der unerträgliche Druck auf die Lungen – die erstickenden Ausdünstungen der feuchten Erde – die peinigende Enge der Totenkleider – die raue Umarmung der schmalen Ruhestätte – die schwarze, undurchdringliche Nacht – die Stille, die wie ein Meer über dem Unglückseligen zusammenschlägt – die unsichtbare, aber gefühlte Gegenwart des ewigen Siegers Tod –, alles dies und dazu die Erinnerung an die freie Luft und das Gras über einem, an teure Freunde, die uns zu retten eilen würden, wüssten sie bloß von unserem Schicksal, und die Gewissheit, dass sie es *nie,* nie wissen werden, dass der wirkliche Tod hoffnungslos unser Teil geworden ist. Alles dies muss das noch klopfende Herz mit solch grässlichem, unerträglichem Grausen erfüllen, dass auch die kühnste Fantasie vor seiner Ausmalung zurückschaudert. Wir kennen auf Erden nichts Fürchterlicheres – und können uns nichts Scheußlicheres ausdenken; und so wecken denn alle Erzählungen, die an dieses Thema anknüpfen, ein tiefes Interesse, ein Interesse, das bei der heiligen Furchtbarkeit des Themas ganz besonders durch die Überzeugung verstärkt wird, dass die *Wahrheit* berichtet wird.

Was ich nun zu erzählen habe, weiß ich wirklich und gewiss – weiß ich aus eigener Erfahrung.

Seit mehreren Jahren war ich Anfällen jener merkwürdigen Krankheit unterworfen, die die Ärzte, mangels eines bezeichnenderen Namens, Katalepsie genannt haben. Obgleich die unmittelbaren und mittelbaren Ursachen, ja sogar die Diagnose des Übels noch immer nicht festgestellt, noch immer Geheimnis sind, so kennt man doch seine äußeren wesentlichen Erscheinungen zur Genüge.

Variationen scheinen mir bezüglich der Heftigkeit der Erkrankung vorzukommen.

Zuweilen liegt der Patient nur einen Tag lang, oft auch noch kürzere Zeit in einem lethargischen Zustand. Er ist ohne Empfindung und äußerlich vollständig bewegungslos, doch ist noch ein schwacher Herzschlag bemerkbar; eine ganz geringe Wärme bleibt sowie ein leichter Anflug von Farbe auf den Wangen; und bringt man einen

Spiegel an die Lippen, so kann man eine langsame, schwache, ungleiche Lungentätigkeit wahrnehmen. Andererseits kann die Erstarrung aber auch Wochen – ja Monate lang anhalten, und selbst die genaueste Untersuchung und die stärksten medizinischen Mittel können keinen materiellen Unterschied zwischen dem Zustand des Leidenden und dem, was wir Tod nennen, konstatieren. Gewöhnlich wird ein solcher Unglücklicher nur dadurch vor dem Lebendig-begraben-Werden gerettet, dass seine Freunde wissen, dass er öfter dergleichen Anfällen unterworfen ist, und deshalb mit Recht mutmaßen, der Tod sei noch nicht eingetreten – oder dadurch, dass man beobachtet, wie die Verwesung allzu ersichtlich *nicht* eintritt. Glücklicherweise macht die Krankheit nur gradweise Fortschritte. Schon die ersten Anzeichen sind charakteristisch und unzweideutig. Die Anfälle werden allmählich ausgeprägter, und jeder folgende dauert länger als der vorhergehende.

Dies bewahrt die Kranken hauptsächlich vor dem Lebendig-begraben-Werden. Der Unglückselige, dessen *erster* Anfall schon die Heftigkeit eines seiner späteren hätte, würde diesem Schicksal wohl kaum entgehen.

Mein Krankheitsfall wich in keinem wesentlichen Punkt von denen ab, die man in medizinischen Schriften erwähnt findet. Zuweilen versank ich ohne scheinbare Ursache allmählich in eine halbe Ohnmacht, und in diesem schmerzlosen Zustand, in dem ich mich nicht bewegen noch sprechen noch denken konnte, aber immerhin noch ein dunkles Bewusstsein vom Leben und von der Gegenwart der Personen, die mein Bett umstanden, hatte, blieb ich, bis die Krisis der Krankheit mir ganz plötzlich wieder den Gebrauch meiner Sinne wiedergab.

Zu anderen Zeiten ergriff mich die Krankheit jäh und unerwartet. Mir wurde übel, eine Taubheit legte sich auf meine Glieder, ich fröstelte. Dann ergriff mich ein Schwindel und warf mich plötzlich nieder. Und nun war wochenlang alles schwarz, leer und stumm – die ganze Welt sank mir in ein Nichts. Die vollständigste Vernichtung kann nicht mehr sein als dieser Zustand. Aus solchen Anfällen erwachte ich jedoch im Vergleich zu der Plötzlichkeit, mit der sie kamen, nur sehr langsam. Und so langsam wie dem freund- und heimatlosen Bettler, der die lange, öde Winternacht hindurch die Straßen durchirrt, so langsam, so zögernd, so befreiend strahlte auch mir das Licht der rückkehrenden Seele wieder zu.

Abgesehen von diesen Krampfanfällen schien mein allgemeiner Gesundheitszustand ein guter; ich bemerkte nie, dass meine Krankheit ihn in irgendeiner Weise beeinflusste, wenn man nicht eine Idiosynkrasie in meinem gewöhnlichen Schlaf aus ihr herleiten will. Wenn ich aus dem Schlummer erwachte, konnte ich nie auf einmal wieder die Herrschaft über meine Sinne antreten, sondern blieb stets noch mehrere Minuten lang verwirrt und verlegen, da mich meine gedanklichen Fähigkeiten, besonders das Erinnerungsvermögen, verlassen zu haben schienen.

Körperliche Leiden hatte ich nicht zu erdulden, dagegen eine Unendlichkeit an Seelenqualen. Meine Fantasie beschäftigte sich nur noch mit Leichen. Ich sprach nur noch von Würmern, von Gräbern und Grabinschriften. Ich verlor mich in Grübeleien über den Tod, und der Gedanke, zu früh begraben zu werden, setzte sich fast als Gewissheit in meinem Kopf fest.

Das Gespenst der Gefahr, die mich bedrohte, verfolgte mich Tag und Nacht.

Am Tage war die Qual solch einer Vorstellung schon groß, in der Nacht fast übermenschlich. Wenn die Dunkelheit ihre grauen Fittiche über die Erde breitete, ließ mich das Grausen über meine Gedanken erbeben – wie die Trauerwedel auf einem Leichenwagen zittern. Konnte meine Natur das Wachen nicht länger ertragen, so überließ ich mich nur nach hartem Kampf dem Schlaf, denn mich schauderte bei dem Gedanken, mich erwachend vielleicht in einem Grabe wiederzufinden. Und fiel ich endlich in Schlaf, so versank ich in eine Welt gespenstischer Traumgestalten, die meine Grabesidee mit riesigen schwarzen Fittichen beschattete.

Von den unzähligen Gräuelszenen, die ich im Traum schauen musste, will ich nur eine einzige erzählen. Es war mir, als sei ich in einen Starrkrampfanfall von ungewöhnlich langer Dauer und Heftigkeit versunken. Plötzlich berührte eine eisige Hand meine Stirn, und eine ungeduldige, kaum verständliche Stimme flüsterte die Worte: »Steh auf!« in mein Ohr.

Ich setzte mich aufrecht. Die Dunkelheit war undurchdringlich. Ich konnte die Gestalt dessen, der mich geweckt hatte, nicht erkennen. Ich konnte mich weder der Zeit erinnern, zu der ich in die Erstarrung versunken war, noch hatte ich eine Vorstellung von dem Ort, an dem ich mich befand. Und während ich noch regungslos saß und mich bemühte, meine Gedanken zu sammeln, ergriff die kalte Hand zornig die meine, schüttelte sie heftig, und die Stimme sagte wieder: »Steh auf! Befahl ich dir nicht, aufzustehen?«

»Und wer«, fragte ich, »bist du?«

»Ich habe keinen Namen in den Regionen, die ich jetzt bewohne«, antwortete die Stimme trauervoll. »Ich war sterblich, nun bin ich zum Leben eines Dämons erwacht; ich war unbarmherzig, nun bin ich barmherzig; du fühlst, dass ich schaudere. Meine Zähne klappern, während ich rede, doch nicht, weil die Nacht kalt ist – diese Nacht ohne Ende. Aber die Grässlichkeiten sind unerträglich. Wie kannst du ruhig schlafen? Ich finde keine Ruhe vor dem Schrei dieser *großen* Todesqualen. Diese Seufzer sind mehr, als ich ertragen kann. Auf! Auf! Komm mit mir in die äußere Nacht, ich will dir die Gräber enthüllen. Ist dies nicht ein Schauspiel voll Weh? – Sieh hin!«

Ich sah hin; die unsichtbare Gestalt, die noch immer mein Handgelenk umklammert hielt, hatte die Gräber der ganzen Menschheit sich öffnen heißen, und aus jedem kam der schwache, phosphoreszierende Glanz der Verwesung hervor, sodass ich in die verborgensten Höhlen schauen und die leichentuchumhüllten Körper in ihrem trüben, feierlichen Schlaf bei den Würmern erblicken konnte.

Aber ach! Die wirklichen Schläfer waren millionenfach seltener als die, die *nicht* schlummerten; ein schwaches Kämpfen ging durch ihre Reihen, eine irre, matte Rastlosigkeit; und aus den Tiefen zahlloser Gruben kam ein trauervolles Rascheln der Gewänder der Begrabenen; und ich sah, dass eine ungeheure Zahl derer, die regungslos zu ruhen schienen, die starre steife Lage, in der man sie begraben, verändert hatte.

Und während ich noch schaute, sagte die Stimme wieder zu mir: »Ist das nicht – o Gott, ist das nicht ein erbarmungswürdiger Anblick?«

Doch ehe ich noch ein Wort der Erwiderung finden konnte, hatte die Gestalt meine Hand losgelassen, der Lichtschein verlosch; die Gräber schlossen sich mit plötzlicher Gewalt, während verzweifelte Schreie aus ihnen hervortönten: »Ist das nicht – o Gott, ist das nicht ein erbarmungswürdiger Anblick?«

Solche schrecklichen nächtlichen Fantasien dehnten ihren unheilvollen Einfluss auch auf meine wachen Stunden aus. Meine Nerven wurden zerrüttet, ich lebte in beständigem Entsetzen. Nicht mehr reiten wollte ich, nicht spazieren gehen, noch überhaupt das Haus verlassen. Zum Schluss wagte ich überhaupt nicht mehr, mich aus der unmittelbaren Gegenwart derer zu entfernen, die um meine Anfälle wussten, nur damit ich nicht, sollte sich wieder ein Anfall einstellen, begraben würde, ehe man meinen wirklichen Zustand erkannt hätte. Ich misstraute der Pflege und Treue meiner liebsten Freunde und fürchtete, dass sie mich bei einer Erstarrung von vielleicht ungewöhnlich langer Dauer doch für tot ansehen würden. Ich ging sogar so weit, anzunehmen, dass sie einen längeren Anfall mit Freuden als Gelegenheit begrüßen würden, mich und damit die Mühe, die ich ihnen bereitete, endgültig loszuwerden.

Vergeblich bemühten sie sich, mich durch die feierlichsten Versprechungen zu beruhigen.

Sie mussten mir mit den heiligsten Eiden schwören, dass sie mich unter keinen Umständen begraben lassen würden, bis die Zersetzung so weit vorgeschritten wäre, dass jede Erhaltung ausgeschlossen war. Und selbst dann noch ließ sich meine Todesangst durch keine Vernunftgründe, keinen Trost beschwichtigen. Ich traf zahlreiche Vorsichtsmaßregeln.

Unter anderem ließ ich die Familiengruft so umändern, dass sie von innen leicht zu öffnen war. Der leiseste Druck auf einen langen Hebel, der weit in das Grab hineinragte, verursachte, dass die Eisentüren weit aufflogen.

Außerdem waren Vorkehrungen getroffen, dass Luft und Licht freien Zutritt hatten, und im Übrigen waren in unmittelbarer Nähe des Sarges, der mich einst beherbergen sollte, passende Gefäße zur Aufnahme von Speise und Trank befestigt worden. Der Sarg selbst war warm und weich gefüttert und mit einem Deckel geschlossen, der nach demselben Prinzip wie die Grufttür gebaut und mit Sprungfedern versehen war, die ihn bei der schwächsten Bewegung im Sarge aufspringen ließen und die eingeschlossene Person in Freiheit setzten. Überdies war an der Decke des Gewölbes eine große Glocke aufgehängt, deren Seil, wie abgemacht wurde, durch ein Loch in den Sarg geführt und an der Hand des Leichnams befestigt werden sollte.

Doch ach! Was vermag alle Vorsicht gegen das Schicksal? Nicht einmal diese so wohl erdachten Sicherheitsmaßregeln genügten, einen Bedauernswürdigen, zu diesem Los Vorherbestimmten, von den Höllenqualen des Lebendig-begraben-Werdens zu retten.

Es kam wieder einmal eine Zeit, in der ich – wie es schon oft geschehen – fühlte, dass ich aus vollständiger Bewusstlosigkeit zu einem ersten schwachen Gefühl des Daseins zurückkehrte. Langsam, mit schildkrötenhafter Langsamkeit kam das schwache graue Dämmern meines geistigen Tages herauf. Eine starre Unbehaglichkeit. Ein apathisches Ertragen dumpfen Schmerzes. Keine Furcht – keine Hoffnung – keine Bewegung. Dann, nach langer Pause, ein Sausen in den Ohren; dann, nach längerer Zeit, eine prickelnde oder stechende Empfindung in den Extremitäten; dann eine scheinbar endlose Zeit genussreicher Ruhe, während derer die erwachenden Gefühle sich zu Gedanken formen wollten; dann ein kurzes Zurücksinken ins Nichtsein; dann ein plötzliches Zusichkommen. Endlich ein leichtes Zucken des Augenlides, und gleich darauf der elektrische Schlag eines tödlichen, endlosen Schreckens, der das Blut aus den Schläfen zum Herzen peitschte. Und nun der erste Versuch, wirklich zu denken. Und dann die erste Anstrengung, sich zu erinnern. Ein teilweiser, vorübergehender Erfolg. Bis schließlich das Erinnerungsvermögen so weit wiederhergestellt war, dass ich mir meines Zustandes bewusst wurde. Jedenfalls fühlte ich, dass ich nicht aus einem gewöhnlichen Schlaf erwachte. Und es wurde mir klar, dass ich wieder einen meiner Anfälle gehabt hatte.

Da aber schlug wie ein Ozean das Bewusstsein einer grauenvollen Gefahr über mir zusammen, die geisterhafte Idee beherrschte mich wieder.

Einige Minuten blieb ich regungslos. Warum? Ich konnte den Mut nicht finden, auch nur eine einzige Bewegung zu machen. Ich wagte es nicht, mich von meinem Schicksal zu überzeugen, und doch flüsterte irgendetwas in meinem Herzen mir die *Gewissheit* zu. Eine Verzweiflung, wie keine andere Art menschlichen Elendes hervorbringen kann, trieb mich endlich dazu, ein Augenlid zu öffnen. Es war dunkel – undurchdringlich dunkel um mich.

Ich wusste, dass der Anfall vorüber – ich wusste, dass die Krisis längst vorbei war. Ich wusste, dass ich den Gebrauch meines Sehvermögens vollständig wiedererlangt hatte, und doch war alles dunkel, undurchdringlich dunkel, die äußerste, achtloseste, undurchdringlichste Nacht!

Ich versuchte zu schreien, meine Lippen und meine trockene Zunge bewegten sich mit krampfhafter Anstrengung; doch kein Ton entrang sich meinen Lungen, die wie von einer Bergeslast bedrückt nach Luft schnappten und zu zerreißen drohten.

Als ich bei dem Versuch, zu schreien, die Kinnbacken bewegen wollte, hatte ich gefühlt, dass man sie, wie bei Toten üblich, umbunden hatte. Ich fühlte ferner, dass ich auf etwas Hartem lag und etwas Ähnliches mich an den Seiten drückte. Bis jetzt hatte ich noch nicht gewagt, ein Glied zu rühren, nun aber warf ich meine Arme, die ausgestreckt mit gekreuztem Handgelenk dagelegen hatten, heftig in die Höhe. Sie stießen sich an einem festen, hölzernen Gegenstand, der sich über meinem ganzen Körper, vielleicht in der Höhe von sechs Zoll, ausdehnte. Nun konnte ich nicht länger zweifeln, dass ich in einem Sarg war.

Aber da erschien mir in all dem grenzenlosen Elend ein süßer Hoffnungsengel – ich dachte an meine Vorsichtsmaßregeln. Ich wand mich und machte krampfhafte Anstrengungen, den Deckel zu öffnen – er war nicht zu bewegen. Ich suchte an meinen Handgelenken nach dem Glockenseil – es war nicht zu finden. Da entfloh mein Tröster für immer, und grässliche Verzweiflung fiel mich an: Ich bemerkte, dass die Polster fehlten, die ich für *meinen* Sarg hatte herrichten lassen, und dann drang plötzlich der starke, eigentümliche Geruch feuchter Erde in meine Nase. Nein, ich konnte mich nicht mehr betrügen – ich lag *nicht* in der Gruft. Ich war während einer Abwesenheit von zu Hause bei Fremden in Starrkrampf verfallen. Wann oder wie? Dessen entsann ich mich nicht mehr; und sie hatten mich wie einen Hund begraben, in einen gewöhnlichen Sarg eingenagelt und tief, tief und auf ewig in ein gewöhnliches, unbekanntes Grab verscharrt.

Als diese fürchterliche Überzeugung über mich gekommen war, versuchte ich noch eins: zu schreien; und es gelang mir. Ein langer, wilder, anhaltender Schrei oder vielmehr ein tierisches Gebrüll der Todesangst durchdrang die Reiche der unterirdischen Nacht.

»Hallo, hallo, was soll das?«, antwortete mir eine unwillige Stimme.

»Zum Teufel, was ist denn los?«, hörte ich eine zweite.

»Heraus mit ihm!«, meinte eine dritte.

»Was fällt Ihnen ein, hier wie eine wilde Katze zu heulen?«, fragte eine vierte; und dann fühlte ich mich gepackt und ohne weitere Umstände ein paar Minuten lang von ein paar ziemlich raubeinig aussehenden Gesellen derb hin und her geschüttelt. Sie weckten mich nicht aus dem Schlaf, denn ich war, als ich schrie, schon völlig erwacht, sie gaben mir nur den vollen Besitz meines Gedächtnisses wieder.

Das Abenteuer ereignete sich in Virginia, in der Nähe von Richmond. In Begleitung eines Freundes hatte ich einen kleinen Jagdausflug den James River hinab unternommen. Eines Nachts hatte uns ein Sturm überrascht; die Kajüte einer kleinen Schaluppe, die mit Mutterboden beladen im Fluss vor Anker lag, gewährte uns Schutz und Obdach. Wir richteten uns, so gut es ging, ein und übernachteten auf dem Boot. Ich schlief in einer der beiden Kojen – und das

Aussehen einer solchen auf einer kleinen Schaluppe von sechzig bis siebzig Tonnen brauche ich wohl nicht weiter zu beschreiben. In meinem Schlupfwinkel befand sich nicht das geringste Bettzeug. Er maß an der breitesten Stelle achtzehn Zoll, und die Entfernung zwischen Boden und Decke betrug auch nicht mehr. Nur mit großer Schwierigkeit hatte ich mich in diesen Raum hineingezwängt. Dennoch war ich in einen gesunden Schlaf gesunken; und meine ganze Vision – sie war weder ein Traum noch ein Alp – war nur die natürliche Folge meiner Lage, meines gewöhnlichen Ideenganges und der Schwierigkeit, die es mir, wie schon bemerkt, bereitete, beim Erwachen sofort meine Sinne beherrschen und mein Gedächtnis befragen zu können.

Die Männer, die mich schüttelten, gehörten zur Mannschaft des Schiffes. Der Erdgeruch kam von dessen Ladung her, und die Bandage um mein Kinn bestand aus einem seidenen Taschentuch, das ich mir, mangels einer gewohnten Nachtmütze, um den Kopf gebunden hatte.

Die Qualen jedoch, die ich erlitten hatte, kamen denen eines Lebendig-Begrabenen vollständig gleich – sie waren grässlich, grauenvoll gewesen. Doch aus ihnen erwuchs mir unsagbar viel Gutes, denn gerade ihr Übermaß hatte den wohltätigsten Einfluss auf meinen Seelenzustand. Ich gewann mehr Herrschaft über mich, überließ mich nicht mehr so sehr meinen Gedanken und mehr meinem gesunden Gefühl. Ging viel aus und machte reichlich körperliche Übungen. Atmete aus vollem Herzen die freie Himmelsluft und begann an anderes als nur an den Tod zu denken. Meine medizinischen Bücher schaffte ich ab, ›Buchan‹ verbrannte ich und las keine ›Nachtgedanken‹ mehr, keine Kirchhofs- noch Gespenstergeschichten, keine extravaganten Erzählungen – wie diese hier! Kurz, ich wurde ein neuer Mensch und begann, wie ein Mensch zu leben. Von dieser denkwürdigen Nacht an verabschiedete ich auf immer meine Grabesfantasien, und mit ihnen verschwand auch meine Katalepsie, die vielleicht mehr ihre Wirkung als ihre Ursache war.

Es gibt Augenblicke, in denen diese Welt selbst dem Auge des nüchternsten Betrachters eine Hölle scheinen muss; doch die Fantasie des Menschen führt ihn zu keiner Katharsis, mit der er es wagen darf, all ihre Abgründe zu erforschen. Ach, die unheimliche Schar der Todesschrecken sind doch nicht bloß Fantasien, aber wir müssen sie, wie die Dämonen, die den Afrasiab den Oxus hinab begleiteten, schlafen lassen, wenn sie uns nicht verschlingen sollen – wir müssen sie schlafen lassen, wenn wir nicht zugrunde gehen wollen!

Der Doppelmord in der Rue Morgue

What song the Syrens sang, or
what name Achilles assumed
when he hid himself among women,
although puzzling questions,
are not beyond all conjecture.

SIR THOMAS BROWNE

Die geistigen Fähigkeiten, welche man gewöhnlich die analytischen nennt, sind selbst, ihrem ganzen Wesen nach, der Analyse sehr schwer zugänglich. Wir beurteilen sie nur nach ihren Wirkungen. Unter anderem wissen wir von ihnen, dass sie, wenn sie in ungewöhnlich hohem Grade vorhanden sind, ihrem Besitzer ein Born außerordentlicher Genüsse sein können. Wie ein starker Mann sich an seiner physischen Tüchtigkeit berauscht und Übungen, die seine Muskeln in Tätigkeit setzen, vor allem liebt, so hat der Analytiker seine höchste Freude an jener geistigen Tätigkeit, die entwirrt und löst. Selbst die trivialsten Beschäftigungen, sofern sie ihm nur Gelegenheit geben, sein Talent zu entfalten, bereiten ihm Vergnügen. Er ist ein Freund von Rätseln, Hieroglyphen und Geheimnissen und zeigt bei der Lösung derselben einen Grad von Scharfsinn, der dem gewöhnlichen Verstande übernatürlich erscheint. Und seine Resultate, zu denen er doch durch rein methodisches Vorgehen gelangt ist, haben in der Tat den Anschein von Intuition.

Die Fähigkeit zur Auflösung wird unter Umständen durch mathematische Studien noch bedeutend geschärft; besonders durch das Studium jener höchsten Mathematik, die man ungerechterweise und nur wegen ihrer rückwärts schließenden Tätigkeit Analyse, gleichsam Analyse par excellence genannt hat. Aber bloßes Rechnen heißt noch nicht analysieren. Ein Schachspieler zum Beispiel tut das eine, ohne das andere auch nur zu versuchen. Daraus folgt, dass das Schachspiel in seinen Wirkungen auf den Geist vollkommen falsch beurteilt wird. Doch will ich hier keine Abhandlung schreiben, sondern lediglich eine etwas sonderbare Erzählung durch ein paar aufs Geratewohl hingeworfenene Bemerkungen einleiten. Ich möchte an dieser Stelle nur noch bemerken, dass die höheren Kräfte des überlegenden Geistes durch das bescheidene Damespiel viel lebhafter und nutzbringender angestrengt werden als durch die anspruchsvollen Nichtigkeiten des Schachspiels.

Bei diesem Spiel, in dem die Figuren verschiedene und absonderliche Bewegungen von verschiedenem und veränderlichem Werte ausführen können, hält man sehr oft für tief, was nur kompliziert ist. Hier wird die Aufmerksamkeit auf das Lebhafteste angespannt. Wenn sie einen Augenblick erlahmt, unterläuft einem ein Versehen, das zu Verlust oder gar zur Niederlage führt. Da die möglichen Züge nicht allein sehr zahlreich, sondern auch von ungleichem Werte sind, liegt die Möglichkeit eines solchen Versehens sehr nahe, und in neun von zehn Fällen wird der aufmerksamere Spieler über den geschickteren den Sieg davontragen.

Beim Damespiel hingegen, bei dem es nur *eine* Art von Zügen mit wenig Veränderungen gibt, ist die Wahrscheinlichkeit eines Versehens geringer; und da die bloße Aufmerksamkeit verhältnismäßig wenig ausrichtet, kann man die Vorteile, die sich eine Partei vor der anderen verschafft, nur ihrem größeren Scharfsinn zuschreiben.

Um weniger abstrakt zu sein: Stellen wir uns ein Damespiel vor, dessen Steine bis auf vier Könige zusammengeschmolzen sind, sodass kein Versehen mehr stattfinden kann. Es liegt auf der Hand, dass hier der Sieg, vorausgesetzt, dass die Spieler gleich tüchtig sind, nur durch irgendeinen ganz geschickten Zug, der das Ergebnis einer starken Anstrengung des Verstandes ist, herbeigeführt werden kann. Seiner gewöhnlichen Hilfsquellen beraubt, versetzt sich der Analytiker in den Geist seines Gegners, identifiziert sich mit demselben und erkennt nicht selten auf den ersten Blick die einzige Möglichkeit – sie ist oft ganz absurd einfach –, durch die er seinen Partner irreführen und zu falscher Berechnung verleiten kann.

Lange Zeit war der Whist wegen seines Einflusses auf die Fähigkeit der Berechnung berühmt; und man kennt Männer von höchster Intelligenz, die ein anscheinend unerklärliches Vergnügen an diesem Spiele fanden, während sie das Schachspiel als kleinlich verschmähten. Ohne Zweifel gibt es nichts Ähnliches in der Art, was die analytischen Fähigkeiten so gründlich übte. Der beste Schachspieler der Christenheit braucht nichts weiter zu sein als eben der beste Schachspieler, aber die Tüchtigkeit im Whistspiel lässt auch in allen anderen und wichtigeren Unternehmungen, in denen der Geist mit dem Geiste kämpft, auf Tüchtigkeit und Erfolge schließen. Ich meine mit dem Worte ›Tüchtigkeit‹ jene vollkommene Beherrschung des Spiels, die *alle* Quellen, aus denen rechtmäßiger Vorteil gezogen werden kann, kennt.

Sie sind nicht allein zahlreich, sondern auch vielartig und entspringen häufig in Gedankenklüften, die einer durchschnittlichen Begabung vollständig unzugänglich sind.

Aufmerksam beobachten heißt: sich bestimmter Dinge gut erinnern können; deshalb wird sich ein Schachspieler, der an Konzentration gewöhnt ist, sehr gut zum Whist eignen, zumal die Regeln des Hoyle – die selbst nur auf dem bloßen Mechanismus des Spiels basieren – allgemein verständlich und ausreichend sind.

Ein gutes Gedächtnis haben und regelrecht nach dem Buche spielen, hält man in den meisten Fällen für die Summe aller Erfordernisse zu gutem Spiel. Doch die Kunst des Analytikers zeigt sich in den Dingen, die außerhalb der Regel liegen. Stillschweigend macht er eine Menge Beobachtungen, aus denen er seine Schlüsse zieht. Die Mitspielenden tun vielleicht desgleichen, und der Unterschied in der Tragweite der erhaltenen Kenntnis liegt nicht so sehr in der Gültigkeit des Schlusses als in dem Wert der Beobachtung. Das wichtigste ist, zu wissen, *was* man zu beobachten hat. Der Spieler, den ich hier im Sinne habe, beschränkt sich nicht auf das Spiel allein und verwirft keine Schlüsse, die außerhalb desselben liegen, aus dem bloßen Grunde, weil das Spiel der hauptsächlichste Gegenstand seiner Aufmerksamkeit ist. Er studiert den Gesichtsausdruck seines Partners und vergleicht ihn sorgfältig mit dem der Gegner. Er beachtet die Art und Weise, in der die Karten in der Hand geordnet werden, und zählt oft Trumpf auf Trumpf, Honneurs auf Honneurs an den Blicken nach, mit denen ihr Besitzer sie betrachtet. Während das Spiel seinen Lauf nimmt, beobachtet er jede Veränderung des Gesichtes und sammelt aus dem verschiedenen Ausdruck von Sicherheit, Überraschung, Triumph oder Ärger eine Fülle von Gedanken über das jeweilige Spiel. Aus der Art und Weise, wie jemand einen Stich aufnimmt, schließt er, ob die betreffende Person noch einen anderen in derselben Farbe machen kann. Er erkennt an der Miene, mit der jemand die Karte auf den Tisch wirft, ob er mogelt. Ein gelegentliches oder unbedachtes Wort, das zufällige Fallen oder Umwenden einer Karte, die Ängstlichkeit oder Sorglosigkeit, die diesen Vorgang begleitet, das Zählen der Stiche, ihre Anordnung, ferner Verwirrung, Zögern, Hast, Bestürzung, alles dient seiner scheinbar intuitiven

Erfassung vom Stande der Dinge als Symptom und Erkennungszeichen. Wenn die zwei oder drei ersten Runden gespielt worden sind, kennt er die Karten von jedem der Mitspielenden und gibt von da ab seine eigenen mit so unfehlbar sicherer Berechnung aus, als spiele die übrige Gesellschaft offen.

Die Fähigkeit zur Analyse darf nicht mit bloßer Klugheit verwechselt werden; denn während der Analytiker unbedingt klug ist, hat der kluge Mann oft auffallend wenig Begabung für Analyse. Die aufbauende und berechnende Kraft, durch welche sich die Klugheit gewöhnlich äußert – und der die Phrenologen, ich glaube irrtümlicherweise, ein besonderes Organ zugeschrieben haben, da sie dieselbe für eine *eingeborene* Fähigkeit hielten –, ist so oft bei Menschen, deren Verstand im Übrigen an Blödsinn grenzte, beobachtet worden, dass diese Tatsache unter Moralschriftstellern Aufsehen erregte. Zwischen Klugheit und analytischer Fähigkeit besteht ein viel größerer Unterschied als zwischen Fantasie und Einbildungskraft, obwohl er von vollständig analogem Charakter ist. Man wird in der Tat immer finden, dass die klugen Menschen fantasiereich und die mit wirklicher Einbildungskraft begabten stets Analytiker sind.

Die folgende Erzählung wird dem Leser vielleicht in mancher Beziehung eine Erläuterung zu den eben aufgestellten Behauptungen sein.

Während meines Aufenthaltes in Paris im Frühling und Sommer des Jahres 18.. machte ich die Bekanntschaft eines Herrn August Dupin. Der junge Mann stammte aus einer guten, ja aristokratischen Familie, doch war er durch verschiedene widrige Ereignisse in solche Armut geraten, dass seine ganze Willenskraft in ihr unterging und er gar keine Anstrengungen mehr machte, sich wieder in glücklichere Verhältnisse heraufzuarbeiten. Seine Gläubiger ließen aus Anständigkeit einen kleinen Teil seines väterlichen Erbteils in seinen Händen, von dessen Zinsen er gerade sparsam leben konnte. Bücher waren der einzige Luxus, den er sich erlaubte; und in Paris kann man sich diesen leicht gestatten.

Wir trafen uns zum ersten Mal in einer kleinen Buchhandlung in der Rue Montmartre, wo uns ein Zufall – wir suchten beide dasselbe sehr seltene und merkwürdige Buch – in nähere Beziehung brachte. Wir sahen uns des Öfteren wieder. Ich interessierte mich lebhaft für die kleine Familiengeschichte, die er mir mit der ganzen Aufrichtigkeit, mit welcher der Franzose von seinem eigenen Ich spricht, erzählte. Auch war ich über seine große Belesenheit erstaunt, und vor allem fühlte ich, wie meine Seele von der urwüchsigen Kraft und seltenen Üppigkeit seiner Fantasie mit entflammt wurde. Ich verfolgte damals ganz bestimmte Ziele in Paris und sagte mir, dass die Gesellschaft eines solchen Mannes zur Erreichung derselben von unermesslichem Nutzen sein musste. Ich teilte ihm dies auch offenherzig mit. Schließlich kamen wir überein, während meines Aufenthaltes in Paris zusammen zu wohnen; und da meine Verhältnisse weniger beschränkt waren als die seinen, war es mir möglich, ein wetterzerstörtes, grotesk anzuschauendes Haus, das wegen eines Aberglaubens, dem wir jedoch nicht weiter nachforschten, verödet stand und in einem abgelegenen, einsamen Teile des Faubourg St. Germain seinem Verfall entgegenging, zu mieten und in einem Stil zu möblieren, welcher der fantastischen Düsterkeit unserer beider Gemütsart wohl entsprach.

Wäre die Lebensweise, die wir in dieser Wohnung führten, der Welt bekannt geworden, man hätte uns für Wahnsinnige gehalten – wenn auch für harmlose. Besucher ließen wir jedoch niemals ein. Unseren Zufluchtsort hatte ich vor all meinen früheren Bekannten sorgfältig geheim gehalten. Dupin hatte schon seit Jahren jeglichen Verkehr in Paris aufgegeben. So lebten wir nur für uns allein.

Mein Freund hatte die wunderliche Grille – wie sollte ich es anders nennen? –, in die Nacht um ihrer selbst willen verliebt zu sein; bald teilte ich diese Sonderbarkeit wie alle seine übrigen und überließ mich rückhaltlos solchen seltsamen Eigenarten. Die schwarze Gottheit wollte zwar nicht immer bei uns wohnen, doch schafften wir uns Ersatz für ihre Gegenwart. Beim ersten Morgendämmern schlossen wir all die schweren Fensterläden des alten Hauses und zündeten ein paar stark parfümierte Kerzen an, die nur einen gespenstisch schwachen Schimmer um sich verbreiteten. Bei ihrem Lichte versenkten wir unsere Seelen in Träume, lasen, schrieben, unterhielten uns, bis die Uhr den Anbruch der wahren Dunkelheit ankündigte. Dann eilten wir Arm in Arm hinaus in die Straßen, fuhren in den Gesprächen des Tages fort oder streiften bis spät in die Nacht umher und genossen in den seltsamen Licht- und Schattenseiten, wie sie jede volkreiche Stadt aufweist, jene Unendlichkeit von geistigen Anregungen, die sie dem ruhigen Beobachter allzeit gewähren.

Bei solchen Gelegenheiten musste ich immer wieder und wieder Dupins hervorragende Fähigkeiten zu analysieren, auf die mich sein reiches Geistesleben schon vorbereitet hatte, bemerken und bewundern. Die Ausübung derselben schien ihm – selbst wenn niemand Kenntnis davon nahm – lebhaftes Vergnügen zu bereiten, und er gestand dies auch offen ein. Mit leisem, kicherndem Lachen rühmte er sich einstmals mir gegenüber, dass die meisten Menschen für ihn Fenster in der Brust hätten, und oft unterstützte er derartige Behauptungen durch sofortige und erschreckend deutliche Beweise, die mir zeigten, dass er mich selbst und meine Gedanken auf das Genaueste errate.

In solchen Augenblicken war sein Wesen kalt und wie zerstreut, seine Augen blickten ausdruckslos vor sich hin, seine Stimme, die sonst einen Tenorklang hatte, schraubte sich zu einem Diskant hinauf, den man für Ausgelassenheit gehalten haben könnte, wenn einem nicht die Bedachtsamkeit und Deutlichkeit der Aussprache aufgefallen wäre. Wenn ich ihn in solchen Stimmungen sah, musste ich immer an die alte Philosophie von dem Zweiseelensystem denken und amüsierte mich mit der Vorstellung eines doppelten Dupin, eines schöpferischen und eines auflösenden. Es wäre jedoch falsch, wenn man hieraus schließen wollte, dass ich beabsichtigte, ein Geheimnis zu entschleiern oder einen Roman zu schreiben. Was ich von dem Franzosen erzählte, war nur einfache Tatsache und als solche das Ergebnis einer übererregten, vielleicht krankhaften Intelligenz. Die beste Vorstellung von der Art seiner Beobachtungen in jener Zeit wird folgendes Beispiel geben.

Eines Abends schlenderten wir eine lange, schmutzige Straße in der Nähe des Palais Royal hinunter. Da wir beide tief in Gedanken waren, hatten wir wohl eine Viertelstunde lang kein Wort miteinander gesprochen, bis Dupin ganz plötzlich ausrief: »Er ist wirklich ein sehr kleiner Kerl und würde besser ins Varietétheater passen.«

»Zweifellos«, erwiderte ich unwillkürlich und bemerkte zuerst gar nicht (so tief war ich in Nachdenken versunken gewesen), auf welch sonderbare Art diese Worte meine Träumereien fortsetzten.

Gleich darauf besann ich mich und geriet natürlich in Erstaunen. »Dupin«, sagte ich ernst, »das geht über meine Begriffe. Ich sage Ihnen offen, dass ich sehr überrascht bin und meinen Sinnen kaum trauen kann. Wie konnten Sie wissen, dass meine Gedanken gerade bei …«

Ich hielt inne, um mich ganz und gar zu überzeugen, ob er wisse, an wen ich gedacht hatte. »… bei Chantilly waren,« vollendete er. »Weshalb hielten Sie inne? Sie dachten doch vorhin darüber nach, dass ihn seine kleine Statur zum Tragöden untauglich mache!?«

Über diesen Punkt hatte ich allerdings soeben nachgesonnen.

Chantilly war ein ehemaliger Schuhflicker aus der Rue St. Denis, der in einem Anfall von Theaterwut versucht hatte, die Rolle des Xerxes in Crébillions gleichnamiger Tragödie zu spielen und für seine Mühe nur bitteren Hohn geerntet hatte.

»Erklären Sie mir um Himmels willen«, rief ich aus, »die Methode – wenn Sie methodisch vorgegangen sind –, mit der Sie meine Seele derart erforschen konnten.« Ich war in Wirklichkeit noch verblüffter, als ich zeigen wollte.

»Der Fruchthändler«, versetzte mein Freund, »veranlasste Sie zu dem Schluss, der Sohlenflicker sei nicht groß genug für einen Xerxes und die ganze Reihe ähnlicher Rollen –«

»Der Fruchthändler? Wieso? Ich kenne gar keinen.«

»Ich meine den Mann, der Sie beim Einbiegen in die Straße anrannte. Es ist vielleicht eine Viertelstunde her –«

Jetzt erinnerte ich mich, dass ich in der Tat von einem Fruchthändler, der einen großen Korb Äpfel auf dem Kopfe getragen hatte, fast umgerannt worden wäre, als wir aus der Rue C. in den Durchgang eingebogen, in dem wir jetzt standen. Aber was dies mit Chantilly zu tun hatte, war mir nicht klar.

Dupin war jedoch so wenig Scharlatan wie nur irgendjemand. »Ich will Ihnen die Sache erklären«, sagte er, »und damit Sie alles recht verstehen, wollen wir den Lauf Ihrer Gedanken zurückverfolgen, von dem Augenblick an, da ich Ihre Betrachtungen unterbrach, bis zu dem Zusammenstoß mit dem Fruchthändler. Die Hauptglieder der Kette sind folgende: – Chantilly, Orion, Dr. Nichols, Epikur, Stereotomie, das Straßenpflaster, der Fruchthändler.«

Es gibt wenig Leute, die sich nicht zuweilen damit amüsiert hätten, die Schritte zurückzuverfolgen, durch die ihr Verstand zu irgendwelchen Schlüssen gekommen ist. Die Beschäftigung kann sehr interessant sein; und mancher, der sich zum ersten Mal in ihr versucht, ist höchst erstaunt über die scheinbar unendliche Entfernung zwischen dem Ausgangspunkt und dem Endpunkt seiner Gedanken und die Unzusammengehörigkeit beider. Groß war auch mein Erstaunen, als ich nun die Ausführungen des Franzosen vernahm und zugeben musste, dass er die Wahrheit sprach.

Er fuhr fort: »Wir hatten, wenn ich mich recht erinnere, kurz ehe wir die Rue C. verließen, von Pferden geredet. Das war unser letzter Gesprächsstoff. Als wir in diese Straße einbogen, eilte ein Fruchthändler mit einem großen Korbe Äpfel auf dem Kopfe rasch an uns vorüber und drängte Sie dabei auf einen Haufen Pflastersteine, die an einer Stelle, wo der Fußsteig ausgebessert wird, aufgeschüttet lagen. Sie traten auf einen der losen Steine, glitten aus, verstauchten sich ganz leicht den Fuß, schienen verärgert oder verstimmt, murmelten ein paar Worte, blickten sich nach dem Steinhaufen um und gingen dann schweigend weiter. Ich schenkte Ihnen keine weitere Aufmerksamkeit, nur ist mir seit einiger Zeit das Beobachten zur Notwendigkeit geworden: Ich nahm also wahr, dass Sie Ihre Blicke zu Boden gesenkt hielten, mit unmutigem Ausdruck die Löcher und Spalten im Pflaster betrachteten, woraus ich schließen musste, dass Sie noch an die Steine dachten, bis wir die kleine Lamartinestraße erreichten, die versuchsweise mit gerippten, fest übereinandergreifenden Steinen gepflastert ist. Hier hellte sich Ihr Gesicht auf, und als ich sah, dass Sie die Lippen bewegten, konnte ich nicht zweifeln, dass Sie das Wort ›Stereotomie‹ flüsterten, – übrigens ein ziemlich anspruchsvoller Name für diese einfache Art von Pflasterung. Ich wusste, dass Sie das Wort nicht aussprechen konnten, ohne an Atome und weiter an die Lehre Epikurs denken zu müssen, und da ich zu Ihnen, als wir vor Kurzem über diesen Gegenstand redeten, bemerkt hatte, wie wunderbar die vagen Vermutungen dieses edlen Griechen von den neueren Entdeckungen der Nebular-Kosmogonie bestätigt worden seien, erwartete ich mit

Gewissheit, dass Sie zu dem großen Nebel im Orion aufblicken würden. Sie taten es, und ich war sicher, Ihrem Gedankengange richtig gefolgt zu sein. In dem bitteren Spottartikel über Chantilly, der gestern im ›Musée‹ erschien, machte der Satiriker einige verächtliche Anspielungen auf die Namensveränderung, die der Schuhflicker beim Besteigen des Kothurn vorgenommen, und führte einen lateinischen Vers an, über den wir oft gesprochen hatten, nämlich:

›Perdidit antiquum litera prima sonum.‹

Ich sagte Ihnen, dass sich dies auf den Orion bezöge, den man früher Urion schrieb, und war sicher, dass Sie die Erklärung wegen gewisser Einzelheiten, die mit ihr verbunden waren, nicht vergessen hatten. Ich konnte also mit Sicherheit schließen, dass Sie die beiden Begriffe Orion und Chantilly unwillkürlich miteinander verbinden würden. Dass dies auch wirklich der Fall war, erkannte ich aus der Art des Lächelns, das jetzt um Ihre Lippen zuckte. Sie dachten an die Abschlachtung des armen Schusters. Bis dahin waren Sie ein wenig gebückt einhergegangen, nun sah ich, dass Sie sich zu Ihrer vollen Höhe aufrichteten. Ich war überzeugt, dass Sie an die kleine Statur Chantillys dachten. An dieser Stelle unterbrach ich Ihren Gedankengang mit der Bemerkung, dass er wirklich ein kleines Kerlchen sei und besser täte, zum Varieté zu gehen.«

Kurze Zeit später lasen wir zusammen die ›Gazette des Tribunaux‹ durch und wurden auf folgende Notiz aufmerksam:

›*Sensationeller Mord!!!* Heute Morgen gegen drei Uhr wurden die Bewohner des Quartiers St. Roch durch anhaltendes grässliches Geschrei aus dem Schlafe geschreckt. Die Hilferufe drangen anscheinend aus dem vierten Stockwerk eines Hauses in der Rue Morgue hervor, welches, wie man wusste, nur von einer Madame L'Espanaye und ihrer Tochter, Mademoiselle L'Espanaye, bewohnt war. Nach einigen Verzögerungen, die dadurch entstanden waren, dass man versucht hatte, sich auf gewöhnlichem Wege Eingang zu verschaffen, wurde die Haustür mit einer Eisenstange erbrochen, und acht oder zehn Nachbarn traten, von zwei Gendarmen begleitet, ein. Mittlerweile waren die Schreie verstummt, aber als die Leute die erste Treppe hinaufstürzten, unterschieden sie zwei oder mehr raue Stimmen, die sich ärgerlich stritten und aus dem oberen Teil des Hauses hervorzudringen schienen. Als man den zweiten Treppenabsatz erreichte, hörten auch die *Töne* auf, und alles blieb totenstill. Die Leute verteilten sich und eilten von einem Zimmer ins andere. Ein großes Hinterzimmer im vierten Stock fanden sie von innen verschlossen und brachen die Tür auf. Da bot sich ein Anblick dar, der die Anwesenden mit Grauen und nicht geringem Erstaunen erfüllte.

Das Zimmer war in der wildesten Unordnung: die Möbel zertrümmert und nach allen Seiten umhergeworfen. Aus einer Bettstelle waren die Betten herausgerissen und in die Mitte des Zimmers geschleppt worden. Auf einem Stuhl lag ein mit Blut beflecktes Rasiermesser. Auf dem Kamin fand man zwei oder drei lange, dichte Flechten von grauem Menschenhaar, die auch mit Blut besudelt waren und mit den Wurzeln herausgerissen zu sein schienen. Auf dem Boden lagen vier Napoléons, ein Ohrring mit einem Topas, drei große silberne Löffel, drei kleinere von ›métal d'Algier‹ und zwei Beutel, die beinahe viertausend Francs in Gold enthielten. Die Schubfächer eines Schreibtisches standen offen und waren ohne Zweifel geplündert worden, obgleich sie noch eine Menge Gegenstände enthielten. Eine kleine eiserne Geldkiste wurde unter den Betten (nicht unter der Bettstelle) gefunden. Sie stand ebenfalls offen, der Schlüssel steckte noch im Schloss. Ihr Inhalt bestand aus alten Briefen und einigen anderen unwichtigen Papieren.

Von Madame L'Espanaye war keine Spur zu entdecken, aber da man auf dem Kamin eine ungewöhnliche Menge Ruß bemerkte, forschte man im Kaminrohr nach und zog – es ist grauenhaft, nur daran zu denken – den Leichnam der Tochter aus ihm hervor, der mit dem Kopf nach unten ziemlich hoch in den Schlot hinaufgezwängt worden war. Der Körper war noch ganz warm. Bei der Untersuchung entdeckte man zahlreiche Hautabschürfungen, die ohne Zweifel durch die Heftigkeit, mit welcher man den Leichnam hinaufgeschoben und wieder herausgezogen hatte, verursacht worden waren. Das Gesicht wies viele schwere Kratzwunden auf, und an der Kehle waren tiefe Fingerabdrücke und dunkle Quetschungen zu sehen, als sei die Tote erwürgt worden.

Nachdem man alle Teile des Hauses auf das gründlichste untersucht hatte, ohne Näheres zu entdecken, begaben sich die Leute in einen gepflasterten Hof an der Rückseite des Hauses. Hier fand man den Körper der alten Dame mit so vollständig durchschnittenem Halse, dass der Kopf, bei dem Versuch, die Leiche aufzurichten, abfiel. Der Körper sowohl wie der Kopf waren auf das grässlichste verstümmelt, Letzterer in einer Weise, dass er kaum noch etwas Menschlichem ähnlich sah.

Man hat unseres Wissens bis jetzt noch nicht den geringsten Anhalt zu einer Aufklärung dieser entsetzlichen Mordtat gefunden.‹

Am nächsten Tage brachte die Zeitung weitere Einzelheiten über den grauenhaften Fall.

›*Das Trauerspiel in der Rue Morgue!!!* – Man hat viele Personen über dies außergewöhnliche, fürchterliche Ereignis verhört, ohne das Geringste zu entdecken, das Licht in die Sache bringen könnte.

Wir geben in Untenstehendem die Aussagen der Zeugen wieder: *Pauline Dubourg, Wäscherin,* sagt aus, dass sie die beiden Verstorbenen seit drei Jahren kenne, da sie während dieser Zeit für dieselben gewaschen habe. Die alte Dame und ihre Tochter schienen in gutem Einvernehmen miteinander zu leben und behandelten sich gegenseitig liebenswürdig und rücksichtsvoll. Sie bezahlten ausgezeichnet. Sie könne nicht sagen, wie oder wovon sie lebten. Sie glaube, dass Madame L'Espanaye von Beruf Wahrsagerin gewesen sei. Dieselbe habe im Ruf gestanden, sich ein Vermögen erspart zu haben. Sie, die Zeugin, habe nie einen Menschen dort getroffen, wenn sie Wäsche abgeholt oder gebracht hätte. Sie sei sicher, dass die Damen keinen Dienstboten gehalten hätten. Anscheinend sei kein Teil des Hauses außer dem vierten Stockwerk ausmöbliert gewesen.

Pierre Moreau, Tabakhändler, sagt aus, dass er seit beinahe vier Jahren kleine Partien Rauch- und Schnupftabak an Madame L'Espanaye verkauft habe. Er sei in der Nachbarschaft geboren und immer dort ansässig gewesen. Die Verstorbene und ihre Tochter bewohnten das Haus, in dem man die Leichen gefunden habe, schon seit mehr als sechs Jahren. Früher habe es ein Juwelier besessen, der die oberen Zimmer an verschiedene Personen vermietet hatte. Das Haus war das Eigentum der Madame L'Espanaye. Sie war unzufrieden über den Missbrauch, den die Mieter mit den Räumlichkeiten trieben, zog selbst hinein und weigerte sich, die nicht von ihr bewohnten Teile anderweitig zu vermieten. Die alte Dame war kindisch. Der Zeuge hat die Tochter im Laufe von sechs Jahren etwa fünf- bis sechsmal gesehen. Die beiden Damen führten ein außerordentlich zurückgezogenes Leben, man hielt sie für wohlhabend. Er habe von Nachbarn gehört, Madame L'Espanaye sei Wahrsagerin, habe es aber nicht geglaubt. Er habe niemals jemand anders in das Haus eintreten sehen als die alte Dame und ihre Tochter, ein- oder zweimal einen Portier und acht- oder zehnmal einen Arzt.

Das Zeugnis mehrerer anderer Personen aus der Nachbarschaft lief auf dasselbe hinaus. Man kannte niemanden, der das Haus selbst betreten hatte, und wusste nicht, ob Madame L'Espanaye und ihre Tochter noch lebende Verwandte hatten. Die Läden der vorderen Fenster wurden selten geöffnet. Die nach dem Hof hinaus gingen, waren immer geschlossen mit Ausnahme derer des großen Hinterzimmers im vierten Stock. Das Haus war gut gebaut und noch nicht alt.

Isidore Muset, Gendarm, sagt aus, dass er gegen drei Uhr des Morgens nach dem Haus gerufen worden sei und einige zwanzig oder dreißig Personen vor der Haustür angetroffen habe, die sich bemühten, sich Eingang zu verschaffen. Er öffnete schließlich die Tür mit einem Bajonett, nicht mit einer Eisenstange. Es habe nur wenig Mühe gekostet, da es eine Doppel- oder Flügeltür gewesen sei, die weder nach oben noch nach unten zugeriegelt worden war. Das Geschrei ertönte fort, bis die Tür erbrochen war, und verstummte dann plötzlich. Es schien von einer Person oder von mehreren in größter Todesangst ausgestoßen zu werden, war laut und gedehnt, nicht kurz und rasch. Der Zeuge führte den Zug die Treppe hinauf. Als er den ersten Treppenabsatz erreichte, vernahm er zwei Stimmen, offenbar in lautem, ärgerlichem Wortwechsel – die eine rau und barsch, die andere eine ganz sonderbare Stimme, kreischend und schrill. Er konnte ein paar Worte der ersten Stimme, die offenbar einem Franzosen angehörte, verstehen. Er behauptet mit Bestimmtheit, dass es keine Frauenstimme war. Er unterschied die Worte »sacré« und »diable«, die schrille Stimme war die eines Fremden. Er könne nicht gewiss sagen, ob es die Stimme eines Mannes oder einer Frau gewesen sei. Auch habe er nicht zu unterscheiden vermocht, was gesprochen wurde, meine jedoch, es sei Spanisch gewesen. Der Zustand des Zimmers und der Leichen wurde von dem Zeugen so beschrieben, wie wir gestern berichtet haben.

Henri Duval, ein Nachbar, von Beruf Silberschmied, sagt aus, dass er unter den Ersten war, die das Haus betraten. Bestätigt in der Hauptsache das Zeugnis Musets. Sobald die Leute sich den Eintritt erzwungen hatten, schlossen sie das Haus wieder, um die Menge, die sich trotz der späten Stunde ansammelte, abzuhalten. Der Zeuge hält die schrille Stimme für die eines Italieners. Er erklärt mit Bestimmtheit, dass der Sprecher kein Franzose gewesen sein könne, wisse jedoch nicht bestimmt, ob die Stimme eine Männerstimme gewesen, hält es nicht für ausgeschlossen, dass es eine Frauenstimme war. Er versteht kein Italienisch und konnte deshalb keine Worte unterscheiden, glaubt jedoch nach dem Klang schließen zu dürfen, dass es wohl Italienisch gewesen sei. Zeuge kannte Frau L'Espanaye und ihre Tochter. Hat häufig mit ihnen gesprochen. Ist sicher, dass die schrille Stimme keiner der beiden Verstorbenen angehört hat.

Odenheimer, Restaurateur. Zeuge war nicht geladen und gab sein Zeugnis freiwillig ab. Da er nicht französisch sprach, wurde er durch einen Dolmetscher vernommen. Er ist aus Amsterdam gebürtig. Kam während des Geschreis am Hause vorüber. Das Schreien dauerte mehrere – vielleicht zehn – Minuten lang. Es klang lang gezogen und laut, grauenhaft, nervenerschütternd. War unter denen, die das Haus betraten. Bestätigte alle vorhergegangenen Aussagen, eine einzige ausgenommen. Er sei sicher, dass die schrille Stimme die eines Mannes – und zwar eines Franzosen – gewesen sei. Konnte die einzelnen Worte nicht unterscheiden. Die Stimme habe laut und schnell geklungen – ungleich, anscheinend sowohl von Furcht als von Ärger in die Höhe getrieben. Er könne sie eigentlich nicht schrill nennen. Die barsche Stimme habe wiederholt »sacré«, »diable« und einmal »Mon Dieu« gesagt.

Jules Mignaud, Bankier, Inhaber der Firma Mignaud & Söhne, Rue Deloraine – er ist der ältere Mignaud – sagt aus: Frau L'Espanaye hätte etwas Vermögen besessen und vor acht Jahren ihr Kapital bei ihm angelegt. Sie habe auch häufig kleinere Summen bei ihm hinterlegt, doch nie Kapital zurückgezogen außer am dritten Tage vor ihrem Tode, an dem sie persönlich die Summe von 4000 Francs abhob. Das

Geld wurde in Gold ausbezahlt und ein Kassenbote mit demselben in ihr Haus geschickt.

Adolphe Lebon, Kassenbote bei Mignaud & Söhne, sagt aus, dass er an dem fraglichen Tage gegen Mittag Frau L'Espanaye mit den in zwei Beuteln verteilten 4000 Francs in ihre Wohnung begleitet habe. Als die Tür geöffnet wurde, sei Fräulein L'Espanaye erschienen und habe einen Beutel in Empfang genommen, während er der alten Dame den anderen aushändigte. Darauf habe er sich verabschiedet und sei gegangen. Auf der Straße habe er niemanden bemerkt. Die Rue Morgue ist eine Nebenstraße und fast immer menschenleer.

William Bird, Schneider, sagt aus, er sei unter denen gewesen, die das Haus betraten. Er ist ein Engländer. Lebt seit zwei Jahren in Paris. War einer der Ersten, welche die Treppe hinaufstiegen. Hörte die Stimmen der Streitenden. Hält die barsche Stimme für die eines Franzosen. Hat mehrere Worte verstanden, jedoch nicht alle behalten. Vernahm deutlich nur, »sacré« und »Mon Dieu«. Es hätte einen Augenblick so geklungen, als kämpften mehrere Personen miteinander; er hätte scharrendes, schlurfendes Geräusch vernommen. Die schrille Stimme klang sehr laut, lauter als die barsche. Er sei sicher, dass es nicht die Stimme eines Engländers gewesen sei. Schien ihm von einem Deutschen herzurühren. Könnte auch eine Frauenstimme gewesen sein. Er verstehe kein Deutsch.

Vier der genannten Zeugen, die man wieder vorgeladen hatte, sagten aus, dass die Tür des Zimmers, in welchem man den Körper des Fräuleins L'Espanaye gefunden habe, von innen zugeschlossen gewesen sei, als der Trupp Leute dieselbe erreichte. Alles war vollständig ruhig – kein Stöhnen noch sonst ein Geräusch mehr zu hören. Als man die Tür aufbrach, war niemand zu sehen. Die Fenster, sowohl die nach hinten als auch die nach vorn heraus, waren geschlossen und von innen fest verriegelt. Eine Tür zwischen den beiden Zimmern war zugeschlagen, doch nicht verschlossen. Die Tür, die aus dem Vorderzimmer auf den Korridor führte, war geschlossen, der Schlüssel. steckte inwendig. Ein kleines, auf dem vierten Stock nach vorn heraus gelegenes Zimmer am Ende des Korridors war offen. Die Tür stand weit auf. Dies Zimmer war mit alten Betten, Koffern etc. vollgestopft. Man räumte es sorgfältig aus und untersuchte es aufs Genaueste. Nicht ein Zoll im ganzen Hause blieb undurchforscht. Selbst die Kamine ließ man auf das Gründlichste kehren. Das Haus war vierstöckig und enthielt Mansarden. Eine Falltür auf das Dach hinaus war sehr fest zugenagelt und schien seit Jahren nicht geöffnet worden zu sein. Die Angaben über die Länge der Zeit von dem Augenblick an, in welchem man die streitenden Stimmen vernahm, bis zu dem, in welchem man die Zimmer aufbrach, schwankten. Einige Zeugen nahmen an, es seien drei Minuten gewesen, andere behaupteten, es seien wenigstens fünf verflossen. Die Tür konnte nur schwer geöffnet werden.

Alfonzo Garcio, Leichenbitter, sagt aus, dass er in der Rue Morgue wohne. Ist aus Spanien gebürtig. War unter denen, die das Haus betraten. Stieg jedoch die Treppe nicht herauf. Ist nervös und fürchtete die Folgen der Aufregung. Hörte die streitenden Stimmen. Die barsche Stimme sei die eines Franzosen gewesen. Konnte nicht unterscheiden, was sie sprach. Die schrille Stimme gehörte einem Engländer, das sei gewiss. Versteht kein Englisch, urteilt nach dem Tonfall.

Alberto Montani, Konditor, sagt aus, dass er mit unter den ersten war, die die Treppe hinaufstiegen. Hörte die fraglichen Stimmen. Die barsche Stimme sei die eines Franzosen gewesen. Unterschied mehrere Worte. Der Sprecher schien Vorstellungen zu machen. Die Worte der schrillen Stimme waren unverständlich. Sie sprach rasch und ungleich. Er halte sie für die eines Russen. Bestätigte das allgemeine Zeugnis. Er sei Italiener und habe nie mit einem geborenen Russen gesprochen.

Mehrere Zeugen, die man wieder vorrief, sagten aus, dass die Kamine aller Zimmer der vierten Etage zu eng seien, um einen Menschen durchzulassen. Doch fegte man jeden Rauchfang im Hause mit zylinderförmigen Bürsten, wie sie Kaminkehrer benutzten, gründlich auf und ab. Es gibt im Hause keine Hintertreppe, über die jemand hätte entfliehen können, während der Trupp Leute die Treppe hinaufstieg. Der Körper des Fräulein L'Espanaye war so fest in den Kamin eingezwängt, dass es nur den vereinten Kräften von vier oder fünf Männern gelang, ihn wieder herauszuziehen.

Paul Dumas, Arzt, sagt aus, dass er bei Tagesanbruch zur Besichtigung der Leichen herbeigerufen worden sei. Sie lagen beide auf der Matratze der Bettstelle, die in dem Zimmer stand, in welchem Fräulein L'Espanaye gefunden worden war.

Der Leichnam des jungen Mädchens war schrecklich zerquetscht und zerschunden. Der Umstand, dass er in den Kamin hinaufgestoßen worden war, erklärte diese Erscheinung genügend. Die Kehle war vollständig zusammengepresst. Dicht unter dem Kinn befanden sich mehrere tiefe Kratzwunden sowie eine Reihe bläulicher Flecken, die offenbar von dem Druck der Finger herrührten. Das Gesicht war grässlich angelaufen und die Augen aus den Höhlen hervorgetreten. Die Zunge war zum Teil durchgebissen. In der Magengrube entdeckte man eine große Quetschung, die anscheinend von dem Druck eines Knies herrührte. Dem Gutachten des Herrn Dumas zufolge war Fräulein L'Espanaye von einer oder mehreren unbekannten Personen *erwürgt* worden.

Der Leichnam der Mutter war ebenfalls schrecklich verstümmelt. Alle Knochen des rechten Armes und des rechten Beines waren mehr oder weniger gebrochen. Das linke Schienbein und die Rippen der linken Seite waren zersplittert. Der ganze Körper war in grauenerregender Weise zerquetscht und blutunterlaufen. Es war ganz unmöglich, festzustellen, auf welche Art und Weise die Verletzungen herbeigeführt worden seien. Eine schwere Holzkeule oder eine breite Eisenstange, ein Stuhl oder irgendeine große, schwere, stumpfe Waffe, von der Hand eines überaus kräftigen Mannes geschwungen, könnte solche Verletzungen hervorbringen. Keine Frauensperson hätte mit irgendwelcher Waffe derartige Schläge austeilen können. Der Kopf der Toten war bei der Besichtigung durch den Zeugen ganz vom Körper abgetrennt und auch vollständig zerschmettert. Die Kehle war augenscheinlich mit einem sehr scharfen Instrument, wahrscheinlich mit einem Rasiermesser, durchschnitten worden.

Alexander Etienne, Wundarzt, war mit Herrn Dumas zur Besichtigung der Leichen gerufen worden. Er bestätigte das Zeugnis und das Gutachten des Herrn Dumas.

Es ließ sich nichts weiter von Bedeutung feststellen, obwohl noch eine ganze Reihe von Personen verhört wurde. Noch nie ist in Paris ein so geheimnisvoller, in allen Einzelheiten so unerklärlicher Mord vollführt worden – wenn man hier überhaupt von einem Mord reden kann. Die Polizei hat nicht den allergeringsten Anhaltspunkt – etwas ganz Ungewöhnliches in solchen Fällen. Es ist auch nicht der Schatten einer Erklärung der schreckensvollen Begebenheit vorhanden.‹

Die Abendausgabe des Blattes berichtete, dass im Quartier St. Roch noch immer die größte Aufregung herrsche, dass der Tatort noch einmal auf das sorgfältigste untersucht und neue Verhöre angestellt worden seien – aber leider ergebnislos. Ein Postscriptum teilte noch mit, dass Adolphe Lebon verhaftet und ins Untersuchungsgefängnis abgeführt worden sei, obgleich ihn außer den oben erwähnten Einzelheiten nichts belaste.

Dupin schien sich merkwürdig für den Verlauf dieser Affäre zu interessieren – ich schloss es wenigstens aus seinem Benehmen: Er erwähnte sie mit keinem Wort. Erst nachdem er die Nachricht von der

Verhaftung des Lebon gelesen hatte, fragte er mich, was ich von der Angelegenheit halte.

Ich konnte mich nur der Meinung von ganz Paris anschließen, dass hier ein unauflösliches Geheimnis warte, und sah kein Mittel, die verborgene Spur des Mörders aufzudecken.

»Wir dürfen die Mittel nicht nach diesem oberflächlichen Verhör beurteilen«, sagte Dupin. »Der vielgerühmte Scharfsinn der Pariser Polizei ist nur Schlauheit, weiter nichts. Sie folgt bei ihrem Vorgehen keiner anderen Methode als der, welche der Augenblick ihr eben eingibt. Sie handelt nach einer bestimmten Anzahl von Regeln, die nicht selten ihrem Zweck so schlecht entsprechen, dass man unwillkürlich an jenen Herrn erinnert wird, der seinen Schlafrock verlangte, um die Musik besser hören zu können. Die erreichten Erfolge sind ja zuweilen überraschend groß, doch verdankt sie dieselben meist nur ihrem Fleiß und ihrer Rührigkeit. Wo diese beiden Eigenschaften nicht ausreichen, misslingen alle ihre Anstrengungen.

Vidocq zum Beispiel war äußerst geschickt im Erraten, beharrlich und ausdauernd. Aber da sein Denken nicht geschult war, geriet er in einem fort in Irrtümer, in denen er dann seiner Natur gemäß noch hartnäckig verharrte. Er hielt sich seine Gegenstände so nahe vor das Auge, dass er vielleicht ein oder zwei Punkte mit außergewöhnlicher Schärfe wahrnahm, dafür aber naturgemäß keinen Überblick über das Ganze gewinnen konnte.

So geht es immer, wenn man allzu tief sein will. Die Wahrheit ist nicht immer in einem Brunnen versteckt. Ich glaube im Gegenteil, dass sie, was wichtigere Erkenntnisse anbelangt, meistens auf der Oberfläche liegt. Die Wahrheit liegt nicht in den Tälern, in denen wir sie suchen, sondern auf den Berggipfeln, auf denen wir sie suchen sollten. Die Betrachtung der Himmelskörper versinnbildlicht uns ausgezeichnet die Art und den Ursprung dieses Irrtums. Blickt man einen Stern flüchtig oder von seitwärts an, sodass man ihm die äußeren Partien der Netzhaut zuwendet, die für schwache Lichteindrücke empfindlicher sind als die inneren, so erblickt man den Stern und seinen Glanz am deutlichsten. Das Licht wird im gleichen Verhältnis trüber werden, in welchem wir unsern Blick voll auf ihn richten. Im letzteren Fall nimmt das Auge zwar eine größere Menge Strahlen auf, im ersteren jedoch besitzt es eine verfeinerte Aufnahmefähigkeit. Durch übertriebene Tiefsinnigkeit schwächen und verwirren wir den Gedanken; und man kann die Venus selbst vom Firmament verschwinden lassen durch zu anhaltendes, zu scharfes oder zu unmittelbares Anstarren.

Was den Mord anbetrifft, so wollen wir, ehe wir uns eine Meinung bilden, erst für uns ganz allein Nachforschungen anstellen. Sie werden uns sicherlich viel Vergnügen bereiten.« – Ich fand den Ausdruck an dieser Stelle ziemlich sonderbar, sagte aber nichts. »Außerdem«, fuhr Dupin fort, »hat mir Lebon einmal einen Dienst erwiesen, für den ich ihm nicht undankbar sein werde. Wir wollen uns den Tatort mit eigenen Augen ansehen. Ich kenne den Polizeipräfekten G. und werde ohne Schwierigkeit die hierzu nötige Erlaubnis erhalten können.«

Er erhielt sie auch wirklich, und wir begaben uns sogleich nach der Rue Morgue. Sie ist eine der elenden Querstraßen, die die Richelieustraße mit der Rue St. Roch verbinden. Wir erreichten sie spät am Nachmittag, da das Quartier St. Roch von unserem Stadtviertel ziemlich weit entfernt liegt. Das Haus wurde leicht gefunden, denn auf dem gegenüberliegenden Trottoir stand eine Menge Menschen, die in gegenstandsloser Neugierde auf die geschlossenen Fensterläden starrte. Es war ein richtiges Pariser Haus mit einem Torweg, dem zur Seite ein Schiebefensterchen angebracht war, das die Portiersloge anzeigte. Ehe wir eintraten, gingen wir die Straße hinauf, bogen in eine Seitengasse ein, wandten uns wieder zurück und gingen auch an der Hinterseite des Hauses vorbei, während Dupin sowohl die ganze Nachbarschaft wie das Haus mit einer gründlichen Aufmerksamkeit betrachtete, die ich für ziemlich überflüssig hielt.

Dann wandten wir unsere Schritte wieder der Front des Hauses zu, klingelten, zeigten unsere Erlaubnisscheine vor und wurden von dem wachhabenden Beamten eingelassen. Wir begaben uns nach oben und traten in das Zimmer, in dem man den Leichnam des Fräuleins L'Espanaye gefunden hatte und in dem die beiden Verstorbenen lagen. An der Unordnung im Zimmer war, wie in solchen Fällen immer, nichts geändert worden. Ich bemerkte nichts weiter, als was in der ›Gazette des Tribunaux‹ schon erwähnt worden war. Dupin untersuchte alles aufs Gründlichste, selbst die Körper der Opfer. Wir durchschritten die übrigen Zimmer und traten in den Hof; ein Gendarm begleitete uns auf Schritt und Tritt. Die Untersuchungen nahmen uns bis zum Anbruch der Dunkelheit in Anspruch, dann verabschiedeten wir uns. Auf unserem Heimweg trat mein Gefährte einen Augenblick in die Expedition eines der Tageblätter ein.

Ich habe schon gesagt, dass Dupin voll der bizarrsten Launen war und dass ich ihn so viel wie möglich seine eigenen Wege gehen ließ. Heute hatte er sich in den Kopf gesetzt, bis Mittag des nächsten Tages jeder Unterhaltung über das Mordthema auszuweichen. Dann jedoch fragte er mich plötzlich, ob ich nicht irgendetwas *Besonderes* an der Stätte des Gräuels wahrgenommen hätte.

In der Art und Weise, wie er das Wort ›Besonderes‹ hervorhob, lag etwas, das mich schaudern machte, ohne dass ich wusste, weshalb. »Nein«, antwortete ich, »nichts Besonderes, wenigstens nicht mehr, als schon in der Zeitung gestanden hat.«

»Die ›Gazette‹«, meinte er, »hat, wie ich fürchte, das ungewöhnlich Grauenhafte der Sache nicht recht begriffen. Aber sehen wir von den müßigen Ansichten dieser Zeitung ab. Mir scheint es, dass das

Geheimnis gerade aus *dem* Grunde leicht zu enthüllen ist, aus dem es für unerklärlich gehalten wird – ich meine, dass die Umstände, unter denen die Tat geschehen ist, nur ein kleines, deutlich begrenztes Feld für Vermutungen zulassen. Die Polizei ist verwirrt, weil anscheinend jedes Motiv, wenn nicht zum Mord selbst, so doch zu der Scheußlichkeit des Mordes fehlt. Sie steht verblüfft vor der scheinbaren Unmöglichkeit, die vielfach gehörten streitenden Stimmen mit der Tatsache in Einklang zu bringen, dass man oben im Haus außer der Ermordeten niemanden entdeckte und doch keiner das Haus verlassen konnte, ohne an den heraufeilenden Leuten vorüberzukommen. Die wilde Unordnung im Zimmer, der mit dem Kopf nach unten in den Schornstein hinaufgezwängte Leichnam, die grässlichen Verstümmelungen am Körper der alten Dame sowie noch einige weitere Tatsachen, die ich nicht zu erwähnen brauche, haben genügt, um die geistigen Kräfte der Polizeibeamten lahmzulegen, indem sie ihren gerühmten Scharfsinn irreführten. Sie sind in den groben, aber häufig vorkommenden Irrtum verfallen, das Ungewöhnliche mit dem Geheimnisvollen zu verwechseln. Aber gerade dies Abweichen vom Wege des Gewöhnlichen ist für die Vernunft ein Fingerzeig, der sie auf die Straße zur Wahrheit weist. Bei Nachforschungen von der Art der unserigen sollte man nicht so sehr fragen: ›Was ist geschehen?‹ als vielmehr: ›Was ist geschehen, was noch niemals vorher geschehen ist?‹ In der Tat steht die Leichtigkeit, mit der ich zu der Lösung des Rätsels gelangen werde oder schon gelangt bin, in gleichem Verhältnis zu seiner scheinbaren Unauflösbarkeit in den Augen der Polizei.«

In sprachlosem Erstaunen starrte ich den Sprecher an.

»Ich erwarte jetzt«, fuhr er, nach der Tür blickend, fort, »eine Person, die, wenn auch vielleicht gerade nicht der Täter, so doch an der Ausübung der Metzeleien in gewissem Grade beteiligt gewesen sein muss. An dem schlimmsten Teil der begangenen Verbrechen ist er höchstwahrscheinlich unschuldig. Ich hoffe, dass ich mit dieser Voraussetzung recht habe, denn ich habe meine ganze Hoffnung, das Rätsel vollständig lösen zu können, darauf aufgebaut. Ich erwarte diesen Mann hier, er kann jeden Augenblick eintreten. Es ist möglich, dass er nicht kommt, wahrscheinlicher, dass er es tun wird. Sollte dies der Fall sein, so müssen wir versuchen, ihn zurückzuhalten. Hier sind Pistolen; wir beide wissen ja damit umzugehen, falls die Gelegenheit es erfordern sollte.«

Ich nahm die Pistolen, ohne recht zu wissen, was ich tat, oder das, was ich hörte, zu glauben, während Dupin wie im Selbstgespräch fortfuhr. Ich habe schon von seinem zerstreuten Wesen zu solchen Zeiten gesprochen. Seine Worte waren an mich gerichtet, aber seine Stimme hatte, obgleich er sie nicht laut erhob, jene deutliche Intonation, deren man sich bedient, wenn man zu einer weit entfernten Person spricht. Seine Augen blickten vollständig ohne Ausdruck regungslos die Wand an.

»Dass die von den Leuten auf der Treppe gehörten streitenden Stimmen nicht von den beiden Frauen herrührten, ist durch die Zeugenaussagen wohl bewiesen. Dies macht die Frage, ob nicht die alte Dame zuerst die Tochter und darauf sich selbst durch Selbstmord umgebracht habe, überflüssig. Ich erwähne diesen Punkt nur um des methodischen Vorgehens willen; denn die Körperkräfte der Frau L'Espanaye wären völlig unzureichend gewesen, den Leichnam der Tochter in den Kamin hinaufzuzwängen, und die Art der Verwundungen ihrer eigenen Person schließen jeden Gedanken an Selbstmord aus. Der Mord ist also von einer dritten Partei begangen worden. Und die Stimmen, die man gehört hat, waren die Stimmen dieser Partei. Lesen wir die Aussagen über diese Stimmen noch einmal durch, und zwar nicht das gesamte Zeugenmaterial, sondern nur das, was an denselben auffallend ist. Bemerkten Sie etwas Auffallendes?«

Ich antwortete, es sei wohl bemerkenswert, dass – während alle Zeugen die barsche Stimme übereinstimmend als von einem Franzosen herrührend erklärten – über die schrille, oder, wie ein Zeuge meinte, die kreischende Stimme vollständig verschiedene Meinungen geäußert worden seien.

»Was Sie sagten, betrifft das Zeugnis selbst, nicht das Auffallende daran. Sie haben also nichts Besonderes bemerkt, und doch war etwas zu bemerken. Wie Sie schon sagten, stimmten die Zeugen in ihren Aussagen über die barsche Stimme überein, und das Besondere in betreff der schrillen Stimme ist nicht, dass hier die Meinungen auseinandergehen, sondern, dass, als ein Italiener, ein Engländer, ein Spanier, ein Holländer und ein Franzose sie zu beschreiben versuchten, alle darin einig waren, es sei die Stimme eines *Fremden* gewesen. Jeder ist sicher, dass es nicht die Stimme eines seiner Landsleute war. Niemand vergleicht sie mit der Stimme eines Landsmannes – der Franzose hält sie für die Stimme eines Spaniers und ›hätte wohl einige Worte unterscheiden können, wenn er Spanisch verstünde‹. Der Holländer behauptet, es sei die eines Franzosen gewesen, aber es wird bemerkt, dass dieser Zeuge, da er kein Französisch versteht, durch einen Dolmetscher vernommen wurde. Der Engländer hält sie für die Stimme eines Deutschen, doch versteht er selbst kein Deutsch. Der Spanier ist gewiss, dass es die Stimme eines Engländers war, schließt dies jedoch nur aus dem Tonfall, da er selbst nicht Englisch spricht. Der Italiener ist der Meinung, es sei Russisch gewesen, hat jedoch niemals mit einem geborenen Russen gesprochen. Ein anderer Franzose behauptet im Gegensatz zu dem ersten mit Gewissheit, die Stimme habe italienisch geklungen, doch ist er selbst dieser Sprache nicht kundig und schließt, wie der Spanier, nur nach dem Tonfall.

Wie sonderbar und ungewöhnlich muss diese Stimme gewesen sein, dass die Aussagen über dieselbe derart auseinandergehen konnten! Dass kein Vertreter der Hauptnationen Europas in ihren Tönen etwas Bekanntes wiedererkannte! Sie werden sagen, es könnte die Stimme eines Asiaten oder eines Afrikaners gewesen sein. Wir haben ihrer in Paris zwar nicht allzu viele. Doch möchte ich Sie, ohne Ihren Einwurf übergehen zu wollen, auf drei Punkte aufmerksam machen. Ein Zeuge hält die Stimme eher für kreischend als schrill. Zwei andere behaupten, sie habe schnell und ungleich gesprochen. Kein Zeuge aber konnte Worte oder wortähnliche Laute unterscheiden.

»Ich weiß nicht«, fuhr Dupin fort, »welchen Eindruck ich bis jetzt auf Ihr Begriffsvermögen gemacht habe; aber ich nehme keinen Anstand zu behaupten, dass man aus dem Teil der Zeugenaussagen der sich auf die Stimmen bezieht, Schlüsse folgern kann, die hinreichend sind, einen Argwohn zu erregen, der allen weiteren Nachforschungen die Richtung angeben sollte. Ich behaupte, dass meine Schlüsse die einzig *richtigen* sind und als unausbleibliches Resultat einen bestimmten Argwohn bedingen. Welcher Art derselbe ist, will ich jetzt noch nicht sagen. Ich möchte Sie nur davon überzeugen, dass er für mich dringend genug war, meinen Nachforschungen im Zimmer eine ganz besondere Richtung zu geben.

Versetzen wir uns also im Geiste in dies Zimmer. Was werden wir zuerst darin suchen? Die Mittel und Wege, welche die Mörder zur Flucht benutzt haben. Ich darf doch ohne Zögern behaupten, dass keiner von uns beiden an übernatürliche Ereignisse glaubt. Frau und Fräulein L'Espanaye wurden nicht von Geistern ermordet. Die Täter waren von Fleisch und Blut und entwichen auf natürliche Art. Aber wie? Prüfen wir der Reihe nach die verschiedenen Möglichkeiten der Flucht. Es ist klar, dass sich die Mörder zur Zeit, als der Trupp Leute die Treppe hinaufstieg, in dem Zimmer befanden, in dem der

Leichnam des Fräulein L'Espanaye gefunden wurde, vielleicht auch in dem angrenzenden. Wir brauchen also nur nach Ausgängen von diesen beiden Zimmern aus zu suchen. Die Polizei hat die Dielen, Wände und die Zimmerdecke nach jeder Richtung hin untersucht und bloßgelegt. Kein geheimer Ausgang hätte ihrem Scharfsinn verborgen bleiben können. Da ich aber ihren Augen nicht traute, prüfte ich mit meinen eigenen. Beide Türen, die von den Zimmern auf den Korridor führten, waren fest verschlossen, die Schlüssel steckten innen. Betrachten wir die Kamine. Diese haben zwar bis zur Höhe von acht oder zehn Fuß über dem Rost die gewöhnliche Weite, verengen sich später jedoch so, dass sich nicht einmal eine größere Katze hindurchwinden könnte. Da also auf den bis jetzt genannten Wegen jedes Entweichen unmöglich war, so bleiben nur noch die Fenster. Durch die im Vorderzimmer hätte niemand entwischen können, ohne von der Menge auf der Straße bemerkt zu werden. Die Mörder *müssen* also durch das Fenster des Hinterzimmers entflohen sein. Da wir nun auf so zwingende Weise zu diesem Schluss gekommen sind, dürfen wir, als vernünftige Wesen, ihn nicht wegen der anscheinenden Unmöglichkeit eines solchen Entweichens verwerfen. Es gilt jetzt nur, zu beweisen, dass diese scheinbaren ›Unmöglichkeiten‹ in Wirklichkeit keine sind.

Das Zimmer hat zwei Fenster. In der Nähe des einen stehen keine Möbelstücke. Es ist vollständig sichtbar. Der untere Teil des anderen wird dem Auge ganz durch das Kopfende der schwerfälligen Bettstelle entzogen. Das erste Fenster wurde von innen fest verschlossen vorgefunden. Es widerstand allen Anstrengungen der Personen, die es in die Höhe schieben wollten. Auf der linken Seite des Rahmens fand man ein großes Loch eingebohrt und in dasselbe einen Nagel fast bis zum Kopfe eingeschlagen. Als man das andere Fenster untersuchte, entdeckte man einen ähnlichen Nagel, und zwar auf ähnliche

Weise befestigt, und ein kräftiger Versuch, diese Scheibe hochzuschieben, misslang ebenfalls. Die Polizei war nun vollständig befriedigt, glaubte, dass die Flucht der Täter nicht durch die Fenster bewerkstelligt worden sei, und hielt es *deshalb* für überflüssig, die Nägel herauszuziehen und die Fenster zu öffnen.

Ich selbst forschte eingehender nach und zwar aus dem eben angeführten Grunde, denn hier war, wie ich wusste, der Ort, an dem sich alle scheinbaren Unmöglichkeiten als nicht wirklich bestehend erweisen mussten.

A posteriori schloss ich weiter: Die Mörder entkamen durch eines dieser Fenster. Dies angenommen, konnten sie den Schieber nicht wieder innen so befestigen, wie man ihn vorgefunden hatte. Die Unbestreitbarkeit dieser Annahme beendete die weiteren Nachforschungen der Polizei in dieser Richtung. Aber die Schieber waren befestigt. Sie mussten sich also auf irgendeine Weise selbst wieder geschlossen haben. Dieser Annahme konnte man sich auf keine Weise entziehen. Ich begab mich an das ganz freiliegende Fenster, zog den Nagel mit einiger Schwierigkeit heraus und versuchte die Scheibe in die Höhe zu schieben. Wie ich vorausgesehen, widerstand sie allen meinen Anstrengungen. Ich wusste nun bestimmt, dass irgendwo eine Feder verborgen sein musste, und diese Bestätigung meiner Annahmen überzeugte mich, dass diese richtig gewesen waren, wie geheimnisvoll auch der Umstand mit den Nägeln noch erscheinen musste. Bald entdeckte ich durch sorgfältiges Suchen die verborgene Feder. Ich drückte auf sie, und, von der Entdeckung befriedigt, unterließ ich es einstweilen, die Scheiben zu heben.

Ich steckte den Nagel wieder ein und betrachtete ihn aufmerksam. Wenn eine Person aus dem Fenster sprang, konnte sie dasselbe wohl zuschlagen, sodass die Feder wieder einschnappte, den Nagel jedoch konnte sie nicht wieder einstecken. Dieser Schluss war einfach und verengerte wiederum das Feld meiner Untersuchungen. Die Mörder mussten durch das andere Fenster entkommen sein. Angenommen, die Feder war – wie sehr wahrscheinlich – an beiden Fenstern gleich, so mussten die Nägel oder wenigstens die Art ihrer Befestigung verschieden sein. Ich stieg auf die Matratze der Bettstelle und betrachtete über das Kopfende des Bettes weg aufmerksam das zweite Fenster. Als ich mit der Hand hinter die Bettstelle fasste, entdeckte ich die Feder sogleich und drückte auf dieselbe. Sie war, wie ich vorausgesetzt hatte, vollständig so beschaffen wie ihr Gegenstück. Ich betrachtete jetzt den Nagel. Er war so dick wie der andere und offenbar in derselben Weise befestigt und auch bis zum Kopfe eingeschlagen.

Sie werden nun vielleicht glauben, dass mich das verwirrte, und hätten in diesem Falle die Natur meiner Schlüsse ganz missverstanden. Um einen Jagdausdruck zu gebrauchen – ich war nicht einmal auf falscher Fährte gewesen und hatte die Spur auch nicht einen Augenblick lang verloren. Kein Glied der Kette war fehlerhaft. Ich hatte das Geheimnis bis zum letzten Ergebnis verfolgt; das war der Nagel. Er sah, wie ich schon sagte, dem Gegenstück im anderen Fenster vollständig ähnlich; aber diese Tatsache schien mir ganz wertlos gegenüber der Erwägung, dass an dieser Stelle meine Spur aufhörte. Ich sagte mir, mit dem Nagel muss etwas nicht richtig sein. Ich fasste ihn an, und der Kopf mit etwa einem Viertel Zoll vom Stiel fiel mir in die Hand. Der übrige Teil des Stiels blieb in dem Bohrloch stecken. Der Bruch war alt, denn die Ränder waren mit Rost überzogen, und offenbar auf den Schlag eines Hammers zurückzuführen, der auch den oberen Teil des Nagels selbst teilweise in den Rahmen der untersten Scheibe eingetrieben hatte. Ich steckte nun das Kopfstück des Nagels sorgfältig wieder in das Loch zurück, wie ich ihn gefunden, und er glich vollständig einem unbeschädigten Nagel, da die Bruchstelle nicht zu sehen war. Ich drückte auf die Feder und hob die Scheibe ein paar Zoll in die Höhe. Der Nagelkopf ging mit, denn er steckte fest in seiner Höhlung. Ich schloss das Fenster, und die Ähnlichkeit des Nagels mit einem unzerbrochenen war vollständig wiederhergestellt.

Soweit war das Rätsel also gelöst. Der Mörder war durch das Fenster, an welchem die Bettstelle stand, entkommen. Nach seinem Entweichen war dasselbe von selbst wieder zugefallen oder vielleicht auch zugeworfen und von der einschnappenden Feder wieder festgehalten worden. Dies Festhalten schrieb die Polizei irrtümlicherweise dem Nagel zu und stand von allen weiteren Nachforschungen als überflüssig ab.

Die nächste Frage ist nun, auf welche Weise der Mörder herabstieg. Über diesen Punkt hatte ich mich bei unserem Gang um das Haus herum unterrichtet. Etwa fünf und einen halben Fuß von dem betreffenden Fenster entfernt läuft eine Blitzableitungsstange nach unten. Es war jedoch absolut unmöglich, von dieser Stange aus das Fenster zu erreichen, geschweige denn einzusteigen. Ich bemerkte jedoch, dass die Läden des vierten Stockes sogenannte ›ferrades‹ waren. Diese Art Fensterläden sind jetzt fast ganz außer Gebrauch gekommen, man findet sie aber noch häufig an sehr alten Häusern in Lyon oder Bordeaux. Sie haben die Gestalt einer gewöhnlichen Tür (einer einfachen, keiner Flügeltür), deren untere Hälfte aus Latten besteht oder als offenes Gitterwerk gearbeitet ist, das den Händen einen ausgezeichneten Halt gewährt. Die Läden der betreffenden Fenster sind gut drei und einen halben Fuß breit. Als wir sie von der Rückseite des Hauses ansahen, standen sie beide halb offen, das heißt, im rechten Winkel zu der Mauer. Wahrscheinlich hatte die Polizei ebenfalls die Hinterseite des Hauses untersucht; in diesem Falle muss sie die große Breite der ›ferrades‹ nicht bemerkt oder ihr nicht die nötige Beachtung geschenkt haben. Da sie sich nun einmal überzeugt hatte, dass an dieser Stelle niemand entsprungen sein könne, stellte sie hier nur sehr oberflächliche Untersuchungen an. Mir war es jedoch klar, dass der Laden, welcher zu dem Fenster am Kopfende des Bettes gehörte, falls er ganz nach der Wand zurückgeschlagen wurde, den Blitzableiter auf zwei Fuß erreichte. Es war ebenfalls einleuchtend, dass sich jemand mit Aufwand eines allerdings *höchst* ungewöhnlichen Grades von Behändigkeit und Mut vom Blitzableiter aus Eintritt in das Fenster verschaffen konnte. Der Eindringling konnte sich, war er dem Laden, den wir uns jetzt zurückgeschlagen denken, erst auf zwei und einen halben Fuß nahe gekommen, fest an das Gitterwerk anklammern. Ließ er dann den Blitzableiter los, stemmte den Fuß fest gegen die Mauer und stieß sich mutig ab, so konnte es ihm gelingen, den Laden zu schließen und sich selbst, wenn das Fenster offen stand, ins Zimmer zu schwingen.

Ich möchte Sie bitten, vor allem meine Bemerkung zu beachten, dass ein höchst ungewöhnlicher Grad von Behändigkeit erforderlich war, um ein solches Wagnis mit Erfolg auszuführen. Meine Absicht ist, Ihnen in erster Linie zu zeigen, dass es *nicht unmöglich* war, einen solchen Sprung zu tun; aber zweitens und hauptsächlich, dass *eine ganz außergewöhnliche Behändigkeit* dazu gehörte.

Sie werden mir ohne Zweifel mit dem Ausdruck des Gesetzes entgegenhalten, dass ich, ›um meinen Fall durchzuführen‹, die zu diesem Sprung erforderliche Behändigkeit eher geringer anschlagen müsse, als immer wieder zu betonen, wie ungewöhnlich und erstaunlich sie gewesen sei. Kriminalisten würden auch zweifellos von diesem Standpunkt ausgehen – aber er bezeichnet nicht den Weg, den die Vernunft geht. Mein Endzweck ist nur die Wahrheit. Augenblicklich habe ich die Absicht, Sie dahin zu führen, dass Sie diese ungewöhnliche Behändigkeit, von der ich eben gesprochen habe, mit jener sonderbaren, schrillen (oder kreischenden) und ungleichen Stimme in

Zusammenhang bringen, über deren Sprache nicht zwei Zeugen übereinstimmend aussagten und bei der niemand Silbenbildung unterscheiden konnte.«

Bei diesen Worten begann ich unbestimmt und halb zu begreifen, worauf Dupin hinauswollte. Ich war auf dem Punkt, ihn zu verstehen, ohne es jedoch vollständig zu können; wie man zuweilen ganz, ganz nahe daran ist, sich auf etwas zu besinnen, und sich schließlich doch nicht erinnern kann. Mein Freund argumentierte weiter: »Sie sehen«, sagte er, »dass ich die Frage nach der Art der Flucht in die Erforschung der Möglichkeit des Überfalls umgewandelt habe. Meine Absicht war, darzutun, dass beides auf dieselbe Art und Weise an derselben Stelle vor sich gegangen ist. Betrachten wir nun das Innere des Zimmers. Man sagt, die Schubladen des Sekretärs seien geplündert worden, obwohl sie noch eine Menge Kleidungsstücke enthielten. Das ist eine sehr sonderbare und sehr törichte Vermutung, weiter nichts. Woher will man wissen, dass die in den Schubläden gefundenen Kleidungsstücke nicht alles waren, was diese Läden überhaupt enthielten? Frau L'Espanaye und ihre Tochter lebten sehr zurückgezogen, sahen keine Gäste bei sich, gingen selten aus und hatten wenig Verwendung für viele Kleider. Die gefundenen waren von so gutem Stoff, wie man sie überhaupt im Besitz der beiden Frauen vermuten konnte. Wenn der Dieb sich Kleider aneignete, warum nahm er nicht die besten, warum nicht alle? Kurz, weshalb ließ er die 4000 Francs in Gold zurück, um sich mit einem Bündel alter Kleider zu beladen? Das Gold ist doch zurückgeblieben. Fast die ganze von dem Bankier Mignaud erwähnte Summe lag in Beuteln auf der Erde. Ich möchte daher, dass Sie in Ihren Gedanken die irrtümliche Vorstellung von dem eventuellen Motiv zur Tat fallen lassen, wie sie sich im Gehirn der Polizei durch die Zeugenaussagen, die sich auf die Ablieferung des Geldes beziehen, festgesetzt hat. Es erlebt doch jeder von uns zuweilen eine seltsame Aufeinanderfolge von Ereignissen, die zehnmal merkwürdiger ist als diese (Abliefern von Geld und drei Tage darauf Mord an der Person des Empfängers), ohne dass wir uns einen Augenblick mit ihr beschäftigten. Zufälle sind im Allgemeinen große Steine des Anstoßes auf dem Wege jener Klasse von schlecht geschulten Denkern, die nichts von der Theorie der Wahrscheinlichkeiten wissen, jener Theorie, der die wichtigsten Zweige der menschlichen Wissenschaft manche ruhmvolle Entdeckung verdanken. Wäre das Geld verschwunden, so würde in unserem Falle die Tatsache, dass es drei Tage vorher abgeliefert wurde, etwas mehr als ein bloßer Zufall sein. Sie würde uns in dem Gedanken, dass hier das Motiv zu suchen wäre, bestärken. Wenn wir aber unter den bestehenden Umständen das Gold als Motiv zu der Schandtat gelten lassen wollen, dann müssen wir auch zugleich annehmen, dass der Täter unentschlossen und blöde genug war, um Motiv und Gold zugleich im Stich zu lassen.

Wir wollen die Punkte, auf die ich eben Ihre Aufmerksamkeit lenkte, fest im Gedächtnis behalten: die sonderbare Stimme, die außergewöhnliche Behändigkeit und die Tatsache, dass ein Motiv zu einem so entsetzlich grauenhaften Mord fehlt. Betrachten wir uns nun die Metzelei selbst. Eine Frau ist mit bloßen Händen zu Tode gewürgt und mit dem Kopf nach unten in den Kamin hinaufgezwängt worden. Gewöhnliche Mörder morden nicht in dieser Weise. Am allerwenigsten suchen sie ihr Opfer auf diese Weise zu verbergen. Sie werden zugeben, dass in der Art, in der der Leichnam in den Kamin gestopft wurde, etwas so unerhört Scheußliches liegt, dass es sich mit unseren gewöhnlichen Begriffen von menschlicher Handlungsweise absolut nicht vereinigen lässt, selbst wenn wir annehmen, dass die Täter ganz entmenschte Bösewichter waren. Bedenken Sie auch, wie groß die Kraft gewesen sein muss, die einen Körper gewaltsam in eine solch kleine Öffnung *hinaufzwängen* konnte, dass die vereinte Kraft mehrerer Personen gerade genügte, um ihn wieder *herabzuziehen!*

Wir haben noch weitere Beweise von dieser übermenschlichen Kraft. Auf dem Herde lagen dicke Flechten – sehr dicke Flechten – von grauem Menschenhaar, die mit den Wurzeln ausgerissen worden waren. Sie wissen wohl, welch große Kraft dazu gehört, um nur zwanzig bis dreißig Haare zusammen so aus dem Kopfe zu reißen. Sie haben die Flechten so gut gesehen wie ich. Ihre Wurzeln – ein scheußlicher Anblick – klebten noch mit Stücken der Kopfhaut zusammen, ein sicheres Zeichen der übermenschlichen Kraft, die benutzt worden war, um vielleicht ein paar Tausend Haare auf einmal auszureißen. Die Kehle der alten Dame war nicht allein durchschnitten, sondern der Kopf vollständig vom Rumpf getrennt; das Instrument war ein bloßes Rasiermesser. Beachten Sie die *tierische* Roheit, die aus dieser Handlungsweise spricht. Von den Quetschungen am Körper der Frau L'Espanaye will ich nicht reden. Herr Dumas und sein Assistent, Herr Etienne, sagten aus, dass dieselben mit einem stumpfen Instrument hervorgebracht sein müssten, und soweit haben die Herren recht.

Das ›stumpfe Instrument‹ war nämlich offenbar das Steinpflaster des Hofes, auf den das Opfer aus dem Fenster hinuntergeschleudert wurde. Dieser Gedanke, der uns jetzt so selbstverständlich vorkommt, entging der Polizei aus demselben Grunde, aus dem sie die Breite der Fensterläden nicht bemerkt hatte; der Umstand, dass die Nägel anscheinend fest saßen und unverletzt waren, hatte ihr Begriffsvermögen wie hermetisch gegen die Annahme verschlossen, dass die Fenster überhaupt geöffnet worden seien.

Wenn wir uns zu all diesem noch an die seltsame Unordnung im Zimmer erinnern, haben wir folgende Fakta: erstaunliche Behändigkeit – übermenschliche Kraft – tierische Roheit – eine grundlose Verwüstung – eine mit dem Begriff Menschlichkeit nicht zu vereinigende *Bizarrerie* in der Scheußlichkeit – und eine Stimme, die den Ohren vieler Leute aus den verschiedensten Nationen fremd klang und keine deutlichen oder verständlichen Silben äußerte. Welcher Schluss ist daraus zu ziehen? Welcher Gedanke drängt sich Ihnen auf?« Ich fühlte, wie mir, als Dupin diese Frage stellte, Schaudern durch Mark und Bein ging.

»Ein Wahnsinniger«, sagte ich, »hat die Tat begangen, ein Tobsüchtiger, der aus dem benachbarten Irrenhause entsprungen ist.«

»In mancher Beziehung«, antwortete er, »wäre Ihr Verdacht annehmbar; aber die Stimmen von Wahnsinnigen haben selbst im wildesten Paroxysmus nicht jene Eigentümlichkeiten, die man an der fraglichen schrillen Stimme wahrgenommen hat. Wahnsinnige gehören doch irgendeiner Nation an, und ihre Sprache, so unzusammenhängend die Worte auch immer sein mögen, bildet Silben. Überdies haben Wahnsinnige nicht solches Haar, wie ich es hier in der Hand habe. Ich löste dieses kleine Büschel aus den im Todeskampfe zusammengekrampften Fingern der Frau L'Espanaye. Sagen Sie mir, was Sie von demselben halten?«

»Dupin«, rief ich entsetzt, »dies Haar ist ein ganz ungewöhnliches – es ist kein Menschenhaar.«

»Das habe ich auch nicht behauptet«, gab er zur Antwort, »aber ehe wir diesen Punkt entscheiden, möchte ich Sie bitten, einen Blick auf die Skizze zu werfen, die ich auf dies Papier gezeichnet habe. Es ist ein genaues Faksimile von dem, was in einem Teil der Zeugenaussagen als dunkle Quetschungen beschrieben wurde, als tiefe Eindrücke von Fingernägeln am Halse des Fräuleins L'Espanaye, und was von Herrn Dumas und Herrn Etienne eine Reihe von blutunterlaufenen Flecken, die augenscheinlich Eindrücke von Fingern seien, genannt wurde.

»Sie sehen«, fuhr mein Freund fort, indem er das Papier auf dem Tisch ausbreitete, »dass die Zeichnung auf einen festen, eisernen Griff hinweist. Es ist nichts von einem Abgleiten zu bemerken. Jeder Finger hat wahrscheinlich bis zum Tode des Opfers den furchtbaren Griff beibehalten, mit dem er sich von Anfang an einkrallte. Versuchen Sie nun, Ihre Finger zu gleicher Zeit in die analogen Abdrücke auf dem Papier zu legen.«

Ich versuchte es, jedoch vergebens.

»Vielleicht fangen wir die Sache noch nicht richtig an«, sagte er. »Das Papier liegt augenblicklich auf einer ebenen Fläche, und der menschliche Hals hat die Form eines Zylinders. Hier ist ein rundes Scheit Holz, das ungefähr den Umfang eines Halses hat. Umwickeln Sie es mit dem Papier und versuchen Sie von Neuem.«

Ich tat es; aber meine Hand erwies sich wieder als bedeutend zu klein. »Das ist nicht der Abdruck einer Menschenhand«, sagte ich endlich. »Lesen Sie jetzt«, fuhr Dupin fort, »diese Stelle von Cuvier.« Er reichte mir einen ausführlichen anatomischen und beschreibenden Bericht über den schwarzbraunen Orang-Utan der ostindischen Inseln. Die riesige Gestalt, die wunderbare Kraft und Behändigkeit, die fürchterliche Wildheit und der starke Nachahmungstrieb dieser Tiere wurden in demselben besonders hervorgehoben. Sofort verstand ich die ganze Grässlichkeit des Mordes.

»Die Beschreibung der Zehen«, sagte ich, als ich ausgelesen hatte, »stimmt mit dieser Zeichnung überein. Ich sehe, dass kein anderes Tier als der Orang-Utan der hier erwähnten Gattung solche Fingerabdrücke, wie die hier gezeichneten, hinterlassen konnte. Dies Büschel gelbbrauner Haare entspricht ebenfalls nach Cuvier dem Haar der Bestie. Doch kann ich die Einzelheiten dieses geheimnisvollen Ereignisses noch nicht verstehen. Außerdem hörte man doch zwei streitende Stimmen, und die eine gehörte zweifellos einem Franzosen.«

»Das ist richtig. Sie erinnern sich auch jedenfalls eines Ausdruckes, den die Zeugen nach ihren übereinstimmenden Aussagen von dieser Stimme gehört haben – ich meine den Ausruf: ›Mon Dieu‹. Dieser ist von einem der Zeugen (dem Konditor Montani) sehr richtig als ein Ausdruck des Vorwurfes, des Verweises, beschrieben worden. Auf diese beiden Worte habe ich denn auch meine Hoffnung, das Rätsel vollständig zu lösen, aufgebaut. Ein Franzose wusste um den Mord. Es ist möglich, ja, mehr als wahrscheinlich, dass er an all den Einzelheiten des blutigen Dramas keine Schuld hat. Der Orang-Utan ist ihm vielleicht entflohen. Er hat ihn bis zu jenem Zimmer verfolgt, konnte ihn aber während der grässlichen Szene, die nun folgte, nicht wieder einfangen. Mithin treibt sich das Tier noch frei umher. Ich will aus diesen Vermutungen – anders kann ich sie mit Recht nicht nennen – nichts weiter folgern, denn sie sind so schwach begründet, dass selbst mein eigener Verstand sie kaum als glaubhaft anerkennen will und ich nicht verlangen kann, dass jemand anders ihnen Bedeutung beilegt. Nennen wir sie also immerhin Vermutungen und behandeln wir sie auch als solche. Wenn der betreffende Franzose, wie ich annehme, wirklich unschuldig an der Gräueltat ist, wird ihn diese Anzeige, die ich gestern Abend bei unserer Rückkehr in der Redaktion der Zeitung ›Le Monde‹, dem Organ der Seefahrer, das viel von Matrosen gelesen wird, aufgab, bald hierher in unsere Wohnung führen.«

Er reichte mir eine Zeitung und ich las: ›Eingefangen, – im Bois de Boulogne, am Morgen des ... (am Morgen nach dem Morde), ein sehr großer, gelbbrauner Orang-Utan, wahrscheinlich aus Borneo stammend. Der Eigentümer, wie ermittelt, ein Matrose auf einem Malteser Schiff, kann das Tier nach genügender Beschreibung und Erlegung der Kosten für Einfangen und Verpflegung in Empfang nehmen. Zu erfragen No. ..., Rue ..., Faubourg St. Germain, dritter Stock.‹

»Wie konnten Sie wissen«, fragte ich, »dass der Mann ein Matrose ist und auf einem Malteser Schiffe in Dienst steht?« – »Ich *weiß* es auch nicht«, entgegnete Dupin, »jedenfalls weiß ich es nicht *gewiss*. Hier ist jedoch ein kleines Stück Band, das seiner Form und seinem fettigen Aussehen nach zum Binden des bei Matrosen so beliebten langen Zopfes gebraucht worden ist. Es ist in einen Knoten geschlungen, den fast nur Matrosen und hauptsächlich Malteser zu binden verstehen. Ich hob das Band am Fuß der Blitzableiterstange auf. Es kann keiner der Ermordeten gehört haben. Sollte es aber ein Irrtum gewesen sein, aus dem Band zu schließen, dass der für unseren Fall infrage kommende Franzose ein Matrose auf einem Malteser Schiff ist – nun, so habe ich doch niemandem mit meiner Anzeige geschadet. Sind meine Annahmen falsch, dann wird der Mann nur annehmen, dass ich durch irgendwelche Umstände, die zu erfahren er sich nicht erst bemühen wird, irregeführt worden bin. Habe ich aber recht, so ist viel gewonnen. Da er, wenn auch selbst unschuldig, mit in den Mord verwickelt ist, wird er erklärlicherweise zögern, auf die Anzeige zu antworten und den Orang-Utan abzuholen. Er wird etwa folgendermaßen mit sich zurate gehen: ›Ich bin unschuldig; ich bin arm; mein Orang-Utan ist ein wertvolles Tier, für jemanden in meinen Verhältnissen bedeutet er ein ganzes Vermögen. Weshalb sollte ich ihn aus törichter Angst vor Gefahr verlieren? Ich kann ihn zurückbekommen, es liegt an mir. Er wurde im Bois de Boulogne eingefangen – weit entfernt vom Schauplatz der Morde. Wie könnte einer auf die Idee kommen, dass ein vernunftloses Tier die Tat begangen hat? Die Polizei weiß nicht aus noch ein, da sie nicht den geringsten Anhalt gefunden hat. Selbst wenn man auf die Spur des Tieres käme, wäre es unmöglich, mir zu beweisen, dass ich von dem Mord weiß, oder mich aufgrund der Mitwisserschaft zu verurteilen. Vor allem jedoch, man kennt mich. Der Inserent bezeichnet mich als den Besitzer des Tieres. Ich weiß nicht, wie weit seine Kenntnisse bezüglich meiner Person noch reichen.

Wenn ich es unterlasse, ein so wertvolles Eigentum, das als mir zugehörend bekannt ist, zurückzufordern, mache ich das Tier zum Mindesten verdächtig. Es wäre unklug gehandelt, auf das Tier oder auf mich irgendwelche Aufmerksamkeit zu lenken. Ich werde auf die Anzeige hin den Orang-Utan holen und sicher einsperren, bis Gras über die Sache gewachsen ist.‹«

In diesem Augenblick vernahmen wir Schritte auf der Treppe. »Halten Sie die Pistolen bereit«, sagte Dupin, »doch zeigen und gebrauchen Sie dieselben nicht eher, bis ich Ihnen ein Zeichen gebe.« Die Vordertür des Hauses war offen geblieben, der Besucher ohne zu läuten eingetreten und mehrere Treppenstufen hinaufgestiegen. Jetzt schien er jedoch zu zögern, plötzlich hörten wir ihn wieder hinabsteigen. Dupin eilte rasch nach der Tür, und wir hörten ihn wieder heraufkommen. Er wandte sich nicht wieder zurück, sondern stieg mit entschiedenen Tritten bis zur Tür unseres Zimmers herauf und klopfte an. »Herein!«, rief Dupin mit heiterem, herzlichem Tone.

Ein Mann trat ein, augenscheinlich ein Matrose, eine große, kräftige, muskulös aussehende Persönlichkeit mit einem so verwegenen, jedoch keineswegs unangenehmen Gesichtsausdruck, als nähme er es mit allen Teufeln auf. Sein sonnverbranntes Gesicht wurde durch den Backenbart und Schnurrbart fast über die Hälfte verdeckt. Er trug einen großen Eichenknüttel bei sich, war aber sonst unbewaffnet. Er verbeugte sich linkisch und wünschte uns mit einem Akzent, der unfehlbar auf Pariser Abstammung hindeutete, guten Abend. »Nehmen Sie Platz, mein Freund«, sagte Dupin. »Ich vermute, Sie kommen wegen des Orang-Utans. Ich beneide Sie wahrhaftig um das Tier; es ist ein auffallend schönes und ohne Zweifel sehr wertvolles Exemplar. Für wie alt halten Sie es wohl?«

Der Matrose atmete auf, mit der Miene eines Menschen, dem eine unerträgliche Last vom Herzen fällt, und erwiderte in beruhigtem

Tone: »Ich weiß es nicht genau, aber er kann nicht mehr als vier oder fünf Jahre alt sein. Haben Sie ihn hier?«

»O nein; wir hatten hier keine passende Unterkunft für ihn! Er ist in einem Mietstall in der Dubourgstraße, gleich nebenan. Sie können ihn morgen früh haben. Sie sind doch natürlich auch imstande, sich genügend zu legitimieren?«

»Gewiss, Herr!«

»Es tut mir leid, das Tier wegzugehen«, sagte Dupin.

»Sie werden Ihre Mühe natürlich nicht umsonst gehabt haben, Herr«, sagte der Mann. »Das verlange ich gar nicht. Ich zahle sehr gern eine Belohnung, das heißt, alles was recht ist.«

»Gut«, versetzte mein Freund, »das ist ja recht schön. Lassen Sie mich nachdenken. – Was soll ich wohl beanspruchen? – Oh, ich will Ihnen sagen, was ich als Belohnung fordere. Sie sollen mir alles mitteilen, was Sie über die Mordtaten in der Rue Morgue wissen.«

Die letzten Worte sagte Dupin in ganz leisem, ruhigem Ton. Dann schritt er mit größter Ruhe zur Türe, schloss sie zu und steckte den Schlüssel in seine Tasche. Hierauf zog er eine Pistole aus der Brusttasche und legte sie, ohne die geringste Aufregung zu verraten, auf den Tisch.

Das Gesicht des Matrosen wurde dunkelrot, als sei er dem Ertrinken nahe. Er sprang auf und griff nach seinem Knüttel; im nächsten Augenblick jedoch fiel er heftig zitternd und mit leichenblassem Gesicht in den Stuhl zurück. Er sprach kein Wort; ich bemitleidete ihn aus tiefstem Herzen.

»Guter Mann«, sagte Dupin mit gütiger Stimme, »Sie regen sich ganz unnötig auf, wahrhaftig! Wir gedenken Ihnen absolut nichts Böses zuzufügen. Ich gebe Ihnen mein Ehrenwort als Mann und als Franzose, dass wir Ihnen in keiner Weise zu nahe treten wollen. Ich weiß ganz bestimmt, dass Sie an den scheußlichen Verbrechen in der

Rue Morgue unschuldig sind. Trotzdem wäre es unnütz, abzuleugnen, dass Sie in gewissem Sinne an denselben beteiligt gewesen sind. Aus dem, was ich gesagt habe, können Sie erkennen, dass ich Mittel habe, mich in unserer Angelegenheit zu informieren. Nun steht die Sache so: Sie haben nichts getan, was Sie hätten vermeiden können, ganz gewiss nichts, was Sie schuldig macht. Sie haben nicht einmal da einen Diebstahl ausgeführt, wo Sie ungestraft hätten stehlen können. Sie haben nichts zu verbergen und keinen Grund zu irgendwelchen Heimlichkeit. Andererseits sind Sie aber als ehrenhafter Mensch verpflichtet, alles, was Sie wissen, zu gestehen; denn man hat einen Unschuldigen für das Verbrechen, dessen Täter Sie nennen können, eingekerkert.«

Während Dupin sprach, hatte der Matrose seine Geistesgegenwart zum großen Teil wiedererlangt, die ursprüngliche Zuversichtlichkeit seines Wesens war jedoch dahin.

»So wahr mir Gott helfe«, sagte er nach einer kurzen Pause, »ich will Ihnen alles erzählen, was ich von der Sache weiß, ich erwarte jedoch nicht, dass Sie mir auch nur die Hälfte glauben – ich selbst müsste mich einen Narren nennen, wenn ich es täte. Und doch bin ich unschuldig und will alles sagen, was ich weiß, und sollte es mein Leben kosten.«

Was er erzählte, war im Wesentlichen Folgendes: Er hatte vor kurzer Zeit eine Reise nach dem Indischen Archipel gemacht. Eine Anzahl Matrosen landete in Borneo und machte eine Vergnügungstour ins Innere. Er hatte mit einem Gefährten den Orang-Utan gefangen. Der Gefährte starb, und das Tier fiel ihm als ausschließliches Besitztum zu. Nach großen Schwierigkeiten, die die unbezähmbare Wildheit der Bestie während der Heimreise verursachte, gelang es ihm endlich, den Orang-Utan sicher in seiner eigenen Wohnung in Paris unterzubringen, wo er ihn, um ihn der lästigen Neugierde der Nachbarn zu entziehen, sorgfältig einschloss, bis er sich von einer Fußwunde, die er sich durch einen Splitter auf dem Schiffe zugezogen hatte, geheilt sein würde und das Tier verkaufen könnte.

Als er in der Nacht oder vielmehr am Morgen des Mordes von einem Matrosenfest nach Hause zurückkehrte, fand er das Tier in seinem Schlafzimmer. Es war aus einer angrenzenden Kammer, in der er es sicher eingeschlossen glaubte, entflohen. Mit dem Rasiermesser in der Hand und vollständig eingeseift saß die Bestie vor dem Spiegel und versuchte, sich zu rasieren. Wahrscheinlich hatte sie vorher einmal ihren Herrn durch das Schlüsselloch bei dieser Tätigkeit beobachtet.

Entsetzt, die gefährliche Waffe im Besitze eines so wilden Tieres zu sehen, das vielleicht den fürchterlichsten Gebrauch von ihr machen konnte, wusste der Mann einige Augenblicke lang nicht, was er tun solle. Es war ihm jedoch bis jetzt stets gelungen, das Tier, selbst wenn es wütend geworden war, mit der Peitsche zur Ruhe zu bringen, und er nahm auch heute seine Zuflucht zu diesem Mittel. Kaum aber erblickte der Orang-Utan die Peitsche, so sprang er sofort durch die Zimmertür, die Treppe hinunter und von da durch ein unglücklicherweise offen stehendes Fenster auf die Straße.

Der Franzose folgte voller Verzweiflung. Der Affe hielt das Rasiermesser noch immer in der Hand und stand gelegentlich still, um sich nach seinem Verfolger umzusehen und auf ihn loszugestikulieren, bis ihn derselbe fast erreicht hatte. Dann machte er sich wieder davon. Die gefährliche Jagd dauerte eine ganze Weile. Die Straßen lagen vollständig menschenleer, da es erst drei Uhr morgens war. Als sie durch ein Gässchen an der Rückseite der Rue Morgue jagten, wurde die Aufmerksamkeit des Flüchtlings durch ein Licht erregt, das aus dem offenen Fenster von Frau L'Espanayes Zimmer, im vierten Stock des Hauses, hervorschien. Der Affe stürzte auf das Haus zu, bemerkte den Blitzableiter, kletterte mit der seiner Gattung eigenen Behändigkeit an

RUE
MORGUE

demselben hinauf, klammerte sich an den Fensterladen, der gegen die Mauer zurückgeschlagen war, und schwang sich mit dessen Hilfe direkt auf das Kopfende des Bettes.

Dies alles dauerte keine Minute. Den Fensterladen stieß der Orang-Utan, als er das Zimmer betreten hatte, wieder auf.

Der Matrose war sowohl erfreut als beunruhigt. Er hatte jetzt Hoffnung, das Tier wieder einzufangen, denn es konnte auf keine andere Weise als vermittels des Blitzableiters die Falle, in die es sich begeben hatte, wieder verlassen, sodass er es beim Herunterklettern auffangen konnte. Andererseits war aber Grund zu der Befürchtung vorhanden, es werde in dem Hause Unheil anstiften. Dieser Gedanke bestimmte den Mann zur weiteren Verfolgung des Flüchtlings. An einem Blitzableiter kann man ohne große Schwierigkeiten hinaufklettern, vor allem, wenn man Matrose ist; doch als er bis zu der Höhe des Fensters gekommen war, konnte er nicht weiter; das Fenster lag weit nach links, und er vermochte sich nur so weit vorzubeugen, um einen Blick in das Innere des Zimmers zu werfen. Bei dem Anblick, der sich ihm jetzt darbot, stürzte er vor Entsetzen fast von seinem schwachen Halt hinab. Nun ertönte jenes grässliche Geschrei durch die Nacht, das die Bewohner der Rue Morgue aus dem Schlafe aufgeschreckt hatte. Frau L'Espanaye und ihre Tochter waren, in ihre Nachtkleider gehüllt, anscheinend damit beschäftigt gewesen, irgendwelche Papiere in der schon erwähnten eisernen Kiste zu ordnen, die sie zu dem Zweck in die Mitte des Zimmers geschoben hatten. Sie war offen und ihr Inhalt lag auf dem Boden. Die Unglücklichen müssen mit dem Rücken gegen das Fenster gesessen haben, und nach der Zeit zu schließen, die zwischen dem Einsteigen des Untiers und dem ersten Schrei verstrich, hatten sie dasselbe nicht sogleich bemerkt. Das Zurückschlagen des Fensterladens hatten sie vielleicht dem Winde zugeschrieben.

Als der Matrose in das Zimmer blickte, hatte das riesige Tier Frau L'Espanaye, deren Flechten lose herabhingen, da sie wohl eben mit Kämmen fertig geworden war, an den Haaren gepackt und schwenkte das Rasiermesser vor dem Gesicht auf und ab, als wolle es die Bewegungen eines Barbiers nachahmen. Die Tochter lag bewegungslos auf dem Boden, sie war offenbar ohnmächtig. Das Geschrei und die Befreiungsversuche der alten Dame, während derer ihr das Haar aus dem Kopfe gerissen wurde, verwandelten die wahrscheinlich ganz friedliche Absicht des Orang-Utans in wildeste Wut. Mit einem kräftigen Schwung seines muskulösen Armes trennte er den Kopf fast vollständig vom Rumpfe. Der Anblick des Blutes steigerte seine Wut noch: Zähnefletschend stürzte er sich mit funkelnden Augen auf den Körper des Mädchens und grub seine entsetzlichen Krallen in dessen Kehle, bis es tot war.

In diesem Moment richteten sich seine wilden, rollenden Augen auf das Kopfende des Bettes, über dem das schreckensbleiche Gesicht seines Herrn soeben sichtbar wurde. Die Wut des Tieres, das ohne Zweifel noch die gefürchtete Peitsche im Sinne hatte, verwandelte sich sofort in Furcht. Im Bewusstsein, Strafe verdient zu haben, schien es seine blutige Tat verbergen zu wollen, sprang in Todesangst und voller Aufregung im Zimmer hin und her, zerbrach Möbel oder warf sie um und riss die Betten aus der Bettstelle. Schließlich ergriff es den Leichnam der Tochter, um ihn so, wie man ihn gefunden, den Kamin hinaufzuzwängen – darauf den der alten Dame, den es eiligst kopfüber zum Fenster hinausschleuderte.

Als sich der Affe mit seiner verstümmelten Last dem Fenster näherte, fuhr der Matrose zu Tode erschrocken nach der Stange zurück, glitt mehr, als dass er kletterte, hinunter, eilte nach Hause und gab voll Entsetzen jede Bemühung um das Schicksal des Orang-Utans auf. Die Worte, welche die Leute auf der Treppe hörten, waren die Schreckens-

und Entsetzensausbrüche des Franzosen, untermischt mit dem teuflischen Gekreisch der Bestie.

Ich habe kaum noch etwas hinzuzufügen. Der Orang-Utan muss gerade vor dem Aufbrechen der Zimmertür entflohen sein und das Fenster nachdem er hindurchgeklettert war, hinter sich zugeschlagen haben. Schließlich wurde er von dem Eigentümer selbst wieder eingefangen und für eine hohe Summe an den Jardin des Plantes verkauft.

Lebon ließ man natürlich sofort frei, als wir unsere Erzählung, mit einigen Erklärungen Dupins versehen, im Bureau des Polizeipräfekten schriftlich fixiert niedergelegt hatten. Dieser Beamte konnte, obwohl er meinen Freund hochschätzte, seine Unzufriedenheit über die Wendung der Dinge nicht verbergen und erging sich in sarkastischen Bemerkungen wie: dass sich jeder Mensch am besten um seine eigenen Sachen bekümmere.

»Lass ihn reden«, sagte Dupin, der es nicht der Mühe wert fand, zu antworten. »Lass ihn reden! Er will nur sein Gewissen beruhigen! Mir genügt es, dass ich ihn auf seinem eigentlichsten Gebiet besiegt habe. Übrigens darf man sich auch nicht wundern, dass mein Freund das Rätsel nicht selbst löste. Er ist zu schlau, um tief sein zu können. Seine Weisheit ist ganz Kopf und ohne Leib – oder höchstens hat sie Kopf und Schultern wie ein Stockfisch. Aber im Großen und Ganzen ist er doch ein tüchtiger Kerl. Und ich schätze ihn besonders wegen der Neigung, der er seinen Ruf, ein Genie an Scharfsinn zu sein, verdankt – ich meine seine Vorliebe: ›de nier ce qui est, et d'expliquer ce qui n'est pas‹, wie es in Rousseaus ›Nouvelle Héloise‹ einmal heißt.«

Der entwendete Brief

Nil sapientiae odiosius acumine nimio.

Seneca

Ich war im Jahre 18.. in Paris und erfreute mich an einem dunklen, stürmischen Herbstabend mit meinem Freunde August Dupin in dessen kleinem Bibliothek- oder Studierzimmer des doppelten Genusses einer Meerschaumpfeife und beschaulichen Nachdenkens. Seit wenigstens einer Stunde waren wir in tiefes Schweigen versunken, und jeder zufällige Beobachter hätte geglaubt, dass wir uns angelegentlichst und ausschließlich mit den Rauchwolken beschäftigten, die das ganze Zimmer einhüllten.

Ich erwog jedoch in Gedanken noch einige Punkte der Unterredung, die ich zu Anfang des Abends mit meinem Freunde gehabt und welche sich auf die Begebenheiten in der Rue Morgue und auf den geheimnisvollen Mord der Marie Rogêt bezogen hatte. Ich musste es deshalb für ein sonderbares Zusammentreffen halten, dass, als sich die Tür unseres Zimmers öffnete, unser alter Bekannter, Herr G., der Pariser Polizeipräfekt, eintrat.

Wir begrüßten ihn auf das Herzlichste; denn wenn der Mann auch manche verächtlichen Eigenschaften besaß, so war er doch sehr unterhaltend, und wir hatten ihn sehr lange nicht gesehen. Da wir bis jetzt im Dunkeln gesessen hatten, erhob sich Dupin, um eine Lampe anzuzünden, doch setzte er sich sogleich wieder, als G. sagte, er sei gekommen, um uns um Rat zu fragen oder vielmehr die Meinung meines Freundes über ein Amtsgeschäft einzuholen, das ihm schon große Unruhe bereitet habe.

»Wenn es sich um einen Fall handelt, der Nachdenken erfordert«, warf Dupin ein und hielt mit dem Anzünden inne, »so ist es besser, wir prüfen ihn im Dunkeln.«

»Das ist wieder eine Ihrer Sonderbarkeiten«, sagte der Präfekt, der geneigt war, alles, was über sein Begriffsvermögen hinausging, ›sonderbar‹ zu nennen und daher mitten in einer unendlichen Schar von ›Sonderbarkeiten‹ lebte.

»Sehr richtig«, antwortete Dupin, während er den Gast mit einer Pfeife versorgte und einen bequemen Sessel für ihn heranschob.

»Um was für Schwierigkeiten handelt es sich denn wieder?« fragte ich. »Doch nicht um eine neue Mordsache?«

»O nein, um nichts Derartiges. Eigentlich liegt der Fall sehr einfach, und ich zweifle nicht im Geringsten, dass wir auch allein mit ihm fertig werden. Aber ich dachte mir, Dupin würde vielleicht gern Näheres über die Sache erfahren, vorzugsweise, weil sie so außerordentlich ›sonderbar‹ ist.«

»Einfach und sonderbar!«, sagte Dupin.

»Allerdings, und doch ist dieser Ausdruck noch nicht exakt genug. Der Fall hat uns alle vollständig verblüfft, denn, so einfach er ist, es weiß doch keiner von uns recht aus noch ein.«

»Vielleicht ist es gerade die Einfachheit, welche Sie auf die falsche Fährte leitet«, meinte mein Freund.

»Wie kann man nur solchen Unsinn reden!«, antwortete der Präfekt und lachte herzlich.

»Vielleicht ist das Geheimnis zu leicht zu durchschauen«, sagte Dupin.

»Du lieber Himmel, hat man je so was gehört?«

»Vielleicht ist die ganze Sache zu durchsichtig.«

»Ha! Ha! Ha! – Ho! Ho! Ho!«, lachte unser Gast vor Vergnügen laut auf. »Dupin, ich werde noch mal an Ihren Witzen sterben.«

»Um was handelt es sich denn eigentlich?«, fragte ich.

»Das sollen Sie gleich hören«, antwortete der Präfekt, blies eine dicke, beschauliche Rauchwolke von sich und lehnte sich bequem in seinen Sessel zurück. »Ich will es Ihnen in ein paar Worten sagen; doch muss ich vorausschicken, dass meine Angelegenheit die größte Diskretion erfordert. Ich könnte meine Stellung einbüßen, wenn es bekannt würde, dass ich die Sache irgendjemandem anvertraut hätte.«

»Nur weiter«, sagte ich.

»Oder auch nicht«, sagte Dupin.

»Nun gut also. Ich habe persönlich von höchster Stelle die Nachricht erhalten, dass aus den königlichen Gemächern ein äußerst wichtiges Dokument entwendet worden ist. Die Person, die es sich angeeignet hat, ist bekannt; dass man sie ungerecht verdächtigt, ist ausgeschlossen, denn man hat sie bei der Tat beobachtet. Man weiß ebenfalls, dass sich das Schriftstück noch in ihrem Besitz befindet.«

»Woher weiß man das?«, fragte Dupin.

»Man schließt es mit absoluter Gewissheit aus der Natur des Dokumentes«, erwiderte der Präfekt, »sowie auch aus der Tatsache, dass sich gewisse Resultate noch nicht ergeben haben, die sofort zutage treten würden, wenn es aus dem Besitz des Diebes in andere Hände überginge, – das heißt, wenn er es zu dem Zweck verwendete, zu dem allein er es gestohlen haben kann.«

»Werden Sie doch ein wenig deutlicher«, sagte ich.

»Gut, dann will ich so weit gehen und noch verraten, dass dies Papier seinem Besitzer eine gewisse Macht verleiht, und zwar in einer Sache, in der diese Macht von unermesslichem Wert ist.«

Der Präfekt liebte es, sich in diplomatischen Redewendungen zu bewegen.

»Ich verstehe noch immer nicht recht«, sagte Dupin.

»So? Nun, wenn man das Dokument einer dritten Person, deren Namen ich verschweigen will, übergeben würde, wäre die Ehre einer anderen, sehr hochstehenden Person kompromittiert, und diese Tatsache gibt dem Inhaber des Schriftstückes eine Gewalt über die erlauchte Person, deren Ehre und deren Friede auf diese Weise in steter Gefahr schwebt.«

»Aber diese Gewalt«, warf ich ein, »könnte doch nur ausgeübt werden, wenn der Dieb wüsste, dass der Bestohlene um seinen Diebstahl weiß. Wer aber würde wagen …«

»Der Dieb«, sagte G., »ist der Minister D., der *alles* wagt, ohne sich Skrupel zu machen, ob seine Handlungen eines Mannes würdig sind oder nicht. Er ging bei seinem Diebstahl ebenso scharfsinnig wie kühn zu Werke. Das fragliche Dokument – um es frei herauszusagen: den Brief also – hatte die bestohlene Person erhalten, als sie sich im königlichen Boudoir allein befand. Während des Lesens wurde sie durch den Eintritt der anderen erlauchten Persönlichkeit, vor der sie ihn gerade sorgfältig verbergen wollte, unterbrochen; nach einem eiligen und vergeblichen Versuch, ihn in einer Schublade zu verbergen, war sie gezwungen, ihn offen, wie er war, auf dem Tisch liegen zu lassen. Die Seite mit der Adresse war nach oben gekehrt, und so kam es, dass der Brief, von dessen Inhalt nichts zu sehen war, weiter nicht bemerkt wurde. Nach diesem kleinen Zwischenfall tritt der Minister D. ein. Sein Luchsauge bemerkt das Papier, erkennt die Handschrift der Adresse, beobachtet die Verwirrung der Person, an die der Brief gerichtet war, und durchschaut das Geheimnis sofort. Nach einigen geschäftlichen Erörterungen, die er in seiner bekannten Art herunterhaspelt, zieht er einen Brief von ungefähr gleichem Aussehen wie dem infrage Stehenden aus dem Portefeuille, öffnet ihn, tut, als ob er ihn läse, und legt ihn dann dicht neben jenen hin. Dann redet er wieder etwa eine Viertelstunde lang über Staatsgeschäfte. Als er sich schließlich verabschiedet, nimmt er statt seines eigenen den Brief vom Tisch, der ihm nicht gehört. Der rechtmäßige Eigentümer sah es, wagte jedoch natürlicherweise nicht, darauf aufmerksam zu machen, da jene dritte Person, vor der er das Schreiben verbergen musste, dicht neben ihm stand. Der Minister verließ das Gemach, sein eigener, durchaus unwichtiger Brief blieb auf dem Tisch zurück.«

»Hier haben Sie also«, wandte sich Dupin zu mir, »einen Fall, in dem der Dieb die Gewalt, von der wir eben redeten, in vollstem Maße besitzt: Er weiß, dass der Bestohlene von seiner Tat unterrichtet ist.«

»Ja«, erwiderte der Präfekt, »und die also erlangte Gewalt ist während der letzten Monate in gefährlichem Umfange zu politischen Zwecken angewendet worden. Die bestohlene Person überzeugt sich von Tag zu Tag mehr von der Notwendigkeit, den Brief zurückzuerlangen. Doch kann das natürlich nicht offen geschehen. Jetzt hat sie mir voller Verzweiflung die Sache übertragen.«

»Ich glaube, man hätte auch unmöglich einen scharfsinnigeren Vermittler finden können«, sagte Dupin aus einem ganzen Wirbelwind von Rauchwolken heraus.

»Sehr schmeichelhaft«, erwiderte der Präfekt, »aber es ist immerhin möglich, dass man diese Meinung tatsächlich von mir hat.«

»Es ist klar«, sagte ich, »dass der Brief, wie Sie bemerkten, noch im Besitz des Ministers ist; denn nur der Besitz und nicht die Anwendung des Briefes verleiht ihm seine schädliche Gewalt. Sobald er Gebrauch von dem Brief gemacht hat, ist die durch ihn erlangte Macht dahin.«

»Das ist richtig«, sagte G., »und von dieser Überzeugung ging auch ich aus. Meine erste Sorge war, die Wohnung des Ministers vollständig durchsuchen zu lassen. Die Hauptschwierigkeit bei diesem Unternehmen bestand darin, dass es ohne sein Wissen geschehen musste. Man warnte mich oft und dringend vor dem Unheil, das er anrichten würde, wenn er unseren Plan nur im Geringsten ahnte.«

»Aber solche Nachsuchungen«, sagte ich, »sind doch gerade Ihr Feld. Die Pariser Polizei hat dergleichen doch schon oft vorgenommen.«

»O gewiss! Und deshalb verzweifle ich auch nicht. Außerdem erleichterten mir die Lebensgewohnheiten des Ministers mein Vorhaben in hohem Grade. Er bleibt eine ganze Nacht von zu Hause fort. Seine Dienerschaft ist durchaus nicht zahlreich. Ihre Schlafzimmer liegen ziemlich weit von den Räumen des Ministers entfernt, und da sie zumeist Neapolitaner sind, kann man sie leicht betrunken machen. Wie Sie wissen, habe ich Schlüssel, mit denen ich jedes Zimmer, jedes Kabinett in Paris öffnen kann. Seit drei Monaten ist wohl keine Nacht vergangen, in der ich nicht stundenlang in eigener Person die Wohnung des Ministers durchsucht hätte. Es handelt sich hier um meine Ehre und – nun verrate ich ein Geheimnis – um eine enorme Belohnung. Deshalb stellte ich die Nachsuchungen auch nicht eher ein, bis ich mich fest davon überzeugt hatte, dass der Dieb ein listigerer Mann sei als ich selbst. Ich darf mir das Zeugnis ausstellen, dass ich alle Ecken und Winkel, in denen man den winzigsten Papierfetzen hätte verbergen können, gründlichst durchforscht habe.«

»Aber ist es nicht möglich«, warf ich ein, »dass der Minister, obwohl zweifellos noch im Besitz des Briefes, diesen irgendwo anders als in seinem Haus verborgen hält?«

»Das ist nicht anzunehmen«, sagte Dupin. »Wie die Dinge bei Hofe und besonders die Intrigen, in die D. bekanntermaßen verwickelt ist, nun einmal liegen, ist es von größter Wichtigkeit, das Dokument jederzeit bei der Hand zu haben, um es *jeden Augenblick* vorzeigen zu können – ja dieser Punkt ist fast so wichtig wie der Besitz des Schriftstückes selbst.«

»Um es jeden Augenblick vorzeigen zu können?«, wiederholte ich.

»Das heißt, zerstören zu können«, meinte Dupin.

»Jedenfalls«, bemerkte ich, »das Papier muss also in der Wohnung sein. Dass der Minister es nicht mit sich herumträgt, steht wohl außer Frage?«

»Vollständig«, sagte der Präfekt, »zweimal schon habe ich ihm, scheinbar von Straßenräubern auflauern und seine Person unter meinen Augen durchsuchen lassen.«

»Diese Mühe hätten Sie sich sparen können«, sagte Dupin. »D. ist doch nicht gerade ein Narr und war Ihres Auflauerns gewärtig.«

»Ein Narr ist er gerade nicht, aber ein Dichter«, meinte G., »und als solcher meiner Meinung nach von einem Narren nicht gar so verschieden.«

»Das stimmt«, sagte Dupin nach einem langen und nachdenklichen Zug aus seiner Meerschaumpfeife, »obwohl ich selbst manchen Knittelvers verbrochen habe.«

»Teilen Sie uns doch die näheren Umstände Ihrer Nachforschungen mit!«, sagte ich.

»Nun also, wir nahmen uns Zeit und suchten *überall.* Ich habe in derlei Dingen eine lange Erfahrung. Ich nahm das ganze Gebäude vor, ein Zimmer nach dem anderen, und widmete jedem einzelnen die Nächte einer ganzen Woche. Zuerst durchsuchten wir die Möbel jedes Zimmers. Wir öffneten jedes erdenkliche Schubfach, und Sie können sich denken, dass für einen gut geschulten Polizisten kein Geheimfach oder sonstiges Versteck existiert. Jeder Mann, dem bei einer Haussuchung ein Geheimfach entgeht, ist ein Tölpel. Die Sache ist so einfach. Bei einem Schrank ist doch stets ein ganz genau bestimmter Umfang, ein bestimmter Raum in Betracht zu ziehen. Wir stellen die genauesten Berechnungen an. Nicht der fünfzigste Teil einer Linie könnte uns entgehen.

Nach den Schränken nahmen wir die Stühle vor. Die Polster wurden mit den langen, feinen Nadeln, die Sie wohl schon bei mir gesehen haben, untersucht. Von den Tischen hoben wir die Platten ab.«

»Wozu das?«

»Manchmal entfernt die Person, die einen Gegenstand verbergen will, die Platte des Tisches oder eines ähnlich gestalteten Gegenstandes, höhlt das Bein aus, legt den betreffenden Gegenstand in der Höhlung nieder und befestigt die Platte wieder. Die Bretter und Pfosten von Bettstellen werden auch oft zu Ähnlichem gebraucht.«

»Aber könnte man eine solche Höhlung nicht durch Klopfen entdecken?«, fragte ich.

»Absolut nicht, wenn man nach dem Hineinlegen des Gegenstandes die Aushöhlung mit Watte gefüllt hat. Überdies mussten wir in unserem Falle jedes Geräusch nach Möglichkeit vermeiden.«

»Aber Sie konnten doch unmöglich alle die Möbel auseinandernehmen oder in Stücke zerbrechen, in denen man möglicherweise einen Brief hätte verstecken können. Ein solch kleines Schriftstück kann man so fest zusammenrollen, dass es in Gestalt und Umfang kaum von einer Stricknadel abweicht, und einen solchen Körper könnte man mit Bequemlichkeit zum Beispiel in die Leiste eines Stuhles einlegen. Sie werden doch nicht alle Stühle zerlegt haben?«

»Gewiss nicht! Aber wir machten es noch gründlicher, wir untersuchten die Leisten jedes Stuhles im Hause, ja, sogar die einzelnen Teile jeder Art von Möbel mit einem stark vergrößernden Mikroskop. Wären irgendwo die Spuren einer kurz zuvor geschehenen

Abänderung sichtbar gewesen, so wäre es uns gewiss nicht entgangen. Ein einziges Körnchen Sägemehl zum Beispiel, das der Bohrer hätte zurücklassen können, wäre in der Größe eines Apfels sichtbar gewesen. Die geringste Ungenauigkeit bei dem erneuten Leimen, das unbedeutendste Klaffen in dem Gefüge hätte unfehlbar zur Entdeckung geführt.«

»Sie untersuchten natürlich auch die Spiegel, die Dielen, das Essgeschirr und durchstöberten Betten, Bettzeug so gut wie auch Vorhänge und Teppiche?«

»Selbstverständlich, und als wir mit jedem Möbelteilchen fertig waren, untersuchten wir das Haus selbst. Wir teilten seine ganze Oberfläche in Abteilungen, die wir mit Zahlen bezeichneten, damit wir keine übergingen. Dann durchforschten wir jeden Quadratzoll des Hauses mit dem Mikroskop und untersuchten schließlich auch die beiden Nebenhäuser in derselben Weise.«

»Auch die beiden Nebenhäuser?«, rief ich aus. »Welch unendliche Mühe müssen Sie gehabt haben!«

»Die hatten wir allerdings, aber die ausgesetzte Belohnung ist auch enorm.«

»Haben Sie auch den Grund und Boden der Häuser untersucht?«

»Der Boden war überall mit Ziegelsteinen gepflastert und machte uns verhältnismäßig wenig Mühe. Wir untersuchten das Moos zwischen den einzelnen Steinen und fanden es überall unberührt.«

»Sie durchforschten auch D.s Papiere und die Bücher seiner Bibliothek?«

»Gewiss! Wir öffneten jedes Päckchen, jedes Heftchen; wir begnügten uns nicht damit, nach der Art einiger Polizeibeamten, ein Buch einfach zu schütteln, sondern wendeten jedes Blatt in jedem Band um. Die Dicke eines jeden Buchdeckels maßen wir auf das genaueste ab und unterwarfen ihn der peinlichsten mikroskopischen

Untersuchung. Es ist vollständig ausgeschlossen, dass einer der Einbände neuerdings aufgeschnitten und wieder zusammengefügt worden ist – diese Tatsache hätte uns auf keinen Fall entgehen können. Etwa fünf oder sechs Bände, die eben vom Buchbinder gekommen waren, durchsuchten wir sorgfältig mit unseren Nadeln.«

»Haben Sie auch den Fußboden unter den Teppichen durchforscht?«

»Aber selbstverständlich, wir nahmen jeden Teppich auf und untersuchten die Dielen mit dem Mikroskop.«

»Auch die Tapeten an den Wänden?«

»Ja.«

»Besichtigten Sie auch die Keller?«

»Ebenfalls.«

»Dann *müssen* Sie sich also verrechnet haben«, sagte ich, »und der Brief befindet sich nicht im Hause des Ministers.«

»Ich fürchte, Sie haben recht«, sagte der Präfekt. »Und nun, Dupin, was würden Sie mir raten, zu tun?«

»Noch einmal eine gründliche Haussuchung vorzunehmen.«

»Das ist vollständig nutzlos«, sagte G., »so gewiss ich weiß, dass ich lebe, so gewiss befindet sich der Brief nicht in dem Hause.«

»Einen besseren Rat kann ich Ihnen nicht geben«, sagte Dupin. »Sie haben doch gewiss eine genaue Beschreibung des Briefes?«

»O gewiss!« Hier zog der Präfekt ein Notizbuch hervor und las uns eine ausführliche Beschreibung der inneren und vor allem der äußeren Beschaffenheit des Briefes vor. Als er damit fertig war, verabschiedete er sich so niedergeschlagen, wie ich den guten Mann noch nie gesehen hatte.

Etwa einen Monat später besuchte er uns wieder und fand uns fast in der gleichen Situation wie das vorige Mal. Wir boten ihm eine Pfeife und einen Stuhl an und begannen eine alltägliche Unterhaltung.

Endlich fragte ich: »Nun, G., wie steht es denn mit dem gestohlenen Brief? Ich glaube, Sie haben sich wohl überzeugt, dass sich der Minister nicht so leicht überlisten lässt!«

»Dass ihn der Teufel hole – ja! Ich habe die Untersuchung auf Dupins Vorschlag wieder aufgenommen, aber es war verlorene Mühe wie ich vorausgesehen hatte.«

»Wie hoch, sagten Sie, war die ausgesetzte Belohnung?«, fragte Dupin.

»Nun, sie war sehr hoch – es war eine sehr freigiebige Belohnung; ich möchte die Summe nicht gern nennen, aber so viel will ich Ihnen sagen, dass ich jedem, der mir den Brief aushändigt, gern ein Akzept auf fünfzigtausend Francs auf meinen Namen ausstellen würde. Die Sache wird von Tag zu Tag wichtiger, erst kürzlich ist die Belohnung verdoppelt worden. Aber selbst wenn man sie verdreifachte, könnte ich nicht mehr tun, als ich tue und getan habe.«

»Nun«, sagte Dupin gedehnt zwischen langen Zügen aus seiner Meerschaumpfeife, »ich glaube wirklich – lieber G. – Sie haben in dieser Sache – noch nicht – das Äußerste getan. Sie könnten – noch manches in Betracht ziehen – meine ich.«

»Was denn? – Wieso?«

»Nun – paff, paff – Sie könnten – paff, paff – in der Sache Rat einholen – paff, paff, paff. – Kennen Sie die Geschichte, die man sich von dem Doktor Abernethy erzählt?«

»Nein! Hole der Geier Ihren Abernethy!«

»Das kann er ja meinetwegen tun. Aber eines Tages kam ein reicher Geizhals auf die Idee, dem Abernethy einen ärztlichen Rat abzulisten. Er nahm ihn in einer Privatgesellschaft beiseite und erzählte ihm seinen Fall, als handele es sich um den einer fingierten dritten Person. ›Nehmen wir an‹, sagte der Geizhals, ›seine Symptome seien diese und jene, was würden Sie ihm raten, zu nehmen, Herr Doktor?‹

›Nehmen?‹, sagte Abernethy, ›nun, ich würde ihm raten, unbedingt einen Arzt zu nehmen.‹«

»Aber«, meinte der Präfekt, ein wenig aus der Fassung gebracht, »ich bin sehr gern bereit, Rat einzuholen und auch dafür zu bezahlen. Ich würde wirklich jedem, der mir in dieser Sache Hilfe leistet, fünfzigtausend Francs zahlen.«

»Wenn das der Fall ist«, sagte Dupin, indem er eine Schublade öffnete und ein Scheckbuch herausholte, »können Sie mir ein Akzept über den erwähnten Betrag ausstellen. Wenn Sie unterschrieben haben, werde ich Ihnen den Brief aushändigen.«

Ich war verblüfft, der Präfekt wie vom Donner gerührt. Einige Minuten lang saß er sprachlos und unbeweglich und blickte meinen Freund mit offenem Munde und starren Augen, die aus ihren Höhlen treten wollten, ungläubig an. Dann, als er ein wenig zu sich zu kommen schien, ergriff er eine Feder und füllte, oftmals innehaltend und vor sich hinstarrend, ein Akzept über fünfzigtausend Francs aus und händigte es über den Tisch hinweg meinem Freunde aus. Dieser prüfte es sorgfältig und steckte es in seine Brieftasche; dann schloss er seinen Schreibtisch auf, entnahm diesem einen Brief und überreichte ihn dem Präfekten. Der Beamte ergriff ihn mit wahrer Ekstase, öffnete ihn mit zitternder Hand, überflog mit raschem Blicke den Inhalt, stolperte, stürzte dann nach der Tür und eilte ohne weitere Umstände zum Hause hinaus – ohne auch nur ein Wort gesprochen zu haben, seit ihn Dupin aufgefordert hatte, das Akzept zu unterzeichnen.

Als er uns verlassen hatte, gab mir mein Freund einige Erklärungen. »Die Pariser Polizei«, sagte er, »ist in mancher Hinsicht sehr tüchtig. Sie ist beharrlich, scharfsinnig, listig und besitzt auf den Gebieten, auf denen sie zu arbeiten hat, durchaus gründliche Kenntnisse. Als uns G. erzählte, dass er in der Wohnung des Ministers

Haussuchung abgehalten habe, war ich vollständig überzeugt, dass es so gründlich und unübertrefflich gewissenhaft geschehen sei, wie es einem Menschen nur immer möglich ist – das heißt gründlich und gewissenhaft, soweit er eben die Durchsuchung ausdehnte.«

»Soweit er die Durchsuchung ausdehnte?«, fragte ich.

»Ja!«, antwortete Dupin. »Die Maßregeln, die er ergriff, waren nicht nur die besten ihrer Art, sie wurden auch vollkommen gut durchgeführt. Wäre der Brief innerhalb des Bereichs seiner Untersuchungen versteckt gewesen, man hätte ihn unter allen Umständen gefunden.«

Ich lachte bloß, er schien jedoch vollständig im Ernst zu reden.

»Die Maßregeln also«, fuhr er fort, »waren in ihrer Art gut und waren auch gut angewandt; ein Fehler bestand jedoch darin, dass sie auf *diesen* Mann und *diesen* Fall nicht anwendbar waren. Der Präfekt verfährt mit einer gewissen Anzahl scharfsinniger Hilfsmittel wie mit einem Prokrustesbett, dem er alle seine Pläne gewaltsam anpasst. Aber er befindet sich fortwährend im Irrtum, da er stets für den Fall, um den es sich gerade handelt, zu tiefsinnig oder zu oberflächlich vorgeht. Ich glaube, mancher Schulknabe ist ein besserer Denker als er. Ich kannte einen achtjährigen kleinen Kerl, dessen Erfolge bei dem Spiel ›Gerade oder ungerade‹ die allgemeine Aufmerksamkeit erregten. Dies Spiel ist sehr einfach und wird mit Knickern oder Murmeln gespielt. Einer der Spieler verbirgt eine Anzahl der Steinchen in seiner Hand und fragt den Partner, ob ihre Zahl eine gerade oder ungerade sei. Wenn derselbe richtig rät, gewinnt er eins, im anderen Falle verliert er eins. Der Knabe, von dem ich sprach, gewann alle Knicker, über die seine Mitschüler verfügten. Natürlich ging er beim Raten von einem bestimmten Grundsatz aus, und dieser beruhte auf bloßer Beobachtung und der Berechnung des Scharfsinns seiner Gegner. War sein Gegner zum Beispiel ein Dummkopf, der ihn mit geschlossener Hand fragte. – ›Gerade oder ungerade?‹ und er hatte ›ungerade‹ gesagt und verloren, so gewann er doch beim zweiten Mal, denn er sagte sich: ›Der Tölpel hatte beim ersten Mal ›gerade‹ in der Hand und sein Scharfsinn reicht gerade aus, ihn jetzt ›ungerade‹ nehmen zu lassen. Ich werde also ›ungerade‹ sagen.‹ Er tut es und gewinnt. Bei einem Gegner von etwas höherer Intelligenz hätte er so argumentiert: ›Der Junge hat gesehen, dass ich beim ersten Mal ›ungerade‹ geraten habe. Zuerst wird er, wie der erste Partner, eine einfache Abwechslung von ›gerade‹ und ›ungerade‹ eintreten lassen wollen. Dann wird er sich besinnen und dies Vorgehen für zu durchsichtig halten. So behält er also ›gerade‹ bei und ich muss ›gerade‹ raten.‹ Er tut es und gewinnt. Worin besteht mithin die Methode des Nachdenkens bei diesem Knaben, den seine Kameraden ›einen glücklichen Spieler‹ nannten?«

»In nichts weiter«, sagte ich, »als darin, dass er sich mit seinem Geist vollständig in den seines Partners hineinversetzte.«

»So ist es«, bestätigte Dupin, »und als ich den Knaben fragte, wie er es anstelle, um sich möglichst sicher in die Denkweise eines anderen hineinzuversetzen, erhielt ich folgende Antwort: ›Wenn ich herausfinden will, wie klug oder wie dumm, wie gut oder wie böse einer ist oder was er in dem Augenblick denkt, so ahme ich genau seinen Gesichtsausdruck nach und warte ab, was für Gedanken oder Gefühle daraufhin in meinem Kopf oder meinem Herzen aufsteigen, um sich mit jenem Ausdruck zu decken.‹ Auf diese Antwort des Schulknaben ist all die anspruchsvolle Weisheit aufgebaut, die man Rochefoucauld, La Bruyère, Macchiavelli oder Campanella zugeschrieben hat.«

»Und dies Identifizieren des Verstandes des Denkenden mit dem seines Gegners«, sagte ich, »hängt also, wenn ich Sie recht verstehe, von der Genauigkeit ab, mit welcher der Geist des Gegners abgemessen wird.«

»Was die praktische Verwertung anbetrifft, so hängt es allerdings hiervon ab«, erwiderte Dupin, »und der Präfekt und seine Genossen irren so häufig, weil sie versäumen, sich mit ihrem Gegner zu identifizieren und seinen Verstand entweder gar nicht oder falsch abschätzen. Sie haben eine ganz bestimmte Vorstellung von Scharfsinn, und wenn sie irgend etwas Verstecktes suchen, so tun sie es da, wo sie selbst es verborgen haben würden. Sie haben ja darin recht, dass *ihr* Scharfsinn den der großen Masse getreu repräsentiert, aber wenn die Schlauheit eines Verbrechers von dem Charakter der ihrigen verschieden ist, werden sie natürlich überlistet. Dies ist *immer* der Fall, wenn der Gegner an Verstand überlegen ist, und sehr häufig, wenn er geistig *unter ihnen* steht. Sie kennen keinen Unterschied im Prinzip des Verfahrens; wenn sie durch außergewöhnliche Dringlichkeit oder eine besonders hohe Belohnung angespornt werden, so erweitern oder übertreiben sie höchstens ihre alte Methode in der Praxis, ohne an dem Prinzip nur das Geringste zu ändern. Was ist zum Beispiel in diesem Falle des D. getan worden, um die Methode des Verfahrens zu ändern? Was ist all dies Bohren, Durchsuchen und Klopfen, dies Besichtigen mit dem Mikroskop, all dies Einteilen des Gebäudes in nummerierte Quadratzölle anderes als eine Übertreibung der Anwendung des einen Prinzips, der einen Durchforschungsmethode, die auf dem begrenzten Begriff von menschlichem Scharfsinn gegründet ist, an den sich der Präfekt nun einmal während der langen Ausübung seiner Tätigkeit gewöhnt hat? Sehen Sie nicht deutlich, dass er es als gewiss angenommen hat, dass alle Menschen, die einen Brief verstecken wollen, denselben, wenn auch nicht gerade in ein Loch, das sie in ein Stuhlbein gebohrt haben, so doch in irgendeinen verborgenen Winkel legen, dass sie also demselben Gedankengange folgen, der einen Menschen bestimmen würde, einen Brief in ein Bohrloch im Stuhlbein zu verstecken? Und sehen Sie nicht auch ein, dass solche ausgeklügelten

Verstecke nur bei gewöhnlichen Gelegenheiten anwendbar sind und nur von Menschen mit mittelmäßigem Verstande benutzt werden? Denn immer, wenn etwas versteckt worden ist, kann man fast mit Sicherheit annehmen, dass es in der einen, erwähnten, ausgeklügelten Weise geschah. Die Auffindung hängt also durchaus nicht von dem Scharfsinn des Suchenden ab, sondern von seiner Sorgfalt, Geduld und Beharrlichkeit. Ist der Fall wichtig oder ist eine hohe Belohnung auf die Entdeckung ausgesetzt, was in den Augen der Polizei dasselbe ist, so haben die eben erwähnten Eigenschaften noch nie ihren Dienst versagt. Jetzt werden Sie verstehen, was ich meinte, als ich die Vermutung aussprach, dass der Brief ohne Zweifel entdeckt worden wäre, hätte er sich im Bereich der polizeilichen Nachforschungen befunden – mit anderen Worten, wenn das Prinzip des Verbergens sich mit einem der Prinzipien der Nachforschungen gedeckt hätte. Der Präfekt ist jedoch gründlich mystifiziert worden, und der letzte Grund seiner Niederlage liegt in der Annahme, dass der Minister ein Narr sei, weil er einigen Ruf als Dichter hat. Der Präfekt behauptet nun, dass alle Narren Dichter sind, und macht sich nur eines logischen Fehlers schuldig, wenn er zurückschließt, dass alle Dichter Narren seien.«

»Aber ist der Minister wirklich ein Dichter?«, fragte ich. »Soviel ich weiß, hat er noch einen Bruder, beide haben einen Ruf als Schriftsteller. Der Minister hat, glaube ich, eine gelehrte Abhandlung über die Differenzialrechnung geschrieben. Er ist ein Mathematiker und kein Dichter.«

»Da irren Sie sich, ich kenne ihn gut, er ist beides. Nur als Mathematiker und Dichter hat er alles so geschickt berechnen können; wäre er nur Mathematiker gewesen, ich bin sicher, der Brief wäre in die Hände des Präfekten gefallen.«

»Diese Ansichten überraschen mich«, entgegnete ich, »denn sie widersprechen vollständig der allgemeinen Überzeugung der Menschen. Sie wollen doch nicht die wohlüberlegten Ideen ganzer Jahrhunderte für falsch erklären? Der mathematische Verstand wird doch seit Langem als der Verstand ›par excellence‹ angesehen.«

»Man kann darauf wetten«, sagte Dupin, indem er eine Stelle aus Chamfort anführte, »dass jede öffentliche Meinung, jede hergebrachte Überlieferung eine Dummheit ist, denn sie hat der großen Menge zugesagt. Ich versichere Ihnen, die Mathematiker haben nach Kräften dazu beigetragen, den allgemeinen Irrtum, auf den Sie anspielen, zu verbreiten, und der darum nicht weniger ein Irrtum ist, weil er als eine Wahrheit verkündet wurde. Mit einer Kunst, die einer besseren Sache würdig gewesen wäre, haben sie zum Beispiel den Ausdruck Analyse in Beziehung zu algebraischen Berechnungen gebracht. Die Franzosen sind die Urheber dieses sonderbaren Irrtums, aber wenn ein Ausdruck von irgendwelcher Bedeutung ist, wenn die Worte ihren Wert aus ihrer Anwendung herleiten, dann bedeutet Analyse doch ebenso wenig Algebra wie im Lateinischen ›ambitus‹ Ehrgeiz, ›religio‹ Religion oder ›homines honesti‹ eine Anzahl Ehrenmänner.«

»Ich werde noch sehen müssen, dass Sie mit den Pariser Algebraisten in Streit geraten«, sagte ich, »aber fahren Sie nur fort.«

»Ich bestreite die Anwendbarkeit und somit den Wert einer Vernunft, die in einer anderen Form als der abstrakt logischen gepflegt wird. Ich bestreite vor allem die Vernunft, die aus mathematischen Studien hervorgegangen ist. Die Mathematik ist die Wissenschaft von Form und Masse; mathematische Schlussfolgerung ist nur auf Beobachtung von Form und Masse gegründete Logik. Der große Irrtum liegt in der Annahme, dass selbst die Wahrheiten der sogenannten reinen Algebra abstrakte oder allgemeine Wahrheiten seien. Dieser Irrtum ist so ungeheuer, dass man sich über die Bereitwilligkeit, mit der er aufgenommen wurde, nicht genug verwundern kann.

Mathematische Grundwahrheiten sind nicht *allgemeine* Grundwahrheiten. Was in Bezug auf das Verhältnis der Erscheinungen zu Form und Masse wahr ist, ist zum Beispiel oft gänzlich falsch in Dingen der Moral. Und in der Mathematik selbst ist es auch gewöhnlich ganz unwahr, dass die Summe aller Teile dem Ganzen gleich sei. In der Chemie ist dieser Grundsatz ebenfalls falsch. Es gibt noch zahlreiche andere mathematische Wahrzeichen, die nur innerhalb der Grenzen ihrer Beziehungen Wahrheiten sind. Aber der Mathematiker schließt gewohnheitsmäßig aus seinen Endwahrheiten, als ob sie, wie die Welt im Allgemeinen auch wirklich annimmt, von absolut allgemeiner Anwendbarkeit seien. Bryant erwähnt in seiner hochgelehrten Mythologie eine ähnliche Quelle des Irrtums, indem er sagt, dass wir, obwohl wir die heidnischen Fabeln nicht glauben, uns doch fortwährend vergessen und Schlüsse aus ihnen ziehen, als wären sie tatsächlich Wirklichkeiten. Die Algebraisten jedoch, die selbst Heiden sind, glauben an die heidnischen Fabeln und ziehen ihre Folgerungen weniger aus Gedächtnisschwäche als aus einer unbegreiflichen kleinen Denkstörung. Kurz, ich habe nie einen bloßen Mathematiker gefunden, dessen Behauptungen man, wenn sie sich nicht auf seine Wurzeln und Gleichungen bezogen, Glauben schenken konnte – keinen, dem es im Geheimen nicht Dogma gewesen wäre, dass $x^2 + px$ absolut und unbedingt gleich q wäre. Wenn es Sie interessiert, so sagen Sie nur einmal einem dieser Herren, dass Sie einen Fall für möglich hielten, in dem $x^2 + px$ nicht gleich q wäre, und wenn der betreffende Sie verstanden hat, so verziehen Sie sich möglichst schnell aus seinem Bereich, denn ohne Zweifel wird er Anstalten machen, Sie zu prügeln.«

»Ich will damit sagen«, fuhr Dupin fort, während ich mich begnügte, über seine letzten Bemerkungen zu lachen, »dass der Präfekt niemals in die Lage gekommen sein würde, mir das Akzept ausstellen zu müssen, wenn der Minister nichts weiter als ein bloßer

Mathematiker wäre. Ich hingegen wusste, dass er beides war, Mathematiker und *Dichter,* und deshalb passte ich meine Maßregeln diesen beiden Fähigkeiten an und zog auch die besonderen Umstände, die ihn zu dem Verstecken bewogen hatten, gut in Betracht. Ich wusste, dass er ein Hofmann und ein kühner Intrigant ist, und musste mir sagen, dass ein solcher Mann die Praxis polizeilicher Nachforschungen kennt. Höchstwahrscheinlich würde er sich darauf gefasst machen – und die Ereignisse haben gezeigt, dass er es tat –, von Wegelagerern überfallen zu werden. Ebenso musste er der geheimen Nachforschungen in seinem Hause gewärtig sein. Seine wiederholte nächtliche Abwesenheit vom Hause, die der Präfekt als so günstig für seine Sache hinstellte, hielt ich für nichts anderes als für eine geschickte List, um der Polizei Zeit zum Durchsuchen des Hauses zu gewähren und sie zu der Überzeugung zu bringen, dass sich der Brief nicht in der Wohnung befinde. Ich war mir auch klar bewusst, dass der ganze Gedankengang, den ich Ihnen hier mit einiger Mühe auseinandergesetzt habe und von dem die Polizei unabänderlich bei ihren Nachforschungen ausgeht, sich dem Geist des Ministers genau dargestellt habe. Das musste ihn bestimmen, alle die gewöhnlichen Versteckarten als unsichere zu verschmähen. Dieser Mann, so reflektierte ich, ist viel zu klug, um nicht einzusehen, dass das komplizierteste Versteck, der verborgenste Winkel so offen vor den Augen, den Sonden, den Bohrern und Mikroskopen der Polizei daläge wie seine gewöhnlichen Empfangszimmer. Ich sah schließlich ein, dass er aus natürlichen Gründen zum einfachsten Versteck genötigt sein würde, selbst wenn er nicht aus freier Wahl auf diesen Ausweg verfiele. Sie erinnern sich vielleicht des krampfhaften Lachens des Präfekten, als ich bei seinem ersten Besuche bemerkte, das Geheimnis verwirre ihn möglicherweise nur deshalb so sehr, weil seine Lösung so außerordentlich einfach sei.«

»Ja«, sagte ich, »ich erinnere mich seiner übergroßen Heiterkeit sehr wohl. Ich dachte schon, er würde einen Lachkrampf bekommen.«

»Die sinnliche Welt«, fuhr Dupin fort, »ist reich an genauen Analogien zu der übersinnlichen; und so bekommt das rhetorische Dogma, dass Metapher oder Gleichnis sowohl ein Argument bekräftigen wie eine Beschreibung verschönern können, einen Anschein von Wahrheit. Das Gesetz von der Schwungkraft scheint zum Beispiel in der Physik und in der Metaphysik dasselbe zu sein. Aus der Physik wissen wir, dass ein großer Körper schwerer in Bewegung zu setzen ist als ein kleiner, und dass die folgende Bewegung im Verhältnis zu der Schwierigkeit steht. Ebenso wahr ist es, dass Geister von größerer Auffassungskraft, die kräftiger, beständiger und bedeutungsvoller in ihren Bewegungen sind als solche geringeren Grades, doch weniger leicht bewegt und auf den ersten Stufen des Fortschritts verlegener, zaghafter sind. Im Übrigen: Haben Sie jemals bemerkt, welche Schilder über den Türen der Läden am meisten die Aufmerksamkeit auf sich lenken?«

»Ich habe nie darüber nachgedacht«, antwortete ich.

»Es gibt ein Rätselspiel, das man auf einer Landkarte spielt«, fuhr er fort. »Der eine Spieler gibt dem anderen auf, ein bestimmtes Wort aufzusuchen – den Namen einer Stadt, eines Flusses, eines Staates, eines Reiches –, kurz, irgendein Wort, das auf der buntscheckigen, kreuz und quer beschriebenen Karte steht. Ein Anfänger in dem Spiel wird seinen Gegner stets dadurch zu verwirren suchen, dass er ihn die am kleinsten geschriebenen Namen suchen lässt; der geübtere Spieler wählt solche Worte aus, die sich in großen Buchstaben von einem Ende der Karte zum anderen ziehen. Diese entgehen nämlich, gerade wie die mit übermäßig großen Buchstaben beschriebenen Schilder und Anschläge, leicht der Beobachtung, weil sie gar zu deutlich sind.

Dies physische Übersehen ist einem moralischen genau analog, bei welchem der Verstand gerade die Anzeichen, die zu aufdringlich, zu greifbar sind, unbemerkt vorübergehen lässt. Aber dies ist ein Punkt, der, wie es scheint, etwas über den Horizont des Präfekten hinausgeht oder vielleicht etwas daruntersteht. Er hat es nie für wahrscheinlich oder auch nur für möglich gehalten, dass der Minister den Brief direkt unter jedermanns Nase hingelegt hat, um eben jedermann davon abzuhalten, ihn zu bemerken.

Je mehr ich über den kühnen, wagemutigen und scharfen Verstand D.s nachdachte und über die Tatsache, dass er das Dokument immer bei der Hand haben musste, wenn es überhaupt seinen Zweck erfüllen sollte – wenn ich mich an den unzweifelhaften Beweis erinnerte, den die Nachforschungen des Präfekten erbracht hatten, dass das Schriftstück innerhalb der Grenzen des gewöhnlichen Forschungsgebietes dieses würdigen Beamten nicht verborgen war, umso mehr überzeugte ich mich davon, dass der Minister zu dem sinnreichen, klugen Mittel gegriffen habe, überhaupt nicht den Versuch zu machen, den Brief zu verstecken.

Ganz erfüllt von diesem Gedanken versah ich mich mit meiner grünen Brille und sprach eines schönen Morgens wie zufällig in der Wohnung D.s vor. Ich traf ihn zu Hause, er gähnte, rekelte sich, vertändelte die Zeit und gab, wie gewöhnlich, vor, sich tödlich zu langweilen. Er ist vielleicht der energischste Mensch, den die Welt jetzt besitzt, doch nur dann, wenn ihn niemand sieht.

Um in ein harmloses Gespräch mit ihm zu kommen, klagte ich über meine schwachen Augen und bejammerte die Notwendigkeit, die grüne Brille tragen zu müssen, unter deren Schutz ich vorsichtig und gründlich im ganzen Zimmer umherspähte, während ich mich anscheinend nur für die Unterhaltung mit meinem Gastgeber interessierte.

Mit ganz besonderer Aufmerksamkeit betrachtete ich den großen Schreibtisch, an dem er saß. Auf diesem lagen verschiedene Briefe und andere Schriften, auch ein oder zwei Musikinstrumente und ein paar Bücher. Doch bemerkte ich nach langer, sorgfältiger Prüfung nichts, was besonderen Argwohn erregt hätte.

Schließlich fielen meine schweifenden Blicke auf einen abgebrauchten Kartenhalter von durchbrochenem Pappdeckel, der an einem schmutzigen blauen Bändchen von einem kleinen Messingknopf gerade mitten über dem Kaminsims herabbaumelte. In diesem Kartenhalter, der drei bis vier Abteilungen hatte, lagen fünf oder sechs Visitenkarten und ein einzelner Brief, der ziemlich beschmutzt und zerknittert schien. Er war fast ganz mitten durchgerissen, als habe man zuerst die Absicht gehabt, ihn als wertlos zu zerreißen, und sich erst später anders besonnen. Der Brief hatte ein großes schwarzes Siegel, auf das der Buchstabe D sehr deutlich aufgedrückt war. Er war mit zierlicher Damenhandschrift an den Minister selbst adressiert. Nachlässig, ja, scheinbar fast verächtlich schien er in das oberste Fach des Kartenhalters gesteckt worden zu sein.

Kaum hatte ich diesen Brief erblickt, so wusste ich, es war der gesuchte. Allerdings war sein Äußeres von dem Brief, dessen genaue Beschreibung uns der Präfekt vorgelesen hatte, vollständig verschieden. Hier war das Siegel groß und schwarz und trug den Buchstaben D., dort war es klein und rot und zeigte das Wappen der Herzoglich S.schen Familie. Hier war die Adresse klein, von Damenhand geschrieben und trug den Namen des Ministers, dort war der Brief an eine königliche Person mit großen und entschiedenen Buchstaben adressiert; bloß die Größe des Schriftstückes stimmte überein. Aber gerade diese gänzliche, auffallende Verschiedenheit, der schmutzige, zerrissene und zerknitterte Zustand des Briefes, welcher der Ordnungsliebe D.s so sehr widersprach und den Beschauer nur zu deutlich von der

Wertlosigkeit des Gegenstandes überzeugen sollte, alles dies sowie die allen Blicken exponierte Lage des Papiers, die so gut zu meinen Schlüssen stimmte – alles dies musste verdächtig erscheinen.

Ich dehnte meinen Besuch so lange wie möglich aus, und während ich den Minister über einen Gegenstand, der ihn, wie ich wusste, stets interessierte und anregte, lebhaft unterhielt, wandte ich in Wirklichkeit mein ganzes Augenmerk auf den Brief. Ich prägte mir sein Aussehen und die Art, wie er im Halter steckte, genau ein und machte zum Schluss noch eine Entdeckung, die mir auch den kleinsten Zweifel, der mir vielleicht noch geblieben war, zerstreute. Als ich die Ränder des Papiers genau betrachtete, bemerkte ich, dass diese fester als nötig zusammengepresst erschienen. Sie zeigten das gebrochene Aussehen eines steifen Papiers, das schon einmal gefaltet, mit dem Falzbein geglättet und nun in umgekehrter Richtung wieder in die alten Falten gelegt worden ist. Diese Entdeckung genügte mir. Es war mir klar, dass man den Brief wie einen Handschuh umgewendet und mit anderer Adresse und anderem Siegel versehen hatte. Ich empfahl mich darauf bei dem Minister und ging, ließ jedoch meine goldene Schnupftabaksdose auf dem Tisch stehen.

Am nächsten Morgen besuchte ich den Minister wieder, um meine Dose abzuholen. Wir kamen bald wieder auf unsere Unterhaltung von gestern zurück. Plötzlich jedoch ertönte dicht unter den Fenstern der Ministerwohnung ein Pistolenschuss, dem das wilde Geschrei und die verworrenen Rufe einer erschreckten Volksmenge folgten. D. eilte an ein Fenster, öffnete es und blickte hinaus. Ich schritt schnell auf den Kartenhalter zu, nahm den Brief heraus, steckte ihn in meine Tasche und ersetzte ihn durch einen anderen von genau demselben Aussehen, den ich zu Hause sorgfältig hergestellt hatte. Die Chiffre D hatte ich leicht durch ein aus Brot geformtes Siegel nachahmen können.

Der Auftritt auf der Straße war durch das tolle Benehmen eines

Mannes verursacht worden, der eine Flinte mitten unter einer Menge von Frauen und Kindern abgefeuert hatte. Es stellte sich jedoch heraus, dass die Waffe nicht scharf geladen war, und man ließ den Mann als einen Trunkenbold oder einen Wahnsinnigen laufen. Als er seiner Wege gegangen, kam D. von dem Fenster zurück, an das ich ihm, gleich nachdem ich den Brief ergriffen hatte, gefolgt war. Bald darauf verabschiedete ich mich von ihm. Der angeblich Wahnsinnige war ein von mir bezahlter Mensch.«

»Aber welchen Zweck hatte es«, fragte ich, »den Brief durch ein Faksimile zu ersetzen? Wäre es nicht besser gewesen, ihn gleich beim ersten Besuch offen zu ergreifen und mit ihm davonzugehen?«

»D. ist ein Mann«, erwiderte Dupin, »dem alles zuzutrauen ist, und außerdem verfügt er jederzeit über Leute, die seinen Befehlen blindlings gehorchen. Hätte ich den verwegenen Schritt getan, zu dem Sie mir da raten, so hätte ich die Wohnung des Ministers vielleicht nicht lebendig verlassen, und die guten Pariser würden nie wieder etwas von mir gehört haben. Doch bestimmte mich noch etwas anderes zu dem heimlichen Vorgehen. Sie kennen meine politischen Überzeugungen: ich handelte als Anhänger der betreffenden hohen Dame. Achtzehn Monate lang hatte der Minister sie in der Gewalt. Jetzt hat sie ihn in der ihrigen, denn da er nicht weiß, dass sich der Brief nicht mehr in seinem Besitz befindet, wird er fortfahren, sich so zu benehmen, als besitze er ihn noch. Auf diese Weise wird er selbst an seiner politischen Vernichtung arbeiten. Sein Sturz wird ein ebenso ungeschickter wie plötzlicher sein. Man mag, so viel man will, über das facilis descensus Averni reden, aber bei jeder Art von Emporkommen gilt, was die Catalani vom Singen sagte: Es ist viel leichter hinaufzukommen als hinunter. In unserem Fall habe ich keine Teilnahme, kein Mitgefühl für den Stürzenden. Er ist ein monstrum horrendum, ein genialer Mensch ohne Grundsätze. Ich muss jedoch gestehen, dass ich sehr gern seine Gedanken lesen möchte, wenn ihm diejenige, die der Präfekt eine ›gewisse Person‹ nennt, Trotz bietet und er sich genötigt sieht, den Brief zu öffnen, den ich in dem Kartenhalter versteckt habe.«

»Wieso? Schrieben Sie etwas Besonderes hinein?«

»Natürlich – es schien mir nicht recht zu sein, das Innere ganz unbeschrieben zu lassen – das hätte ja wie Beleidigung ausgesehen. D. spielte mir einstmals in Wien einen bösen Streich, und ich versprach scherzhaft, ihm diesen zu vergelten. Deshalb wollte ich es ihm nicht ersparen, die Person, die ihn so überlistet hatte, kennenzulernen. Er kennt meine Handschrift sehr gut, deshalb schrieb ich mitten auf das weiße Blatt die Worte:

›Un dessein si funeste
S'il n'est digne d'Atrée, est digne de Thyeste.‹

Sie stehen in Crébillons ›Atrée‹.«

Die längliche Kiste

Als ich vor einigen Jahren von Charleston nach New York reisen musste, mietete ich mir auf dem schönen Paketboot ›Independence‹, dem Schiff des Kapitän Hardy, eine Kajüte. Die Abreise war auf den 15. Juni festgesetzt, und am 14. begab ich mich an Bord, um in meiner Kajüte noch Verschiedenes zu ordnen.

Ich bemerkte, dass wir eine große Anzahl Passagiere, unter denen sich ungewöhnlich viele Damen befanden, bekommen sollten. Mehrere meiner Bekannten standen schon auf der Liste, und ich las mit großer Freude unter anderen den Namen des Herrn Cornelius Wyatt, eines jungen Künstlers, mit dem mich eine warme Freundschaft verband. Er hatte gleichzeitig mit mir studiert. Wir waren oft und viel zusammen gewesen. Er hatte das richtige Temperament eines Genies: Es war aus Melancholie, Sensibilität und Enthusiasmus seltsam gemischt. Mit diesen Eigenschaften vereinigte er das ehrlichste und wärmste Herz, das je in der Brust eines Menschen geschlagen hat.

Ich bemerkte, dass seine Karte sich an drei Kajütentüren befand; als ich auf der Passagierliste nachsuchte, fand ich, dass er für sich, seine Frau und seine beiden Schwestern Plätze genommen hatte. Die Kajüten waren ziemlich geräumig, und jede enthielt zwei übereinander befindliche Bettstellen, die allerdings nur für eine Person Raum boten; doch konnte ich nicht verstehen, weshalb mein Freund für diese vier Personen drei Kajüten gemietet hatte.

Ich befand mich damals gerade in einer jener verdrießlichen Stimmungen, in denen man oft von krankhafter Neugierde ergriffen wird, und ich muss beschämt gestehen, dass ich über diese überflüssige Kajüte eine Menge alberner und boshafter Vermutungen anstellte. Die ganze Sache ging mich ja gar nichts an; nichtsdestoweniger machte ich die hartnäckigsten Versuche, das Rätsel zu lösen.

Endlich kam ich zu einem Schluss, bei dem ich mich verwundert fragte, warum ich nicht gleich auf ihn gekommen sei. »Sie werden natürlich einen Diener oder eine Dienerin mitnehmen«, sagte ich mir. »Welch ein Tor ich doch bin, dass mir dies nicht schon früher einfiel!«

Noch einmal suchte ich auf der Liste nach – und fand die ausdrückliche Bemerkung, dass kein Diener und keine Dienerin mitgenommen werden sollte, obgleich man offenbar anfangs die Absicht gehabt hatte, Dienerschaft mitzunehmen, denn die Worte ›samt Dienerschaft‹, die anfänglich dagestanden hatten, waren wieder durchstrichen worden.

Vielleicht hat er Extragepäck bei sich, dachte ich darauf, etwas, das er nicht in den Schiffsraum bringen lassen will, etwas, das er nicht aus den Augen verlieren will, nun hab ich es: ein Gemälde oder etwas Ähnliches, sah ich ihn doch neulich mit Niccolini, dem italienischen Juden, unterhandeln. Ich war nun ganz befriedigt und schickte meine Neugierde zum Kuckuck.

Wyatts beide Schwestern kannte ich sehr gut, es waren liebenswürdige, gescheite Mädchen. Seine Gattin hatte er erst vor Kurzem heimgeführt, ich hatte sie noch nie gesehen. Doch hatte er mir mit dem ihm eigenen Enthusiasmus viel von ihr erzählt. Nach seinen Beschreibungen musste sie von hervorragendster Schönheit, Klugheit und Anmut sein. Ich konnte es kaum erwarten, sie kennenzulernen.

An dem Tage, an dem ich das Schiff aufsuchte, am 14. also, erwartete man, wie mir der Kapitän mitteilte, auch Wyatt und seine Damen. Ich verblieb eine Stunde länger an Bord, als ich beabsichtigt hatte, um die Chance, der jungen Frau vorgestellt zu werden, nur ja nicht zu versäumen. Ich wartete vergeblich. Die Herrschaften ließen sich mit den Worten entschuldigen: Frau Wyatt befände sich nicht ganz wohl und werde erst morgen kurz vor Abfahrt das Schiff besteigen.

Am folgenden Morgen, als ich mich auf die Reede begab, begegnete ich zufällig dem Kapitän Hardy, welcher mir sagte, dass die ›Independence‹ eingetretener Umstände halber (wie die stupide, aber bequeme Phrase lautet) wohl noch ein oder zwei Tage im Hafen liegen werde und dass er mir, sobald alles bereit sei, Nachricht zukommen lassen wolle. Ich fand diesen Aufschub recht sonderbar, da aus dem Süden eine schöne, steife Brise wehte. Trotz hartnäckiger Nachforschungen wollte es mir nicht gelingen, mit den ›eingetretenen Umständen‹ nähere Bekanntschaft zu machen. So blieb mir also nichts anderes übrig, als in mein Hotel zurückzukehren und meinen Ärger hinunterzuschlucken.

Eine ganze Woche lang wartete ich auf die ersehnte Nachricht von dem Kapitän; als sie endlich eintraf, begab ich mich unverzüglich an Bord. Die Passagiere gingen lebhaft hin und her, und auf Deck herrschte jene geräuschvolle Geschäftigkeit, die der baldigen Abfahrt eines Schiffes stets voranzugehen pflegt.

Wyatt und seine Damen erschienen etwa zehn Minuten später als ich. Der Künstler schien von einem seiner gewohnten Melancholieanfälle heimgesucht zu sein; er war in sich versunken und wortkarg, so wortkarg, dass er mich nicht einmal seiner Frau vorstellte. Seine Schwester Marianne, ein reizendes, intelligentes Mädchen, nahm ihm diese Pflicht der Artigkeit ab und machte uns durch ein paar rasche Worte miteinander bekannt.

Bei dieser flüchtigen Vorstellung war Frau Wyatt dicht verschleiert gewesen, und ich muss gestehen, dass ich, als sie den Schleier zurückschlug, aufs höchste erstaunt war. Ich wäre es noch viel mehr gewesen, hätte mich nicht eine lange Erfahrung gelehrt, den enthusiastischen Beschreibungen meines Freundes, sobald er über Frauenschönheit sprach, nur mäßigen Glauben zu schenken. Ich wusste nur zu wohl, dass er sich da leicht zu Übertreibungen verleiten ließ.

Nein, beim besten Willen konnte ich nicht behaupten, dass Frau Wyatt schön sei; zwar war sie nicht ausgesprochen hässlich – doch auch nicht weit entfernt davon. Jedenfalls sah sie höchst alltäglich aus. Nur war sie mit ausgesuchtestem Geschmack gekleidet; und ich zweifelte nicht, dass sie wohl das Herz meines Freundes durch ihren Geist und ihr Gemüt gefesselt habe. Wir wechselten nur sehr wenige Worte; dann begab sie sich sogleich mit Herrn Wyatt in ihre Kajüte.

Jetzt ergriff mich wieder meine alte Neugierde. Dienerschaft hatten sie also nicht mitgebracht, das stand fest. So sah ich mich denn nach dem Extragepäck um. Nach einiger Zeit langte auf der Werft ein Karren mit einer länglichen Kiste aus Tannenholz an, auf die man noch gewartet zu haben schien. Sobald sie an Bord war, lichteten wir die Anker und steuerten ins Meer hinaus.

Die Kiste war, wie ich schon sagte, länglich und mochte vielleicht sechs Fuß lang und zweieinhalb Fuß breit sein. Ich kann dies mit solcher Bestimmtheit behaupten, weil mir ihre eigentümliche Form gleich auffiel. Kaum hatte ich sie gesehen, so gratulierte ich mir zu meiner Geschicklichkeit im Raten. Ich war, wie man sich erinnern wird, zu dem Schluss gekommen, dass das Extragepäck meines Freundes, des Künstlers, wohl ein Gemälde sein werde, da ich wusste, dass er in den letzten Wochen mit Niccolini in Unterhandlung gestanden hatte; und jetzt sah ich hier eine Kiste, die, nach ihrer Form zu urteilen, eigentlich nichts anderes enthalten konnte als eine Kopie von Leonardos ›Abendmahl‹. Da ich außerdem noch wusste, dass sich seit einiger Zeit eine in Florenz von dem jüngeren Rubini gefertigte Kopie dieses Meisterwerks im Besitze Niccolinis befunden hatte, durfte ich meine Vermutung als bestätigt ansehen. Vergnügt lachte ich über diesen neuen Beweis meines Scharfsinnes. Soviel ich wusste, war es das erste Mal, dass Wyatt seine künstlerischen Geheimnisse mir vorenthielt; er hatte wohl offenbar vor, mich zu nasführen und unter meinen Augen ein schönes Kunstwerk einzuschmuggeln. Dafür wollte ich ihn ein andermal zu gelegener Zeit gehörig aufziehen. Ein Umstand befremdete mich ein wenig. Die Kiste wurde nicht in der Extrakajüte, sondern in der Wyatts untergebracht; dort blieb sie, obwohl sie fast den ganzen Raum einnahm, was doch dem Künstler und seiner Frau äußerst unangenehm sein musste, da der Teer oder die Farbe, womit mehrere weit auseinanderstehende Buchstaben auf den Deckel hingemalt waren, einen starken, höchst unangenehmen, ja, meinem Empfinden nach ekelhaften Geruch von sich gab. Die Worte auf dein Deckel lautet: ›An Frau Adelheid Curtis, Albany, New York. Aufgegeben von Cornelius Wyatt, Esq. Diese Seite oben. Vorsicht!‹

Ich wusste, dass Frau Adelheid Curtis aus Albany die Schwiegermutter des Künstlers war, und nahm die ganze Adresse als eine auf mich gemünzte Mystifikation. Denn ich redete mir ein, dass die Kiste samt ihrem Inhalt im Atelier meines misanthropischen Freundes in der Chamberstreet in New York bleiben und niemals weiter nördlich wandern werde.

Die ersten drei oder vier Tage hatten wir schönes Wetter, obgleich uns der Wind direkt entgegenblies, denn er hatte, sobald die Küste außer Sicht gekommen war, nach Norden gedreht. Die Passagiere waren alle in bester Laune und zu fröhlicher Geselligkeit aufgelegt, alle, das heißt mit Ausnahme Wyatts und seiner Schwestern, die sich gegen die übrigen Passagiere nicht allein steif, sondern, wie mir schien, ziemlich unhöflich benahmen. Bei Wyatt fiel mir dies nicht so sehr auf, denn wenn er auch außerordentlich melancholisch, ja sogar mürrisch erschien, so war ich doch dergleichen von ihm längst gewohnt. Für seine Schwestern jedoch suchte ich vergeblich nach einer Entschuldigung. Sie schlossen sich fast den ganzen Tag über in ihre Kajüten ein und waren trotz meiner wiederholten Vorstellungen nicht zu bewegen, mit jemandem an Bord zu verkehren. Frau Wyatt dagegen war viel angenehmer: sie plauderte gern und viel, und jeder, der eine längere Seereise gemacht hat, weiß, welch angenehme Eigenschaft dies auf See ist.

Sie wurde mit den meisten Damen ungemein vertraut und legte zu meinem höchsten Erstaunen eine unverkennbare Neigung, mit den Männern zu kokettieren, an den Tag.

Jedenfalls amüsierte sie uns außerordentlich. Ich sage ›amüsierte‹ – und weiß kaum, wie ich das, was ich darunter verstehe, näher bezeichnen soll. Ich möchte nur erwähnen, dass mir bald auffiel, dass man weit öfter *über* Frau Wyatt als mit ihr lachte; die Herren sagten wenig über sie; doch die Damen behaupteten nach kurzer Zeit, sie sei ein gutmütiges, ziemlich alltäglich aussehendes, gänzlich unerzogenes, ungebildetes Ding.

Alle Welt fand es unerklärlich, dass Wyatt sich ein solches Wesen als Lebensgefährtin gewählt hatte. Man suchte sich diese absonderliche Verbindung als eine Geldheirat zu erklären. Ich wusste jedoch bestimmt, dass diese Annahme absolut unbegründet sei, denn Wyatt hatte mir einmal gesagt, dass seine Frau nicht *einen* Dollar als Heiratsgut und in Ihrem Leben auch nie eine Erbschaft zu erwarten habe. Nur aus Liebe, einzig und allein aus Liebe, sagte er, heirate er sie, und seine Braut sei seiner Liebe mehr als würdig.

Ich muss gestehen, dass ich, als ich mich an diese Worte erinnerte, gar nicht wusste, was ich von ihm halten sollte. Hatte er denn keine Augen, um zu sehen, hatte er den Verstand verloren, er, ein so hochgebildeter, geistvoller, zart empfindender Mann mit seiner außerordentlichen Empfindlichkeit gegenüber allem Unfeinen und Unkünstlerischen, seinem heißen Drang nach Schönheit! – Jedenfalls schien die Dame ihn recht gern zu haben – besonders in seiner Abwesenheit –, denn sie machte sich dann in einem fort dadurch lächerlich, dass sie immer und ewig wiederholte, was ihr ›viel geliebter Gatte‹ da und dort gesagt habe; das Wort ›Gatte‹ besonders schien ihr – um mich eines ihrer zarten Ausdrücke zu bedienen – ›immer auf der Zunge zu sein‹.

Mittlerweile war es schon allen Passagieren aufgefallen, dass Wyatt selbst seine Gattin, wo es nur anging, mied und sich den größten Teil des Tages in seine Kajüte einschloss und es seiner Frau überließ, sich nach Gutdünken mit der in der großen Kajüte versammelten Gesellschaft zu ›amüsieren‹.

Aus allem, was ich sah und hörte, musste ich schließen, dass der Künstler einer der ganz unberechenbaren Launen des Schicksals zum Opfer gefallen sei oder dass er in einem Anflug grillenhafter Leidenschaft sich mit einer tief unter ihm stehenden Person verbunden habe, und dass das natürliche Resultat, baldige und vollkommene Abneigung, nun schon eingetroffen sei. Ich bedauerte ihn aus Herzensgrund, doch konnte ich ihm seine Geheimnistuerei mit dem ›Abendmahl‹ nicht vergeben: dafür wollte ich mich noch einmal an ihm rächen.

Eines Tages erschien er auf dem Verdeck, und ich nahm, wie wir es gewohnt waren, seinen Arm und schlenderte mit ihm eine Zeit lang auf und ab. Seine Melancholie, die mir jetzt erklärlich vorkam, schien ihn noch immer vollständig zu beherrschen. Er sprach wenig, dies Wenige nur mürrisch und gezwungen. Ich versuchte ein paar Scherze zu machen und sah, dass er sich zu einem krampfhaften Lächeln quälte. Armer Kerl! – Wenn ich an seine Frau dachte, wunderte ich mich fast noch, dass er sich so heiter stellen konnte.

Dann beschloss ich, an die Ausführung meines Racheplanes zu gehen. Ich machte eine Menge versteckter Anspielungen auf die längliche Kiste, um ihm zu zeigen, dass ich wenigstens schon Argwohn schöpfte. Ich spielte auf ihre eigentümliche Form an, lächelte verständnisinnig, blinzelte ihm zu und klopfte ihm sanft mit dem Zeigefinger auf die Schulter.

Die Art und Weise, mit der Wyatt diesen harmlosen Scherz aufnahm, brachte mich zu der Überzeugung, dass ich es mit einem Wahnsinnigen zu tun habe. Zuerst starrte er mich an, als sei es ihm unmöglich, meinen Witz zu verstehen. In dem Maß aber, wie ihm allmählich das Verständnis aufzugehen schien, rissen sich seine Augen auf und schienen aus ihren Höhlen springen zu wollen. Dann schoss ihm glühende Röte ins Gesicht – gleich darauf wurde er erschreckend bleich und brach endlich, als hätten ihn meine Worte aufs höchste belustigt, in ein langes, tolles Lachen aus, das wohl zehn Minuten andauerte und sich fortwährend steigerte –, dann stürzte er der Länge nach auf das Verdeck hin und schien, als ich ihn aufheben wollte, tot.

Ich rief um Hilfe; nur mit vieler Mühe gelang es uns, ihn wieder zu sich zu bringen. Er murmelte unzusammenhängende Worte, man ließ ihn zur Ader und brachte ihn zu Bett. Am anderen Morgen war er jedoch, wenigstens körperlich, vollkommen wiederhergestellt; von seinem Verstand will ich nicht reden. Auf Anraten des Kapitäns, der auch von seinem Wahnsinn zu wissen schien, mied ich von nun an seine Gegenwart. Auch teilte ich niemandem an Bord etwas von meinen Vermutungen mit. Bald nach diesem Anfall ereigneten sich aber mehrere Dinge, die meine Neugierde nur noch steigern mussten. Ich hatte eines Tages, als ich nervös war, zu viel grünen Tee getrunken und schlief in der Nacht sehr schlecht – ja, eigentlich schlief ich ein paar Nächte überhaupt nicht. Meine Kajüte ging, wie die aller Junggesellen an Bord, in die große Kajüte oder den Speisesaal hinaus. Wyatts Kajüten liefen sämtlich in die zweite, kleinere Kajüte aus, die sich unmittelbar hinter der ersten, großen befand und von dieser nur durch eine Schiebetür getrennt war, die nie, selbst des Nachts nicht, verschlossen wurde. Da wir fast immer dicht beim Winde lagen, legte sich das Schiff ziemlich stark leewärts, und so oft es mit dem Steuerbord auf die Leeseite geworfen wurde, schob sich die Schiebetür zwischen den beiden Kajüten auf, und da sich niemand die Mühe gab, sie wieder zu schließen, blieb sie auch offen.

Mein Bett war nun aber so angebracht, dass ich von ihm aus, wenn die Schiebetür und meine Kajütentür offen standen (und die Letztere war bei der großen Hitze fast nie geschlossen), deutlich in die zweite, hintere Kajüte hineinsehen konnte, und zwar gerade in den Teil, in welchen die drei Kajüten Wyatts sich öffneten. Als ich nun einmal, wie erwähnt, ein paar Nächte lang nicht schlafen konnte und geradeaus vor mich hinstarrte, sah ich deutlich, dass Frau Wyatt jede Nacht gegen elf Uhr abends aus der Kajüte ihres Gatten herausschlich und sich in die Extrakajüte begab, wo sie bis zum Morgen verblieb. Erst wenn ihr Gatte sie gerufen hatte, betrat sie dessen Kajüte wieder. Dass die beiden nicht wie Eheleute zusammen lebten, unterlag also keinem Zweifel. Sie hatten getrennte Zimmer inne – vielleicht nur als Vorbereitung für ein baldiges endgültiges Auseinandergehen. Und ich glaubte zum zweiten Mal, dem Geheimnis der Extrakajüte auf die Spur gekommen zu sein.

Doch zog noch ein anderer Umstand mein Interesse an. Während der schlaflosen Nächte vernahm ich, unmittelbar nachdem Frau Wyatt die Kajüte ihres Gatten verlassen hatte, in dieser ein sonderbares, vorsichtiges, gedämpftes Geräusch. Ich lauschte eine Zeit lang aufmerksam hin, bis es mir gelang, die merkwürdigen Töne zu deuten. Ohne Zweifel versuchte der Künstler mittels eines Meißels und Hammers die längliche Kiste zu öffnen – der Kopf des Hammers musste, seinem dumpfen Aufschlagen nach zu urteilen, mit einem wollenen oder baumwollenen Stoff umhüllt sein; nur auf diese Weise ließ sich sein eigentümlich gedämpftes Klopfen erklären.

Ich lauschte immer gespannter, sodass ich ganz genau den Augenblick zu erkennen glaubte, in dem der Deckel völlig losgelöst sein musste und der Künstler ihn ganz abhob und auf die untere Bettstelle seiner Kajüte legte. Dies Letztere schloss ich aus gewissen leichten Stößen des Deckels an die hölzernen Bettkanten, und überdies war ja auf dem Boden gar kein Platz. Dann folgte eine Totenstille, und ich hörte nichts mehr bis zum Tagesanbruch – abgesehen von einem leisen Schluchzen oder Murmeln, das jedoch beinahe unhörbar an mein Ohr schlug, so leise und schwach, dass ich es fast als eine Vorspiegelung meiner allzu wachen Fantasie ansehen muss. Es *hätte* ein Schluchzen und Murmeln sein können und auch wieder *nicht* – wahrscheinlich klangen mir nur die Ohren. Jedenfalls jedoch ließ Wyatt einmal wieder irgendeiner fantastischen Laune die Zügel schießen, überließ sich wieder allzu sehr seinem künstlerischen Enthusiasmus. Wahrscheinlich hatte er die längliche Kiste geöffnet, um seine Augen ungestört an dem Schatz, den sie verbarg, zu weiden. Aber darin lag doch gewiss nichts, was ihn zum Schluchzen hätte bringen können. Ich wiederhole deshalb noch einmal, dass mich wohl meine durch Kapitän Hardys grünen Tee allzu erregte Fantasie mit falschen Vorspiegelungen quälte.

In jeder der schlaflosen Nächte hörte ich kurz vor Tagesanbruch deutlich, wie Herr Wyatt den Deckel wieder auf die längliche Kiste legte und mit dem umwickelten Hammer die Nägel in ihre alten Löcher schlug. War dies geschehen, so trat er, vollständig angekleidet, aus seiner Kajüte heraus und rief Frau Wyatt aus der ihrigen.

Sieben Tage waren wir schon auf See und befanden uns eben auf der Höhe von Kap Hatteras, als plötzlich aus Südwest ein furchtbarer Sturm losbrach. Von verschiedenen Anzeichen benachrichtigt, waren wir auf Unwetter vorbereitet, und in einem Augenblick war oben und unten auf dem Schiff alles wohlverwahrt und festgemacht; doch da der Sturm an Heftigkeit stetig zunahm, legten wir endlich, unter doppelt gerefftem Flitter- und Vormarssegel, bei.

Achtundvierzig Stunden blieb das Schiff in diesem Zustand, ohne sonderlichen Schaden zu nehmen, es erwies sich im Gegenteil als äußerst seetüchtig und schöpfte fast gar kein Wasser. Nach Verlauf dieser Zeit jedoch steigerte sich der Sturm zum Orkan, unser Hintersegel zerriss in Fetzen, und wir gerieten bald so sehr zwischen die Wogen, dass wir unmittelbar nacheinander mehrere Sturzwellen bekamen. Bei dieser Gelegenheit wurden drei Personen über Bord gerissen, die Kombüse und fast die ganze äußere Plankenbekleidung am Backbord wurde von den Wellen weggespült. Kaum waren wir wieder zu uns gekommen, so zerriss auch unser Vormarssegel in tausend Stücke. Wir setzten ein Sturmsegel aus, worauf es einige Zeit lang leidlich gut ging.

Der Sturm jedoch hielt immer noch an und nichts ließ erwarten, dass er sich bald legen werde. Wir bemerkten, dass unser Takelwerk arg mitgenommen war, und am dritten Tage des Unwetters brach unser Besanmast, und wir wurden mit größter Heftigkeit hin und her geschleudert. Der gebrochene Mast lag auf dem Deck, und bei dem fürchterlichen Schlingern des Schiffes bemühten wir uns vergeblich, ihn loszuwerden. Gegen fünf Uhr nachmittags teilte der Schiffszimmermann die keineswegs ermutigende Tatsache mit, dass im Schiffsraum das Wasser vier Fuß hoch stehe, und um all das Unheil zu krönen, stellte es sich bald heraus, dass die Pumpen nicht funktionierten.

Nun geriet alles in Verwirrung und wilde Angst, und man schritt zu dem verzweifelten Versuch, das Schiff durch Abwerfen aller erreichbaren Ladung und Abhauen der beiden letzten Masten zu erleichtern. Mit vieler Mühe gelang uns dies endlich, doch da die Pumpen nach wie vor unbrauchbar blieben, füllte sich das Schiff immer mehr mit Wasser. Gegen Sonnenuntergang ließ der Sturm merklich nach, und da auch die See minder heftig ging, schöpften wir die schwache Hoffnung, uns in Boote retten zu können. Um acht Uhr abends zerteilten sich die Wolken, leuchtend brach das Licht des Vollmondes durch sie hindurch, erhellte unsere düstere Angst und richtete unseren gesunkenen Mut durch sein trostverheißendes Glänzen wieder auf.

Nach unsäglichen Anstrengungen gelang es uns, das große Boot unbeschädigt ins Wasser zubringen. Die ganze Schiffsmannschaft sowie der größte Teil der Passagiere nahm in ihm Platz und gelangten nach drei schreckensvollen Tagen endlich in die Okrakoke-Bay.

Vierzehn Passagiere und der Kapitän waren auf dem Wrack geblieben, da sie der Jolle am Hinterteil des Schiffes ihr Leben anvertrauen wollten. Wir brachten diese auch ohne Schwierigkeit ins Wasser, doch verhinderte nur ein Wunder, dass sie im Augenblick, da sie in die Wellen tauchte, nicht umschlug. Kapitän Hardy und Frau, Wyatt mit seinen Damen, ein mexikanischer Offizier mit Frau und Kindern und ich selbst mit einem Neger, der Bedientendienste versah, hatten als letzte in dem schwachen Fahrzeug Zuflucht genommen.

In diesem war natürlich für nichts weiter als für ein paar Lebensmittel und die notwendigsten Instrumente Platz; es war auch niemand auf die Idee gekommen, auch nur die geringste Kleinigkeit zu retten und die Jolle zu überlasten. Wie groß war daher unser aller Erstaunen, als Herr Wyatt, nachdem wir einige Klafter vom Schiff entfernt waren, plötzlich aufstand und ganz kaltblütig von dem Kapitän verlangte, er solle das Boot nochmals beim Schiffe anlegen lassen, weil er die längliche Kiste mitnehmen wolle.

»Setzen Sie sich doch, Herr Wyatt!«, antwortete ihm der Kapitän in etwas strengem Tone. »Wenn Sie nicht ganz still sitzen, wird das Boot umschlagen! Schon jetzt ist unser Dahlbord im Wasser!«

»Die Kiste! Die Kiste!«, schrie Wyatt, noch immer stehend – »ich muss die Kiste haben! Kapitän, Sie können, Sie *werden* mir die Kiste nicht verweigern! Sie wiegt ja nur eine Kleinigkeit – fast gar nichts! Wahrhaftig, gar nichts! Bei der Mutter, die Sie geboren – beim Himmel selbst – bei Ihrem Seelenheil bitte ich Sie, beschwöre ich Sie, fahren Sie zurück, lassen Sie mich die Kiste holen!«

Einen Augenblick schien der Kapitän von dem inständigen Flehen des Künstlers erweicht zu werden, doch bald gewann er seine ernste Ruhe wieder und sagte einfach:

»Herr Wyatt, Sie sind von Sinnen! Ich darf Ihrer Bitte kein Gehör schenken! Setzen Sie sich, sage ich noch einmal, oder Sie bringen das Boot zum Umschlagen. Bleiben Sie doch – halten Sie ihn! Packen Sie ihn! Er will über Bord springen! – Da! – Wusst' ich's doch! Nun ist's um ihn geschehen!«

Wyatt war in der Tat in diesem Augenblick über Bord gesprungen. Da wir noch in der Lee des Wrackes waren, gelang es ihm, ein Tau zu erfassen, das am Vorderdeck herabhing. Einen Augenblick später stand er an Bord und stürzte wie ein Wahnsinniger die Treppe zur großen Kajüte hinab.

Wir waren inzwischen hinter das Schiff getrieben worden und, da wir uns ganz außerhalb seiner Lee befanden, der grausamen Wucht der Wogen ausgesetzt. Wir versuchten, nach dem Wrack zurückzufahren, doch unser kleines Boot war unlenkbar wie eine Feder im Winde. Ein einziger Blick sagte uns, dass das Schicksal des unglücklichen Künstlers besiegelt sei.

Während wir uns nun ziemlich rasch von dem Wrack entfernten, sahen wir den Wahnsinnigen (nur als solchen konnten wir ihn noch ansehen) die Kajütentreppe wieder hinaufkommen, die längliche Kiste mit einem übermenschlichen Kraftaufwand hinter sich herschleppend. Während wir noch zu ihm hinüberstarrten, wand er ein dreizölliges Tau mehrmals um die Kiste und dann um seinen Leib. Im nächsten Augenblicke stürzte er sich mit seiner Last ins Meer, in dem er sofort und auf immer verschwand.

Mit schweigendem Entsetzen hatten wir diesem Schauspiel zugesehen und schreckerfüllt die Ruder sinken lassen. Endlich aber gebot uns die Gefahr, so rasch wie möglich fortzusteuern. Wohl eine Stunde verging, ehe jemand ein Wort zu sprechen wagte.

»Haben Sie auch bemerkt, Herr Kapitän«, fragte ich nach einer langen Weile, »wie rasch er mit der Kiste gesunken ist? War das nicht recht sonderbar? Ich gestehe, dass ich immer noch einige Hoffnung hegte, ihn gerettet zu sehen, als er sich an die Kiste anband und ins Meer warf.«

»Mit *dieser* Kiste musste er natürlich sinken«, erwiderte der Kapitän, »und zwar so schnell wie eine Bleikugel. Sie werden jedoch wieder an die Oberfläche kommen – allerdings nicht eher, als bis das Salz geschmolzen ist.«

»Das Salz?!«, rief ich aus.

»Still!«, meinte der Kapitän mit einem Seitenblick auf die Gattin und die Schwestern des Verstorbenen. »Wir werden zu gelegenerer Zeit von diesen Dingen sprechen.«

Nach vielen Mühsalen retteten wir mit knapper Not unser Leben. Mehr tot als lebendig landeten wir nach vier Tagen bitterster Leiden in

der Bucht, welche Roanoke-Island gegenüberliegt. Hier blieben wir eine Woche, wurden von den Strandräubern leidlich behandelt und fanden endlich Gelegenheit zur Überfahrt nach New York.

Etwa einen Monat nach dem Untergang der ›Independence‹ begegnete ich dem Kapitän Hardy auf dem Broadway. Wie nur zu erklärlich, kamen wir bald auf unser Unglück und auf das traurige Schicksal des armen Wyatt zu sprechen. So erfuhr ich denn Folgendes: Der Künstler hatte für sich, seine Gattin, seine beiden Schwestern und eine Dienerin Plätze auf dem Schiff genommen. Seine Gattin war in der Tat, wie er sie mir geschildert hatte, eine überaus reizende, liebenswürdige, feingebildete Dame. Am Morgen des 14. Juni, an dem Tag also, an welchem ich die ›Independence‹ zum ersten Mal betrat, erkrankte Frau Wyatt plötzlich und starb. Der junge Gatte geriet vor Schmerz fast von Sinnen, doch erlaubten gewisse Umstände nicht, die geplante Reise nach New York hinauszuschieben. Er wollte den Leichnam seiner angebeteten Gattin ihrer Mutter zuführen – nur machte ein allgemein verbreitetes Vorurteil die Ausführung dieses Planes fast unmöglich. Neun Zehntel aller Passagiere würden die Plätze lieber abbestellt haben, als mit einem Leichnam auf dem Schiff die Überfahrt anzutreten.

Da war denn Kapitän Hardy auf den Gedanken gekommen, den Leichnam teilweise einbalsamieren und mit einem großen Quantum Salz in eine Kiste von angemessener Größe packen und als Passagiergut auf das Schiff schmuggeln zu lassen.

Das plötzliche Hinscheiden der jungen Frau sollte absolut verborgen bleiben; und da es nun einmal bekannt geworden war, dass Wyatt für sich und seine Gattin Plätze gebucht hatte, musste man eine Person finden, die für die Dauer der Überfahrt Frau Wyatt vorstellen konnte. Das Kammermädchen der Verstorbenen ließ sich leicht dazu überreden.

Die Extrakajüte, die Herr Wyatt anfangs für die Dienerin seiner Frau gebucht hatte, behielt er einfach für seine Pseudofrau. Bei Tage spielte sie, so gut sie eben vermochte, die Rolle ihrer Herrin, die, wie man bestimmt wusste, keiner der Passagiere je gesehen hatte.

Ich selbst aber war durch meine allzu lebhafte Neugier und die Neigung, aus allem um jeden Preis meine Schlüsse zu ziehen, irregeführt worden.

In letzter Zeit schlafe ich nur sehr selten ruhig. Ein geisterhaftes Gesicht verfolgt mich, wenn ich mich auf meinem Lager hin und her wälze. Und ein hysterisches Lachen, das ich wohl nie vergessen werde, klingt in meinen Ohren.

Froschhüpfer

Ich habe nie jemanden gekannt, der ein größeres Vergnügen an Scherzen gehabt hätte als der König. Er schien zum Scherzen geboren zu sein. Eine recht spaßhafte Geschichte zu erzählen, sie gut zu erzählen, war der sicherste Weg zu seiner Gunst. So war es denn erklärlich, dass seine sieben Minister wegen ihrer Talente als Spaßmacher berühmt waren. Sie ahmten in allem den König nach und waren, wie er, nicht nur unübertreffliche Spaßmacher, sondern auch ebenso wohlbeleibt und fett. Ob nun die Leute vom Spaßmachen dick werden, oder ob umgekehrt die Wohlbeleibtheit eine Neigung zum Scherzen mit sich bringt, ist mir noch nie klar geworden. Jedenfalls ist ein magerer Spaßmacher eine rara avis in terris.

Um feine Anspielungen oder, wie er sich ausdrückte, um die ›Geister‹ eines Witzes kümmerte sich der König herzlich wenig. Er hatte eine besondere Vorliebe für derbe Späße. Spintisierereien ermüdeten ihn. Er würde Rabelais' ›Gargantua‹ vor Voltaires ›Zadig‹ den Vorzug gegeben haben: und im Allgemeinen waren spaßhafte Taten mehr nach seinem Geschmack als witzige Reden.

In der Zeit, da meine Erzählung spielt, war es noch Mode, an Höfen professionelle Spaßmacher zu halten. Mehrere der großen Höfe des Kontinents hielten sich noch ihren Hofnarren, der in buntscheckigen Kleidern mit Narrenkappe und Schellen umherlief und für die Brosamen, die von des Königs Tafel für ihn abfielen, jeden Augenblick ein passendes, scharfes Witzwort bereit haben musste.

Es versteht sich von selbst, dass auch unser König sich einen ›Narren‹ hielt. Es war ihm sozusagen ein Bedürfnis, stets irgendetwas aus dem Reich der Narrheit in seiner Nähe zu haben, sei es auch nur als Gegengewicht gegen die schwerfällige Weisheit der sieben Männer, die seine Minister waren – von ihm selbst gar nicht zu reden.

Sein Narr oder berufsmäßiger Spaßmacher war jedoch nicht nur ein Narr. Sein Wert wurde in den Augen des Königs durch den Umstand verdreifacht, dass er zugleich ein Zwerg und ein Krüppel war. Man fand damals an Höfen Zwerge ebenso häufig vor wie Narren; viele Monarchen hätten nicht gewusst, womit sie ihre Tage ausfüllen sollten – an Höfen sind die Tage länger als anderswo – ohne einen Narren, mit dem sie, und einen Zwerg, *über* den sie lachen konnten. Aber wie ich schon bemerkte, sind die Spaßmacher in neunundneunzig von hundert Fällen fett, rund und unbehilflich, sodass unser König wahrhaftig nicht geringe Ursache hatte, sich zu gratulieren, dass er in Hopp-Frosch – so hieß der Narr – einen dreifachen Schatz in einer Person besaß.

Ich glaube, den Namen ›Hopp-Frosch‹ hatte der Zwerg nicht bei der Taufe von einem seiner Paten erhalten, er war ihm vielmehr nach gemeinsamem Übereinkommen der sieben Minister wegen seiner Unfähigkeit, sich wie andere Menschen fortzubewegen, verliehen worden. Hopp-Frosch konnte nämlich nur durch eine Art ruckweisen Hüpfens vorwärtskommen – eine Bewegung, die ein Mittelding zwischen Springen und Rutschen war und dem König ein unbegrenztes Vergnügen und große Genugtuung gewährte, da er selbst, obwohl er an einem Hängebauch und einer chronischen Anschwellung des Kopfes litt, bei Hofe für eine prächtige Erscheinung galt.

Doch obwohl Hopp-Frosch sich zu ebener Erde nur mit großer Mühe und Schwierigkeit fortbewegen konnte, befähigte ihn die wunderbare Muskelkraft, mit der die Natur, gleichsam als Entschädigung für die Gebrechlichkeit seiner unteren Gliedmaßen, seine Arme ausgestattet hatte, wahre Wunderwerke der Geschicklichkeit zu vollbringen, sobald es sich darum handelte, einen Baum oder dergleichen zu erklimmen oder sich an einem Seil hinaufzuziehen. Bei solchen Übungen glich er viel eher einem Eichhörnchen oder einem kleinen Affen als einem Frosch.

Ich kann nicht mit Bestimmtheit sagen, aus welchem Lande Hopp-Frosch eigentlich gekommen. Jedenfalls stammte er aus einer wilden Gegend, von der niemand etwas wusste – weit weg von des Königs Hof. Man hatte Hopp-Frosch und ein junges Mädchen, das nur um ein kleines weniger zwergenhaft, sonst aber von erlesenem Körperbau und eine wundervolle Tänzerin war, mit Gewalt aus ihrer Heimat fortgeschleppt; einer der immer siegreichen Generale des Königs hatte beide als Geschenk an den Hof gebracht.

So ist es denn nicht verwunderlich, dass zwischen den beiden kleinen Gefangenen eine innige Freundschaft entstand, dass sie unzertrennliche Kameraden wurden. Hopp-Frosch war am Hof, obwohl er so viel zur Belustigung beitrug, nichts weniger als beliebt, und es stand nicht in seiner Macht, der Trippetta größere Dienste zu leisten; sie jedoch wurde wegen ihrer Anmut und seltenen Schönheit trotz ihrer zwergenhaften Erscheinung von allen bewundert und verhätschelt, sodass sie einen großen Einfluss erlangte, von dem sie, wo sie nur immer konnte, zugunsten ihres Freundes Hopp-Frosch Gebrauch machte.

Zur Feier irgendeiner großen Staatsaktion – ich vergaß welcher – beschloss der König, einmal wieder einen Maskenball zu veranstalten. Bei jedem Kostümfest oder ähnlichem Anlass mussten Hopp-Frosch und Trippetta ihre Talente zeigen. Hopp-Frosch besonders war so erfinderisch im Anordnen von Aufzügen, in der Zusammenstellung von neuen Kostümen und dergleichen, dass sein

Beistand unentbehrlich war. Der Abend, an dem das Fest gefeiert werden sollte, kam heran. Eine weite Halle war unter Trippettas Augen mit allem, was einer Maskerade Glanz verleihen kann, ausgeschmückt worden. Der ganze Hof befand sich in einem Fieber der Erwartung. Es lässt sich denken, dass sich alle ihr Kostüm und ihre Rolle längst ausgesucht hatten. Manche hatten schon seit Wochen, ja seit Monaten darüber nachgedacht, welchen Charakter sie an dem Abend darstellen wollten. Alle waren mit ihren Vorbereitungen fertig – nur nicht der König und seine sieben Minister. Warum sie sich noch nicht entschlossen hatten, kann ich nicht sagen; vielleicht handelte es sich auch hier um einen Scherz. Wahrscheinlicher jedoch ist, dass sie wegen ihrer Beleibtheit zu keinem Entschluss kommen konnten. Doch die Zeit verging, und in letzter Stunde schickten sie zu Trippetta und Hopp-Frosch.

Als die beiden kleinen Freunde dem Befehl des Königs nachkamen, fanden sie ihn mit seinen Beratern beim Wein sitzen; doch schien er in sehr schlechter Laune zu sein. Er wusste, dass Hopp-Frosch Wein nicht vertrug, denn sein Genuss brachte den armen Krüppel stets in eine Aufregung, die an Wahnsinn grenzte. Aber der König liebte, wie gesagt, spaßhafte Taten, und es machte ihm Vergnügen, Hopp-Frosch zum Trinken zu zwingen, damit er, wie er sich ausdrückte, »lustig werde«.

»Komm her, Hopp-Frosch«, sagte er, als der Spaßmacher und seine Freundin das Gemach betreten hatten, »trinke diesen Humpen auf das Wohl deiner fernen Freunde« (hier seufzte Hopp-Frosch) »und lass uns dann deine Erfindungsgabe zugute kommen. Wir brauchen Charaktermasken – Charaktermasken, mein Sohn –, irgendetwas Neues, Außergewöhnliches. Wir sind der ewigen Wiederholungen müde. Komm und trink! Der Wein wird deinen Witz aufstacheln.«

Hopp-Frosch bemühte sich, die Aufforderung des Königs mit einem Witz zu beantworten, doch ging es diesmal über seine Kräfte. Der arme Zwerg hatte zufällig an jenem Tage Geburtstag, er hatte viel an sein Heimatland gedacht, und der Befehl, auf seine fernen Freunde zu trinken, trieb ihm Tränen ins Auge. Viele schwere bittere Tropfen fielen in den Becher, als er ihn demütig aus der Hand des Tyrannen entgegennahm.

»Ha ha haha!«, brüllte der König vergnügt auf, als der Zwerg den Wein mit Widerstreben hinuntergoss, »seht doch einmal an, was ein Glas guten Weins nicht alles fertigbringt! Wahrhaftig, deine Augen glänzen schon.«

Armer Kerl! Seine großen Augen glühten mehr, als dass sie leuchteten; der Wein wirkte auf sein erregbares Gehirn ebenso schnell wie heftig. Er stellte den Becher zitternd auf den Tisch zurück und blickte mit halb irrsinnigem Stieren im Kreise umher. Die Minister schienen sich alle höchlichst über diesen ›Scherz‹ des Königs zu amüsieren.

»Und nun das Geschäftliche«, sagte der Premierminister, ein *sehr* dicker Herr.

»Ja«, meinte der König, »komm, Hopp-Frosch, hilf! Also Charaktermasken, mein edler Bursche, Charaktermasken müssen wir haben, ja, wir alle – hahahaha!« Da er seine Worte für einen Witz hielt, lachte er, und die sieben lachten im Chor mit.

Hopp-Frosch lachte auch, obwohl nur schwach und wie unbewusst. »Komm, komm!«, rief nun der König mit Ungeduld, »ist dir noch nichts eingefallen?«

»Ich bemühe mich, etwas ganz Neues zu erdenken«, stammelte der Zwerg, den der Wein schon ganz verwirrt hatte.

»Bemühen!«, schrie der Tyrann wütend, »was willst du damit sagen? Ah, ich sehe schon, du bist noch nicht in Stimmung und musst mehr Wein haben. Hier, trink!« Und er goss noch einen Becher voll und bot ihn dem Krüppel dar, der, nach Atem ringend, ihn angstvoll anstarrte.

»Trink, sag ich dir!«, schrie das Ungeheuer, »oder der Teufel –«

Der Zwerg zögerte. Der König wurde purpurrot vor Wut. Die Höflinge lächelten albern. Trippetta, bleich wie eine Leiche, ging auf den König zu, fiel vor ihm auf die Knie und bat um Gnade für ihren Freund.

Der Tyrann betrachtete sie einige Minuten lang; offenbar wunderte er sich über ihre Kühnheit. Er schien nicht recht zu wissen, was er tun oder sagen sollte, wie er seine Entrüstung am schicklichsten zum Ausdruck brächte. Endlich stieß er sie, ohne eine Silbe zu reden, von sich fort und goss ihr den Inhalt des übervollen Bechers ins Gesicht. Das arme Mädchen erhob sich zitternd, und ohne einen Seufzer zu wagen, nahm es seinen Platz am unteren Ende der Tafel wieder ein.

Während einer halben Minute war es so totenstill, dass man eine Feder oder ein Blatt hätte fallen hören können. Da wurde die Stille durch ein leises, aber scharfes, andauerndes Geräusch unterbrochen, das zu gleicher Zeit aus jeder Ecke des Zimmers zu kommen schien. »Wa-wa-warum machst du den Lärm da?«, wandte sich der König wütend an den Zwerg.

Der schien sich jedoch von seiner jähen Betrunkenheit vollständig erholt zu haben, und den Tyrannen fest, doch ruhig anblickend, sagte er bloß: »Ich? – Ich? Wie könnte ich das getan haben?«

»Mir schien es«, bemerkte einer der Höflinge, »als käme der Ton von außen. Ich glaube, es war der Papagei dort am Fenster, der seinen Schnabel an den Käfigstäben wetzte.«

»Mag sein«, erwiderte der Monarch, als fühle er sich durch diese Erklärung beruhigt, »aber ich hätte auf meine Ritterehre geschworen, dass jener Vagabund mit den Zähnen geknirscht habe.«

Bei diesen Worten lachte der Zwerg laut auf (der König war zu sehr für Späße eingenommen, um etwas dagegen zu haben, wenn jemand in seiner Gegenwart lachte) und entblößte dabei eine Reihe beängstigend großer, starker Zähne. Überdies erklärte er sich bereit, so viel Wein zu trinken, wie man nur von ihm verlange. Der Monarch war besänftigt, und nachdem Hopp-Frosch noch einen Humpen Weins ohne äußerlich schlimme Wirkung hinuntergestürzt hatte, setzte er mit viel Laune seine Pläne betreffs der Maskerade auseinander. »Ich weiß nicht, welche Ideenverbindung mich darauf gebracht hat«, begann er ganz ruhig, als habe er in seinem ganzen Leben noch keinen Tropfen Wein gekostet, »aber gleich nachdem Majestät das Mädchen geschlagen und ihm den Wein ins Gesicht gegossen hatten – also gleich nachdem Majestät das getan, und während der Papagei jenes wunderliche Geräusch am Fenster machte, erinnerte ich mich plötzlich eines prächtigen Maskenscherzes, den man oft in meiner Heimat aufführte. Hier wird er jedoch ganz neu sein. Unglücklicherweise sind jedoch acht Personen dazu nötig und –«

»Wir sind ja gerade acht!«, rief der König lachend über seine scharfsinnige Entdeckung – »genau acht, ich und meine sieben Minister – also los, was ist das für ein Scherz?«

»Wir nennen es«, erwiderte der Krüppel, »die acht aneinandergeketteten Orang-Utans. Es ist wirklich ein ausgezeichneter Scherz, wenn er gut durchgeführt wird.«

»Wir werden ihn schon durchführen«, sagte der König, indem er aufstand und die Augenlider senkte.

»Der Hauptspaß dabei«, fuhr Hopp-Frosch fort, »ist der Schreck, den er den Damen verursacht.«

»Vorzüglich«, brüllten der König und seine sieben Minister im Chor.

»Ich werde Sie als Orang-Utans ausstaffieren«, fuhr der Zwerg fort.

»Sie können mir alles überlassen. Die Ähnlichkeit wird so vollkommen, dass die ganze Gesellschaft Sie für wirkliche Bestien halten wird – man wird sicherlich ebenso erschrocken wie überrascht sein.«

»Das ist ja wirklich famos!«, rief der König. »Hopp-Frosch, ich will noch mal was Ordentliches aus dir machen!«

»Die Ketten haben den Zweck, durch ihr Klirren die Angst und die Verwirrung zu erhöhen. Man wird glauben, Sie seien *en masse* Ihren Wärtern entflohen. Majestät können sich gar nicht vorstellen, was für einen Effekt es macht, wenn bei einer Maskerade plötzlich acht aneinandergefesselte Orang-Utans erscheinen, die die ganze Gesellschaft für wirkliche Tiere hält; – wenn sie so mit wildem Geschrei unter die Menge der vornehm und prächtig gekleideten Damen und Herren stürzen. Der Gegensatz ist unvergleichlich!«

»Das *wird* gemacht«, sagte der König, und die Gesellschaft erhob sich eilig, denn es war höchste Zeit, um zur Ausführung des Planes zu schreiten.

Hopp-Froschs Mittel, die Gesellschaft als Orang-Utans zu verkleiden, waren äußerst einfach und entsprachen seinen Absichten bestens. Die fraglichen Tiere waren zur Zeit, in der meine Geschichte spielt, noch sehr selten und nur an wenigen Orten der zivilisierten Welt gesehen worden. Da die von dem Zwerg hergestellten Kostüme den Trägern ein ziemlich bestialisches, ja mehr als fürchterliches Aussehen verliehen, glaubte man von ihrer Naturwahrheit wohl überzeugt sein zu dürfen. Der König und die Minister wurden zuerst in engschließende Hemden und Hosen aus halbwollenem Zeug eingenäht. Dies wurde mit Teer getränkt. Als die Sache bis zu diesem Stadium gediehen war, machte einer der Gesellschaft den Vorschlag, jetzt Federn aufzukleben. Diesem Gedanken trat jedoch der Zwerg entgegen und überzeugte die acht bald durch augenscheinliche Erläuterungen, dass das Haar des Orang-Utans viel täuschender durch Flachs nachgebildet werde. So wurde denn eine dichte Lage Flachs auf die geteerte Unterlage aufgeklebt und dann eine lange Kette herbeigeschafft und zuerst um die Taille des Königs geschlungen und befestigt und hierauf um die Taille jedes der Minister und jedesmal fest verhakt. Als man damit fertig war, und die Gesellschaft so weit wie möglich voneinander Abstand nahm, bildeten sie einen Kreis; um den Anschein der Natürlichkeit noch zu erhöhen, zog Hopp-Frosch das noch übrige Ende der Kette als zwei rechtwinklig zueinander stehende Durchmesser durch den Kreis, wie es heute noch von Affenjägern auf Borneo gemacht wird.

Der große Saal, in dem das Maskenfest stattfinden sollte, war kreisrund, sehr hoch und empfing das Licht nur durch ein einziges Fenster von oben her.

Abends jedoch – der Raum wurde eigentlich nur zu nächtlichen Festen benutzt – wurde er von einem großen Kronleuchter beleuchtet, der an einer Kette von dem Mittelpunkt des gewölbten Fensters herabhing und wie gewöhnlich mittels eines Gegengewichtes herauf- und heruntergezogen werden konnte. Diese Kette hing jedoch des besseren Aussehens wegen nicht im Innern, sondern außerhalb der Kuppel über das Dach herab.

Der Raum war nach Trippettas Angabe ausgeschmückt worden; doch schien sie sich in einigen Besonderheiten der klügeren Einsicht ihres Freundes, des Zwerges, unterworfen zu haben. Auf seinen Vorschlag hatte sie den Kronleuchter entfernen lassen. Das Abtröpfeln des Wachses, das unmöglich zu vermeiden gewesen wäre, hätte den prächtigen Gewändern der Gäste leicht verderblich werden können, denn bei der Überfülle im Saal war es unmöglich, seine Mitte, das heißt die Stelle unter dem Kronleuchter, freizuhalten. Dagegen wurden Wandleuchter angebracht und jeder der Karyatiden, die die Mauer stützten – es waren fünfzig oder sechzig – eine Fackel, die lieblichen Duft ausströmte, in die rechte Hand gegeben.

Die acht Orang-Utans befolgten Hopp-Froschs Rat und warteten mit ihrem Erscheinen geduldig bis Mitternacht, da der Saal vollständig mit Masken gefüllt war. Doch kaum war der zwölfte Glockenschlag verhallt, als sie alle zusammen hereinstürzten oder vielmehr sich hereinwälzten, denn die schwere Kette machte, dass die meisten hinfielen und alle stolperten.

Die Aufregung unter den Masken war außerordentlich groß und erfüllte des Königs Herz mit unbändiger Heiterkeit. Wie man es erwartet hatte, gab es nicht wenige unter den Gästen, welche die wild aussehenden Wesen wenn auch nicht gerade für Orang-Utans, so doch für wirkliche Bestien hielten. Viele Damen wurden vor Entsetzen ohnmächtig, und hätte der König nicht vorsichtshalber das Waffentragen im Saal verboten, so hätte es leicht geschehen können, dass er und seine Gesellschaft ihren Scherz mit ihrem Blut bezahlt hätten. Es entstand ein allgemeiner Andrang nach den Türen; der König hatte jedoch befohlen, dass dieselben unmittelbar nach seinem Eintritt geschlossen werden sollten; und auf des Zwerges Vorschlag waren diesem die Schlüssel übergeben worden.

Als der Tumult aufs Höchste gestiegen war und jeder nur daran dachte, sich in Sicherheit zu bringen – es war durch das Gedränge nämlich eine Gefahr entstanden –, hätte man bemerken können, dass die Kette, an der gewöhnlich der Kronleuchter hing und die man nach seiner Entfernung aufgezogen hatte, nach und nach herabgelassen wurde, bis ihr mit einem Haken versehenes Ende nur noch drei Fuß von der Erde entfernt war.

Bald darauf befanden sich der König und seine sieben Minister, nachdem sie die Halle in jeder Richtung durchstolpert hatten, in ihrem Mittelpunkt und in fast unmittelbarer Berührung mit der Kronleuchterkette. Als sie hier standen, stachelte sie der Zwerg, der ihnen stets auf dem Fuße folgte, an, den Tumult aufrechtzuerhalten, und ergriff dabei die Kette an ihrem Kreuzungspunkte in der Mitte des Kreisels; mit der Schnelligkeit eines Gedankens hatte er diese in den Haken eingehakt, an dem sonst der Kronleuchter hing. Durch irgendeine unsichtbare Macht wurde nun die Kronleuchterkette so hoch hinaufgezogen, dass der Haken von unten her nicht mehr zu erreichen war und die Orang-Utans, Gesicht an Gesicht, schwebend in der Luft hingen.

Die Maskengesellschaft hatte sich mittlerweile einigermaßen von ihrem Schrecken erholt und betrachtete die ganze Sache als einen gut erfundenen Scherz. Ein lautes Gelächter über die hilflose Lage der Affen durchscholl den Saal.

»Überlasst sie mir!«, schrie Hopp-Frosch mit seiner schrillen Stimme, die all den Lärm durchdrang und leicht verständlich war. »Überlasst sie mir. Ich glaube, ich kenne sie. Wenn ich sie nur erst recht betrachten könnte, würde ich schon sagen können, wer sie sind.«

Bei diesen Worten drängte er sich durch die Menge bis an die Wand, nahm einer der Karyatiden die Fackel weg und kehrte, wie er gekommen, in die Mitte des Raumes zurück, schwang sich mit affenartiger Geschwindigkeit auf den Kopf des Königs, kletterte noch ein paar Fuß an der Kette empor und senkte die Fackel, um die Orang-Utans zu beleuchten, und schrie wiederum: »Ich werde bald herausfinden, wer sie sind!«

Und während nun die ganze Gesellschaft, die Affen mit einbegriffen, von Lachen durchschüttelt wurde, ließ der Spaßmacher einen schrillen Pfiff hören, worauf die Kette mit Heftigkeit ungefähr dreißig Fuß in die Höhe schnellte, die geängstigten, zappelnden Orang-Utans mit sich zog und in der Mitte zwischen dem Gewölbefenster und dem Fußboden hängen ließ. Hopp-Frosch, der sich an der Kette, als sie aufgezogen wurde, festgehalten hatte, hing also ein gut Stück über den acht Masken und hielt seine Fackel noch immer gesenkt, als sei nichts vorgefallen, als sei er noch immer bemüht, herauszubringen, wer sich hinter den Masken verstecke. Die Gesellschaft war über das Hinaufziehen der Kette so erstaunt, dass ein minutenlanges totales Stillschweigen entstand. Es wurde endlich durch ein leises, scharfes, knirschendes Geräusch unterbrochen, welches dem, das die Aufmerksamkeit des Königs und seiner Räte auf sich gezogen hatte, als der Tyrann der Trippetta den Wein ins Gesicht gegossen hatte, vollständig ähnlich war. Doch konnte jetzt kein Zweifel mehr darüber herrschen, woher der Ton kam. Er kam von den fangartigen Zähnen des Zwerges, der schäumenden Mundes mit ihnen knirschte und mit einem Ausdruck wahnsinniger Wut in die aufwärtsgewandten Gesichter des Königs und seiner sieben Minister starrte.

»Aha!«, sagte endlich der wutentbrannte Narr, »jetzt wird mir allmählich klar, wer diese Leute sind.«

Bei diesen Worten hielt er, als wolle er den König noch genauer betrachten, seine Fackel an die Flachshülle, die denselben umgab. Im Augenblick ging sie in Flammen auf, und in weniger als einer halben Minute standen alle Orang-Utans in hellem Brande. Die Menge unten schrie wild auf und blickte voll Entsetzen hinauf, ohne auch nur die geringste Hilfe leisten zu können.

Die Flammen, die immer heftiger wurden, nötigten den Narren bald, die Kette noch weiter hinaufzuklettern, um ihrem Bereich zu entfliehen. Während er dies ausführte, trat in der Menge ein erneutes kurzes Schweigen ein, das der Zwerg benutzte, um zu reden.

»Ich sehe jetzt deutlich«, sagte er, »was für Menschen sich hinter diesen Masken verbergen. Es ist ein großer König und seine sieben geheimen Kabinettsräte – ein König, der es wagte, ein hilfloses Mädchen zu misshandeln, und seine sieben Räte, die zu allem, was er Schimpfliches tat, Ja sagten. Und ich – ich bin nur Hopp-Frosch, der Narr, und dies hier ist mein letzter Scherz.«

Bei der leichten Verbrennbarkeit der beiden Stoffe, aus denen die Kostüme der Orang-Utans bestanden, war das Werk der Rache schon vollbracht, als der Zwerg seine kurze Ansprache beendet hatte. Die acht Körper hingen nur noch als eine rauchende, übel riechende Masse in ihren Ketten. Der Krüppel schleuderte seine Fackel auf sie herab, kletterte gelassen zur Decke empor und verschwand durch das Gewölbefenster.

Man nimmt an, dass Trippetta, die oben auf dem Dach stand, die Mitschuldige bei diesem feurigen Rachewerk ihres Freundes gewesen war und dass beide zusammen in ihre Heimat geflohen sind. Denn man hat keinen von beiden jemals wiedergesehen.

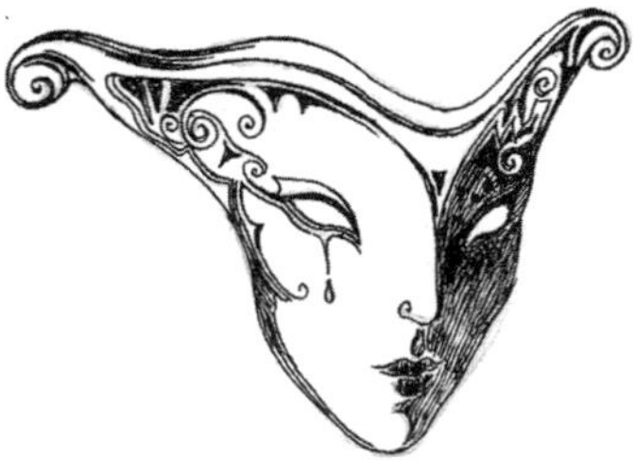

Ligeia

And the will therein lieth, which dieth not.
Who knoweth the mysteries of the will,
with its vigor?
For God is but a great will pervading all things
by nature of its intentness. Man doth not yield
himself to the angels, nor unto death utterly,
save only through the weakness of his feeble will.

JOSEPH GLANVILL

Ich kann mich bei meiner Seele nicht mehr erinnern wie, wann, noch wo ich die Lady Ligeia kennenlernte. Lange Jahre sind seit der Zeit verflossen, und bittere Leiden haben mein Gedächtnis geschwächt. Vielleicht kann ich mich auch bloß jetzt nicht mehr daran erinnern, da der Charakter meiner Geliebten, ihre seltsamen Kenntnisse, die Art ihrer so eigentümlichen, sanften Schönheit, und die scharfsinnige und sieghafte Beredsamkeit ihrer tiefen, musikalischen Stimme sich mit so gleichmäßigen, friedlichen, beständigen Schritten den Weg zu meinem Herzen gebahnt haben, dass ich nicht darauf achtete und dass es mir nie zum Bewusstsein kam.

Doch kommt es mir vor, als habe ich sie zum ersten Mal und noch viele Male nachher in einer großen, alten, verfallenen Stadt am Ufer des Rheins gesehen.

Ich glaube auch bestimmt, dass sie mir von ihrer Familie erzählt hat, und zweifle nicht, dass dieselbe außerordentlich alten Ursprungs war. – Ligeia! Ligeia! – In Studien vergraben, deren Natur mehr als alles andere geeignet ist, die Eindrücke der äußeren Welt abzuschwächen, genügt mir dies eine süße Wort: Ligeia, um das Bild der Abgeschiedenen vor meinen Augen wiedererstehen zu lassen.

Und jetzt, während ich schreibe, durchfährt mich plötzlich wie ein Blitz die Gewissheit, dass ich ihren Familiennamen überhaupt nie gewusst habe – den Namen der Teuren, die mir Freundin und Braut war, die mein Studiengenosse und endlich die Gattin meines Herzens wurde.

War es auf irgendeinen liebestörichten Wunsch meiner Ligeia geschehen – war es ein Beweis der Kraft meiner Zuneigung, dass ich mir niemals Auskunft über diesen Punkt verschaffte? Oder war es vielleicht eine Laune meinerseits – ein bizarres, romantisches Opfer auf dem Altar meiner leidenschaftlichen Anbetung?

Ich kann mich nur sehr dunkel auf die Tatsache selbst besinnen – ist es also erstaunlich, dass ich die Umstände, die sie hervorriefen und begleiteten, vollständig vergessen habe? Und in der Tat, wenn jemals der Geist der Seltsamkeit, wenn jemals die bleiche Ashtophet des götzendienerischen Ägypten mit ihren finsteren Schwingen unheilverkündend bei einer Hochzeit zugegen war, so war sie es bei der meinigen.

Doch – was Ligeia selbst, was ihr Äußeres anbetrifft, da ist mir mein Gedächtnis vollkommen treu geblieben: sie war hochgewachsen, schlank, ja, in ihren letzten Tagen sogar sehr abgemagert. Es wäre vergebliche Mühe, wollte ich die Majestät, die ruhige Gelassenheit ihrer Haltung, die unbegreifliche Leichtigkeit und Elastizität ihres Ganges beschreiben. Sie kam und ging wie ein Schatten. Ich bemerkte niemals, dass sie in mein Arbeitszimmer getreten war, wenn ich nicht die Musik ihrer sanften, tiefen Stimme vernahm oder ihre marmorweiße Hand auf meiner Schulter fühlte. Die Schönheit ihres Antlitzes ließ sich mit nichts auf Erden vergleichen. Sie war wie die Blüte eines

Opiumtraumes, wie eine unirdische, geisterhaft schöne, verzückte Vision, seltsamer und himmlischer als die Traumgebilde, die durch die schlummernden Seelen der Mädchen von Delos ziehen. Doch waren ihre Züge nicht von jener Regelmäßigkeit, die man uns in den Schöpfungen des Heidentums falscherweise zu bewundern gelehrt hat. ›Es gibt keine erlesene Schönheit‹, sagt Lord Verulam einmal, als er von allen Formen und Arten der Schönheit spricht, ›ohne eine gewisse *Seltsamkeit* in der Proportion.‹ Obwohl ich jedoch sah, dass die Züge Ligeias nicht von klassischer Regelmäßigkeit waren, obwohl ich fühlte, dass ihre Schönheit erlesen und von jener Seltsamkeit vollständig durchdrungen schien, bemühte ich mich vergebens, diese Unregelmäßigkeit zu entdecken und den Sitz jenes Seltsamen zu ergründen.

Ich studierte die Umrisse ihrer hohen, bleichen Stirn – sie war tadellos! Wie kalt klingt dies Wort, auf so viel göttliche Majestät angewandt –, ihre Hautfarbe, die mit dem reinsten Elfenbein wetteiferte, die imposante Breite, die Ruhe ihrer Schläfen, die graziösen Hügel über denselben, und dann jene rabenschwarze, schimmernde, üppige Fülle natürlich gelockten Haares, auf welches das Homerische Wort ›hyazinthenfarbenes Haar‹ eigens geprägt schien.

Ich betrachtete die zarten Linien der Nase und entsann mich nicht, irgendwo, außer vielleicht in den Gesichtern auf alten hebräischen Medaillons, eine ähnliche Vollkommenheit gefunden zu haben. Sie hatte diese weiche, köstliche Oberfläche, diese gleiche, kaum noch wahrnehmbare Neigung zu einer kleinen Biegung, dieselben harmonisch gerundeten Nasenflügel, die auf einen freien Geist hindeuten. Ich betrachtete ihren Mund, der ein Triumph aller himmlischen Dinge zu sein schien, den glorreichen Bogen der kurzen Oberlippe, die sanfte, üppige Ruhe der Unterlippe, die Grübchen, die spielten, und die Farbe, die sprach, die Zähne, die mit blendendem Glanze jeden Strahl des gesegneten Lichtes zurückwarfen, das ihr ruhiges, heiteres und zugleich blendendes, triumphierendes Lächeln auf sie legte.

Ich erforschte die Form ihres Kinns – und fand auch da Grazie in seiner Breite, Sanftheit in seiner Majestät, Fülle und griechische Geistigkeit – jene Linie, die der Gott Apollo nur im Traume dem Cleomenes, dem Sohne des Cleomenes aus Athen, zeigte; und dann forschte ich in Ligeias großen Augen.

Für Augen finden wir in dem fernen Altertum kein Vorbild. Vielleicht barg Ligeias Schönheit gerade in ihnen jenen geheimen Reiz der Seltsamkeit, von der Lord Verulam spricht. Sie waren, glaube ich, größer als gewöhnlich die Augen der Menschen sind; und schöner geschnitten als die schönen Augen der Gazellen aus dem Tale Nourjahad. Aber nur hin und wieder, in den Momenten äußerster Erregung, wurde dies Besondere in ihnen deutlich wahrnehmbar. In diesem Augenblick war Ligeias Schönheit – es schien wenigstens meinen entflammten Blicken so – ganz unirdisch, wie die der erträumten Huris der Türken. Ihre Pupillen waren von strahlendstem Schwarz, von ebenholzfarbenen Wimpern tief überschattet, und die Brauen von leicht unregelmäßiger Zeichnung hatten die gleiche Farbe. Doch war das Seltsame, das ich in den Augen fand, unabhängig von ihrer Form, ihrer Farbe und ihrem Glanz – ich konnte es nur dem Ausdruck zuschreiben.

Ach, ein Wort ohne Sinn! Eine große Leere, in die sich all unsere Unwissenheit auf dem Gebiete des Seelischen rettet.

Der Ausdruck der Augen Ligeias! – Wie lange Stunden habe ich über ihn nachgegrübelt? Wie manche lange Sommernacht hindurch mich bemüht, ihn zu ergründen? Was war es, dies unbestimmte Etwas, das, tiefer als in den Brunnen des Demokritos, auf dem Grunde der Augen meiner Geliebten verborgen lag? Was war es? Ich war wie besessen von dem leidenschaftlichen Wunsch, es zu enträtseln. Diese

Augen! Diese großen, strahlenden, himmlischen Pupillen! Sie wurden für mich das Zwillingsgestirn der Leda, und ich war ihr eifrigster Sterndeuter.

Unter den zahlreichen und unverständlichen Anomalien in der Wissenschaft der Psychologie gibt es wohl keinen Punkt, der uns mehr beschäftigen und erregen könnte als die Tatsache, dass wir, wenn wir uns auf etwas lang Vergessenes besinnen wollen, oft bis dicht an die Ufer der Erinnerung kommen, ohne uns in Wirklichkeit und völlig erinnern zu können. Und wie oft fühlte ich, wenn ich so saß und über Ligeias Augen nachsann, wie die Erkenntnis der Bedeutung ihres Ausdrucks bis dicht an mich herankam! Ich fühlte, wie sie sich näherte, ohne mich jemals zu erreichen, wie sie vollständig entschwand, da ich sie eben zu erfassen glaubte! Und seltsames, oh, seltsamstes aller Geheimnisse: Ich habe in den gewöhnlichsten Gegenständen auf der Welt eine ganze Reihe von Analogien für diesen Ausdruck gefunden. Ich meine damit, dass ich nach der Zeit, in der Ligeias Schönheit meinen Geist durchdrungen hatte und in diesem wie in einem Reliquienschrein ruhte, beim Anblick verschiedener Erscheinungen der äußeren Welt eine Empfindung verspürte, die der ähnlich war, die sich unter dem Einfluss ihrer großen, leuchtenden Pupillen über mich und in mir verbreitete.

Doch ist es mir ganz unmöglich, dies Gefühl zu definieren oder zu analysieren; ich kann nicht einmal behaupten, dass ich es genau empfunden habe.

Ich glaubte es nur zuweilen in dem Anblick einer schnell emporgeschossenen Weinrebe wiederzuerkennen oder in der Betrachtung eines Falters, einer Larve, eines schnell dahinschießenden Wassers. Ich fand es im Ozean wieder oder beim Fall eines Meteors, ich empfand es in den Blicken mancher außerordentlich alter Menschen. Am Firmament gibt es einen oder zwei Sterne (ich denke besonders an ein flackerndes Doppelgestirn sechster Größe, das man am nördlichen Himmel nahe bei der Leier finden wird), die in mir, so oft ich sie durch das Teleskop betrachtete, eine gleiche Empfindung herstellten. Ich fühlte mich von ihr durchdrungen bei gewissen Tönen von Saiteninstrumenten und manchmal auch bei Stellen aus meiner Lektüre. Unter zahlreichen Beispielen erinnere ich mich besonders lebhaft einiger Sätze aus einem Buche Glanvills, die (vielleicht nur wegen ihrer Bizarrerie – wer weiß?) mit Sicherheit dies Gefühl in mir erweckten ›... Und der Wille liegt darin, der nicht stirbt. Wer kennt die Geheimnisse des Willens und seine Macht? Denn Gott ist nur ein großer Wille, der alle Dinge mit der ihm eigenen Kraft durchdringt. Lediglich aus Willensschwäche überliefert sich der Mensch dem Tode.‹

Im Laufe der Zeit und durch langes Nachdenken gelangte ich dahin, gewisse entfernte Beziehungen zwischen diesem Ausspruch des englischen Philosophen und einem Teile von Ligeias Wesen zu entdecken. Eine besondere Intensität im Denken, Tun und Reden war bei ihr vielleicht das Ergebnis oder wenigstens das äußere Zeichen jener übermenschlichen Willenskraft, die während unseres langen Zusammenlebens noch andere und deutlichere Beweise ihres Daseins hätte geben können. Von allen Frauen, die ich je gekannt, war sie, die immer gelassene Ligeia mit dem ruhevollen Wesen, die schmerzzerrissene Beute der Geier wütendster Leidenschaftlichkeit. Ich ahnte diese Leidenschaftlichkeit nur aus der wunderbaren Ausstrahlung ihrer Augen, die mich zugleich entzückten und erschreckten, aus der zauberhaften Klangfarbe und Ruhe ihrer tiefen Stimme – ich folgerte sie aus der wilden Kraft der bizarren Worte, die sie oft aussprach und deren Wirkung durch den Kontrast zwischen ihrem Inhalt und ihrem Klang noch verdoppelt wurde.

Ich habe von den Kenntnissen Ligeias schon gesprochen: Sie waren fast unbegrenzt – so wie ich sie ähnlich nie bei einer Frau gefunden habe. Sie beherrschte die klassischen Sprachen auf das Gründlichste, und, soweit mein Urteil über die modernen Sprachen Europas reicht, war sie auch ihrer so mächtig, dass sie nie eine Unrichtigkeit beging. Überhaupt, bei welchem Thema der so viel gerahmten akademischen Gelehrsamkeit habe ich jemals bei Ligeia einen Irrtum bemerkt? Wie sehr zog diese Seite im Wesen meiner Frau, besonders in der letzten Periode ihres Lebens, meine Aufmerksamkeit auf sich! Ich sagte schon, dass ihr Wissen das jeder anderen Frau, die ich kennengelernt, weit übertraf, aber wo ist der Mann, der mit Erfolg das ganze ungeheure Feld der moralischen, physischen und mathematischen Wissenschaft bebaut hat? Damals sah ich noch nicht, was ich jetzt klar bemerke, dass Ligeias Gelehrsamkeit erstaunlich, geradezu beispiellos war; doch hatte ich schon ein genügendes Bewusstsein ihrer unendlichen Überlegenheit, um mich zu bescheiden und mich mit kindlichem Vertrauen von ihr durch die chaotische Welt der Erforschung des Übersinnlichen, mit der ich mich in den ersten Jahren unserer Verheiratung lebhaft beschäftigte, leiten zu lassen. Mit welch ungeheurem Triumph, mit welch innigem Entzücken, mit welch himmlischer Hoffnung fühlte ich – während Ligeia an meiner Seite an diesen so wenig gepflegten und gekannten Studien teilnahm –, wie sich mir allmählich jene wunderbare Fernsicht auftat, jener weite, kostbare, jungfräuliche Pfad, auf dem ich endlich zum Sitz einer Weisheit gelangte, die zu köstlich, zu göttlich ist, um nicht verboten zu sein!

Mit welch herzzerreißendem Schmerz sah ich nach einigen Jahren meine so fest begründeten Hoffnungen auf schnellen Schwingen entfliehen! Ohne Ligeia war ich nur ein Kind, das unsicher in finsterer Nacht umhertappt. Nur ihre Gegenwart, nur ihr Beistand konnte mir die dunklen Geheimnisse der übersinnlichen Welt, in die wir uns versenkt hatten, mit lebendigem Licht erhellen. Ohne den Strahlenglanz ihrer Augen wurde diese ganze Wissenschaft, die mir bis dahin goldene Flügel verliehen hatte, düster und eine drückende Last. Ihre schönen Blicke beglänzten immer seltener die Seiten, die ich mich emsig zu entziffern bemühte. Ligeia wurde krank. Ihre seltsamen Augen flammten in zu strahlendem Feuer, die bleichen Finger nahmen die wächserne Farbe des Grabes an und bei der leisesten Erregung schlugen die blauen Adern ungestüm an ihre hohe, weiße Stirn. Ich sah, dass sie sterben musste, und kämpfte im Geiste verzweifelt mit dem düsteren Azrael.

Die Kämpfe dieses leidenschaftlichen Weibes waren zu meinem Erstaunen noch erbitterter als die meinigen. Etwas in ihrer starken Natur hatte mich glauben gemacht, der Tod werde sich ihr wohl ohne seine Schrecken nahen. Es war nicht so; Worte sind zu schwach, eine Vorstellung von der Wildheit und Zügellosigkeit des Widerstandes zu geben, den sie im Kampf mit dem Schatten entfaltete. Ich seufzte oft angstvoll auf bei diesem trauervollen Schauspiel. Ich wollte sie beruhigen, wollte ihr mit Vernunftgründen Trost zusprechen, aber bei der wilden Heftigkeit ihres Verlangens, zu leben – zu leben, nur zu leben! –, waren Vernunft und Tröstung äußerste Torheit. Doch bis zu ihrem letzten Augenblick und unter den Qualen und Willenskrämpfen ihres wilden Geistes verleugnete sich nie die äußere Ruhe ihres Wesens. Ihre Stimme wurde sanfter, tiefer; ich wollte den bizarren Sinn der Worte, die sie mit so viel Ruhe aussprach, nicht verstehen. Mein Herz drohte zu zerspringen, wenn ich einmal, hingerissen, dieser übermenschlichen Melodie lauschte – ihrem Lebensverlangen und ihrer Daseinssehnsucht, die die Menschheit ähnlich bis dahin noch nicht gekannt hat.

Dass sie mich liebte, bezweifelte ich nicht; auch wusste ich genau, dass in einem solchen Herzen die Liebe nicht wie eine gewöhnliche Leidenschaft thronen könne. Aber erst bei ihrem Tode empfand ich die ganze Macht ihrer Neigung. Manche Stunde lang, während ihre Hand in der meinen ruhte, goss sie die Überfülle ihres Herzens vor mir aus, des Herzens, dessen mehr als leidenschaftliche Liebe an göttliche Verehrung grenzte. Womit hatte ich die Seligkeit, solche Geständnisse zu hören, verdient? Womit die Verdammnis, die Geliebte in der Stunde, da ich sie vernahm, verlieren zu müssen? Doch hierüber zu reden, kann ich nicht ertragen. Ich will nur noch sagen, dass ich in der mehr als weiblichen Hingebung Ligeias an eine Liebe, die nicht verdient war und die sie ganz als Geschenk gewährte, endlich den Antrieb ihres ungezügelten Willens zu dem Dasein, das jetzt so schnell entfloh, entdeckte. Dies uferlose Verlangen, diesen wilden Wunsch nach Leben – nur nach Leben! – zu beschreiben, habe ich nicht die Macht und hat die Sprache keine Worte!

Mitten in der Nacht, in der sie starb, rief sie mich an ihr Lager und ließ mich einige Verse sprechen, die sie wenige Tage vorher verfasst hatte. Hier sind sie:

Seht! Diese Festesnacht
In langer Jahre trübem Lauf!
Ein Engelchor, beschwingt, verhüllt,
Und tränenüberströmt
Sitzt in dem Schauspielhaus und lauscht
Dem Spiel voll Hoffnung und voll Furcht,
Und das Orchester seufzt dazu
Die Melodie der Sphären.

Schauspieler nach des Höchsten Bild
Murmeln und flüstern leis

Und gehen nach rechts und gehen nach links;
Nur Puppen sind's. Sie stehn und wandeln
Nach körperloser Wesen Wunsch,
Die stets des Schauspiels Ort verändern.
Aus ihren Condorflügeln sinkt
Unsichtbar Weh.

Buntscheck'ges Drama! – Nimmermehr
Wird es vergessen werden!
Nie sein Phantom, dem eine wilde Menge
Seit Ewigkeit schon in den Kreis,
Der selbst sich wieder in sich schließt,
Nachjagt und es doch nie erreicht!
Nie all die Torheit, all die Sünde,
Der Schrecken nie, des Stückes Seele.

Doch sieh! ein kriechend Wesen schleicht
Jetzt langsam auf die Menge zu –
Von Blut gerötet wand es sich
Aus einer Höhle Einsamkeit.
Es naht! – Es naht! Zum Fraße raubt's
Die angstzerquälten Spieler sich,
Die Seraph' seufzen, da des Wurmes Zahn
Des Menschen Leib benagt.

Die Lichter löschen alle – alle,
Und über jede schaudernde Gestalt
Sinkt mit des Sturmes Macht
Der Vorhang hin – ein endlos Leichentuch –
Die Engel, bleich und blass,
Erheben und entschleiern sich,
Und nennen dieses Drama ›Mensch‹,
Und seinen Held den ›Sieger Wurm‹.

Als ich diese Verse beendet hatte, schrie Ligeia auf, sprang auf ihre Füße und reckte die Arme wie im Krampfe zum Himmel empor. »O Gott!«, rief sie aus, »o himmlischer Vater! Werden sich diese Dinge unabänderlich immer wieder erfüllen? – Wird dieser Sieger niemals besiegt werden? Sind wir nicht ein Teil, ein Hauch von Dir? Wer kennt die Geheimnisse des Willens und seine Macht? Lediglich aus Willensschwäche überliefert sich der Mensch dem Tode.«

Dann ließ sie, wie erschöpft von der Erregung, ihre weißen Arme sinken und begab sich feierlich auf ihr Todesbett. Und mit ihren letzten Zügen entrang sich ihren Lippen ein undeutliches Murmeln. Ich horchte hin und vernahm noch einmal den Schluss der Worte Glanvills: ›Nur aus Willensschwäche – überliefert sich der Mensch – dem Tode.‹

Sie starb; und ich, vernichtet, schmerzzermalmt, konnte die qualvolle Einsamkeit meiner Wohnung in der verlassenen Stadt am Rhein nicht länger ertragen. Ich hatte keinen Mangel an dem, was die Welt Glücksgüter nennt. Ligeia hatte mir viel hinterlassen, mehr, als das Schicksal im Allgemeinen den Sterblichen zuteilt. Nach einigen Monaten müden, ziellosen Umherirrens in der Welt erwarb ich mir in einem ganz unkultivierten, wenig besuchten Teil des schönen England eine Abtei, deren Namen ich nicht nennen will. Die finstere, traurige Großartigkeit des Gebäudes, der Anblick der fast wilden Landschaft, die melancholischen und ehrwürdigen Erinnerungen, die sich an den Ort knüpften, passten gut zu dem Gefühl gänzlicher Verlassenheit, das mich in diese einsame, entlegene Gegend getrieben hatte.

Während ich an dem fast unversehrten Äußeren der Abtei keinerlei Änderung vornahm, entfaltete ich im Inneren mit fast kindischer Krankhaftigkeit und vielleicht auch mit der schwachen Hoffnung, meine Gedanken etwas zu zerstreuen, eine mehr als königliche Pracht.

Seit früher Kindheit hatte ich viel Geschmack an dergleichen Torheiten, jetzt tobte sich mein Schmerz in ihnen aus. Ach, ich weiß, man hätte einen Anfang von Wahnsinn in der Vorliebe für jene kostbaren fantastischen Draperien entdecken können – in dem Geschmack an feierlichen ägyptischen Skulpturen, an bizarren Gesimsen und Möbeln, an den extravaganten Arabesken meiner golddurchwirkten Teppiche! Ich stand jetzt ganz unter der Herrschaft des Opiums, und alle meine Arbeiten und Pläne atmeten den Geist meiner Träume. Aber ich will nicht bei den Einzelheiten solcher Fantastereien verweilen. Nur von jenem auf ewig verfluchten Zimmer will ich noch sprechen, in das ich in einem Anfall von Wahnsinn die blonde, blauäugige Lady Rowena Trevanion von Tremaine als meine Gattin – als die Nachfolgerin der unvergesslichen Ligeia – einführte.

Jede geringste Einzelheit in der Architektur oder der Ausschmückung des hochzeitlichen Gemaches steht mir noch klar vor Augen. Was dachte sich nur eigentlich die hochmütige Familie meiner Braut, als sie, von Goldgier gestachelt, ihrer geliebten Tochter gestattete, die Schwelle eines Zimmers zu überschreiten, das auf so seltsame Weise geschmückt war?

Ich sagte schon, die Einrichtung des Gemaches ist mir bis ins Kleinste vollständig gegenwärtig, obgleich mein trauriges Gedächtnis sehr oft Dinge von größerer Wichtigkeit nicht aufbewahrt hat. Und doch war in seiner fantastischen Pracht weder Harmonie noch ein System, das sich mir besonders hätte einprägen können. Das Zimmer lag in einem hohen Turm, welcher zu der wie eine Burg befestigten Abtei gehörte. Es war fünfeckig und äußerst geräumig. Die ganze südliche Seite des Fünfecks nahm ein großes Fenster ein, das aus einer einzigen riesigen venezianischen Scheibe von dunkler Farbe bestand, sodass die Sonnen- und Mondstrahlen, die hindurchfielen, nur ein trübes, geisterhaftes Licht auf die Gegenstände im Inneren warfen.

Die Decke aus fast schwarzem Eichenholz war außerordentlich hoch, gewölbt und von fantastischen, grotesken Ornamenten in halb gotischem, halb druidenhaftem Stil durchzogen. Aus der Mitte der melancholischen Wölbung hing an einer goldenen Ringkette eine große Lampe aus demselben Metall herab; sie erinnerte an ein Weihrauchfass, war nach sarazenischem Geschmack gearbeitet und vielfach durchbrochen, sodass das Licht in Schlangenlinien durch das kapriziöse Goldgeflecht hindurchkroch.

An verschiedenen Stellen waren kostbare Ottomanen und orientalische Kandelaber aufgestellt, und das Bett – das hochzeitliche Bett – war ebenfalls in indischem Stil gehalten, niedrig, aus massivem Ebenholz geschnitzt und von einem dunklen Baldachin, der den Eindruck eines Leichentuches machte, überschattet. In den Winkeln des Zimmers erhoben sich mächtige Sarkophage; man hatte sie in uralten Königsgräbern gefunden, und in ihre Deckel waren unvergängliche Zeichen eingegraben. Doch den fantastischsten Anblick bot die Bekleidung der Wände. Sie waren ganz unverhältnismäßig hoch und von oben bis unten mit schweren Tapisserien behangen, die aus demselben Stoffe bestanden, aus dem auch die Bezüge der Ottomanen und des Ebenholzbettes, der Betthimmel, der Teppich und die schweren Vorhänge, die einen Teil des Fensters verhüllten, hergestellt waren – einem reichen Goldstoff, in den in unregelmäßigen Zwischenräumen arabeskenhafte Figuren von ungefähr einem Fuß Durchmesser hineingewebt waren, die sich tiefschwarz von dem goldenen Grunde abzeichneten. Aber die Figuren hatten nur dann arabeskenhaften Charakter, wenn man sie von einem einzigen Punkt aus betrachtete. Durch ein heute allgemein bekanntes Verfahren, dessen Spuren man jedoch bis ins fernste Altertum verfolgen kann, waren sie so geartet, dass sich ihr Äußeres veränderte. Trat jemand in das Zimmer ein, so erschienen sie ihm einfach als monströse Hässlichkeiten; ging er weiter vor, so verschwand die Starrheit nach und nach, und Schritt vor Schritt sah er sich von einer endlosen Prozession grässlicher Wesen umgeben, wie sie der Aberglaube des Nordens erdacht oder wie sie in den sträflichen Träumen der Mönche erstehen mögen. Dieser spukhafte Eindruck wurde noch erhöht durch einen starken künstlichen Luftzug, den ich hinter die Wandbekleidung hatte einfahren lassen und der dem Ganzen eine schauderhafte, unruhige Lebendigkeit verlieh.

Dies also war die Wohnung, dies war das hochzeitliche Gemach, in dem ich mit der Lady Rowena die gottlosen Stunden des ersten Monats unserer Verheiratung verlebte – ohne zu viel Unruhe verlebte. Ich konnte mir nicht verhehlen, dass meine Frau sich vor meiner wilden Gemütsart fürchtete, dass sie mir auswich, dass sie mich nur sehr mäßig liebte – aber das freute mich fast. Ich hasste sie mit einem Hasse, der eher einem Dämon als einem Menschen zuzutrauen war. All meine Gedanken wandten sich – mit welch bohrendem Schmerz! – zu Ligeia zurück, zu der Geliebten, der Hohen, der Schönen, der Toten! Ich schwelgte in Erinnerungen an ihre Reinheit, ihre Weisheit, an ihr erhabenes himmlisches Wesen, an ihre leidenschaftliche, anbetende Liebe. In meiner Seele brannten jetzt glühendere, verzehrendere Flammen als je in der ihren. In der Erregung meiner Opiumträume – ich war jetzt ganz und gar zum Sklaven des Giftes geworden – rief ich mit lauter Stimme ihren Namen durch das Schweigen der Nacht oder tags durch die einsamen Schattenwege des Tales, als hätte ich sie durch die wilde Kraft, die feierliche Leidenschaft und die verzehrende Sehnsucht meiner Liebe wieder auf die Pfade des Lebens zurückrufen können, die sie verlassen – für immer? War es möglich, für immer?

Zu Anfang des zweiten Monats unserer Verheiratung wurde Lady Rowena von einer plötzlichen Krankheit angefallen, von der sie sich nur langsam erholte. Ein verzehrendes Fieber bereitete ihr schlaflose Nächte, und in der Unruhe des Halbschlummers sprach sie von Tönen und Bewegungen, die sie in dem Turmzimmer wahrnähme und die ich nur ihrer kranken Fantasie oder vielleicht dem spukhaften Äußern des Gemaches zuschreiben konnte.

Nach längerer Zeit trat eine Besserung ein, und endlich schien sie ganz wiederhergestellt.

Doch schon nach kurzen Wochen warf sie ein zweiter, heftiger Anfall, von dem sich ihre schwache Konstitution nie mehr erholte, von Neuem auf ihr Schmerzenslager. Seit dieser Zeit zeigte ihre Krankheit einen höchst beunruhigenden Charakter, und noch beunruhigendere Rückfälle machten die ganze Wissenschaft und alle Anstrengungen der Ärzte zunichte. In demselben Grade, in dem ihr Übel fortschritt, wuchs ihre nervöse Reizbarkeit. Die allergewöhnlichsten Gegenstände flößten ihr oft eine wilde Furcht ein, sie sprach immer häufiger und beharrlicher von leisen Geräuschen, von seltsamen Bewegungen der Vorhänge, die sie erschreckten, ängstigten. Eines Nachts, gegen Ende September, machte sie mich mit außergewöhnlicher Erregung auf solch unheimliche Vorgänge aufmerksam. Sie war eben aus einem unruhigen Schlummer aufgefahren. Ich saß am Kopfende des Ebenholzbettes auf einem indischen Diwan und hatte das Mienenspiel ihres abgemagerten Gesichtes mit Besorgnis und vagem Schreck beobachtet. Sie richtete sich halb auf und sprach in angstvollem Flüstern von allerlei Tönen, die sie vernähme – ich hörte sie nicht –, von Bewegungen, die sie bemerkte, und die ich nicht sah.

Der Luftzug strich lebhaft hinter den Wandbekleidungen dahin, und ich bemühte mich, ihr begreiflich zu machen – ich muss gestehen, ich glaubte es selbst nicht ganz –, dass diese kaum hörbaren Seufzer, diese kaum wahrnehmbaren Veränderungen der Gestalten an der Wand nur die natürliche Wirkung des gewohnten Luftzuges seien.

Aber eine tödliche Blässe, die über ihr Gesicht lief, sagte mir, dass alle meine Anstrengungen, sie zu beruhigen, fruchtlos sein würden. Sie schien in Ohnmacht zu sinken. Was war zu tun? Einen Dienstboten hatte ich nicht in der Nähe.

Da entsann ich mich plötzlich, dass ich eine Flasche leichten Weines, den ihr die Ärzte einmal verschrieben hatten, aufbewahrt hatte, und durchschnitt das Zimmer, um ihn zu holen. Aber gerade als ich unter dem Licht der Lampe stand, erregten zwei sonderbare Umstände meine Aufmerksamkeit. Ich fühlte, dass irgendetwas Greifbares wiewohl Unsichtbares meine Gestalt leicht streifte, und sah auf dem goldfarbenen Teppich, gerade inmitten der reichen Strahlen, die das Weihrauchfass entsandte, einen Schatten liegen – einen schwachen unbestimmten Schatten von engelhafter Schönheit –, so zart, wie man sich vielleicht den Schatten eines Schattens vorstellen kann.

Aber da ich gerade an den Folgen einer übertrieben starken Dosis Opium litt, legte ich diesen Erscheinungen nur wenig Wichtigkeit bei und erwähnte sie Rowena gegenüber nicht.

Ich fand den Wein und durchschnitt von Neuem das Zimmer, füllte ein Trinkgefäß und näherte es den Lippen meiner halb ohnmächtigen Gattin. Sie schien sich jedoch ein wenig erholt zu haben und ergriff das Glas selbst, während ich mich, die Blicke besorgt auf sie gerichtet, wieder auf die Ottomane niederließ.

Da vernahm ich ganz deutlich leise Schritte in der Nähe des Bettes, und eine Sekunde später, als Rowena den Becher an ihre Lippen erhob, sah ich – ich mag es auch geträumt haben –, wie drei oder vier Tropfen einer glänzenden, rubinfarbenen Flüssigkeit, gleichsam aus einer unsichtbaren Quelle, die in der Luft des Zimmers zu entspringen schien, in den Wein fielen.

Rowena bemerkte es jedenfalls nicht, denn sie trank ohne Zögern, und ich hütete mich wohl, ihr meine Beobachtung zu erzählen, die ja nur eine Vorspiegelung meiner Einbildungskraft sein konnte, deren krankhafte Tätigkeit durch das Opium, die späte Nachtstunde und die schreckhaften Worte meiner Frau aufs Höchste gesteigert worden war.

Doch konnte ich mir nicht verbergen, dass sich in Rowenas Krankheit unmittelbar nach dem Fall der Rubintropfen eine Wendung zum Schlimmen vollzog. In der übernächsten Nacht bereiteten die Hände meiner Bedienten für sie das Grab, und in der dann folgenden saß ich allein in dem fantastischen Zimmer, das sie als Braut empfangen, neben ihrem in Totenschleier gehüllten Leichnam. Seltsame Visionen, die das Opium erzeugte, umschwebten mich wie Schatten. Mein unruhiger Blick schweifte über die Sarkophage, in die Ecken des Zimmers, über die bewegten Fratzen der Draperien und die schlangenförmigen Lichtstreifen der hängenden Lampe. Ich dachte an die Ereignisse jener kurz vergangenen Nacht, und meine Augen wandten sich dem glänzenden Lichtkreis zu, in dem ich den leichten Schatten bemerkt hatte. Jetzt war er nicht mehr zu erkennen; ich

atmete tief auf und blickte auf die bleiche, starre Gestalt, die auf dem Bett ausgestreckt lag. Da fühlte ich, wie tausend Erinnerungen an Ligeia in mir hochwogten; tobend wie eine Meeresflut stürzte der ganze unermessliche Schmerz, den ich empfunden, als ich *sie* im Leichentuch gesehen, über mein Herz. – Es wurde tiefe Nacht, und immer noch saß ich regungslos, die Blicke auf Rowena gerichtet, in Gedanken an Ligeia, die einzige, übermenschlich Geliebte.

Es mochte wohl Mitternacht sein, vielleicht etwas früher oder etwas später, ich hatte nicht auf die Zeit geachtet, als ein sehr leiser, sehr leichter, aber ganz deutlicher Seufzer mich aus meinen Träumereien auffahren ließ. Ich fühlte, er kam von dem Ebenholzbett, von dem Totenbett. Ich lauschte, in abergläubischer Angst, aber das Geräusch wiederholte sich nicht. Ich strengte meine Augen an, um irgendeine Bewegung in dem Leichnam zu entdecken, aber ich bemerkte nicht das Geringste. Und doch konnte ich mich unmöglich getäuscht haben – ich hatte das Geräusch deutlich gehört und war vollständig wach.

Angestrengt und mit äußerster Spannung beobachtete ich den Körper, aber es verflossen mehrere Minuten ohne irgendein Ereignis, das Licht in dies Geheimnis hätte bringen können.

Nach einiger Zeit jedoch bemerkte ich, dass eine leichte, kaum sichtbare Färbung in die Wangen gestiegen war und sich die kleinen Adern der Augendeckel entlangzog. Grauen und Entsetzen packte mich, ich fühlte, wie mein Herz zu schlagen aufhörte und meine Glieder vor Schreck erstarrten.

Doch gab mir endlich mein Pflichtgefühl die Kaltblütigkeit zurück. Ich konnte nicht länger zweifeln, dass unsere Anstalten zum Leichenbegängnis verfrüht gewesen waren, dass Rowena noch lebte. Wiederbelebungsversuche waren dringend geboten, doch war, wie gesagt, kein Dienstbote in der Nähe, da mein Turm von dem Teil der

Abtei, den die Dienerschaft bewohnte, vollständig getrennt lag. Wollte ich jemanden herbeiholen, so musste ich das Zimmer auf mehrere Minuten verlassen; und das durfte ich nicht wagen. Ich bemühte mich also allein, die entschwebende Seele zurückzurufen und zu halten. Aber nach einigen Sekunden trat ein offenbarer Rückfall ein, die Farbe verschwand aus den Wangen und Lidern, sie wurden bleicher als Marmor, und die Lippen pressten sich mit verdoppelter Kraft aufeinander und nahmen wieder den gespenstisch zusammengeschrumpften Ausdruck des Todes an; eine grauenhafte Kälte und Feuchtigkeit verbreitete sich bald über die ganze Oberfläche des Körpers, vollständige Leichenstarre trat ein.

Ich sank schaudernd auf mein Ruhebett, von dem ich so angstvoll aufgeschreckt war, zurück und überließ mich aufs Neue meinem leidenschaftlichen Gedenken an Ligeia.

So verfloss eine Stunde, als ich – großer Gott, wie war es nur möglich – von Neuem ein verwehendes Geräusch vom Bett her vernahm. In maßlosem Entsetzen horchte ich wieder hin und hörte den Ton zum zweiten Mal – es war ein Seufzer. Ich eilte auf den Leichnam zu und sah – sah deutlich –, dass seine Lippen zitterten. Eine Minute später teilten sie sich und entblößtem eine glänzende Reihe perlmutterner Zähne. Ein grenzenloses Erstaunen kämpfte in meinem Geiste mit einem maßlosen Schreck. Ich fühlte meinen Blick sich verdunkeln und mein Bewusstsein schwinden, und nur durch eine gewaltige Willensanstrengung gelang es mir, mich zum Handeln aufzuraffen. Stirn, Wangen und Hals Rowenas zeigten eine schwache Lebensfarbe, eine fühlbare Wärme durchdrang den ganzen Körper, und in der Herzgegend machte sich ein leiser Pulsschlag bemerkbar. Sie lebte! Und mit verdoppeltem Eifer versuchte ich durch jedes Mittel, das mich die Erfahrung und meine ausgedehnte Lektüre medizinischer Schriften gelehrt hatte, sie zum Bewusstsein zu bringen. Plötzlich jedoch verschwand die Farbe wieder, der Puls stand still, die Lippen pressten sich wie im Todeskrampf aufeinander, und ein paar Sekunden später war der Körper eiskalt, feucht, leichenfarben und starr und zeigte all die grauenhaften Merkmale eines Leichnams, der schon seit Tagen das Grab bewohnt.

Und wieder versank ich in Träume, träumte von Ligeia, und von Neuem – ist es verwunderlich, dass ich zittere, da ich dies schreibe? – von Neuem tönte ein erstickter Seufzer vom Bett her an mein Ohr. Doch wozu soll ich die unbeschreiblichen Grässlichkeiten dieser Nacht aufzählen? Wozu soll ich erzählen, wie oft sich bis zur Dämmerung dies grauenhafte Schauspiel des Wiederauferstehens erneuerte; wie jeder der erschreckenden Rückfälle einen starreren, tieferen Tod zur Folge hatte; dass jedem neuen Todeskampf ein neuer, grausigerer Verfall des Körpers folgte? Ich beeile mich, zum Ende zu kommen.

Der größte Teil der Schreckensnacht war vergangen, und die, die tot war, bewegte sich wieder einmal, und zwar jäher, heftiger denn zuvor. Ich hatte schon seit Langem jeden Versuch, ihr zu helfen, aufgegeben und blieb wie gebannt auf meiner Ottomane sitzen, von einem Wirbelsturm qualvollen Entsetzens gefasst. Der Körper bewegte sich wieder – mit seltsamer Schnelle schoss Farbe in das Antlitz, die Starre der Glieder löste sich, und wären die Totenbinden und Leichentücher nicht gewesen, ich hätte geglaubt, dass Rowena zum Leben erwacht sei. Und nun musste auch mein letzter Zweifel schwinden, als das leichentuchumhüllte Wesen sich vom Bett erhob und schwankend, mit schwachen Schritten, mit geschlossenen Augen, wie jemand, der im Schlafe wandelt – aber gerade und entschlossen – in die Mitte des Zimmers schritt.

Ich zitterte nicht, ich rührte mich nicht, denn eine Flut unausdenkbarer Gedanken, die das Aussehen, die Gestalt und der Gang des

Phantoms in mir erweckten, stürzte über mich. Eine wahnsinnige Verwirrung, ein nicht zu bändigender Tumult rang in meinem Hirn. War das die *lebendige* Rowena, die ich da sah? War es Rowena *überhaupt* – die blondhaarige, blauäugige Lady Rowena Trevanion von Tremaine? Weshalb, ja, *weshalb* zweifelte ich daran? Eine schwere Binde verhüllte ihren Mund – weshalb sollte das nicht der Mund der Lady von Tremaine sein? Und die Wangen? Ja, sicher waren es die Rosenwangen Rowenas. Und das Kinn, mit den Grübchen voll Gesundheit, sollte es nicht das ihre sein? – Aber: *War sie denn während ihrer Krankheit gewachsen?* Wie Wahnsinn durchschoss es mich bei diesem Gedanken. Mit einem Sprung lag ich zu ihren Füßen. Sie wich meiner Berührung aus und befreite ihr Haupt aus dem entsetzlichen Leichentuch, und in die schaudernde Atmosphäre des Zimmers strömte eine üppige Fülle langer, ungeordneter Haare – *sie waren schwärzer als die Rabenflügel der Mitternacht.* Und dann sah ich, wie sich langsam die Augen in dem Antlitz öffneten. »Endlich! Da sind sie!«, rief ich laut. »Wie sollte ich sie nicht erkennen, die großen, schwarzen, seltsamen Augen meiner verlorenen Liebe – die Augen der Lady – der Lady Ligeia?«

Metzengerstein

Entsetzen und Unglück rasen in ungezügeltem Lauf durch alle Jahrhunderte. Wozu also ist es nötig, die Zeit, in der sich meine Geschichte ereignete, näher anzugeben? Es genügt mir zu erwähnen, dass es jene Epoche war, in der die Lehre von der Seelenwanderung viele geheime Anhänger hatte.

Die Familien Berlifitzing und Metzengerstein lagen seit Jahrhunderten in Zwietracht miteinander. Niemals sah man zwei so erlauchte Häuser in tödlicherer Feindschaft; und zwar war dieser gegenseitige Hass der alten Prophezeiung entsprungen: »Ein großer Name wird auf das Schrecklichste untergehen, wenn die Sterblichkeit von Metzengerstein, wie der Reiter auf seinem Ross, über die Unsterblichkeit von Berlifitzing triumphiert.«

Dieser Ausspruch hatte gewiss wenig oder gar keinen Sinn; doch haben schon oft unbedeutendere Ursachen große Wirkungen hervorgerufen. Im Übrigen hatten die beiden benachbarten Häuser lange Zeit um den größeren Einfluss auf die schwachen Herrscher des Landes gekämpft, und dann – Nachbarn, die so nah beieinander wohnen, sind ja nur sehr selten Freunde. Von der Höhe ihres festgegründeten Söllers aus konnten die Bewohner des Schlosses Berlifitzing in die Fenster des Palastes Metzengerstein sehen. Auch war die Entfaltung einer mehr als lehnsherrlichen Pracht vonseiten der Metzengerstein wenig dazu angetan, die leicht erregten Gefühle der Berlifitzing, die weniger Ahnen und weniger Reichtum aufweisen konnten, zu beruhigen. Ist es also verwunderlich, dass diese an sich widersinnige Weissagung die Feindschaft zwischen den beiden Häusern, die immer wieder durch alle Stachel ererbter Eifersucht angetrieben wurde, stets wach erhielt? Die Prophezeiung schien anzudeuten – wenn sie überhaupt irgendeinen Sinn hatte –, dass das jetzt schon mächtigere Haus einen endgültigen Triumph davontragen werde, und lebte deshalb in der Erinnerung der schwächeren Familie fort und reizte sie stets zu neuen Feindseligkeiten.

Wilhelm, Graf von Berlifitzing, der einstmals so Tapfere, war zur Zeit dieser Erzählung nur noch ein alter, unfähiger Wortfechter. Nichts Bemerkenswertes hatte er an sich, als eben jene eingewurzelte, schon an Albernheit grenzende Abneigung gegen die Familie seines Nebenbuhlers, und dann allerdings eine noch so lebhafte Leidenschaft für Jagd und Pferde, dass nichts – weder sein hohes Alter, noch seine körperliche Schwäche, noch das Schwinden seiner Geisteskräfte – ihn hindern konnte, täglich dies Vergnügen und seine Gefahren aufzusuchen. – Friedrich, Baron von Metzengerstein, war noch nicht mündig. Sein Vater war jung gestorben, und dessen Frau, Maria, war ihm bald gefolgt. Friedrich stand damals in seinem achtzehnten Lebensjahre. In der Stadt bedeuten achtzehn Jahre keine lange Zeit, aber in der Einsamkeit, und noch dazu in einer so wundervollen Einsamkeit, wie der des alten Herrensitzes, wandern die Stunden mit tiefer, bedeutsamer Feierlichkeit. Infolge gewisser Umstände und persönlicher Bestimmungen des Vaters war der junge Baron sofort nach dessen Tode in den Besitz der ausgedehnten Güter gelangt. Selten traf ein Edelmann eine ähnliche Erbschaft an! Seine Schlösser waren unzählig, das prächtigste und größte war der Palast Metzengerstein. Die Grenzlinie seiner Besitzungen ist niemals klar bestimmt worden; sein größter Park hatte allein einen Umkreis von fünfzig Meilen.

Man kannte den Charakter des neuen, jungen Besitzers dieser unvergleichlichen Güter ziemlich genau, sodass es nicht allzu schwer war, Schlüsse auf sein künftiges Betragen zu ziehen. Und richtig, schon nach drei Tagen stellten die Taten des Erben selbst die eines Herodes in den Schatten und übertrafen die kühnsten Hoffnungen seiner Bewunderer. Schmachvolle Ausschweifungen, offenbare Niederträchtigkeiten, unerhörte Grausamkeiten machen seinen angsterfüllten Untergebenen klar, dass nichts – weder demütige Unterwerfung ihrerseits noch Gewissensbedenken seinerseits – ihnen in Zukunft Sicherheit vor den ruchlosen Händen dieses zweiten Caligula verleihen konnte.

In der Nacht des vierten Tages schon ergriff eine wütende Feuersbrunst die Stallungen des Schlosses Berlifitzing; und einstimmig schrieb die zitternde Nachbarschaft das Verbrechen der Brandstiftung auf die schreckensvolle Liste der Untaten und Grausamkeiten des Barons.

Der junge Edelmann befand sich während des Tumultes, den das Feuer hervorrief, in einem großen, einsamen Zimmer, hoch oben im Palaste, und war anscheinend in tiefe Betrachtung versunken. Auf der reichen, obwohl ein wenig verblassten Wandbekleidung, die melancholisch die Mauern bedeckte, befanden sich Abbildungen der majestätischen Gestalten vieler seiner erlauchten Ahnen. Hier Priester, reich in Hermelin gekleidet, hohe, geistliche Würdenträger, die durch ihr ›Veto‹ den Launen manches weltlichen Königs ein Ziel gesetzt und durch das ›Fiat‹ der päpstlichen Allmacht den aufrührerischen Geist des Erzfeindes im Zaume gehalten. Da die hohen, düsteren Gestalten der Ritter von Metzengerstein auf ihren muskelstarken Kriegsrossen, die die Leichname gefallener Feinde zu Boden stampfen und durch ihren wilden Ausdruck den Stärksten erschrecken konnten. Dort üppige, schwanenweiße Damen aus längst vergangenen Tagen,

Frauen, die sich, wie zu den Klängen einer Melodie, in den seltsamen Windungen eines fantastischen Tanzes drehten.

Während der Baron auf den immer lauter werdenden Tumult, der aus den Stallungen von Berlifitzing herüberscholl, lauschte oder zu lauschen schien – und vielleicht auf irgendeine neue, kühne Untat sann, richteten sich seine Blicke unwillkürlich auf das Bild eines riesigen Pferdes von ganz unnatürlicher Farbe, das auf einem Wandteppich als Streitross eines Ritters aus der Familie seines Rivalen abgebildet war. Das Tier stand im Vordergrunde des Bildes, unbeweglich und steinern, während ein wenig hinter ihm sein besiegter Reiter durch den Dolch eines Metzengerstein getötet wurde.

Um Friedrichs Lippen zog sich ein teuflischer Ausdruck, als er bemerkte, welche Richtung sein Blick unfreiwilligerweise genommen. Er wandte die Augen nicht ab, obwohl ganz plötzlich eine unerklärliche, würgende Angst wie ein kaltes Leichentuch um ihn zusammenschlug.

Er fühlte sich vollständig wach, versuchte aber, diese unerklärlichen Gefühle als Traumempfindungen hinzustellen. Doch je länger er das Bild betrachtete, desto mehr geriet er in seinen Bann, desto unmöglicher wurde es ihm, seine Blicke von den Gestalten loszureißen, deren Anblick ihn zu lähmen schien. Aber als das Getöse draußen plötzlich ganz besonders heftig ward, machte er, fast mit Bedauern, eine gewaltsame Anstrengung und wandte seine Aufmerksamkeit einer roten Lichtgarbe zu, die aus den brennenden Stallungen in sein Fenster fiel.

Doch nur für einen Augenblick; dann richteten sich seine Augen fast unwillkürlich wieder auf das Wandbild. Mit Entsetzen bemerkte er, dass der Kopf des Schlachtrosses seine Lage verändert hatte. Der Hals des Tieres, der vorher wie voll Mitleid starr nach seinem am Boden liegenden Herrn gewandt war, hatte sich jetzt in seiner ganzen

Länge auf den Baron zu ausgestreckt. Die Augen, die eben noch unsichtbar gewesen, blickten nun mit einem wilden, fast menschlichen Ausdruck vor sich hin und leuchteten in seltsamem, glühendem Rot, während die auseinandergezerrten Lippen des offenbar wütenden Tieres widerwärtige Totenzähne sehen ließen.

Gefasst von jähem Schreck wankte der junge Fürst der Türe zu. Als er sie öffnen wollte, sprühte ein Strahl roten Lichtes in den Saal und zeichnete seinen grellen Widerschein auf die schwankende Wandbekleidung.

Der Baron zögerte einen Augenblick auf der Schwelle und sah mit Schaudern, dass der Strahl gerade auf das Bild des triumphierenden Mörders des Ritters von Berlifitzing fiel und sich ganz genau mit den Umrissen der Gestalt des Siegers deckte.

Um seines Schreckens Herr zu werden, eilte der Baron ins Freie. Am Haupteingange des Palastes traf er drei seiner Stallknechte, die mit großer Mühe und Lebensgefahr versuchten, die wilden Sprünge eines riesigen, feuerroten Rosses zu bändigen.

»Wem gehört das Pferd? Wo habt ihr es her?«, keuchte der junge Metzengerstein mit entsetzter, heiserer Stimme, denn er hatte das wütende Tier sofort als das vollkommene Gegenstück zu dem geheimnisvollen Streitross auf dem Wandteppich erkannt. »Es gehört Ihnen, Herr Baron«, antwortete einer der Knechte, »wenigstens macht kein anderer Anspruch auf das Tier. Wir haben es unter großen Gefahren eingefangen, als es, vor Wut schnaubend und feuersprühend, aus den brennenden Stallungen von Berlifitzing entfloh, und da wir annahmen, dass es zum Gestüt der ausländischen Pferde des alten Grafen gehöre, brachten wir es ihm zurück. Aber die Dienerschaft behauptet, sie hätten kein Recht auf das Tier, was um so sonderbarer ist, da es noch Spuren an sich trägt, die beweisen, dass es nur mit Mühe den Flammen entkommen ist.«

»Auf der Stirn sind ihm auch ganz deutlich die Buchstaben W. v. B. eingebrannt«, bemerkte ein anderer Knecht, »und obwohl ich sagte, dass es nur die Anfangsbuchstaben von ›Wilhelm von Berlifitzing‹ sein können, behaupteten doch alle auf dem Schloss, sie hätten das Pferd nie gesehen.«

»Äußerst sonderbar«, erwiderte der junge Baron in tiefem Sinnen und hörte offenbar selbst nicht, was er sagte, – »es ist wirklich ein sonderbares Tier – ein wunderbares Tier, trotz seines bösartigen, unbezähmbaren Wesens! Ich will es behalten«, fügte er nach einer Pause hinzu, »vielleicht kann ein Reiter wie Friedrich von Metzengerstein selbst den Teufel aus dem Stalle des Berlifitzing bändigen.«

»Sie täuschen sich, Herr Baron! Das Pferd stammt nicht aus den Ställen des Grafen. Wir kennen unsere Pflicht zu gut und hätten es in diesem Falle nicht vor eine so hohe Persönlichkeit der Familie Metzengerstein gebracht.«

»Das glaube ich allerdings auch«, bemerkte der Baron trocken.

In diesem Augenblick stürzte der Kammerdiener Friedrichs mit hochgerötetem Antlitz eilends herbei. Er flüsterte seinem Herrn ins Ohr, eben sei plötzlich in einem Zimmer, das er genau bezeichnete, ein Stück Wandbekleidung verschwunden. Er erzählte den Vorfall umständlich, aber so leise, dass keiner der neugierigen Stallknechte ein Wort erhaschen konnte.

Den jungen Friedrich schien dieser Bericht in seltsamer Weise zu erregen. Doch erlangte er bald wieder vollständige Herrschaft über sich und gab mit einem Ausdruck entschlossener Bosheit kurz den Befehl, das fragliche Zimmer zu verschließen und ihm den Schlüssel zu überbringen.

»Haben Sie schon von dem schrecklichen Tode des alten Berlifitzing gehört?«, fragte ihn einer seiner Vasallen, nachdem der Diener ihn verlassen, und das wilde Ungeheuer, das er sich eben angeeignet, in verdoppelter Wut mit wilden Sprüngen die Allee hinunterjagte, die zu seinen Stallungen führte.

»Nein«, antwortete der Baron und wandte sich brüsk zu dem Sprecher um, »tot, sagst du?«

»Ja, so ist es, Herr Baron; und ich glaube, einem Edlen Ihres Namens kann diese Nachricht nicht gar zu unangenehm sein.«

Ein rasches Lächeln schoss über das Gesicht des Barons: »Wie starb er?«

»Bei seinen unvernünftigen Bemühungen, einen Teil seiner geliebten Pferde zu retten, kam er elend in den Flammen um.«

»Wahr-haf-tig?«, rief der Baron, als würde ihm langsam irgendetwas Geheimnisvolles klar.

»Wahrhaftig!«, wiederholte der Vasall.

»Schrecklich!«, sagte der junge Mann ruhig und ging gelassen zum Palast zurück.

Von dieser Zeit ab vollzog sich in dem Benehmen des ausschweifenden Barons eine auffallende Veränderung. Er machte jede Erwartung zunichte und durchkreuzte die Pläne mancher schlauen Mutter.

Seine Lebensgewohnheiten wichen noch mehr als früher von denen der benachbarten Aristokratie ab. Man sah ihn nie außerhalb der Grenzen seines eigenen Besitztums, nie mit einem Gefährten – wenn man dem unnatürlichen, wilden, feuerfarbenen Ross, das er von jetzt ab täglich ritt, nicht ein geheimnisvolles Recht auf diesen Titel zugestehen will.

Die Nachbarschaft schickte noch lange Zeit hindurch zahlreiche Einladungen. »Wird der Baron unser Fest mit seiner Gegenwart beehren?« – »Wird der Baron mit uns auf die Eberjagd gehen?« – »Metzengerstein kommt nicht!« – »Metzengerstein jagt nicht!« waren seine kurzen hochmütigen Antworten.

Diese wiederholten Beleidigungen konnte sich der stolze Adel nicht gefallen lassen. Die Einladungen wurden weniger herzlich, weniger häufig – zuletzt blieben sie ganz aus. Die Witwe des unglücklichen Grafen Berlifitzing sprach sogar einmal den Wunsch aus, »der Baron möge verdammt sein, zu Hause zu weilen, wenn er nicht wolle, da er die Gesellschaft von seinesgleichen verschmähe; und reiten zu müssen, wenn er keine Lust habe, da er ihnen allen ein Pferd vorzöge«. Diese Verwünschung war ohne Zweifel nichts als der alberne Ausbruch einer ererbten, langjährigen Abneigung und beweist nur, wie seltsam unsinnig unsere Worte oft werden, wenn wir sie besonders nachdrücklich wirken lassen wollen.

Die Gutmütigen schrieben diese Veränderung im Betragen des jungen Edelmannes dem nur zu natürlichen Kummer über den vorzeitigen Tod seiner Eltern zu und schienen die wüsten, ausschweifenden Tage, die diesem Verlust unmittelbar gefolgt waren, ganz zu vergessen. Andere erklärten die Veränderung jedoch aus einer übertriebenen Auffassung seiner Wichtigkeit und Würde. Wieder andere, unter ihnen der Hausarzt, sprachen offen von morbider Melancholie und erblicher Belastung, während im Volke noch schlimmere, zweideutigere Vermutungen laut wurden.

In der Tat: Die krankhafte Zuneigung des Barons zu seinem neu erworbenen Reitpferde, die nach jedem Beweis von der wilden, dämonischen Gemütsart des Tieres nur zu wachsen schien, musste bald allen vernünftigen Menschen unnatürlich und grässlich erscheinen.

Am hellen Mittag, in toter Nachtstunde – gesund oder krank – bei ruhigem Wetter oder im Sturm – saß der junge Metzengerstein wie angewachsen im Sattel des ungeheuren Pferdes, dessen unzähmbare Wildheit so gut mit seinem eigenen Wesen übereinstimmte.

Noch manch anderer Umstand gab in Anbetracht der jüngst vergangenen Ereignisse der Manie des Reiters für sein fürchterliches Ross einen geisterhaften, unheimlichen Charakter. Man hatte den Raum, den das Tier in einem einzigen Sprunge zurückgelegt, nachgemessen und gefunden, dass er die tollsten Vermutungen um ein Erstaunliches übertraf.

Der Baron hatte dem Tier auch keinen Namen gegeben, obgleich alle übrigen Pferde seines Stalles durch charakteristische Benennungen unterschieden waren.

Sein Stall war von den übrigen getrennt, und kein Stallknecht, nur der Eigentümer selbst, wagte sich hinein. Es wurde auch bekannt, dass die drei Knechte, die das Untier nach seiner Flucht vor der Feuersbrunst mit Schlingen eingefangen hatten, nicht behaupten konnten, während dieses gefährlichen Kampfes oder nachher den Körper des Tieres mit der Hand berührt zu haben. Beweise besonderer Intelligenz bei einem edlen, heißblütigen Pferde sind nichts Seltenes und Aufregendes; doch hier ereignete sich mancherlei, das selbst die skeptischsten und phlegmatischsten Geister zum Nachdenken gebracht hätte.

Man erzählte, dass manchmal ein ganzer mutiger Volkshaufe schreckensvoll vor seinem bedeutsamen, wilden Stampfen zurückgewichen; dass der junge Metzengerstein einst totenblass vor dem scharfen, forschenden Ausdruck seines ernsten, menschlichen Auges geflohen sei.

Unter der gesamten Dienerschaft des Barons befand sich nicht einer, der die ungewöhnliche Zuneigung, die der Herr seinem feurigen Pferde zugewendet, angezweifelt hätte: nicht einer – außer seinem missgestalteten kleinen Pagen, dessen Hässlichkeit jedermann belästigte und dessen Worte so wenig beachtenswert waren wie nur möglich. Er war unverfroren genug zu behaupten – eigentlich ist es kaum der Mühe wert, seine Worte zu wiederholen –, sein Herr stiege nie ohne einen unerklärlichen, kaum unterdrückbaren Schauder in den Sattel und komme nie von den gewohnten langen Ritten zurück, ohne dass ein Ausdruck triumphierender Bosheit jede Muskel seines Gesichtes anspanne.

In einer stürmischen Nacht erwachte Metzengerstein aus einem schweren Schlafe, stürzte wie ein Wahnsinniger aus seinem Zimmer, bestieg das Pferd und sprengte in wildem Lauf in den nahen, unwegsamen Wald.

Man war an dergleichen Ereignisse gewöhnt und schenkte ihnen an sich weiter keine Aufmerksamkeit; doch erwartete die Dienerschaft den Herrn mit großer Angst zurück, als nach einigen Stunden die festgegründeten, wundervollen Gebäude des Palastes Metzengerstein unter der Glut einer dichten, bleichen, unermesslichen Feuermasse zu krachen und zu wanken begannen.

Die Feuersbrunst hatte, als man sie bemerkte, schon so vollständig Besitz von den Gebäuden ergriffen, dass man alle Löschversuche als nutzlos aufgeben musste.

Die erschreckte Volksmenge stand müßig, ja in fast stumpfsinniges Staunen versunken, in der Runde umher, als ein neues, schreckliches Ereignis ihre Aufmerksamkeit erregte. Auf der langen Allee uralter Eichen, die vom Haupteingang des Schlosses bis an den Waldrand reichte, erschien ein Ross, das wilder wie der Dämon des Sturmes selbst heranraste und einen Reiter trug, dessen Kleider in Fetzen, vom Unwetter zerrissen herabhingen.

Er konnte offenbar das Tier in seinem Rasen nicht mehr aufhalten. Die Todesangst, die sein Gesicht verzerrte, die krampfhaften, letzten Anstrengungen seines ganzen Körpers gaben Zeugnis von einem übermenschlichen Kampf; aber außer einem einzigen Schrei kam kein Ton über seine verzerrten Lippen, die er im Übermaß des

Entsetzens blutig zernagt hatte. Einen Augenblick lang klangen die Hufschläge scharf und schrill durch das Zischen der Flammen und das Heulen des Windes – dann setzte das Tier mit einem einzigen Sprung über das große Tor und den Graben, raste die wankende Treppe des Palastes empor und verschwand mit seinem Reiter in dem wüsten Wirbelsturm der Flammen.

Die Wut des Sturmes legte sich sofort und eine tote Ruhe folgte. Eine weiße Flamme umhüllte das Schloss wie ein Leichentuch. Und weit hinten, am Horizont, schoss ein Streif übernatürlichen Lichtes jäh hinweg, während eine Rauchwolke sich über der zerstörten Stätte bildete und über den rauchenden Ruinen lag in der deutlichen Gestalt eines riesigen – Pferdes.

Das Fass Amontillado

Die tausend Ungerechtigkeiten Fortunatos hatte ich, so gut es ging, ertragen, doch als er mich zu beleidigen wagte, da schwor ich Rache. Sie kennen mich und werden mir deshalb glauben, dass ich auch nicht eine einzige Drohung gegen ihn ausstieß. Eines schönen Tages würde ich mich schon rächen, das stand felsenfest; und meine Rache sollte so vollkommen sein, dass ich selbst nicht das Mindeste dabei zu wagen hätte. Ich wollte nicht nur strafen, sondern *ungestraft* strafen. Ein Unrecht ist nicht gesühnt, wenn den Rächer wiederum Strafe ereilt – der Beleidiger büßt nicht, wenn er den Rächer nicht kennt.

Sie können sich denken, dass ich dem Fortunato mit keinem Worte, mit keiner Handlung Anlass gegeben habe, an meinem Wohlwollen zu zweifeln. Ich lächelte ihm freundlich zu, wie immer, und er ahnte nicht, dass ich nur lächelte, weil ich seinen Untergang plante.

Er hatte seine schwache Seite, dieser Fortunato, obwohl er im Übrigen ein Mann war, den man achten, ja fürchten musste. Er tat sich nämlich etwas darauf zugute, ein Weinkenner zu sein. Nur wenige Italiener sind wirkliche Kenner. Gemälde und Edelsteine beurteilte Fortunato gleich den meisten seiner Landsleute wie ein Scharlatan; doch was alte Weine anging, da war er, wie gesagt, wirklich ein

Kenner. Ich selbst kannte mich ebenfalls sehr gut aus in den Erzeugnissen der italienischen Weinberge und kaufte reichlich ein, wo sich nur Gelegenheit bot.

Eines Abends in der Dämmerung, gerade während der tollsten Faschingszeit, traf ich meinen Freund auf der Straße. Er redete mich mit vergnügter Herzlichkeit an, denn er hatte viel getrunken. Der Gute sah buntscheckig genug aus in seinem eng schließenden Gewande, dessen Hälften verschieden gefärbt waren, und seiner kegelförmigen, mit Schellen behangenen Kappe.

Ich war so erfreut, ihn zu sehen, dass ich schier nicht aufhören konnte, seine Hand zu schütteln.

»Mein lieber Fortunato!«, sagte ich zu ihm, »das trifft sich gelegen! Nein – wie ausgezeichnet Sie heute aussehen! – Aber denken Sie: Ich habe ein Fass Amontillado bekommen – oder vielmehr einen Wein, den man dafür ausgibt ... ja, ja! Ich habe meine Zweifel ...«

»Wie?«, fragte er, »Amontillado? Ein Fass? – Ein ganzes Fass? – Nicht möglich! Und jetzt mitten im Karneval!«

»Ich habe ja auch meine Zweifel«, erwiderte ich ihm. »Ich war töricht genug, den vollen Preis für Amontillado zu zahlen, ohne vorher Ihr Urteil einzuholen. Aber Sie waren nirgendwo aufzutreiben, und ich wollte die Kaufgelegenheit nicht vorübergehen lassen ...«

»Amontillado!!??«

»Ich habe meine Zweifel, wie gesagt ...«

»Amontillado!?«

»Und möchte gern Gewissheit haben ...«

»Amontillado!? ...«

»Da Sie wohl heute Abend nicht mehr frei sind, will ich Luchesi aufsuchen. Wenn irgendjemand ein Urteil hat, so ist er es. Er wird mir schon sagen ...«

»Luchesi kann Amontillado nicht von Sherry unterscheiden ...«

»Und doch gibt es Dummköpfe, die behaupten, dass er sich ebenso gut auf Wein verstünde wie Sie!«

»Kommen Sie!«

»Wohin?«

»In Ihre Keller!«

»Nein, mein Freund; ich will Ihre Liebenswürdigkeit nicht missbrauchen. Ich sehe, Sie sind eingeladen! Luchesi ...«

»Ich bin nicht eingeladen, kommen Sie!«

»Nein, mein Freund! Die Einladung wäre ja auch noch das Wenigste! Aber die strenge Kälte verbietet, dass wir den Versuch machen. Die Gewölbe sind unerträglich feucht, die Wände ganz von Salpeter bedeckt.«

»Oh, kommen Sie nur! Die Kälte ... das macht doch nichts! Amontillado? Wer weiß, was man Ihnen da aufgedrängt hat! Und – Luchesi, der kann wirklich keinen Sherry von Amontillado unterscheiden – kann er nicht!«

Damit schob Fortunato seinen Arm unter den meinen, ich nahm eine schwarze Seidenmaske vor, hüllte mich fest in meinen weiten Mantel und ließ mich von ihm zu meinem Palast führen.

Von der Dienerschaft war niemand im Hause. Sie hatten sich alle davongemacht, um auch ihren Teil von der allgemeinen Karnevalsfreude zu bekommen.

Ich hatte ihnen gesagt, dass ich vor dem frühen Morgen nicht zurückkehren werde, und den formellen Befehl gegeben, sich nicht aus dem Hause zu rühren.

Dies genügte, wie ich wohl wusste, dass sie alle entwischten, sobald ich den Rücken gekehrt hätte.

Ich nahm zwei Fackeln von ihren Haltern, gab dem Fortunato eine und führte ihn durch eine ganze Zimmerflucht bis an das Tor, das in die Gewölbe führte. Dann ging ich eine lange, gewundene

Treppe hinab und bat ihn, mir nur ja recht vorsichtig zu folgen. Wir kamen endlich unten an und standen auf dem feuchten Boden der Katakomben der Montresor.

Der Gang meines Freundes war schwankend, und die Schellen an seiner Kappe klingelten bei jedem Schritt.

»Das Fass?«, sagte er.

»Es liegt weiter unten«, antwortete ich, »aber sehen Sie nur, wie das giftige weiße Gespinst an den Wänden glänzt!«

Er wandte sich mir zu und blickte mir mit glasigen Augen, aus denen Tränen der Betrunkenheit sickerten, ins Gesicht. »Salpeter?«, fragte er nach einer Weile, nachdem er einen furchtbaren Hustenanfall niedergekämpft hatte.

»Ja … Salpeter!«, antwortete ich. »Aber wie lange haben Sie denn schon diesen schrecklichen Husten?«

Wieder packte es ihn, und während mehrerer Minuten war es meinem armen Freund unmöglich, zu antworten.

»Es ist nichts«, meinte er endlich.

»Kommen Sie«, sagte ich mit Entschiedenheit, »wir wollen wieder hinaufgehen. Ihre Gesundheit ist zu kostbar. Sie sind reich, geachtet, werden bewundert, geliebt; Sie sind glücklich, wie ich es einst war. Um mich wäre es weiter nicht schade. Wir wollen wieder hinaufsteigen. Ich könnte es nicht verantworten, wenn Sie krank würden. Überdies kann ich ja Luchesi …«

»Genug!«, antwortete er. »Der Husten hat nichts zu sagen, hehe! Der Husten wird mich nicht umbringen, ich werde schon nicht davon sterben.«

»Das hoffe ich auch«, gab ich zurück, »ich hatte auch nicht die Absicht, Sie unnötig zu beunruhigen. Aber Sie sollten doch vorsichtig sein. Ein Schluck von diesem Medoc übrigens – der wird vor der Feuchtigkeit schützen.«

Ich nahm eine Flasche von dem Lagerbrett und entkorkte sie sorgfältig. »Trinken Sie!«, sagte ich und reichte sie ihm.

Er blinzelte mir zu und brachte sie an seine Lippen. Dann machte er eine Pause und blinzelte mir wieder zu, während seine Schellen klingelten. »Ich trinke auf die Verstorbenen, die unter uns ruhen!«, lallte er.

»Und ich auf Ihr langes Leben.«

Dann nahm er wieder meinen Arm, und wir schritten weiter.

»Die Gewölbe«, meinte er nach einer Weile »... sehr groß ... sehr ...«

»Die Montresors«, erwiderte ich, »waren eine zahlreiche Familie.«

»Ich habe vergessen ... Ihr Wappen vergessen ...«

»Ein großer goldener Fuß in einem azurnen Felde; der Fuß zertritt eine Schlange, die ihre Zähne in seine Ferse gegraben hat.«

»Und ... Devise?«

»Nemo me impune lacessit.«

»Schön!«, sagte er, »schön!«

Der Wein sprühte in seinen Augen, und die Schellen klingelten. Auch meine Fantasie wurde durch den Medoc erhitzt.

Wir waren an ganzen Wällen aufgeschichteten Gebeins, dann wieder an Fässern und Fässchen vorbei – in das Innerste der Katakomben gelangt.

Ich blieb stehen und fasste Fortunato am Arm.

»Sehen Sie doch nur«, sagte ich, »wie der Salpeter immer dichter wird. Er hängt wie Moos an den Wänden. Wir befinden uns jetzt gerade unter dem Bett des Flusses. Die Feuchtigkeit sickert in Tropfen durch das Gebein. Kommen Sie, wir wollen zurückgehen, ehe Sie sich schaden. Ihr Husten ...«

»Hat nichts zu sagen«, entgegnete er lallend, »wollen weitergehen! Können ja ... noch einen Schluck Medoc ...«

Ich brach einer Flasche De Grave den Hals und reichte sie ihm. Er leerte sie auf einen Zug. Seine Augen funkelten jetzt in dem sonderbarsten Lichte. Er lachte dabei und warf die Flasche mit einer Geste, die ich nicht verstand, in die Luft.

Ich sah ihn etwas erstaunt an. Er wiederholte die Bewegung – sie war sehr grotesk.

»Sie verstehen nicht?«, fragte er.

»Nein!«, erwiderte ich.

»Sind also nicht … in der Loge?«

»Wie?«

»Sie sind … nicht Maurer?«

»Doch! doch!«, sagte ich. »Doch! doch!«

»Sie? Unmöglich! Sie – Maurer?«

»Ja, Maurer«, behauptete ich.

»Ein Zeichen!«, rief er.

»Hier!«, gab ich zurück und zog eine Kelle aus den Falten meines Mantels.

»Sie scherzen!«, meinte er und trat ein paar Schritte zurück. »Aber kommen Sie … zu dem Amontillado!«

»Weiter!«, sagte ich, versteckte das Werkzeug wieder unter meinem Mantel und bot ihm meinen Arm.

Er stützte sich schwer auf, und wir setzten unsern Weg fort. Zunächst kamen wir durch eine Reihe niedriger Bogengänge, stiegen tiefer hinab, gingen weiter, stiegen noch tiefer hinab und gelangten endlich in eine Wölbung, in deren unreiner Luft unsere Fackeln nur noch glühten und fast kein Licht mehr gaben.

Am Ende der Wölbung befand sich eine zweite, weniger geräumige. An ihren Wänden waren, wie in den großen Katakomben zu Paris, bis zur Decke menschliche Gebeine aufgeschichtet. Drei Seiten dieser inneren Krypta waren in dieser Art geschmückt. Von der vierten war das Gebein herabgefallen, lag verstreut auf dem Boden umher und bildete einen Haufen von ziemlicher Höhe. In der freigelegten Mauer befand sich eine Nische von vielleicht vier Fuß Tiefe, drei Fuß Breite und sechs oder sieben Fuß Höhe.

Sie war offenbar zu keinem bestimmten Zweck errichtet, sondern bildete einfach den Zwischenraum zwischen zwei der ungeheuren Pfeiler, die das Gewölbe stützten.

Ihre Rückwand war die massive Granitmauer, die das Ganze umschloss.

Vergebens erhob Fortunato seine trübe Fackel, um in die Nische hineinzuspähen: Das schwache Licht ließ die gegenüberliegende Mauer nicht erkennen.

»Treten Sie ein«, sagte ich, »dort liegt der Amontillado. Was Luchesi anbetrifft –«

»Er ist ein Dummkopf«, unterbrach mich mein Freund und tappte vorwärts, während ich ihm auf dem Fuße folgte.

Im Augenblick war er am Ende der Nische angelangt, und als er fühlte, dass ihn der Fels hindere, weiter vorzudringen, blieb er verdutzt stehen. Im nächsten Augenblick schon hatte ich ihn an den Felsen angekettet.

In diesen waren nämlich in einer Entfernung von ungefähr zwei Fuß zwei eiserne Ringe eingelassen. In einem derselben hing eine kurze eiserne Kette, in dem anderen ein Vorlegeschloss. Nachdem ich ihm die Kette um den Leib gewunden hatte, war es das Werk einer Sekunde, sie zu schließen.

Er war zu verblüfft, um Widerstand zu leisten. Ich nahm den Schlüssel an mich und trat aus der Nische.

»Fahren Sie einmal mit Ihrer Hand über die Mauer«, sagte ich, »Sie müssen den Salpeter fühlen können. Es ist in der Tat sehr feucht. Noch einmal lassen Sie mich bitten: Kehren Sie zurück! Nein? Sie wollen nicht? Ja – dann muss ich Sie endgültig verlassen. Doch vorher will ich Ihnen all die kleinen Bequemlichkeiten beschaffen, die nur möglich sind.«

»Der Amontillado!«, rief mein Freund, der sich von seinem Erstaunen noch nicht erholt hatte.

»Natürlich, natürlich!«, erwiderte ich gelassen, »der Amontillado.« Während ich diese Worte sagte, machte ich mich über den Knochenhaufen her, von dem ich schon gesprochen habe, und warf ihn beiseite. Bald deckte ich auf dem Boden eine ziemliche Menge Bausteine und Mörtel auf.

Mit diesem Material und meiner Kelle begann ich nun eifrig, den Eingang zur Nische zu vermauern.

Ich hatte kaum die erste Lage Steine gelegt, als ich bemerkte, dass die Trunkenheit Fortunatos zum großen Teil verschwunden war. Das erste Zeichen davon war ein dumpfer Schrei, der mir aus der Nische entgegenklang: Es war nicht der Schrei eines Betrunkenen! Dann folgte ein längeres Schweigen. Ich mauerte die zweite Lage auf, die dritte, die vierte, dann hörte ich wütendes Kettengerassel. Das Geräusch dauerte mehrere Minuten, und um mit rechter Genugtuung zuhören zu können, unterbrach ich meine Arbeit und ruhte mich auf dem Knochenhaufen ein wenig aus. Als das Gerassel dann endlich aufhörte, ergriff ich meine Kelle wieder und legte die fünfte Lage, dann die sechste und die siebente. Nun ging mir die Mauer schon bis an die Brust. Ich machte wieder eine Pause, erhob die Fackel über meine Mauer und beleuchtete mit schwachen Strahlen den Eingeschlossenen.

Da brach ein anhaltendes, lautes, schrilles Geschrei aus der Kehle des Gefesselten; es war, als wolle er mich mit ihm zurückschleudern. Einen Augenblick lang zögerte – zitterte ich. Ich zog meinen Degen und begann in die Nische hineinzustechen, doch ein weiterer

Nº1
Amontillado
1809

Augenblick des Nachdenkens beruhigte mich wieder. Ich legte meine Hand auf die festen Mauern des Gewölbes und fühlte mich höchst befriedigt. Ich näherte mich meinem Bauwerk von Neuem und antwortete auf das Geschrei des Heulenden.

Ich half ihm, ich wurde sein Echo, ich schrie noch lauter als er und noch kräftiger.

Das tat ich – und der Schreier verstummte.

Es war unterdes Mitternacht geworden, und meine Arbeit näherte sich ihrem Ende. Ich hatte die achte, neunte und zehnte Lage vollendet und noch einen Teil der elften und letzten. Es blieb nur noch ein Stein zu mauern. Ich erhob ihn mit Schwierigkeit und brachte ihn ungefähr in die richtige Stelle.

Aber da erscholl aus der Nische ein leises Lachen, das mir die Haare auf dem Kopfe hoch sträubte. Dann hörte ich eine traurige Stimme, die ich kaum als die des edlen Fortunato wiedererkannte. Die Stimme sagte:

»Hehehe … he … he … hehe … he … Das ist wirklich ein guter Spaß! – ein ausgezeichneter Spaß! Wir werden im Palast noch herzlich darüber lachen – he! he! – über unsern Wein! – he! he!«

»Über den Amontillado?«, fragte ich.

»He! he! – He! he! – Ja, über den Amontillado. Aber wird es nicht spät? Wird uns die Signora Fortunato nicht im Palast erwarten? Und die anderen alle? Wir wollen gehen.«

»Ja«, sagte ich, »wir wollen gehen.«

»Um Gottes willen, Montresor! –«

»Ja«, sagte ich, »um Gottes willen!«

Auf diese Worte erhielt ich keine Antwort mehr. Ich horchte hin. Vergebens. Ich wurde ungeduldig und rief laut: »Fortunato!«

Keine Antwort.

Ich rief nochmals: »Fortunato!«

Wieder keine Antwort. Ich zwängte eine Fackel durch die kleine Öffnung, die noch geblieben war, und ließ sie hineinfallen. Was ich vernahm, war – Schellengeklingel. Mir wurde übel, ohne Zweifel von der Feuchtigkeit des Gewölbes. Ich beeilte mich, meine Arbeit zu Ende zu bringen, rückte den letzten Stein in die richtige Lage und schloss die Fugen mit Mörtel.

Dann errichtete ich vor dem neuen Mauerwerk den alten Wall von Gebeinen.

Seit einem halben Jahrhundert hat sie niemand mehr in ihrer Ruhe gestört. In pace requiescat!

Berenice

Dicebant mihi sodales, si sepulchrum amicae visitarem, curas meas aliquantulum fore levatas.

EBN ZAIAT

Mein Taufname ist Egaeus; meinen Familiennamen will ich nicht nennen. Doch gibt es im ganzen Land keine Zinnen, die mehr Jahre und Ruhm gesehen als die des düsteren Schlosses meiner Väter. Man hat unsere Familie ein Geschlecht von Geistersehern genannt; und viele Einzelheiten, die an dem Äußeren unseres Stammschlosses auffielen, gaben diesem Glauben eine gewisse Berechtigung; ich denke an die Fresken des Salons, die Wandbekleidungen der Schlafzimmer, die ziselierten Strebepfeiler der Waffenkammer, dann ganz besonders an die Galerie alter Gemälde, an den Eindruck, den das Bibliothekzimmer machte, und endlich an den Inhalt der Bibliothek selbst.

Alle Erinnerungen aus meiner frühen Jugend sind mit diesem Zimmer und seinen Büchern, von denen ich jedoch nichts weiter sagen will, aufs Engste verbunden. In diesem Gemach starb meine Mutter. Hier wurde ich geboren. Aber es ist wohl müßig, zu behaupten, dass ich nicht schon vorher gelebt – dass unsere Seele keine Vorexistenz habe. Sie leugnen es? Wir wollen nicht weiter darüber streiten! Ich bin überzeugt und habe kein Verlangen, andere zu überzeugen. Ich bin überzeugt, denn mich begleitet eine Erinnerung an ätherische Formen, an geisterhafter vielsagende Augen, an melodische, traurige Töne – eine Erinnerung, die mich nie verlassen wird, ein Andenken, wie ein Schatten unbestimmt, unbeständig, veränderlich und auch einem Schatten ähnlich in der Unmöglichkeit, mich davon zu befreien, solange die Sonne meiner Vernunft leuchtet.

In diesem Zimmer wurde ich also geboren. Ich kam aus der langen Nacht, die nur scheinbar das Nicht-Dasein ist, in ein Geisterland, in ein Zauberschloss, in die seltsamen Gefilde des Gedankens und klösterlicher Gelehrsamkeit.

Ist es da verwunderlich, dass ich mit erschrockenen, heißen Augen um mich blickte, dass ich mein Knabenalter unter Büchern begrub und meine Jugend an Träumereien verlor?

Seltsam und verwunderlich ist nur, dass, als die Jahre flohen und der volle Mittag meiner Männlichkeit mich noch im Hause meiner Väter fand, die Quellen meines Lebens plötzlich zu versiegen schienen und sich eine vollständige Veränderung in dem Wesen selbst meiner gewöhnlichsten Gedanken vollzog. Die Wirklichkeiten der Welt berührten mich wie Visionen und nur wie Visionen, während die seltsamen Vorstellungen des Traumlandes nicht etwa die Nahrung meines Daseins wurden, sondern einzig und allein dies Dasein selbst!

Berenice und ich waren Geschwisterkinder und wuchsen zusammen in meinem väterlichen Hause auf. Doch entwickelten wir uns verschieden: Ich war kränklich und stets in tiefen Melancholien versunken – sie dagegen lebhaft, graziös und von überströmender Lebenskraft. Ich vergrub mich in mein Studierzimmer – sie sprang munter auf den Hügeln und Feldern umher. Ich lebte nur in meinem Herzen und weihte Körper und Geist den tiefsten, schmerzvollsten Betrachtungen – sie eilte sorglos durch das Leben, ohne an die Schatten auf ihrem Pfade zu denken oder jemals über die schweigsame Flucht der schwarzbeschwingten Stunden zu erschrecken.

Berenice! Berenice! Laut rufe ich ihren Namen, und in wildem Aufruhr flattern auf finsteren Eulenflügeln tausend Gedanken aus den grauen Ruinen der Erinnerung hervor! Und wieder steht sie deutlich vor mir wie in den ersten Tagen ihrer leichtherzigen Fröhlichkeit. Berenice, die strahlende, fantastische Schönheit, die Sylphide in den Gebüschen der heimatlichen Flur, die Najade ihrer Quellen!

Und dann wurde alles in ihr Geheimnis und Grauen – dann begann eine Geschichte, die man nicht erzählen sollte.

Ein Übel, ein verhängnisvolles Übel überfiel sie wie ein Samum. Vor meinen Augen wurden ihr Körper, ihr Gemüt, die ganze Einheit ihres Wesens eine Beute des grässlichen Zerstörers, der wie ein Vernichter kam und ging! Doch wo blieb sein Opfer? Die Kranke kannte ich nicht – kannte sie nicht als Berenice!

Unter dem zahlreichen Gefolge von Leiden, welche dieser erste furchtbare Aufruhr in dem körperlichen und geistigen Verhalten der Cousine nach sich zog, muss ich eine Art von Epilepsie als eines der traurigsten und hartnäckigsten bezeichnen. Diese ging häufig in vollständigen Starrkrampf über, der alle Merkmale der wirklichen Auflösung an sich trug, obwohl sich die Kranke stets wieder, und zwar ganz plötzlich, von ihm erholte.

Zu gleicher Zeit wuchs mein eigenes Übel erschreckend schnell und bildete sich zu einer Monomanie aus, die sich auf ganz neue, außerordentliche Weise äußerte. Von Stunde zu Stunde, von Minute zu Minute wurde sie stärker und errang zuletzt eine unbeschränkte Herrschaft über mich. Diese Monomanie bestand in einer krankhaften Reizbarkeit jener geistigen Fähigkeit, welche die psychologische Wissenschaft unter dem Ausdruck ›die Fähigkeit zur Aufmerksamkeit‹ begreift. Man wird mich höchstwahrscheinlich nicht verstehen, denn ich fürchte, es wird auf keine Art und Weise möglich sein, einen genauen Begriff von der Innerlichkeit des nervösen

Interesses zu geben, mit welchem ich mich auf die Betrachtung der außergewöhnlichsten Gegenstände des Weltalls warf und in diese vergrub.

Ich konnte stundenlang und unermüdlich über irgendeine kindische, oberflächliche Bemerkung am Rand oder im Text eines Buches nachsinnen. Zuweilen wurde ich den größten Teil eines Sommertages ganz von der Betrachtung irgendeines Schattens in Anspruch genommen, der schräg auf die Tapete oder den Fußboden fiel. Es war möglich, dass ich mich eine ganze Nacht hindurch in den Anblick der ruhigen Flamme einer Lampe oder der Glut eines Kohlenfeuers verlor oder ganz monoton ein alltägliches Wort so lange wiederholte, bis sein Klang jeden Sinn für mich verloren hatte. Manchmal erstickte ich auch in mir jedes Gefühl körperlichen Daseins durch eine hartnäckig fortgesetzte, vollkommene Ruhe.

Das sind einige der häufigsten und harmlosesten Abirrungen meines kranken Geistes. Vielleicht erscheinen sie nicht ganz ohne Beispiel – jedenfalls spotten sie jeder Erklärung.

Doch möchte ich nicht missverstanden werden. Diese ungebührlich tiefe, krankhafte Aufmerksamkeit, welche von an sich ganz unbedeutenden Dingen erregt wurde, darf nicht mit dem natürlichen Hang zum Grübeln verglichen werden, den alle Menschen mehr oder weniger verspüren und dem sich ganz besonders Personen mit lebhafter Fantasie oft überlassen. Meine Krankheit war nicht, wie es vielleicht scheinen könnte, der äußerste Ausdruck dieser Neigung, sondern etwas von ihr ursprünglich und wesentlich Verschiedenes. Im ersten Fall wird der Träumer, der Schwärmer, gewöhnlich durch einen nicht alltäglichen, nicht banalen Gegenstand angeregt, und in einer Wildnis von Deduktionen und Suggestionen, die ihm derselbe aufzwingt, verliert er unbemerkt diesen Gegenstand selbst aus den Augen, sodass er schließlich, am Ende seiner Träume, die für ihn selbst übrigens meist angenehm, wollüstig angenehm sind, die erste Ursache seines Nachdenkens verloren und vergessen hat. In meinem Fall jedoch war der Ausgangspunkt stets unbedeutend, obwohl er durch das Medium meiner krankhaften Anschauung eine scheinbare Wichtigkeit erhielt. Nur äußerst selten gab ich mich irgendwelchen Folgerungen hin; und wenn es einmal der Fall war, kehrten sie stets wieder mit Hartnäckigkeit auf ihren Ausgangspunkt zurück.

Die Betrachtungen waren niemals angenehm; und zum Schluss war mir die erste Ursache der Grübelei nicht entschwunden, sondern hatte in mir eben jenes unheimliche, unnatürlich gesteigerte Interesse erregt, das als das eigentliche Merkmal meines Übels anzusehen ist.

Kurz also: Die Fähigkeit des Geistes, die bei mir krankhaft reizbar war, bestand, wie ich schon sagte, in einer *Fähigkeit zur Aufmerksamkeit,* während bei dem gewöhnlichen Träumer die *Gabe der Betrachtung* in Tätigkeit tritt.

Wenn die Bücher, die ich in jener Epoche las, das Übel auch nicht gerade erregten, so steigerte ihr mystischer und zuweilen wenig logischer Inhalt, der mich zu immer neuem Grübeln trieb, meine Krankheit doch in beängstigender Weise. Ich erinnere mich unter anderem noch sehr genau der Abhandlung des edlen Italieners Coelius Secundus Curio ›De Amplitudine Beati Regni Dei‹, des großen Werkes des heiligen Augustinus ›Der Gottesstaat‹ und Tertullians ›De Carne Christi‹, in welchem sich der paradoxe Ausspruch findet, der mich mehrere Wochen lang in schwerem, fruchtlosem Nachdenken gebannt hielt: ›Mortuus est Dei filius; credibile est quia ineptum est; et sepultus resurrexit; certum et quia impossibile est.‹

Mein Geist, den so unbedeutende Dinge aus dem Gleichgewicht bringen konnten, mochte wohl Ähnlichkeit mit jenem Meeresfelsen haben, von dem Ptolemäus Hephestion erzählt, dass er aller menschlichen Gewalt, ja dem wilden Ansturm der Elemente widerstand, doch in seinen Grundfesten erbebte, wenn man ihn mit der Blume Asphodill berührte. So wird nur ein oberflächlicher Denker glauben können, dass ich über die Verwüstungen, die das unglückselige Leiden in dem seelischen Zustand Berenicens angerichtet hatte, in meiner krankhaften Art nachgegrübelt hätte. Tatsächlich war dies durchaus nicht der Fall.

In meinen klaren Augenblicken empfand ich wohl sehr viel Kummer über ihr Unglück; der Gedanke an den vollständigen Schiffbruch, den ihr schönes, heiteres Leben erlitten, schnitt mir tief ins Herz, und ich dachte oft und mit Bitterkeit über die bösen Zauberkräfte nach, die eine so grauenhafte Umwandlung bewirken konnten. Doch hatten diese Reflexionen nichts von der Idiosynkrasie meines Übels an sich und mochten in dieser Gestalt unter ähnlichen Umständen wohl an allen Menschen angestellt werden. Mein krankes Grübeln beschäftigte sich vielmehr mit den weniger wichtigen, aber vielleicht auffallenderen Veränderungen, die sich in der körperlichen Erscheinung Berenicens vollzogen hatten – mit der sonderbaren und erschreckenden Verzerrung ihres äußeren Wesens.

Ich wusste bestimmt, dass ich sie in den strahlenden Tagen ihrer unvergleichlichen Schönheit nicht geliebt hatte. Die seltsame Anomalie in meinem Dasein ließ meine Gefühle *niemals* dem Herzen, ließ meine Leidenschaften *stets* dem Gedanken entspringen. In früher, grauer Morgendämmerung, zu Mittag unter den zitternden Schatten des Waldes, des Nachts in der Stille meines Bibliothekzimmers war sie vor meinen Augen erschienen: nicht als die lebende, atmende Berenice, sondern als die Berenice eines Traumes; nicht als ein irdisches Wesen von Fleisch und Blut, sondern als die Abstraktion eines solchen Geschöpfes, nicht als ein Gegenstand der Bewunderung, sondern als ein Objekt der Analyse, nicht als ein Wesen, geschaffen zur

Liebe, sondern als Thema sinn- und planlosen Nachdenkens. Und nun – nun erbebte ich in ihrer Gegenwart, nun erblasste ich, wenn sie sich mir näherte, und plötzlich ward mir bewusst, dass sie mich seit Langem liebte, und ich sprach ihr in einer bösen Stunde trotz ihres zerfallenen, trostlosen Zustandes von Heirat.

Der Tag, den wir für die Hochzeit festgesetzt hatten, nahte heran. Ich saß an einem Winternachmittag – es war ein sonderbar ruhiges, nebeliges, warmes Wetter – in meinem Bibliothekzimmer und glaubte mich allein. Doch als ich meine Augen erhob, sah ich Berenice vor mir stehen.

Lag es an meiner übererregten Fantasie – oder an dem Einfluss der Nebelluft, an der unbestimmten Dämmerung im Zimmer, an der dunklen Kleidung, die sie in langen Falten umhüllte, dass mir ihre Umrisse so schwankend und undeutlich erschienen? Ich vermag es nicht zu entscheiden. Vielleicht war sie während ihrer Krankheit gewachsen!? Sie sagte kein Wort, und ich – hätte nicht für die Welt eine Silbe sprechen können. Ein Schauder durchfuhr meinen Körper; ein Gefühl unerträglicher Angst bedrückte mich; eine verzehrende Neugierde rang sich in meiner Seele hoch; ich sank in meinen Stuhl zurück und verharrte eine Zeit lang regungslos, atemlos, die Blicke fest auf Berenice gerichtet. Ach, wie erschreckend sie abgemagert war! Ich konnte keine Spur des früheren Wesens auch nur im flüchtigsten Umriss wiedererkennen.

Meine wilden Blicke fielen endlich auf ihr Gesicht: Die Stirn war hoch, sehr bleich und sonderbar ruhig. Ihr früher pechschwarzes Haar fiel zum Teil über die Stirn und beschattete die hohlen Schläfen mit zahllosen Locken von schreiend gelber Farbe, deren fantastischer Anblick grausam gegen die müde Trauer ihrer Züge abstach. Die Augen waren ohne Leben und Glanz und scheinbar ohne Pupillen, und unwillkürlich schraken meine Blicke vor ihrem gläsernen Starren zurück und betrachteten ihre dünnen, zusammengeschrumpften Lippen. Sie teilten sich, und mit einem besonderen, bedeutsamen Lächeln enthüllten sich die Zähne der also veränderten Berenice. Wollte Gott, dass ich sie nie gesehen hätte oder dass ich nach ihrem Anblick gestorben wäre!

Das Geräusch einer sich schließenden Tür schreckte mich empor: ich gewahrte, dass meine Cousine das Zimmer wieder verließ. Doch das weiße Gespenst ihrer Zähne war aus meinem Gehirn nicht zu bannen, nicht fortzutreiben. Jedes Fleckchen auf deren Oberfläche, jede Tönung auf deren Email, jede Ausbuchtung an der Schneide hatte ihr flüchtiges Lächeln meinem Gedächtnis unauslöschlich eingebrannt! Ich sah sie *jetzt* sogar deutlicher, als ich sie *soeben* gesehen, diese Zähne! – Diese Zähne! – Sie waren hier – und waren dort – und überall, sichtbar, greifbar vor mir: lang, schmal und außerordentlich weiß.

Bleiche Lippen zogen sich um sie herum, genau wie in dem schrecklichen Augenblick, da ich sie zuerst gesehen!

Dann überfiel mich meine krankhafte Einbildungssucht mit wilder Wut, und vergebens kämpfte ich gegen ihre unerklärliche, unwiderstehliche Gewalt! Unter den zahllosen Gegenständen der äußeren Welt hatte ich nur noch Gedanken für diese Zähne. Nach ihnen trug ich ein wahnsinniges Verlangen. Alle Erscheinungen der Welt, alle Interessen des Lebens wurden davon aufgesogen. Sie – sie allein waren meinem inneren Auge gegenwärtig, ihr Wesen wurde zum alleinigen Inhalt meines Gedankenlebens. Ich betrachtete sie von jedem Gesichtspunkt, von jeder Seite aus. Ich studierte ihre besonderen Merkmale, ich sann über ihre Eigentümlichkeiten nach, ich grübelte über ihre Ähnlichkeit untereinander. Ich forschte nach den Veränderungen, denen sie unterworfen waren. Und als ich ihnen in meiner Vorstellung Gefühlskraft und Ausdrucksfähigkeit auch ohne den Beistand der Lippen zuschreiben musste, da schauderte ich! Von Mademoiselle Salle hat man sehr bezeichnend gesagt: ›Que tous ses pas étaient des sentiments‹, und von Berenice glaube ich viel fester, *dass alle ihre Zähne Ideen seien.* Ideen! War das der idiotische Gedanke, der mich zugrunde richten sollte? Ideen!?! Begehrte ich sie wohl deshalb so wahnsinnig? Ich fühlte, dass nur ihr Besitz allein mir jemals Frieden, jemals den Verstand zurückgeben konnte.

So senkte sich der Abend auf mich herab, und die Dunkelheit der Nacht kam, blieb und verschwand wieder – ein neuer Tag erschien, und die Nebel einer zweiten Nacht schlugen um mich zusammen – und noch immer saß ich regungslos in meinem einsamen Zimmer – noch immer saß ich in Betrachtungen versunken – noch immer übte das Gespenst der Zähne seine schreckliche Macht und schwebte mit lebendiger, grässlicher Deutlichkeit da und dort durch die wechselnden Lichter und Schatten des Zimmers. Endlich brach in meine Träume ein Schrei des Entsetzens und der Furcht, dem nach einer Pause trostlose Stimmen und banges, schmerzerfülltes Seufzen folgten. Ich erhob mich von meinem Sitz, öffnete die Tür des Bibliothekzimmers und fand im Vorraum eine Dienerin, die mir tränenüberströmt verkündete, dass Berenice nicht mehr sei! Am frühen Morgen hatte ein Epilepsie-Anfall sie heimgesucht. Nun, bei Anbruch der Nacht, waren die Vorbereitungen zur Bestattung beendet, und das Grab erwartete seinen Bewohner. –

Ich fand mich in der Bibliothek wieder. Allein. Es schien mir, als sei ich eben aus einem verwirrten, aufgeregten Traume erwacht. Ich wusste, dass es Mitternacht war und dass man nach Sonnenuntergang Berenice begraben hatte. Doch besaß ich keine Vorstellung von dem, was sich in der Zwischenzeit zugetragen hatte. Meine Erinnerung daran war ein Gefühl wie Schrecken, den seine Unbestimmtheit nur grausiger, wie Entsetzen, das seine Gegenstandslosigkeit nur noch grässlicher machte. Es war eine fürchterliche Stunde meines Lebens, angefüllt mit nebelhaften, unaussprechlichen, scheußlichen Erinnerungen. Ich bemühte mich, die Wirklichkeit zu erkennen, die ihnen zugrunde lag; vergebens! Von Zeit zu Zeit drang der schrille, durchdringende Schrei einer Frauenstimme wie das Gespenst eines verwehten Tones an mein Ohr. Ich hatte eine Tat vollbracht – doch welche?

Laut stellte ich mir diese Frage, und das flüsternde Echo des Zimmers antwortete mir: – ›doch welche?‹

Neben mir auf dem Tisch brannte eine Lampe, und ihr zur Seite stand eine kleine Kiste aus Ebenholz. Es war nichts Besonderes an ihr, und ich hatte sie schon oft gesehen, denn sie gehörte unserem Hausarzt. Aber wie kam sie da auf meinen Tisch, und weshalb schauderte ich, als ich sie erblickte? Doch – es war wohl nicht der Mühe wert, darüber nachzudenken! Meine Blicke wandten sich ab und fielen auf ein offenes Buch und eine Sentenz in demselben, die jemand unterstrichen hatte. Es waren die sonderbaren, aber einfachen Worte des Dichters Ebn Zaiat: ›Dicebant mihi sodales, si sepulchrum amicae visitarem, curas meas aliquantulum fore levatas.‹ Wie kam es, dass sich beim Lesen dieses Satzes mein Haar emporsträubte, dass mein Blut in den Adern erstarrte?

Man klopfte leise an die Tür des Bibliothekzimmers, und bleich wie ein dem Grabe Entstiegener kam ein Diener auf den Zehenspitzen herein. Seine Blicke waren schreckverwirrt, und er sprach mit leiser, zitternder, erstickter Stimme. Was sagte er mir? – Ich vernahm nur Bruchstücke. Er sprach von einem grässlichen Schrei, der das Schweigen der Nacht unterbrochen hatte – sagte, dass die Dienerschaft zusammengelaufen sei und in der Richtung des Tones gesucht habe. Dann wurde seine Stimme gellend deutlich – er redete von der Schändung des Grabes, von dem entstellten, aus den

Leichentüchern gerissenen Körper, der noch stöhnte, noch pulsierte, *noch lebte!*

Er deutete auf meine Kleider, sie waren mit Kot und Blut beschmutzt. Er sprach nicht, sondern ergriff sanft meine Hand, sie trug die Male menschlicher Nägel. Er richtete meine Aufmerksamkeit auf einen Gegenstand, der an der Wand lehnte – es war ein Spaten. Mit einem Schrei stürzte ich zum Tisch und ergriff die Ebenholzkiste. Ich hatte nicht die Kraft, sie zu öffnen, sie glitt aus meiner zitternden Hand, fiel schwer zu Boden und sprang entzwei; mit Gerassel rollten einige zahnärztliche Instrumente heraus und zweiunddreißig kleine, weiße, wie Elfenbein schimmernde Gegenstände, die sich auf dem Fußboden verstreuten …

In den Bergen

Gegen Ende des Jahres 1827 wohnte ich in Virginia in der Nähe von Charlottesville und machte dort zufällig die Bekanntschaft eines Herrn August Bedloe. Die Persönlichkeit dieses jungen Mannes war in jeder Beziehung merkwürdig und erregte meine Neugierde und mein tiefstes Interesse. Sowohl sein körperliches wie sein geistiges Wesen war mir ein Rätsel; auch konnte ich nicht die geringste Auskunft über seine Familie erhalten, noch mit Sicherheit feststellen, woher er gekommen. Ich nannte ihn einen jungen Mann – doch gab es ein Etwas in seiner Person, das mich auch sein Alter eigentlich nicht einmal annähernd bestimmen ließ. Allem Anschein nach war er noch jung, auch betonte er oft seine Jugend; und doch hatte er Augenblicke, in denen er mir hundert Jahre alt zu sein schien. Das Eigentümlichste an ihm war jedoch seine Erscheinung. Er war auffallend groß und hager und hielt sich sehr gebeugt, seine Gliedmaßen waren außerordentlich lang und abgemagert, die Stirn breit und niedrig, die Hautfarbe vollkommen blutlos, der Mund groß und von stets wechselndem Ausdruck. Seine Zähne standen, obgleich sie vollkommen gesund waren, so weit auseinander und waren so unregelmäßig, wie ich es bei keinem anderen Menschen mehr gesehen habe. Doch war sein Lächeln durchaus nicht unangenehm, nur blieb der Ausdruck stets unverändert derselbe. Es war das Lächeln einer tiefen Melancholie – einer stets gleichmäßigen, endlosen Traurigkeit. Seine Augen waren ungewöhnlich groß und rund wie die einer Katze, auch erweiterten und verengerten sich seine Pupillen in schwächerem oder stärkerem Lichte, geradeso wie es bei den Tieren aus dem Katzengeschlechte der Fall ist. Manchmal, bei besonderer Erregung, steigerte sich der Glanz dieser Augen so sehr, dass sie, wie die Sonne, leuchtende Strahlen nicht eines empfangenden, sondern eigenen Lichtes zu entsenden schienen. Im Allgemeinen jedoch waren sie so trüb, blickten so unklar und glasig, dass sie einen an die Augen eines Leichnams erinnerten, der lange begraben gewesen.

Dies sonderbare Aussehen schien Herrn Bedloe vielen Verdruss zu bereiten, er spielte – halb, als wolle er es erklären, halb entschuldigend – wiederholt darauf an, was mich, als ich es zum ersten Mal hörte, in peinliche Verlegenheit brachte. Ich gewöhnte mich jedoch daran und machte mir bald nichts mehr daraus. Offenbar wollte er durch die Anspielungen andeuten, dass er nicht immer so ausgesehen wie jetzt, dass eine lange Reihe nervöser Zufälle aus seiner früheren äußeren Schönheit das gemacht habe, als was man ihn nun sehe. Viele Jahre hatte er sich von einem Arzte namens Templeton begleiten lassen. Es war ein alter Herr von vielleicht siebzig Jahren, den er in Saratoga kennengelernt, und dessen Behandlung ihm dort, wie er glaubte, außerordentlich wohlgetan habe. Schließlich hatte er – seine Mittel gestatteten es ihm – mit dem Doktor ein Übereinkommen getroffen, wonach derselbe gegen ein reichliches Jahrgehalt seine Zeit und ärztliche Erfahrung ausschließlich der Pflege des Kranken zu widmen hatte.

Doktor Templeton war in seinen jungen Jahren viel gereist, hatte in Paris die Lehren des Mesmerismus kennengelernt und sich lebhaft für dieselben interessiert. Durch magnetische Kuren war es ihm gelungen, die heftigen Schmerzen seines Patienten zu lindern, und dieser Erfolg hatte denselben erklärlicherweise mit Vertrauen zu den Ansichten erfüllt, denen man die Erkenntnis dieser Heilmittel verdankte. Der Doktor hatte sich, wie alle Enthusiasten, eifrig bemüht, aus seinem Pflegling einen vollständigen Anhänger der Lehren zu machen; und es war ihm zum Schlusse denn auch gelungen, den Leidenden zu bewegen, sich zahlreichen Experimenten zu unterziehen, deren häufige Wiederholung ein Ergebnis hatten, das in der letzten Zeit so häufig vorkommt, dass man ihm wenig oder gar keine Aufmerksamkeit mehr schenkt. Zu der Zeit jedoch, die hier infrage kommt, kannte man es in Amerika kaum. Zwischen dem Doktor Templeton und Bedloe war nämlich nach und nach ein starker Rapport, eine deutlich merkbare Beziehung eingetreten. Ich kann freilich nicht mit Sicherheit behaupten, ob dieser Rapport über die einfache Fähigkeit der Einschläferung hinausging. Diese hatte sich jedoch nach und nach unglaublich gesteigert, obwohl dem Magnetiseur der erste Versuch, den Kranken einzuschläfern, vollständig misslungen war. Erst beim fünften oder sechsten Male hatte er nach längerer Bemühung einigen Erfolg, beim zwölften Male jedoch gelang die Einschläferung vollkommen. Nun erlag der Wille des Patienten sehr rasch dem seines Arztes, sodass derselbe zur Zeit, als ich mit den beiden Herren bekannt wurde, den Patienten, selbst wenn sich derselbe seiner Gegenwart nicht bewusst war, durch einen bloßen Willensakt in Schlaf versetzen konnte. Erst jetzt, da sich täglich ähnliche Wunder vor zahlreichen Augenzeugen vollziehen, wage ich es, diese scheinbare Unmöglichkeit als eine wirkliche Tatsache mitzuteilen.

Bedloe besaß ein höchst reizbares, empfindliches, begeisterungsfähiges Gemüt, eine starke, schöpferische Fantasie, die jedenfalls durch den gewohnheitsmäßigen Genuss von Morphium noch gesteigert wurde. Er genoss das Gift in großen Mengen und hatte sich so sehr an seine Wirkungen gewöhnt, dass er ohne dasselbe nicht mehr leben zu können glaubte. Er nahm gewöhnlich jeden Morgen eine ziemlich starke Dosis – gleich nach dem Frühstück, oder vielmehr gleich nachdem er eine Tasse starken Kaffee getrunken, denn er aß am Vormittage nichts. Dann begab er sich, allein oder von einem Hunde begleitet, auf lange Streifzüge durch die wilden, öden Hügel, die sich von Charlottesville nach Süden und Westen hinziehen und den Namen ›Ragged Mountains‹ tragen.

An einem warmen, doch trüben und nebeligen Tage gegen Ende November, in der seltsamen Übergangszeit also, die man in Amerika den ›Indischen Sommer‹ nennt, unternahm Herr Bedloe morgens wie gewöhnlich einen Spaziergang in die Berge. Der Tag verging, ohne dass er zurückgekehrt wäre.

Über sein langes Ausbleiben ernstlich beunruhigt, wollten wir uns um acht Uhr abends aufmachen, um ihn zu suchen, als er plötzlich wieder erschien. Er befand sich nicht schlechter als immer, ja! seine Stimmung schien sogar eine etwas bessere als gewöhnlich zu sein. Was er uns dann von seinem Ausfluge und von den Begebnissen, die ihn so lange aufgehalten hatten, erzählte, erfüllte mich mit höchstem Erstaunen: »Wie Sie wissen«, sagte er zu mir, »verließ ich die Stadt heute morgen gegen neun Uhr. Ich schlug den nächsten Weg in die Berge ein und befand mich gegen zehn Uhr in einer Schlucht, die mir gänzlich unbekannt war. Ich folgte den Windungen des Engpasses mit vielem Interesse. Die Landschaft auf beiden Seiten war, obwohl sie kaum großartig genannt werden konnte, von einer unbeschreiblichen, trostlosen Düsterkeit, die mich geradezu entzückte; noch nie schien ein menschlicher Fuß ihre Einsamkeit gestört zu haben. Ich konnte mich des Gedankens nicht erwehren, dass noch nie jemand vor mir den grünen Rasen und die grauen Felsen betreten habe. Der Eingang zu der Schlucht ist vollständig verborgen, allerlei Zufälligkeiten versperren den Weg zu ihr so gründlich, dass es durchaus nicht ausgeschlossen ist, dass ich der erste und der einzige Wanderer bin, der je in ihre Verborgenheit eingedrungen.

Der im ›Indischen Sommer‹ so häufig aufsteigende dichte Nebel oder vielmehr Dunst lastete schwer auf allen Dingen und trug offenbar nicht wenig dazu bei, den Eindruck des Unbestimmten, den sie mir machten, noch zu vertiefen.

Die Luft war von den reizvollen Schleiern so dicht durchweht, dass ich meinen Pfad nie weiter als etwa auf zwölf Ellen erkennen konnte. Er war vielfach gewunden, und da die Nebel die Sonne vollständig verbargen, wusste ich bald nicht mehr, in welcher Richtung ich vorwärtsschritt. Mittlerweile begann auch das Morphium in gewohnter Weise zu wirken – es erfüllte mich mit einem überlebhaften Interesse für alle Dinge der äußeren Welt. In dem Zittern eines Blattes – im Farbentone eines Grashalmes – in dem Hauche des Windes – in dem Summen einer Biene – in dem Funkeln eines Tautropfens – in dem flüchtigen Duft, der vom Walde herüberwehte, barg sich mir eine ganze Welt von Ahnungen und Vorstellungen, eine heitere, bunte Schar abgerissener, angenehm verworrener Gedanken.

Auf diese Weise wunderbar gut unterhalten, setzte ich meine Wanderung mehrere Stunden lang fort. Der Nebel verdichtete sich allmählich so stark, dass ich mich nur noch vorwärtstasten konnte. Dabei ergriff mich eine unerklärliche Unruhe – eine Art nervöser Unentschlossenheit – ein ängstliches Zittern –, sodass ich kaum vorwärtszuschreiten wagte, aus Furcht, in irgendeinen Abgrund zu stürzen. Ich erinnerte mich plötzlich an allerlei seltsame Geschichten, die man sich von den Ragged Mountains und einem rohen, wilden Menschenschlage erzählte, der in ihren Höhlen und Schluchten hausen sollte. Tausend unbestimmte Vorstellungen schwirrten mir durch den Sinn und bedrückten mich, und gerade ihre Unbestimmtheit machte sie nur noch beängstigender.

Da vernahm ich plötzlich einen lauten Trommelwirbel.

Es wäre vergebliche Mühe, wollte ich Ihnen mein Erstaunen

beschreiben. In der Einsamkeit dieser Berge war eine Trommel gewiss ein unerwartetes Ding. Der Posaunenstoß des Erzengels hätte mich nicht mehr überraschen können. Doch gleich darauf geschah etwas, das meine Überraschung und Verwirrung noch steigerte. Ich vernahm ein rasselndes, klirrendes Geräusch, wie von einem Bunde größerer Schlüssel, und im selben Augenblick stürzte ein dunkelfarbiger, halb nackter Mann mit einem gellenden Schrei an mir vorüber und streifte mich so dicht, dass ich seinen heißen Atem auf meiner Wange fühlte. In der einen Hand trug er ein Werkzeug, das aus einer Menge stählerner Ringe zusammengesetzt war, die er während seines Laufens heftig schüttelte. Kaum war er im Nebel verschwunden, so stürzte keuchend, mit offenem Rachen und glühenden Augen, ein großes Tier hinter ihm her. Ich konnte mich unmöglich täuschen: Es war eine Hyäne!

Sonderbarerweise befreite mich der Anblick dieses Ungeheuers eher von meiner Angst, als dass er sie verstärkte: denn es wurde mir klar, dass ich träumte. Ich bemühte mich nun, mich zu einem klaren Bewusstsein meines Zustandes aufzuraffen. Ich schritt kühn und lebhaft vorwärts. Ich rieb meine Augen, rief Worte laut vor mich hin und zwickte mich in die Glieder. Als ich bald darauf an eine Quelle kam, beugte ich mich hinab und wusch mir Hände, Haupt und Hals. Das kalte Wasser schien die unbestimmten Erregungen, die mich bis jetzt gequält hatten, zu verscheuchen. Ich fühlte mich plötzlich wie neugeboren und schritt auf dem unbekannten Wege nun sicher und wohlgemut weiter.

Von der langen Wanderung und der drückenden Schwüle der Luft ermüdet, ließ ich mich schließlich unter einem Baume nieder. Ein schwacher Sonnenstrahl drang durch das Gewölk und zeichnete vor mir auf den Rasen in zarten, aber bestimmten Umrissen die Schatten der Blätter. Staunend starrte ich diese Zeichnungen mehrere

Minuten lang an und blickte darauf zu dem Baume empor: Es war eine Palme.

Ich erhob mich hastig und in grenzenloser Aufregung, denn die Annahme, dass ich träume, hielt nicht länger stand. Ich sah – ich fühlte, dass ich meiner Sinne vollkommen mächtig war; und diese Sinne überfluteten nun meine Seele mit einer ganzen Welt neuer und seltsamer Eindrücke. Die Hitze wurde plötzlich unerträglich, die Luft war mit unbekannten Wohlgerüchen beladen. Ein leises, anhaltendes Murmeln wie von einem tiefen, sanft dahingleitenden Strome drang mit einem Gesumme gleichsam von viel tausend Menschenstimmen an mein Ohr.

Während ich mit unsäglichem Erstaunen hinhorchte, trug ein kurzer, starker Windstoß wie mit Zauberkraft die dichte Nebelhülle hinweg.

Ich befand mich am Fuße eines hohen Berges und blickte in ein ausgedehntes Tal hinab, durch welches sich ein mächtiger Strom hinwälzte. Am Ufer dieses Flusses erhob sich eine Stadt von morgenländischem Aussehen, wie man sie in arabischen Erzählungen oft geschildert findet. Ich stand ziemlich hoch, sodass ich sie mit all ihren Winkeln und Ecken überschauen konnte, als läge sie auf einer Karte gezeichnet vor mir. Zahllose Straßen kreuzten sich unregelmäßig nach allen Richtungen – man hätte sie eigentlich eher verschlungene Alleen als Straßen nennen können – und waren von Menschen überflutet. Die Häuser zeigten eine fantastisch malerische Bauart, und das Auge verlor sich in eine Wildnis von Balkonen, Veranden, Minaretts, Tempelchen und reich verzierten Erkern. In zahllosen Bazars wurden kostbare Waren in verschwenderischer Auswahl zur Schau gestellt – Seidenzeug, Musseline, blitzende Stahlwaren, schimmernde Juwelen und Edelsteine. Fahnen flatterten, Sänften mit prächtig gekleideten verschleierten Damen wurden vorübergetragen, seltsame Götterbilder,

Banner, metallene Gongs, Speere, silberne und goldene Keulen blitzten in der Sonne auf. Und mitten in dem Gewühle, dem Geschrei, dem allgemeinen Wirrwarr und Drängen – mitten in der unzähligen Schar bärtiger, schwarzer und brauner Menschen in Turban und Feierkleid trieben sich ganze Scharen geschmückter heiliger Stiere umher, während an den Leisten und Gesimsen der Moscheen und Tempelchen eine Unzahl der schmutzigen heiligen Affen mit Lärmen und Schreien ihr Wesen trieben. Aus den überfüllten Straßen führten allenthalben Treppen an das Ufer zu den Badeplätzen hinab, während der Fluss selbst sich nur mühsam zwischen den schwer beladenen Schiffen, die seine Oberfläche weithin bedeckten, hindurchzuwinden schien. Außerhalb der Stadt erhoben sich hie und da majestätische Palmenhaine und Gruppen anderer, riesiger Bäume von fremdem Aussehen und hohem Alter. Hin und wieder erblickte man auch ein Reisfeld, die strohgedeckte Hütte eines Landmannes, einen Teich, einen kleinen Tempel, ein Zigeunerlager oder die anmutige Gestalt eines einsam dahinwandelnden Mädchens, das mit einem Kruge auf dem Kopfe in dem prächtigen Strome Wasser zu schöpfen ging.

Sie werden mir sicher sagen, dass ich dies alles nur geträumt habe. Doch nein: Alles, was ich sah, was ich hörte, was ich fühlte und dachte, hatte nichts mit den unverkennbaren, dumpfen Empfindungen des Traumes gemein. Ich empfand ganz klar, dass alles wirklich da sei. Als ich selbst noch zweifelte, ob ich vollständig wach sei, stellte ich Proben an, die mir bewiesen, dass ich tatsächlich durchaus bei Sinnen war. Wenn jemand träumt und während des Traumes vermutet, dass er nur träume, wird sich der Argwohn sofort bestätigen, und der Schläfer unmittelbar darauf erwachen. Novalis hat vollständig recht, wenn er sagt, dass wir dem Erwachen nahe sind, sobald uns träumt, dass wir träumen. Hätte ich die geschilderte Vision gehabt, ohne zu argwöhnen, dass sie nur ein Traum sei, so wäre es

immerhin möglich, dass sie auch nichts anderes gewesen wäre. Da ich jedoch selbst eine Zeit lang glaubte, dass ich sie nur im Traume sähe, muss ich sie einer anderen Art von Erscheinungen einreihen.«

»Ich bin mir noch nicht ganz klar, ob Sie unrecht haben«, unterbrach ihn Doktor Templeton. »Doch fahren Sie fort. Sie standen also auf und gingen in die Stadt hinunter?«

»Ich stand also auf«, fuhr Bedloe fort und sah den Doktor mit tiefstem Erstaunen an – »ich stand auf, wie Sie sagten, und ging in die Stadt hinunter. Auf dem Wege dahin geriet ich unter eine Volksmenge, die mit allen Zeichen der Erregung nach einer bestimmten Richtung hindrängte. Plötzlich fühlte ich mich – durch einen mir selbst unerklärlichen Antrieb – von persönlicher Teilnahme für das, was da vor sich gehen sollte, durchdrungen. Es kam mir vor, als habe ich eine wichtige Rolle zu spielen, und wusste doch nicht, worin sie bestand. Gegen die Menge selbst, die mich umgab, empfand ich eine lebhafte Abneigung. Ich bahnte mir einen Weg, erreichte auf einem Umwege die Stadt und ging hinein. Hier war alles in wildestem Aufruhr. Eine kleine Schar halb indisch, halb europäisch gekleideter Männer, die von Anführern in einer zum Teil britischen Uniform befehligt wurden, befand sich im Kampfe gegen den an Zahl bei Weitem überlegenen Pöbel, der sich durch die Straßen drängte. Ich vereinigte mich mit der schwächeren Partei, raffte die Waffen eines gefallenen Offiziers auf und kämpfte – ich weiß nicht gegen wen – mit wildem Mute. Wir wurden bald in die Flucht geschlagen und mussten uns in eine Art von Kiosk flüchten. Hier verbarrikadierten wir uns und waren für den Augenblick in Sicherheit. Durch eine Spalte in der Kuppel des Kiosk sah ich, wie die Menge mit wüstem Ungestüm einen Palast, der halb in den Fluss hineingebaut war, umzingelte und angriff. Plötzlich ließ sich aus einem der oberen Fenster des Palastes eine weibisch aussehende Gestalt an einem aus den zusammengeknüpften Turbans der

Diener hergestellten Seile herab und entkam in einem bereitgehaltenen Boote an das gegenüberliegende Ufer.

Und nun bemächtigte sich meiner Seele eine neue Empfindung. Ich richtete ein paar energische Worte an meine Gefährten, und als ich sie meinem Plane geneigt gestimmt hatte, machten wir einen erbitterten Ausfall aus dem Kiosk. Wir stürzten mitten unter die Menge, die sich vor demselben zusammengerottet hatte. Anfangs wich sie vor uns zurück, sammelte sich wieder, griff uns wie Wahnsinnige von Neuem an und musste sich zum zweiten Mal zurückziehen. Unterdessen waren wir weit von dem Kiosk fortgedrängt worden und gerieten in ein paar enge Straßen mit hohen, überhängenden Häusern, in die nie ein Sonnenstrahl zu dringen schien. Immer ungestümer kämpfte der Pöbel und schleuderte einen Hagel von Pfeilen auf uns; diese hatten eine eigentümliche Form und glichen in mancher Beziehung den gewundenen Dolchen der Malayen ... sie waren dem Körper einer kriechenden Schlange nachgebildet, lang und schwarz und mit vergifteten Widerhaken versehen. Einer derselben traf mich in die rechte Schläfe. Ich taumelte, fiel hin und wurde sofort von einem schrecklichen Übelbefinden befallen. Ich versuchte, dagegen anzukämpfen, rang nach Atem – und starb.«

»Sie werden jetzt wohl schwerlich noch behaupten wollen«, warf ich lächelnd ein, »dass Sie das ganze Erlebnis nicht geträumt hätten – oder wollen Sie vielleicht behaupten, dass Sie nun tot sind?«

Ich erwartete irgendeine lebhafte, scherzende Antwort von Bedloe; zu meinem Erstaunen zögerte er jedoch, wurde beängstigend bleich und begann zu zittern. Ich blickte zu Templeton hinüber, er saß starr und aufrecht auf dem Stuhl – seine Zähne schlugen wie im Frost aufeinander, seine Augen schienen aus ihren Höhlen treten zu wollen.

»Weiter!«, rief er endlich Bedloe mit heiserer Stimme zu.

»Mehrere Minuten lang«, fuhr dieser fort, »hatte ich keine andere Empfindung als die großer Finsternis und war mir bewusst, tot zu sein. Endlich war es mir, als ob eine heftige Erschütterung, ähnlich wie ein elektrischer Schlag, meine Seele durchfahre. Sie stellte in mir ein Gefühl von Bewegung und Licht wieder her. Ich sah jedoch die Helligkeit nicht, sondern fühlte sie. Dann schien es mir, als erhöbe ich mich vom Boden. Doch empfand ich noch kein körperliches, kein hörbares, sichtbares oder fühlbares Leben. Die Menge hatte sich verlaufen, das Getümmel hatte sich gelegt, und in der Stadt war es ruhig geworden. Unter mir lag mein Körper, der Pfeil steckte noch in der Schläfe, der Kopf war unförmig aufgeschwollen und entstellt. Alle diese Dinge sah ich jedoch nicht, sondern fühlte sie. Ich hatte für nichts mehr Interesse. Sogar der Leichnam kam mir vor wie etwas, das mich nicht im Geringsten anging. Willen fühlte ich nicht, empfand jedoch einen Zwang, mich zu bewegen, und flatterte gleichsam auf dem Umwege, auf dem ich gekommen, wieder zur Stadt hinaus. Als ich in der Bergschlucht jene Stelle erreichte, an welcher ich die Hyäne gesehen, empfand ich wieder einen Schlag wie von einer galvanischen Batterie; das Gefühl der Schwere, der Willenskraft, der körperlichen Wesenheit stellte sich wieder ein. Ich fand mich plötzlich als mein ursprüngliches Selbst wieder und lenkte eifrigst meine Schritte heimwärts. Doch hatte das Erlebnis nichts von der Lebendigkeit eines wirklichen Vorfalles verloren – und auch jetzt vermag ich mich nicht einen Augenblick lang zu zwingen, das Ganze für einen Traum zu halten.«

»Das war es auch nicht!«, antwortete ihm Doktor Templeton mit feierlichem Ernste, »es ist aber schwer, eine andere Bezeichnung dafür zu finden. Ich möchte Sie jedoch daran erinnern, dass der menschliche Geist in unseren Tagen bis dicht an die Entdeckung staunenerregender Kräfte der Physis gelangt ist. Mit dieser Annahme wollen wir uns begnügen. Im Übrigen habe ich noch eine Erklärung zu machen. Sehen Sie hier dies kleine Aquarellbild – ich hatte schon oft vor, es Ihnen zu zeigen, doch hielt mich eine unerklärliche Furcht bis jetzt davon zurück.«

Wir betrachteten das Bild, das er uns darbot. Ich bemerkte nichts Außergewöhnliches daran, Bedloe jedoch wurde fast ohnmächtig, als er es erblickte. Es war ein Miniaturporträt – und wies eine allerdings verblüffende Ähnlichkeit mit seinen eigenen, wie man weiß, sehr eigentümlichen Zügen; auf. Wenigstens schien es mir so, als ich es betrachtete.

»Lesen Sie das Datum hier auf dem Bilde«, fuhr Templeton fort, »sehen Sie, hier steht es in der Ecke – 1780. In diesem Jahre wurde das Porträt gemacht. Es ist das Bildnis eines verstorbenen Freundes – eines Herrn Oldeb, mit dem ich in Calcutta während der Statthalterschaft Warren Hastings' sehr befreundet war. Ich zählte damals erst zwanzig Jahre. Als ich Sie, Herr Bedloe, zum ersten Mal sah, bewog mich die wunderbare Ähnlichkeit zwischen Ihnen und dem Bilde, Sie anzureden, Ihre Freundschaft zu suchen und jenes Übereinkommen zu treffen, nach dem ich Ihr ständiger Begleiter wurde. Teilweise, ja, vielleicht hauptsächlich verleitete mich eine wehmütige Erinnerung an den Verstorbenen dazu, doch war auch eine quälende, fast an Entsetzen grenzende Neugierde bezüglich Ihrer Person dabei im Spiele. In der Erzählung der Vision, die Sie in den Bergen gehabt haben, schildern Sie bis in alle Einzelheiten genau die indische Stadt Benares am Ufer des heiligen Stromes. Der Aufruhr, die Kämpfe, die Metzelei, alles dies ereignete sich wirklich beim Aufstand Cheyte Sings im Jahre 1780, bei der Hastings in große Lebensgefahr geriet. Die Partei in dem Kiosk waren die unter des Statthalters Anführung stehenden eingeborenen Soldaten und britischen Offiziere. Ich selbst war einer von ihnen und tat mein Möglichstes, um den voreiligen, unglücklichen Ausfall des Offiziers zu verhindern, der in dem Straßengedränge von dem vergifteten Pfeile eines Bengalen getroffen wurde. Dieser Offizier war mein Freund, Herr Oldeb. Aus diesen Schriftstücken werden Sie ersehen« – hier überreichte er uns ein Heft, in dem mehrere Seiten frisch geschrieben zu sein schienen –, »dass ich, gerade um die Zeit, da Sie diese Vorgänge in den Bergen zu erleben glaubten, damit beschäftigt war, dieselben hier zu Hause zu Papier zu bringen.«

Etwa acht Tage nach dieser Unterhaltung erschien in einem Blatt zu Charlottesville folgende Anzeige:

›Es liegt uns die schmerzliche Pflicht ob, das Hinscheiden des Herrn August Bedlo bekanntzumachen. Sein liebenswürdiges Wesen und seine trefflichen Eigenschaften sichern ihm bei den Bürgern von Charlottesville ein ehrendes Andenken.

Herr Bedlo litt sei mehreren Jahren an einem Nervenleiden, das schon verschiedentlich das Schlimmste für ihn befürchten ließ. Diese Krankheit kann jedoch nur als die mittelbare Ursache seines unerwarteten Todes angesehen werden. Bei einem Ausfluge, den er vor einigen Tagen in die Ragged Mountains unternahm, zog er sich ein leichtes Erkältungsfieber zu, das mit einem heftigen Blutandrang zum Kopfe verbunden war. Um dem Kranken Linderung zu verschaffen, verordnete Dr. Templeton örtliche Blutentziehung durch Ansetzen von Blutegeln an die Schläfen.

Der Patient starb in erschreckend kurzer Zeit, und es stellte sich heraus, dass in das Gefäß, welches die Blutegel enthielt, zufällig einer der giftigen, wurmartigen Blutegel hineingeraten war, die man hin und wieder in den benachbarten Teichen findet. Das Tier hatte sich an eine kleine Ader in der rechten Schläfe festgesetzt. Seine große Ähnlichkeit mit dem medizinischen Blutegel war die Ursache zu dem unglückseligen Irrtum.

N.B. Die giftigen Blutegel von Charlottesville sind von den medizinischen stets durch ihre schwarze Farbe sowie auch durch ihre wurmartigen Bewegungen, die denen der Schlangen sehr ähnlich sind, zu unterscheiden.‹

Ich sprach mit dem Redakteur des betreffenden Blattes über diesen Unglücksfall und fragte ihn zufällig, wie es komme, dass der Name des Verstorbenen ›Bedlo‹, also ohne e am Ende, gedruckt worden sei.

»Sie sind wahrscheinlich beauftragt worden«, sagte ich, »den Namen so drucken zu lassen. Ich habe allerdings immer geglaubt, er werde am Ende mit e geschrieben.«

»Beauftragt? – Nein!«, gab er mir zurück, »es kann nur ein Druckfehler sein. Der Name wird in der ganzen Welt mit e geschrieben, ich wenigstens habe ihn nie anders gelesen.«

»So ist hier«, murmelte ich vor mich hin und wandte mich zum Gehen, »die Wahrheit wieder einmal seltsamer als alle Erdichtung. Denn Bedloe ohne e ist nichts anderes als die Umkehrung des Namens Oldeb. Und da sagt der Mann, dass es nur ein Druckfehler sei!«

Der Fall Valdemar

Es darf nicht wundernehmen, dass der Fall Valdemar lebhaftes Aufsehen erregt hat – man hätte es vielmehr ein Wunder nennen müssen, wäre es anders gewesen. Der Wunsch aller bei der Angelegenheit beteiligten Personen, diese wenigstens so lange geheim zu halten, bis neue Nachforschungen ihnen noch weitere Beweise an die Hand gegeben hätten, veranlasste, dass ein tendenziöser und übertriebener Bericht ins Publikum gelangte, der die ganze Angelegenheit in falschem Licht erscheinen ließ und natürlicherweise Unglauben hervorrief. Es ist deshalb nötig, eine Darstellung der Tatsachen dieses Falles zu geben, soweit sie mir selbst schon verständlich sind.

In den letzten drei Jahren beschäftigte ich mich lebhaft mit dem Studium des Magnetismus. Vor ungefähr neun Monaten kam mir nun plötzlich der Gedanke, dass die bisher gemachten zahlreichen Experimente eine bemerkenswerte und fast unerklärliche Lücke aufwiesen: Bis jetzt war nämlich noch niemand *in articulo mortis* magnetisiert worden. Es war noch nicht festgestellt, ob der Patient in diesem Zustand überhaupt für magnetische Beeinflussung empfänglich sei und, wenn ja, ob sein Zustand dieselbe verstärke oder vermindere, fernerhin, inwieweit und auf wie lange die Äußerungen des Todes durch ein solches Vorgehen aufgehalten werden könnten. Noch manch anderer Punkt war aufzuklären, aber diese drei reizten meine Neugierde am meisten. Besonders wichtig wegen seiner unberechenbaren Folgen schien mir der letzte.

Als ich nun in meiner Umgebung nach einer Persönlichkeit Umschau hielt, mittels derer ich mir die gewünschte Klarheit verschaffen könne, musste ich sofort an meinen Freund, Herrn Ernst Valdemar, denken, den bekannten Compilor der ›Bibliotheca Forensica‹ und den Autor der polnischen Übersetzungen des ›Wallenstein‹ und des ›Gargantua‹. Herr Valdemar, der seit dem Jahre 1839 gewöhnlich in Harlem bei New York wohnte, ist oder war vielmehr von ganz auffallender Magerkeit und von einem ausgesprochen nervösen Temperament, das ihn zu magnetischen Experimenten höchst geeignet erscheinen ließ. Zwei- oder dreimal hatte ich ihn ohne Schwierigkeit in Schlaf versetzt, doch erzielte ich keineswegs die Resultate, die ich von seiner Konstitution erwarten zu dürfen glaubte. Sein Wille stand niemals ganz unter meiner Herrschaft, und in punkto Hellsehen erlangte ich auch nicht den geringsten Anhalt, der mir zu weiteren Forschungen dienlich gewesen wäre. Den Grund dieser Misserfolge hatte ich immer in seiner zerstörten Gesundheit gesucht. Einige Monate, bevor wir uns kennenlernten, war nämlich von den Ärzten hochgradige Schwindsucht bei ihm festgestellt worden, von der er selbst übrigens, geradeso wie von seinem nahenden Ende, mit größter Kaltblütigkeit sprach, als handle es sich um eine Sache, die weder zu vermeiden noch zu bedauern sei.

Als mir die Ideen kamen, von denen ich eben sprach, dachte ich also ganz natürlicherweise gleich an Herrn Valdemar. Ich kannte die streng philosophische Denkweise dieses Mannes zu gut, um *seinerseits* Bedenken zu erwarten; auch besaß er in Amerika keine Verwandten, deren Einspruch ich hätte fürchten müssen. Ich wandte mich deshalb frei und offen an ihn, und zu meiner großen Überraschung äußerte er sogar lebhaftes Interesse an meinem Vorhaben. Ich sage ›zu meiner großen Überraschung‹; denn obwohl er sich stets bereitwilligst zu meinen Experimenten hergegeben hatte, bezeigte er doch nie die geringste Sympathie für meine Studien. Der Charakter seiner Krankheit ließ mit Sicherheit vorausberechnen, wann sie mit dem Tod ihren Abschluss finden würde – und so kamen wir denn überein, dass er mich vierundzwanzig Stunden vor seiner ihm von den Ärzten angezeigten Auflösung rufen lassen würde.

Vor nun mehr als sieben Monaten erhielt ich von Herrn Valdemar selbst folgende Benachrichtigung:

›Mein lieber Poe!
Sie tun gut daran, sofort zu kommen. D. und F. erklären beide, dass ich die Mitternacht des morgigen Tages nicht überleben werde, und ich selbst denke auch, dass sie den Zeitpunkt so ziemlich richtig angegeben haben.
Ihr Valdemar.‹

Ich erhielt diese Zeilen eine halbe Stunde später, als sie geschrieben worden waren, und nach einer weiteren Viertelstunde befand ich mich in dem Sterbezimmer. Ich hatte meinen Freund seit zehn Tagen nicht gesehen und war entsetzt über die schreckliche Veränderung, die in dieser kurzen Zeit mit ihm vorgegangen war. Sein Gesicht war von bleigrauer Farbe, die Augen vollkommen glanzlos und die Abmagerung so vorgeschritten, dass es mir vorkam, als müssten die Backenknochen die Haut durchstoßen. Er hatte außerordentlich starken Auswurf, sein Puls schlug kaum vernehmlich. Trotzdem hatten sich seine geistigen und bis zu einem gewissen Grade auch seine Körperkräfte in merkwürdiger Weise erhalten. Er sprach vollkommen deutlich und konnte ohne fremde Hilfe einige lindernde Medikamente einnehmen. Als ich eintrat, war er gerade damit beschäftigt, mit Bleistift einige Bemerkungen in sein Taschenbuch zu schreiben. Er saß, von Kissen gestützt, aufrecht im Bett. Die Ärzte D. und F. beobachteten ihn.

Nachdem ich meinen Freund mit einem Händedruck begrüßt hatte, nahm ich die Herren beiseite und erhielt von ihnen einen genauen Bericht über das Befinden des Patienten. Der linke Lungenflügel war seit achtzehn Monaten in einem halb verknöcherten, knorpelartigen Zustand und in keiner Weise mehr fähig, die Lebensfähigkeit zu erhalten. Der rechte Lungenflügel war in seinem oberen Teil ebenfalls, wenn nicht gänzlich, so doch zum größten Teile verknöchert, während der untere Teil nur noch aus einer Masse eiternder Tuberkeln bestand, die durcheinanderrannen. Verschiedene Durchlöcherungen mussten vorhanden sein, und an einer Stelle war eine bleibende Anlegung an die Rippen eingetreten. Die Erscheinungen im rechten Flügel schienen von verhältnismäßig neuem Datum. Die Verknöcherung war mit ganz ungewöhnlicher Schnelligkeit vor sich gegangen – vor einem Monat hatte man noch nicht das geringste Anzeichen davon entdeckt; und die Anlegung hatte man überhaupt erst seit den letzten drei Tagen bemerkt. Außerdem befürchtete man bei dem Patienten noch eine Pulsadergeschwulst, doch konnte man sich darüber wegen der Verknöcherung keine genaue Aufklärung verschaffen. Beide Ärzte waren der Ansicht, dass Herr Valdemar um Mitternacht des folgenden Tages, eines Sonntags, sterben werde; als sie mir das sagten, war es Samstagabend sieben Uhr.

Während ich mit mir selbst zurate ging und abseits von dem Bett des Sterbenden stand, sagten ihm Doktor D. und Doktor F. ein letztes Lebewohl. Sie beabsichtigten, nicht mehr wiederzukommen; aber auf meinen Wunsch entschlossen sie sich, am Abend gegen zehn Uhr noch einmal bei dem Kranken vorzusprechen.

Als sie gegangen waren, unterhielt ich mich mit Herrn Valdemar ganz ungezwungen von seiner nahen Auflösung und noch eingehender von unserem beabsichtigten Experiment. Er erklärte sich nochmals bereit, seine Person herzugeben, er schien sogar ein gewisses Verlangen zu empfinden und drängte mich, doch gleich zu beginnen. Da jedoch augenblicklich nur ein Diener und eine Dienerin zur Krankenpflege anwesend waren, fühlte ich mich nicht sicher genug, eine so wichtige Aufgabe zu übernehmen, ohne im Fall eines plötzlichen Unglücks andere, zuverlässigere Augenzeugen als diese beiden Leute zu haben. Ich verschob deshalb das Experiment bis zum folgenden Abend gegen acht Uhr, als das Erscheinen eines Studenten der Medizin, Herrn Theodor L-e, mit dem ich flüchtig bekannt war, meinen Bedenken ein Ende machte.

Anfänglich hatte ich beabsichtigt, bis zur Ankunft der Ärzte zu warten, doch sah ich jetzt auf die immer dringenderen Bitten des Herrn Valdemar davon ab, und überdies sagte mir meine eigene Überzeugung, dass ich keine Minute zu verlieren habe, da es mit dem Kranken zusehends zu Ende ging.

Herr L-e hatte die Liebenswürdigkeit, alles, was sich zutrug, aufzunotieren, und das, was ich jetzt mitteile, ist seinen Aufzeichnungen teils auszugsweise, teils wörtlich entnommen.

Ungefähr fünf Minuten vor acht Uhr ergriff ich die Hand des Kranken und richtete die Bitte an ihn, vor Herrn L-e, so laut und deutlich wie er könne, seinen ausdrücklichen Wunsch zu äußern, von mir in seinem jetzigen Zustand magnetisiert zu werden.

Er erwiderte mit schwacher, doch vollkommen vernehmbarer Stimme: »Ja, ich wünsche magnetisiert zu werden«, und fügte unmittelbar darauf hinzu: »Ich fürchte, Sie haben es schon zu lange hinausgeschoben.«

Noch während er dies sagte, begann ich, die Striche zu machen, welche sich bei ihm stets am wirksamsten gezeigt hatten; und augenscheinlich übte schon der erste Strich – ich führte ihn seitlich über seine Stirn – einen Einfluss aus. Aber obwohl ich meine ganze Kraft aufbot, gelang es mir nicht, weitere bemerkbare Wirkungen zu erzielen, bis einige Minuten nach zehn Uhr die beiden Ärzte, ihrem Versprechen gemäß, wieder im Krankenzimmer erschienen. Ich erklärte ihnen mit kurzen Worten, was ich vorhätte, und da sie keinen Einspruch erhoben, weil der Patient schon im Todeskampf lag, fuhr ich ohne Zögern mit den Strichen fort, wählte jedoch statt der waagerechten senkrechte und hielt meinen Blick unverwandt auf das rechte Auge des Leidenden gerichtet.

Der Pulsschlag war mittlerweile ganz unbemerkbar geworden und das Atmen nur noch ein Röcheln, das sich in Zwischenräumen von einer halben Minute über seine Lippen mühte.

In diesem Zustand verblieb Valdemar fast eine Viertelstunde lang. Nach Ablauf der Zeit jedoch entrang sich dem Sterbenden ein natürlicher, wenn auch ungewöhnlich tiefer Seufzer, das röchelnde Atmen hörte auf – das heißt, es war kein Röcheln mehr vernehmbar, die Pausen zwischen den einzelnen Atemzügen blieben unvermindert. Hände und Füße des Patienten waren von eisiger Kälte.

Fünf Minuten vor elf bemerkte ich unzweifelhafte Anzeichen einer magnetischen Beeinflussung. Das gläserne Rollen des Auges war jenem Ausdruck unruhigen Nach-innen-Sehens gewichen, der nur bei Somnambulen vorkommt und nicht zu verkennen ist. Durch ein paar rasche, seitlich laufende Striche machte ich die Augenlider wie beim Einschlummern leicht erzittern, und mit ein paar weiteren gelang es mir, dieselben ganz zu schließen. Ich war jedoch damit noch nicht zufrieden, sondern setzte meine Manipulationen mit Aufbietung all meines Willens fort, bis ich die Glieder des Schlafenden, nachdem ich dieselben in eine bequeme Lage gebracht hatte, nach Belieben betten konnte. Die Beine waren in voller Länge ausgestreckt, die Arme fast ebenso und ruhten in einiger Entfernung von den Hüften auf dem Bettpolster. Der Kopf lag wenig erhöht.

Inzwischen war es Mitternacht geworden, und ich forderte die anwesenden Herren auf, den Zustand Valdemars zu untersuchen. Sie taten es und konstatierten nach einiger Zeit, dass er in einem außergewöhnlich tiefen magnetischen Schlaf läge. Die Wissbegierde der beiden Ärzte war natürlich hoch erregt. Dr. D. beschloss sofort, die ganze Nacht bei dem Kranken zuzubringen, während Dr. F. sich mit dem Versprechen verabschiedete, gegen Tagesanbruch wiederzukommen. Herr L-e und die beiden Krankenwärter blieben zurück.

Wir ließen Herrn Valdemar bis gegen drei Uhr morgens ungestört. Als ich ihn um diese Zeit wieder genauer betrachtete, fand ich ihn in derselben Stellung, in der er gewesen war, als Dr. F. ihn verließ, das heißt, er lag noch in derselben Lage, der Puls war nicht fühlbar, der Atem so schwach, dass man ihn durch einen vor die Lippen gehaltenen Spiegel kaum feststellen konnte, die Augen natürlich geschlossen und die Glieder steif und kalt wie von Marmor. Doch machte mein Freund keineswegs den Eindruck eines Toten.

Nun versuchte ich, den rechten Arm Valdemars zu beeinflussen, ihn zu zwingen, den Bewegungen des meinigen zu folgen, indem ich ihn über seinem Körper sanft hin- und herbewegte. Dergleichen Versuche waren früher bei dem Patienten stets erfolglos geblieben; und auch jetzt hatte ich eigentlich selbst nicht geglaubt, dass ich die beabsichtigte Wirkung erzielen würde. Aber zu meinem größten Erstaunen folgte diesmal Valdemars Arm dem meinen bereitwilligst, wenn auch mit einer matten Bewegung, so doch nach jeder Richtung hin, die ich vorschrieb.

Ich beschloss, nunmehr ein Gespräch zu versuchen.

»Herr Valdemar«, fragte ich, »schlafen Sie?«

Er antwortete nicht, aber ich bemerkte ein leises Zittern seiner Lippen, das mich ermutigte, die Frage noch einige Male zu wiederholen. Beim dritten Mal wurde sein ganzer Körper von einem leisen

Schauder überlaufen. Die Augenlider öffneten sich so weit, dass ein schmaler weißer Strich vom Augapfel sichtbar wurde. Die Lippen bewegten sich schlaff und flüsterten kaum hörbar die Worte: »Ja – ich schlafe jetzt – wecken Sie mich nicht auf – lassen Sie mich so sterben.«

Ich untersuchte die Glieder und fand sie so steif wie zuvor. Der rechte Arm gehorchte wie vorher den Bewegungen meiner Hand. Dann fragte ich den Schlafenden aufs Neue: »Haben Sie noch Schmerzen in der Brust, Herr Valdemar?«

Die Antwort erfolgte jetzt sofort, war aber noch weniger hörbar als zuvor: »Keinen Schmerz – ich liege im Sterben.«

Ich hielt es nicht für ratsam, ihn jetzt noch weiter zu stören. Bis zur Ankunft des Doktor F. wurde nichts weiter getan und gefragt. Herr F. erschien gegen Sonnenaufgang und war außerordentlich erstaunt, den Patienten noch am Leben zu finden.

Nachdem er ihm den Puls gefühlt und seinen Lippen einen Spiegel vorgehalten hatte, forderte er mich auf, den Schlafwachen wieder anzureden. Ich tat es und fragte: »Herr Valdemar, schlafen Sie noch immer?«

Diesmal vergingen wieder einige Minuten, ehe er antwortete, und es schien, als raffe der Sterbende während dieser Zeit all seine Energie zusammen, um reden zu können. Als ich ihn zum vierten Mal fragte, antwortete er schwach, fast unhörbar: »Ja – schlafe noch immer – sterbe.«

Die Ärzte äußerten jetzt den Wunsch, Herr Valdemar möge in seinem gegenwärtigen, anscheinend ruhigen Zustand ungestört belassen werden, bis sein Tod eintrete, was nach ihrer übereinstimmenden Meinung innerhalb einiger Minuten erfolgen werde. Ich beschloss jedoch, den Sterbenden noch einmal anzusprechen, und wiederholte einfach meine frühere Frage.

Während ich sprach, vollzog sich in den Zügen des Magnetisierten eine deutlich sichtbare Veränderung. Die Augendeckel öffneten sich langsam, die Pupillen verschwanden nach oben, die Hautfarbe wurde leichenhaft und war eher noch weißem Papier als Pergament zu vergleichen, und die runden hektischen Flecken, welche sich bisher auf jeder Wange so scharf abgezeichnet hatten, löschten plötzlich aus. Ich gebrauche diesen Ausdruck absichtlich, weil ihr rasches Verschwinden an nichts so erinnerte wie an das plötzliche Verlöschen einer Kerze, wenn man sie mit einem starken Atemzug ausbläst. Zu gleicher Zeit zog sich die Unterlippe von den Zähnen, die sie bisher vollständig bedeckt hatte, zurück, und die untere Kinnlade klappte mit einem hörbaren Ruck nach unten, sodass sich der Mund weit öffnete und die geschwollene, schwarz angelaufene Zunge sichtbar wurde.

Ich darf vermuten, dass alle damals Anwesenden mit den Schrecken eines Sterbebettes vertraut waren; doch der Anblick des Toten war in diesem Augenblick so über alle Begriffe scheußlich, dass wir entsetzt aus der Nähe des Bettes zurückwichen.

Ich fühle selbst, dass ich jetzt bei einem Punkt meiner Erzählung angekommen bin, über den hinaus mir die Leser keinen Glauben mehr schenken werden. Doch es ist meine Pflicht, fortzufahren.

Es war auch nicht das geringste Zeichen von Lebenstätigkeit mehr in dem Körper Valdemars zu entdecken. Wir mussten ihn für tot erklären und wollten die Leiche schon der weiteren Sorge seiner Wärter überlassen, als die Zunge plötzlich in eine zitternde Bewegung geriet, die etwa eine Minute lang anhielt. Nach Ablauf dieser Zeit tönte zwischen den auseinandergesperrten regungslosen Kiefern eine Stimme hervor – eine Stimme, die beschreiben zu wollen Wahnsinn wäre. Doch gibt es zwei oder drei Eigenschaftswörter, die man vielleicht darauf anwenden könnte. Der Klang war rau, gebrochen und hohl; aber der ganze furchtbare Eindruck lässt sich aus dem einfachen Grund nicht beschreiben, weil noch kein menschliches Ohr ähnlich schnurrende Töne vernommen hat. Doch hörte ich damals gleich heraus und glaube auch noch heute, dass zwei Eigentümlichkeiten die Farbe des Tones kennzeichneten und so gestatten, wenigstens einigermaßen einen Begriff von seiner sonderbaren Unnatürlichkeit zu geben. Erstens schien es, als käme die Stimme aus weiter Ferne her oder aus irgendeiner tiefen Höhle in der Erde. Zweitens empfing mein Gehörsinn von ihr den Eindruck (ich fürchte wirklich, dass es mir unmöglich ist, mich verständlich zu machen), den der Tastsinn bei der Berührung von etwas Gallertartigem oder klebrig Dickflüssigem empfindet.

Ich habe sowohl von ›Ton‹ wie von einer ›Stimme‹ gesprochen. Ich will damit sagen, dass der Ton deutliche, ja erschreckend deutliche Silben bildete. Herr Valdemar *sprach* – offenbar, um die Frage zu beantworten, die ich ihm einige Minuten zuvor gestellt hatte: ob er noch immer schlafe. Nun antwortete er: »Ja – nein – ich habe geschlafen und jetzt – jetzt bin ich tot.«

Keiner der Anwesenden *versuchte* auch nur, das haarsträubende Entsetzen zu unterdrücken oder gar zu verleugnen, das diese wenigen, in *solchem* Ton gesprochenen Worte hervorbrachten. Herr L-e, der Student, wurde ohnmächtig. Der Krankenwärter und die Pflegerin verließen sofort das Zimmer und waren nicht zu bewegen, dasselbe nochmals zu betreten. Meine eigenen Empfindungen spotten jeder Beschreibung. Ungefähr eine ganze Stunde lang bemühten wir uns schweigend, wortlos, Herrn L-e wieder zu Bewusstsein zu bringen. Als er endlich zu sich gekommen war, begannen wir von Neuem, Herrn Valdemars Zustand zu untersuchen.

Er war ganz unverändert; nur dass der Atem auf dem vorgehaltenen Spiegel jetzt keine Spur mehr zurückließ. Ein Aderlass, den wir am Arm versuchten, blieb erfolglos, auch war der Arm meinem Willen nicht mehr unterworfen; ich bemühte mich vergeblich, ihn den Bewegungen meines Armes folgen zu lassen. Das einzige wirkliche Anzeichen von magnetischem Einfluss war nur noch in der vibrierenden Bewegung der Zunge zu entdecken, sooft ich eine Frage an Herrn Valdemar richtete. Er schien Anstrengungen zu machen, mir zu antworten, besaß aber nicht mehr die genügende Willenskraft. Gegen Fragen anderer Personen schien er vollkommen unempfindlich, obschon ich mich bemühte, jeden der Anwesenden in magnetischen Rapport mit ihm zu setzen.

Ich glaube, dass ich nun alles berichtet habe, was zum Verständnis des somnambulen Zustandes in diesem Stadium erforderlich ist. Wir ließen zwei andere Wärter kommen, und ich verließ mit den beiden Ärzten und Herrn L-e das Haus gegen zehn Uhr.

Am Nachmittag fanden wir uns wieder alle bei dem Magnetisierten ein. Sein Zustand war vollständig unverändert. Wir hatten zunächst eine lebhafte Debatte über die Zweckmäßigkeit und Möglichkeit einer Erweckung, kamen aber bald überein, dass dieselbe von keinem Nutzen sein könne, weil der Tod – oder das, was man gewöhnlich als Tod bezeichnet – durch das magnetische Verfahren nur aufgehalten worden war.

Auch teilten wir die Überzeugung, dass wir, wenn wir Herrn Valdemar aufweckten, nur seine augenblickliche oder wenigstens seine raschere Auflösung bewirken würden.

Von dieser Zeit an bis gegen Ende der verflossenen Woche – also fast sieben Monate hindurch – setzten wir unsere Besuche in Herrn Valdemars Haus täglich fort, dann und wann in Begleitung von Ärzten oder Freunden. Während der ganzen Zeit verblieb der Schlafwache *genau* in dem Zustand, den ich oben beschrieben habe. Er war dabei beständig von Wärtern bewacht.

Am vergangenen Freitag entschlossen wir uns endlich dazu, das Experiment der Erweckung Valdemars vorzunehmen oder wenigstens zu versuchen; und vielleicht ist der unglückliche Ausgang dieses Experimentes die Ursache jener Erörterungen in Privatkreisen, die ich nur als Folge einer ungerechtfertigten allgemeinen Leichtgläubigkeit ansehen kann.

Um Herrn Valdemar dem magnetischen Schlaf zu entreißen, machte ich die dazu erforderlichen Striche. Eine Zeit lang blieben sie völlig erfolglos. Das erste Symptom des Erwachens war ein teilweises Senken des Augapfels. Ganz besonders merkwürdig bei dieser Senkung war der Umstand, dass eine gelbliche, eiterige Flüssigkeit von höchst scharfem, widrigem Geruch unter den Lidern hervorquoll.

Man bestimmte mich, noch einmal den Versuch zu machen, den Arm des Schlafenden wie früher zu beeinflussen. Ich versuchte es, doch ohne Erfolg. Doktor F. äußerte den Wunsch, ich möchte nochmals eine Frage stellen. Ich tat es mit folgenden Worten: »Herr Valdemar, können Sie uns mitteilen, was Sie empfinden oder welche Wünsche Sie jetzt haben?«

Kaum hatte ich gesprochen, da traten die hektischen Flecken auf den Wangen wieder hervor, die Zunge begann zu vibrieren oder rollte vielmehr im Munde hin und her, obwohl die Kinnlade und der Mund so steif blieben wie vorher; und endlich brach wieder jene grässliche Stimme hervor, die ich schon beschrieben habe: »Um Gottes willen! – Schnell, schnell! – Versetzen Sie mich wieder in Schlaf! Oder – schnell! – erwecken Sie mich – schnell! – Ich sage Ihnen, dass ich tot bin.«

Ich war einen Augenblick wie starr und wusste nicht, was ich tun solle. Zunächst bemühte ich mich, den Halbtoten zu beruhigen, aber als meine Willenskraft versagte, suchte ich ihn mit allen Kräften aufzuwecken. Ich bemerkte bald, dass mir dies gelingen werde, oder glaubte wenigstens, einen Erfolg zu erzielen, und bin überzeugt, dass auch jeder der Anwesenden der Meinung war, er würde den Patienten bald aufwachen sehen. Es ist ganz unmöglich, dass ein menschliches Wesen auf das, was wirklich folgte, hätte vorbereitet sein können.

Als ich während der Ausrufe »schnell!« – »tot!«, die von der Zunge, nicht von den Lippen des Leidenden zu kommen schienen, die erforderlichen magnetischen Striche führte, brach plötzlich, in weniger als einer einzigen Minute, sein ganzer Körper zusammen – zerbröckelte, verweste vollständig unter meinen Händen. Und auf dem Bett, vor den Augen der Anwesenden, lag eine fast flüssige, in ekelhafte Fäulnis übergegangene Masse.

Das Stelldichein

Stay for me there! I will not fail
To meet thee in that hollow vale.

LEICHENREDE HENRY KINGS,
BISCHOF VON CHICHESTER, BEIM TODE SEINER GATTIN

Unseliger, geheimnisvoller Mann (gemeint ist Lord Byron. Anm. d. Übers.)! – O Du –, zerstört durch die brennende Glut Deiner eigenen Fantasie, verschlungen von den schlagenden Flammen Deiner allzu heißen Jugend! Wieder sehe ich Dich vor mir! Wieder ist Deine Gestalt vor meinen Augen erstanden; nicht die, welche jetzt in dem kalten Tale der Schatten irrt, nein: die, welche noch sein könnte und dann ein Leben prächtiger Träumereien in jener Stadt nebelhafter Gesichte verschwenden würde – in *Deinem* Venedig, dem von den Sternen geliebten Elysium des Meeres, wo die hohen Palastfenster mit tiefer, bitterer Bedeutung auf die Geheimnisse der schweigenden Wasser hinabsehen.

Ja, ich sehe Dich! Oh, und gewiss: Es gibt noch andere Welten als diese irdische, andere Gedanken als die plumpen der Menge, andere Weisheiten als die allzu klugen Sophismen im Philosophenhirn!

Wer könnte Dich wohl um Deines Lebens willen zur Verantwortung ziehen; wer Dich tadeln für die Stunden, in denen Du fern, fern, weltentrückt warst? Wer möchte ernsthaft Dein traumgeweihtes Dasein ein ›verlorenes‹ nennen?

In Venedig, unter dem gedeckten Bogengang, der die Seufzerbrücke heißt, da traf ich den Mann, von dem ich hier rede, zum dritten oder vierten Male. Verwirrt ist meine Erinnerung: Der Einzelheiten vermag ich mich nicht zu entsinnen. Und doch – vergessen werd ich's nie… Wenn ich so zurückdenke: Wie tief die Mitternacht war, die über jener Brücke damals lag. Und diese erlesene Formenschönheit. Und der ganze Geist des Seltsamen, der schwebend über dem Kanal lag, an seinen Ufern auf und nieder glitt.

Die Nacht war unheimlich dunkel; die große Glocke auf der Piazza hatte eben die zwölfte Stunde geschlagen. Schweigend und verlassen lag der Campanile da. Die Lichter in dem alten Dogenpalaste erloschen eins nach dem anderen. Ich kam durch den großen Kanal von der Piazetta, und als meine Gondel gegenüber der Mündung des Kanals San Marco angekommen war, brach plötzlich der wilde, hysterische, lang anhaltende Schrei einer weiblichen Stimme durch die Nacht. Erschrocken sprang ich auf, während mein Gondoliere sein einziges Ruder fallen ließ, das in der pechschwarzen Finsternis auf immer verloren ging, sodass wir uns der Strömung überlassen mussten, die hier von dem größeren in den kleineren Kanal treibt. Wie ein ungeheurer, trauerflorbefiederter Kondor glitt unsere Barke langsam der Seufzerbrücke zu, als tausend Fackeln in den Fenstern und auf der Treppe des Dogenpalastes aufflackerten und die tiefe Düsterheit mit einem Schlage in einen totenbleichen, fantastischen Tag verwandelten.

Ein Kind war aus den Armen seiner eigenen Mutter aus einem der oberen Fenster des mächtigen Bauwerkes in den tiefen, trüben Kanal gefallen. Schweigend hatten sich die ruhigen Wasser über ihrem Opfer wieder geschlossen; und obgleich meine Gondel die einzige in der Nähe war, hatte sich mancher kühne Schwimmer schon in die Strömung geworfen und suchte vergebens den Schatz auf der

Oberfläche, der, ach, nur im Abgrund zu finden war. Auf den mächtigen schwarzen Marmorfliesen am Eingange des Palastes, nur wenige Fuß über dem Wasser, stand eine Gestalt, die niemand, der sie dort gesehen, jemals wieder vergessen haben kann. Es war die Marchesa Aphrodite – die von ganz Venedig Angebetete – die Strahlendste der Strahlenden – die Schönste unter all den Schönen – die junge Gattin des alten Intriganten Mentoni, die Mutter jenes reizenden Kindes, ihres ersten und einzigen, das nun tief unter dem schlammigen Wasser in bitterer Todesnot an ihre süßen Liebkosungen dachte, sich mühte, ihren Namen zu rufen, und so in Qualen zugrunde ging.

Sie stand allein. Ihr kleiner, nackter, silberglänzender Fuß schimmerte auf dem schwarzen Marmor. Das Haar, halb dem künstlichen Aufbau entwunden, den sie auf dem Fest getragen, das eben erst geendet, umringelte in blauschwarzen, von Diamantentau betropften Lockentrauben den herrlichen Kopf. Ein schneeig weißes, schleierleichtes Gewand schien als einzige Hülle ihre zarte Gestalt zu bedecken; doch die Mittsommermitternacht war heiß, schwül, bleiern, und keine Bewegung in der statuengleichen Gestalt verschob die Falten des Nebelgespinstes, das sie umhing, wie der schwere Marmor die Niobe umhängt.

Aber – wie seltsam! – ihre großen, lichtstrahlenden Augen ruhten nicht unten auf dem Grabe, das eben ihre schönste Hoffnung verschlungen – sie starrten weit, weit hinaus …

Ich glaube, das Gefängnis der alten Republik ist das stattlichste Gebäude von ganz Venedig; jedoch – wie konnte die Marchesa Aphrodite es nur so anstarren, jetzt, da ihr eigenes Kind im Todeskampf dort unten lag? Und jene dunkle, düstervolle Nische, die gerade dem Fenster ihres Zimmers gegenüber aufgähnt – was konnte nur in ihrem Schatten, an ihrer Architektur, an ihren mit eisernem Laubwerk umrankten Friesen sein, das die Marchesa di Mentoni nicht schon tausendmal vorher gesehen? Müßige Frage! – Wer wüsste nicht, dass das Auge wie ein zertrümmerter Spiegel die Bilder seines Schmerzes vervielfältigt und in jedem noch so weit entfernten Ort den Jammer sieht, der dicht vor seinen Füßen liegt?

Ein paar Stufen höher als die Marchesa, gerade unter dem Portal, stand, noch in vollem Festanzug, die satyrgleiche Gestalt Mentonis. Er klimperte auf seiner Gitarre herum und schien unglaublich gelangweilt, während er hin und wieder Befehle zur Rettung des Kindes gab.

Ich, meinerseits, war bestürzt und wie leblos und fand nicht die Kraft, meine jähe aufrechte Stellung, zu welcher mich der Schrei emporgerissen hatte, zu verändern; geisterhaft und vorbedeutend muss ich mit bleichem Angesicht und erstarrten Gliedern in meiner trauerflorgefiederten Gondel an der erregten Gruppe am Ufer vorübergeglitten sein.

Alle Rettungsversuche waren natürlich vergebens, und selbst die kühnsten Schwimmer gaben ihre Anstrengungen auf und überließen sich düsterer Stimmung. Das Kind schien hoffnungslos verloren (wie viel hoffnungsloser musste die Mutter sein!), als plötzlich aus dem Inneren jener dunklen Nische des alten republikanischen Gefängnisses eine mantelumhüllte Gestalt in die Helle heraustrat, einen Augenblick am Rand des schwindelhohen Ufers stehen blieb und dann kopfüber in den Kanal stürzte.

Als sie einen Augenblick später mit dem noch atmenden Kind in den Armen auf den Marmorfliesen an der Seite der Marchesa stand, fiel sein schwer von Wasser durchtränkter Mantel zu seinen Füßen nieder und enthüllte den verwunderten Zuschauern die anmutvolle Gestalt eines jungen Mannes, von dessen Namen damals ganz Europa widerklang.

Kein Wort sprach der Retter. Aber die Marchesa! Nun wird sie ihr Kind umfangen – wird es an ihr Herz drücken – wird seine kleine Gestalt an sich pressen und mit ihren Zärtlichkeiten beruhigen! Ach! Andere Arme nahmen es von dem Fremden entgegen – andere Arme trugen es fort, von der Mutter unbeachtet, in den großen Palast! Und die Marchesa! Ihre Lippen – ihre schönen Lippen zittern; Tränen steigen in ihre Augen, und sieh! ein Schauder fährt aus ihrer Seele auf, durchbebt ihre ganze Gestalt – die Statue wird lebendig! Über die Blässe ihres marmornen Antlitzes, über die Rundung des Marmorbusens, über die leuchtende Reinheit ihrer marmornen Füße rinnt plötzlich eine Flut schimmernden Rosenlichtes, und ein leichtes Erschauern geht über ihr zartes Gesicht wie die liebliche Luft Neapels über die schlanken Silberlilien im Grase.

Weshalb nur mochte die Dame erröten? Vielleicht, weil sie in der angstvollen Hast ihres mütterlichen Herzens die Verschwiegenheit ihres Gemaches verließ, ohne ihre zarten Füße in die Pantöffelchen zu stecken und die gewohnte Hülle um ihre schneeigen Schultern zu breiten? Welch anderen Grund könnte man sonst für ihr Erröten finden, für das Aufglänzen ihrer seltsam verlangenden Augen, für den Aufruhr in ihrem wild klopfenden Busen, für den krampfhaften Druck ihrer zitternden Hand, ihrer Hand, die, als Mentoni in den Palast zurückgekehrt, wie zufällig auf die Hand des Fremden fiel? Welchen Grund mochte es wohl haben, dass sie sonderbar leise mit den eilig geflüsterten sinnlosen Worten von ihm Abschied nahm: »Du hast gesiegt, das Murmeln der Wasser hat mich nicht getäuscht. Du hast gesiegt, eine Stunde nach Sonnenaufgang werden wir uns treffen – so soll es sein!«

Der Tumult ließ nach, die Lichter im Palast erloschen eins nach dem anderen, und der Fremde, der mir wohlbekannt war, stand allein auf den Fliesen. Er schauderte einen Augenblick mit einer seltsamen Bewegung zusammen, dann blickte sein Auge suchend nach einer Gondel umher. Ich konnte nicht umhin, ihn aufzufordern, sich meiner eigenen zu bedienen – und er nahm das Anerbieten an. Es gelang uns, ein neues Ruder aufzutreiben, und bald glitten wir seiner Wohnung zu, während er nach und nach, doch immerhin schnell, seine Selbstbeherrschung zurückgewann und mit herzlichem Tone von unserer früheren flüchtigen Bekanntschaft sprach.

Es gibt einige Menschen, über die ich sehr *eingehend* sprechen möchte, und die Person des Fremden – lassen Sie ihn mich so nennen, denn für diese Welt war er stets ein Fremder – gehört zu ihnen. Seine Größe war vielleicht eher unter als über dem Mittelmaß, obwohl sich seine Gestalt in Augenblicken der Leidenschaftlichkeit reckte und wuchs, sodass sie diese Behauptung wieder Lügen strafte. Die leichte, fast zarte Symmetrie seines Antlitzes redete mehr von Taten solch raschen Handelns, wie er es an der Seufzerbrücke gezeigt, als von jener übermenschlichen Kraft, die er ohne Anstrengung bei gefährlicheren Gelegenheiten schon bewiesen hatte. Der Mund, das Kinn waren schön wie die eines Gottes – die Augen seltsam, wild, glutvoll und klar, und ihr Glanz schwankte zwischen reinstem Haselbraun und grundlosestem, glänzendstem Jettschwarz – aus einer Fülle dunklen Lockenhaares schimmerte eine ungewöhnlich breite Stirn in lichtem Elfenbein.

Niemals sah ich Züge voll solch klassischer Regelmäßigkeit; nur vielleicht den marmorstarren Linien des Kaisers Commodus waren sie vergleichbar.

Doch gehörte sein Antlitz zu denen, die jeder Mensch in seinem Leben einmal gesehen hat – und dann niemals wieder. Es hatte keinen besonderen, keinen bleibenden, herrschenden Ausdruck, der sich dem Gedächtnis hätte einprägen können; ein Antlitz, das man sah und vergaß: doch mit dem unbestimmten Wunsche vergaß, es sich wieder ins Gedächtnis zurückrufen zu können. Wohl warf der Geist jeder schnellen Leidenschaft sein deutliches Abbild auf den Spiegel dieses Antlitzes; aber der Spiegel hielt, spiegeltreu, keine Spur der Leidenschaft zurück, wenn jener Geist wieder entflohen war.

Als ich ihn in der Nacht nach unserem Abenteuer verließ, bat er mich, wie es mir vorkam, ziemlich dringend, ihn am anderen Morgen sehr früh zu besuchen. Kurz nach Sonnenaufgang fand ich mich denn auch in seinem Palast ein, in einem jener ungeheuren Gebäude von düsterem, fantastischem Pomp, die sich an dem Wasser des großen Kanals in der Nähe des Rialto auftürmen. Man wies mich eine breite, gewundene, mosaikbelegte Treppe hinauf in ein Gemach, dessen unvergleichliche Pracht wie ein strahlender Lichtstrom durch die offene Tür zu mir hinausglänzte, mich blendete und schwindlig machte.

Ich wusste, dass mein Freund sehr reich war. Die Fama sprach von seinen Besitztümern in Ausdrücken, die ich einmal als lächerliche Übertreibung zu bezeichnen gewagt hatte. Doch als ich nun meine Blicke umherschweifen ließ, kam mir der Gedanke, dass der Reichtum keines Mannes in ganz Europa genügt haben würde, diese kaiserliche Pracht, die um mich her strahlte und glühte, herbeizuschaffen.

Obwohl, wie ich sagte, die Sonne schon aufgegangen, war das Gemach noch glänzend erleuchtet. Ich schloss aus diesem Umstand und auch aus den Spuren der Erschöpfung in den Zügen meines Freundes, dass er während der ganzen Nacht nicht zur Ruhe gegangen war. Aus der Architektur und der Ausschmückung des Zimmers sprach die offenbare Absicht, zu blenden und Erstaunen zu erregen. Auf die eigentliche Möblierung oder nationale Eigentümlichkeit in der Zimmerausstattung hatte man nur sehr wenig Aufmerksamkeit verwandt. Das Auge wanderte von Gegenstand zu Gegenstand und blieb auf keinem haften – weder auf den Grotesken griechischer Maler noch den Skulpturen aus der besten Zeit Italiens noch auf den riesigen Teppichen Ägyptens. An allen Seiten des Zimmers zitterten reiche Draperien unter dem Hauche einer leisen, melancholischen Musik, deren Ursprung ich nicht entdecken konnte. Auf den Sinnen lasteten vermischte, miteinander streitende Düfte, die mit gleitenden, flackernden Zungen grünen oder violetten Lichtes aus sonderbaren, verschnörkelten Weihrauchschalen emporstiegen.

Die Strahlen der eben aufgegangenen Sonne überströmten das Ganze durch Fenster, die je aus einer einzigen karmesinroten Scheibe bestanden.

Auf den Vorhängen, die wie Katarakte von geschmolzenem Silber aus ihren Nischen hervorquollen, in tausend Reflexen widerspiegelnd, vermischten sich die natürlichen Strahlen mit dem künstlichen Lichte und wogten in zwiefach glänzenden Strömen über einen Teppich von reichem, wie flüssig schimmerndem Goldstoff.

»Hahaha! – Hahaha!«, lachte der Herr des Hauses, als er mich nach meinem Eintritt zu einem Sitze geleitete und sich selbst dann der Länge nach auf eine Ottomane warf. »Ich sehe«, fuhr er fort, da er zu bemerken schien, dass ich mich nicht sofort mit einem so eigentümlichen Empfang abfinden konnte, »ich sehe, Sie sind über dies Gemach erstaunt, – über die Statuen, die Bilder, über meine ganze originelle Anordnung und Einrichtung; Sie sind ganz berauscht – was? – von der Pracht! Doch verzeihen Sie mir, lieber Freund (hier nahm seine Stimme einen Ton an, als spräche der Geist der Herzlichkeit selbst aus ihr), verzeihen Sie mir mein liebloses Lachen. Aber Sie sahen so ungeheuer erstaunt aus! Und überdies sind manche Dinge so spaßhaft, dass der Mensch lachen muss oder sterben. Lachend zu sterben muss der glorreichste aller glorreichen Tode sein. Sir Thomas More – er war ein prachtvoller Mensch – Sir Thomas More starb lachend, wie

Sie wissen. Und in den ›Absurditäten‹ des Ravisius Textor steht eine lange Liste von Menschen, die das gleiche, prachtvolle Ende fanden. Wissen Sie vielleicht«, fuhr er nachdenklich fort, »dass in Sparta, dem jetzigen Palaeochori, im Westen der Stadt, unter einem Chaos kaum sichtbarer Ruinen eine Art Sockel steht, auf dem noch die Buchstaben ΛΑΞΜ lesbar sind? Sie sind zweifelsohne ein Teil des Wortes ΓΕΛΑΞΜΑ. Nun gab es in Sparta wohl tausend Tempel und geweihte Orte für tausend verschiedene Gottheiten. Wie außerordentlich seltsam, dass der Altar des Lachens alle anderen überdauert hat! Doch eigentlich habe ich jetzt«, schloss er mit sonderbar veränderter Stimme und Haltung, »kein Recht, auf Ihre Kosten lustig zu sein. Sie hatten Grund, erstaunt auszusehen. Europa kann nichts so Prächtiges hervorbringen, wie dies kleine königliche Kabinett ist. Meine übrigen Gemächer gleichen ihm nicht. Im Gegenteil, sie sind wahre Ultras moderner Abgeschmacktheit. Dies jedoch ist besser als jede Mode – nicht wahr? Und mancher brauchte es nur zu sehen, um ganz rasend darüber zu werden, dass er es sich auf Kosten all seines Vermögens nicht verschaffen konnte. Ich habe es jedoch vor jeder Profanierung bewahrt. Mit einer alleinigen Ausnahme sind Sie das einzige menschliche Wesen außer mir und meinem Kammerdiener, der zu den Geheimnissen dieses kaiserlichen Gebietes Zutritt hat, seit es so, wie Sie es nun erblicken, ausgeschmückt ist!«

Ich verbeugte mich schweigend, denn der überwältigende Eindruck dieser Pracht, der Düfte und der Musik, sowie sein unerwartetes exzentrisches Benehmen und Reden ließen mich meine Bewunderung nicht in Worte kleiden und in einem Kompliment zusammenfügen.

»Hier«, begann er wieder, sprang auf, nahm meinen Arm und wanderte mit mir durch das Zimmer, »hier sind Gemälde von den Griechen bis Cimabue und von Cimabue bis zum heutigen Tage. Viele habe ich, wie Sie sehen, mit wenig Achtung vor der Tugend gewählt. Doch sind sie alle würdiger Schmuck für ein solches Zimmer. Hier sind ein paar Meisterwerke unbekannter Großer und hier unfertige Entwürfe von Männern, die während ihres Lebens berühmt gewesen und deren Namen die scharfsinnigen Akademien der Vergessenheit und – mir überlassen haben. Was denken Sie«, fragte er dann plötzlich brüsk, »von der Madonna Della Pieta?«

»Es ist ja Guidos Original!«, antwortete ich mit all der Begeisterung meines Wesens, denn ich hatte ihre Lieblichkeit schon lange staunend betrachtet. »Es ist Guidos Original! Wie ist es möglich, dass Sie es erlangt haben? Sie ist zweifellos das in der Malerei, was die Venus in der Skulptur bedeutet!«

»Ach«, sagte er gedankenvoll, »die Venus – die schöne Venus? – Die Venus von Medici? Mit dem kleinen Kopf und dem goldenen Haar? Ein Teil des linken Armes« (hier senkte er seine Stimme so, dass ich ihn nur mit Mühe verstehen konnte) »und der ganze rechte Arm sind nachträglich ersetzt worden, und in der Koketterie jenes rechten Armes liegt für mein Empfinden die Quintessenz aller Affektation. Geben Sie mir den Canova! Auch der Apollo ist eine Kopie – zweifellos –, und ich blinder Tor kann nichts von der viel gerühmten Offenbarung in dem Apollo verspüren! Ich muss – bedauern Sie mich – den Antinous vorziehen. Sagte nicht Sokrates, dass der Bildhauer dies Bild in dem Marmorblock gefunden? So wäre also Michelangelo nicht der Erste mit seinem:

›Non ha l'ottimo artista alcun concetto
Che un marmo solo in se non circonscriva.‹«

Man hat sehr oft oder könnte sehr oft bemerkt haben, dass das Benehmen eines bedeutenden Menschen sich in jedem Augenblick von dem Benehmen eines Alltagsmenschen unterscheidet, ohne dass man genau zu erklären vermag, worin der Unterschied eigentlich besteht. Das fühlte ich nie so deutlich als an jenem ereignisreichen Morgen; und ich kann die Besonderheit im Wesen meines Freundes, die ihn von allen menschlichen Geschöpfen wesentlich unterschied, nur als die *Gewohnheit* beständigen Denkens kennzeichnen, die selbst seine trivialsten Handlungen durchdrang, seine Tändeleien vertiefte und sogar in den Ausbrüchen seiner Heiterkeit noch spürbar war – wie die Nattern, die sich aus den Augen der grinsenden Masken an den Friesen der Tempel von Persepolis herauswinden.

Doch fiel mir wiederholt an dem halb leichtsinnigen, halb feierlichen Ton, mit dem er an diesem Morgen oft weitläufig über Dinge von geringer Wichtigkeit sprach, ein gewisses Schaudern auf – eine gewisse nervöse Salbung in seinem Tun und Reden – eine unstete Erregbarkeit des ganzen Wesens, die mir unerklärlich schien und mich ein paarmal mit Unruhe erfüllte. Häufig brach er auch mitten in einem Satz, dessen Anfang er vergessen zu haben schien, ab und lauschte mit tiefster Aufmerksamkeit, als erwarte er in jedem Augenblick einen Besucher oder als höre er Klänge, die nur seiner Fantasie vernehmbar sein konnten.

Während eines jener Augenblicke, da er ganz in Träumerei oder Lauschen versunken war, entdeckte ich, als ich in einem Buch blätterte, das in der Nähe der Ottomane lag, eine mit Bleistift unterstrichene Zeile. Es war eine Stelle gegen Ende des dritten Aktes des ›Orfeo‹, der ersten schönen italienischen Tragödie – eine Stelle, die das Herz erbeben machte, die, obwohl voll wüster Begierde, kein Mann ohne den Schauder einer *nie* gefühlten Erregung, keine Frau ohne einen Seufzer lesen wird. Die ganze Seite war von frischen Tränen durchtränkt, und auf dem folgenden Blatte las ich Verse, von der Hand meines Freundes, jedoch so anders als sonst geschrieben, dass ich nur mit Mühe die Schrift als die seine wiedererkannte:

Du warst mir alles, Liebe,
Was meine Seele erfleht,
Ein grünes Eiland, Liebe,
Ein Quell und Heiligenschein,
Umrankt von Früchten und von Blumen,
Und alle Blumen waren mein.

Ach Traum! Zu schön, zu währen!
Ach Hoffnungsstern! Erglommen nur
Zu eiligem Verlöschen!
Der Zukunft Stimme ruft mir zu:
»Voran!« Doch über der Vergangenheit
Trübdunklem Golfe schwebt mein Geist
Stumm – regungslos – erstarrt!

Denn wehe! Weh! Für mich erlosch
Des Lebens Licht auf ewig.
Und nimmer – nimmer – nimmermehr
– Solch' Wort ruft feierlich die See
Dem Sand der Küsten zu –
Wird neu erblühn der blitzgetroffne
    Baum,
Schwellt neue Kraft des kranken
    Adlers Flug!

Entrückung bringt mir jede Stunde,
Und jeder Traum der Nacht
Sucht Deines dunklen Auges Glanz,
Fragt, wo Dein Fuß Dich wiegt?
In welchem Feentanz?
An welchem fernen Strand?

Weh über jene Höllenstunde,
Da Dich die Woge mir entführt,
Der Lieb' entführt zu Würden und Verbrechen,
Entführt auf ein unheilig Pfühl,
Ach! mir entführt und unserm Nebellande,
In dem die Silberwelle um Dich weint.

Dass diese Verse in englischer Sprache geschrieben waren, überraschte mich nicht. Ich kannte die ausgedehnten Kenntnisse meines Freundes zu gut und auch seine sonderbare Neigung, dieselben so viel wie möglich zu verbergen. Aber der Ort des Datums setzte mich doch in Erstaunen. Das Gedicht war in London verfasst worden, später hatte man ein anderes Wort über den Namen geschrieben, jedoch nicht so, dass ein forschendes Auge den ersten nicht mehr hätte lesen können.

Ich sage, dass mich dies alles in Erstaunen setzte, denn ich erinnerte mich wohl, dass ich in einer früheren Unterhaltung meinen Freund einmal gefragt hatte, ob er nicht in London mit der Marchesa di Mentoni, die dort einige Jahre vor ihrer Verheiratung lebte, zusammengetroffen sei.

Damals gab er mir eine Antwort, aus der ich entnehmen musste, dass er die Hauptstadt Großbritanniens nie besucht habe. Ich kann hier noch erwähnen, dass ich sehr oft gehört hatte (natürlich ohne einem so unwahrscheinlichen Gerücht Glauben zu schenken), der Mann, von dem ich spreche, sei nicht nur von Geburt, sondern auch durch seine ganze Erziehung ein *Engländer.*

»Hier ist noch ein Bild«, sagte er ohne zu bemerken, dass ich in der Tragödie blätterte, »das Sie noch nicht gesehen haben.« Er zog einen Vorhang beiseite und enthüllte ein Bild der Marchesa Aphrodite. Noch nie war es irdischer Kunst gelungen, überirdische Schönheit gleich vollkommen nachzubilden. Wieder stand ihre ätherische Gestalt, genau wie in der vorhergehenden Nacht auf den Stufen des Dogenpalastes, vor mir. Doch in dem Ausdruck ihrer Züge, die über und über im Lächeln strahlten, lauerte schon (unbegreiflicher Widerspruch!) jener verhängnisvolle Schatten von Traurigkeit, der von der vollkommenen Schönheit nun einmal unzertrennlich ist. Der rechte Arm deckte halb ihren Busen. Mit der Linken deutete sie auf eine sonderbar geformte Vase nieder. Ihr kleiner Feenfuß berührte nackt den Boden, und in der leuchtenden Luft, die ihre ganze Lieblichkeit einrahmte, dehnten sich, kaum wahrnehmbar zwei hauchzarte Flügel.

Mein Blick fiel von dem Bilde auf die Gestalt meines Freundes, und die kraftvollen Worte des Bussy D'Ambois kamen mir unwillkürlich auf die Lippen:

›Dort steht er wie das Steinbild eines Römers!
Und wird so stehn, bis ihn der Tod
in Marmor wandelt!‹

»Kommen Sie«, sagte er endlich und führte mich zu einem reich emaillierten, massiv silbernen Tische, auf dem fantastisch gearbeitete Becher und zwei etruskische Vasen standen, die nach dem sonderbaren Modell im Vordergrund des Porträts angefertigt zu sein schienen und mit Johannisberger gefüllt waren. »Kommen Sie«, sagte er, »wir wollen trinken; es ist zwar früh, doch wir wollen trinken. – Es ist wirklich früh«, fuhr er plötzlich, wie in tiefen Gedanken, fort, als eine Uhr im Gemache die erste Stunde nach Sonnenaufgang schlug, »es ist wirklich früh – aber was tut's? Wir wollen trinken, wir wollen der feierlichen Sonne, die diese prunkvollen Lampen und Weihrauchschalen vergebens verdunkeln möchte, ein Opfer bringen.« Und er trank mir aus einem der Riesenkelche zu und stürzte dann in rascher Folge noch mehrere Becher Weins hinunter.

»Träumen«, sagte er und nahm den zerstreuten, flüchtigen Ton seiner Unterhaltung wieder auf, »Träumen war das Tun meines Lebens. Ich habe mir deshalb dieses Haus hergerichtet. Könnte ich hier im Herzen Venedigs ein besseres haben? Sie sehen allerdings einen Mischmasch der verschiedensten Bilder der Schönheit. Antidiluvianische Sprüche beleidigen die Keuschheit der Jonia, und ägyptische Sphinxe strecken sich auf golddurchwirkten Teppichen aus, und doch ist die Wirkung nur für den Furchtsamen unharmonisch. Eigentümlichkeiten des Ortes und besonders der Zeit sind der Popanz, welcher der Menschheit die Betrachtung des Erhabenen verleidet. Wie jene arabeskengezierten Weihrauchschalen windet sich mein Geist in Feuern, und das Delirium dieses Daseins macht mich reif für die wilderen Visionen im Lande jener wirklichen Träume, in das ich nun schnell enteile.« Hier schwieg er plötzlich, neigte sein Haupt und schien auf einen Ton zu lauschen, den ich nicht hören konnte. Dann richtete er sich auf, blickte empor und flüsterte jene Worte des Bischofs von Chichester:

›Erwarte mich! Ich will Dich nicht verfehlen,
Dich wieder treffen in dem hohlen Tal der Schatten!‹

Im nächsten Augenblick sprang er auf und warf sich – der Wein mochte wirken – in voller Länge auf die Ottomane. Da hörte ich einen schnellen Schritt auf der Treppe und gleich darauf ein lautes Klopfen an der Tür. Ich eilte zu öffnen, weil ich eine Störung fürchtete. Ein Page aus Mentonis Palast stürzte in das Gemach und stammelte mit abgehetzter Stimme die unzusammenhängenden Worte: »Meine Herrin, meine Herrin! Vergiftet – vergiftet! O schöne Aphrodite!«

Bestürzt eilte ich auf die Ottomane zu, um den Schläfer zu wecken, doch seine Glieder waren starr, seine Lippen totenbleich, seine eben noch glänzenden Augen versteint. Ich schwankte auf den Tisch zu, meine Hand fiel auf einen zersprungenen, schwarz angelaufenen Becher, und die Erkenntnis der ganzen, grässlichen Wahrheit blitzte in meiner Seele auf.

Das System des Doktors Pech und des Professors Feder

Im Herbst des Jahres 18.. machte ich eine Reise durch die südlichen Provinzen Frankreichs. Mein Weg führte mich in die Nähe einer Privat-Irrenanstalt, von der mir meine medizinischen Freunde in Paris viel erzählt hatten. Da ich noch nie eine ähnliche Anstalt besucht, wollte ich die günstige Gelegenheit nicht vorübergehen lassen und schlug meinem Reisegefährten – einem Herrn, den ich ein paar Tage früher zufällig kennengelernt hatte – vor, den kleinen Abstecher mit mir zu machen und die Anstalt zu besichtigen. Er willigte jedoch nicht ein, schützte zuerst Eile vor, bekannte dann aber, dass ihm der Anblick eines Wahnsinnigen stets einen unangenehmen Schauder bereite.

Doch bat er mich, mir um seinetwillen nur ja keinen Zwang aufzuerlegen – er wolle langsam weiterreisen, sodass ich ihn bis zum Abende, auf jeden Fall aber morgen im Laufe des Tages wieder einholen könne.

Als wir uns voneinander verabschieden wollten, fiel mir ein, dass es mir vielleicht Schwierigkeiten machen würde, Einlass in die Anstaltsgebäude zu erlangen, und ich sprach ihm meine Befürchtungen aus. Er meinte auch, dass ich, ohne persönlich mit dem

Direktor, einem Herrn Maillard, bekannt zu sein oder wenigstens einen Empfehlungsbrief an ihn zu besitzen, wohl kaum Zutritt in die Anstalt erlangen könne, da das Reglement in diesen Privat-Irrenhäusern viel strenger sei als in den öffentlichen Heilanstalten. Er habe jedoch vor einigen Jahren die Bekanntschaft Maillards gemacht und wolle gern mit mir bis an das Tor der Anstalt reiten und mich dem Direktor vorstellen – selbst mit einzutreten gehe jedoch, wie gesagt, gegen sein Gefühl, ich müsse ihn also entschuldigen.

Dankend nahm ich sein Anerbieten an; wir bogen von der Hauptstraße ab und gelangten auf einen grasüberwucherten Nebenweg, welcher sich nach einer halben Stunde in einen dichten Wald verlor, der sich am Fuße eines Berges hinzog. Nachdem wir ungefähr zwei Meilen weit durch diesen feuchten, düsteren Wald geritten, erblickten wir die Heilanstalt. Es war ein fantastisch gebautes, halb verfallenes Schloss, das Alter und Vernachlässigung fast unbewohnbar gemacht zu haben schienen. Sein Anblick erfüllte mich mit einem Gefühl wie Schrecken, ich hielt mein Pferd an, halb entschlossen, umzukehren. Doch schämte ich mich bald meiner Schwäche und ritt vorwärts.

Als wir vor dem Haupttor ankamen, sah ich, dass es leicht geöffnet war, und ein Mann, wie neugierig, herausspähte. Der Betreffende trat alsbald heraus, redete meinen Gefährten bei seinem Namen an, schüttelte ihm herzlich die Hand und bat ihn, abzusteigen.

Es war der Direktor Maillard selbst: ein stattlicher, vornehm aussehender Herr, ein Mann aus der alten Schule, von höflichen Formen und einem ernsten, würdigen, gebietenden Wesen, das wohl auf jeden Menschen Eindruck machen musste.

Als mein Freund mich vorgestellt und dem Direktor meinen Wunsch, die Anstalt zu besichtigen, mitgeteilt hatte, empfahl er sich, und ich sah ihn nie wieder.

Nun führte mich der Direktor in ein kleines, außerordentlich sauberes Sprechzimmer, das mit allen Anzeichen eines verfeinerten Geschmackes ausmöbliert war, unter anderem viele gute Bücher, Zeichnungen, schöne Blumentöpfe und Musikinstrumente enthielt. Im Kamin brannte ein lustiges Feuer.

Am Klavier saß eine außerordentlich schöne, junge Dame und sang eine Arie von Bellini. Bei meinem Eintritt erhob sie sich und begrüßte mich mit anmutiger Herzlichkeit. Sie sprach mit leiser Stimme, und ihr ganzes Wesen hatte etwas Gedrücktes. Auch glaubte ich, auf ihren schönen, für meine Empfindungen wundervoll bleichen Zügen die Spuren eines verborgenen Kummers zu entdecken. Sie war in tiefe Trauer gekleidet, und ich betrachtete sie mit einem aus Hochachtung, Neugier und Bewunderung sonderbar gemischten Gefühle.

Ich hatte in Paris sagen hören, dass die Anstalt des Herrn Maillard nach einem System, das gewöhnlich das »der Beschwichtigung« genannt wird, geleitet werde, dass grundsätzlich keinerlei Strafen angewandt wurden, dass man die Kranken nur im Notfall einsperrte, dass man sie nur im Geheimen bewachte und sie anscheinend die größte Freiheit genießen ließ – ja, dass man den meisten erlaubte, in ihrem gewöhnlichen Anzuge frei im Hause und in den umliegenden Gärten herumzuspazieren, wie jeder vernünftige Mensch.

Da ich mich an dies alles erinnerte, war ich in Gegenwart der jungen Dame sehr vorsichtig mit meinen Worten, denn ich wusste ja nicht, ob sie nicht auch eine Kranke war. Ein gewisses unruhiges Glänzen in ihren Augen schien meine Befürchtung zu bestätigen. Und so redete ich denn nur von allgemeinen Dingen, die meines Erachtens nach selbst einer Wahnsinnigen nicht missfallen konnten. Sie antwortete auf das, was ich sagte, vollständig vernünftig, und ihre Bemerkungen trugen alle den Stempel eines durchaus gesunden

Menschenverstandes. Doch hatte ich mich zu lange mit der Metaphysik der Mania beschäftigt, um nicht zu wissen, dass man solchen Anzeichen von Gesundheit nicht trauen dürfe, und behielt während der ganzen Unterredung all meine Vorsichtsmaßregeln bei.

Ein Diener in einer sehr eleganten Livree brachte ein Tablett mit Wein, Früchten und anderen Erfrischungen herein, denen ich gern zusprach.

Die Dame verließ nach einiger Zeit das Zimmer, und ich wandte meine Augen fragend auf meinen Wirt.

»Nein!«, antwortete er, »o nein! Sie gehört zu meiner Familie, sie ist meine Nichte – übrigens ein ganz reizendes, liebenswürdiges Wesen!«

»Ich bitte tausendmal wegen meines Argwohns um Entschuldigung, doch hoffe ich, dass Sie mich am leichtesten entschuldbar finden werden. Die ausgezeichnete Verwaltung Ihrer Anstalt hat in Paris viel Bewunderung erregt, und da dachte ich, es sei wohl möglich, dass – nun Sie verstehen!«

»Gewiss, gewiss! – Reden wir nicht mehr davon – oder vielmehr, ich muss Ihnen für Ihre lobenswerte Vorsicht dankbar sein. Bei jungen Leuten begegnet man sehr selten solcher Besonnenheit, und ich habe schon oft erfahren müssen, dass die Gedankenlosigkeit unserer Besucher sehr unangenehme Zwischenfälle verursachte. Als die Anstalt noch nach meinem früheren System geleitet wurde und die Patienten nach Gutdünken hier herumstreifen durften, habe ich es erlebt, dass sie durch neugierige Personen, die die Anstalt in Augenschein nehmen wollten, zu gefährlichen Wutanfällen gereizt wurden. Deshalb war ich gezwungen, das strengere System der Absonderung wieder einzuführen und niemanden mehr einzulassen, auf dessen Vorsichtigkeit ich mich nicht verlassen konnte.«

»Als die Anstalt noch nach Ihrem früheren System geleitet

wurde?«, sagte ich und wiederholte seine Worte. »Heißt das also, dass jetzt nicht mehr nach dem ›System der Beschwichtigung‹, von dem ich so viel gehört habe, verfahren wird?«

»Vor einigen Wochen«, antwortete er mir, »habe ich mich entschlossen, für immer von demselben abzusehen.«

»Wirklich? Das setzt mich in Erstaunen.«

»Leider«, entgegnete er mit einem Seufzer, »stellte es sich als notwenig heraus, wieder zu der alten Behandlungsweise zurückzukehren. Die Gefahr, die das Beschwichtigungssystem in sich barg, war zu allen Zeiten groß, und seine Vorzüge sind im Allgemeinen bei Weitem überschätzt worden. Ich glaube, wenn je irgendwo versucht wurde, wirklich konsequent mit Güte vorzugehen, so geschah es hier bei uns. Wir haben alles versucht, was das Menschlichkeitsgefühl Vernünftiges vorschlagen konnte. Es tut mir leid, dass Sie uns nicht früher besucht haben – Sie hätten sich selbst ein Urteil bilden können! Doch darf ich wohl annehmen, dass Sie mit den Einzelheiten des ›Systems der Beschwichtigung‹ bekannt sind –?«

»Nicht vollständig. Ich erfuhr erst durch vierte oder fünfte Hand davon.«

»Ich kann Ihnen dies System im Allgemeinen dahin erklären, dass der Kranke geschont wurde und seinen Neigungen unbehindert nachgehen durfte. Wir unterdrückten keine seiner Launen, im Gegenteil, wir duldeten sie nicht bloß, sondern unterstützten sie auch noch und erzielten auf diese Weise eine stattliche Anzahl von Heilungen. Es gibt nichts, was auf den geschwächten Verstand eines Wahnsinnigen einen so starken Eindruck macht, als wenn man ihn ad absurdum führt. Wir haben zum Beispiel Männer hier gehabt, die sich für ein Huhn hielten. Die Behandlung bestand dann darin, diese ihre Annahme als eine wirkliche Tatsache hinzustellen, den Kranken hin und wieder der Beschränktheit anzuklagen, weil er diese Tatsache selbst nicht ganz glauben wolle, und ihm eine Woche lang keine andere Nahrung zu bewilligen als die, die ein Huhn bekommt. So genügte oft ein wenig Gerste und Kies, um Wunder zu vollbringen.«

»Bestand denn das ganze Beschwichtigungssystem in dieser Art von Beruhigung?«

»Keineswegs! Wir hatten auch großes Zutrauen zu einfachen Vergnügungen, Kartenspielen, der Lektüre von gewissen Büchern und so weiter. Wir taten so, als behandelten wir jeden Einzelnen wegen eines körperlichen Übels, das Wort ›Wahnsinn‹ wurde nie ausgesprochen. Von besonderer Wichtigkeit war der Umstand, dass wir jeden Irren heimlich beauftragten, die Handlungen der anderen zu überwachen. Einem Wahnsinnigen zeigen, dass man auf seine Intelligenz und seine Diskretion vertraut, heißt, ihm Körper und Seele zurückgewinnen. Auf diese Weise konnten wir dann eine ganze Reihe von Aufsehern entbehren.«

»Bestrafungen kamen überhaupt nicht vor?«

»Nein!«

»Und die Kranken wurden nie eingeschlossen?«

»Nur sehr, sehr selten. Zuweilen mussten wir wohl einen Patienten, dessen Krankheit sich zu einer Krise steigerte oder der einen Wutanfall bekam, in eine geheime Zelle bringen, damit er die anderen nicht ansteckte, und wir verwahrten ihn dann so lange, bis wir ihn zu seinen Eltern oder seinen Verwandten zurückschicken konnten, denn wir haben uns nie mit Tobsüchtigen befasst. Die wurden gewöhnlich in den öffentlichen Irrenanstalten untergebracht.«

»Und Sie haben nun Ihre Behandlungsweise vollständig geändert und glauben, dass es besser so ist?«

»Ganz gewiss! Das alte System hatte zu viel Nachteile und Gefahren. Gott sei Dank wird es jetzt auch in keinem Irrenhause in Frankreich mehr befolgt.«

»Dies überrascht mich sehr«, sagte ich, »denn ich glaubte bis zu diesem Augenblicke bestimmt, dass im ganzen Lande der Wahnsinn nach dem alten System behandelt würde.«

»Sie sind noch jung, mein Freund«, erwiderte mein Wirt, »doch wird auch für Sie bald die Zeit kommen, wo Sie selbst zusehen, was sich in der Welt zuträgt, ohne auf das Geschwätz der anderen zu achten. – Glauben Sie nichts von dem, was Sie hören, und nur die Hälfte von dem, was Sie sehen. Es liegt klar auf der Hand, dass irgendein Ignorant Ihnen einen ganz falschen Begriff von unserer Anstalt gegeben hat. Nach dem Mittagsmahl werde ich Sie, wenn Sie sich von den Strapazen des langen Rittes genügend erholt haben, im ganzen Hause herumführen und Sie mit einem System bekannt machen, das in meinen und den Augen aller Menschen, die sich von seinen günstigen Resultaten überzeugt haben, das wirksamste von allen ist, die bisher Anwendung gefunden.«

»Ist es Ihr eigenes System?«, fragte ich interessiert. »Haben Sie es erfunden?«

»Ich bin stolz darauf«, entgegnete er mir, »es wenigstens bis zu einem gewissen Grade meine Erfindung nennen zu dürfen.«

So unterhielt ich mich wohl ein oder zwei Stunden mit Herrn Maillard, während welcher Zeit er mir die zu der Anstalt gehörenden Gärten und Treibhäuser zeigte.

»Ich kann Ihnen jetzt meine Patienten noch nicht vorführen«, begann er wieder, »denn für einen sensiblen Menschen hat ein Wahnsinniger immer etwas Widerwärtiges, und ich möchte Ihnen nicht vor dem Essen den Appetit verderben. Wir wollen also erst speisen! Ich kann Ihnen heute unter anderem Kalbfleisch à la Sainte-Menehould, Blumenkohl à la sauce velouté und ein Glas Clos Nougeat anbieten, und ich hoffe, dass dies Ihre Nerven genügend stärken wird.«

Um sechs Uhr bat man zum Essen, und mein Wirt führte mich in einen riesigen Speisesaal, wo eine zahlreiche Gesellschaft versammelt saß; es mochten im Ganzen vielleicht fünfundzwanzig oder dreißig Personen sein.

Das waren offenbar alles Leute aus der guten Gesellschaft, von ausgezeichneter Erziehung, obgleich es mir schien, dass ihre Kleidung übertrieben elegant, ja, gesucht war und allzu sehr an den raffinierten Pomp des Ancien régime erinnerte.

Ich bemerkte auch, dass die Gesellschaft zu wenigstens zwei Dritteln aus Damen bestand und einige von ihnen so gekleidet erschienen, dass man es beim besten Willen nicht anders als geschmacklos nennen konnte. So hatten sich zum Beispiel verschiedene Damen, die wenigstens siebzig Jahre alt sein mussten, mit Schmucksachen, Ringen, Armbändern, Ohrgehängen, Ketten und so weiter überladen, und enthüllten dafür das, was noch ihr Busen war, in freigiebigster Weise. Ich bemerkte auch, dass nur sehr wenig Kleider gut gearbeitet waren oder vielmehr ihren Trägerinnen passten. Als ich um mich schaute, erblickte ich auch das blasse junge Mädchen, dem mich Direktor Maillard im Sprechzimmer bereits vorgestellt hatte. Wie groß war meine Überraschung, als ich sah, dass sie einen Reifrock anhatte und Schuhe mit hohen Absätzen und eine Haube aus schmutziger Brüsseler Spitze trug, die ihr viel zu groß war und ihr Gesicht lächerlich klein erscheinen ließ. Als ich sie zum ersten Male gesehen, war sie, wie man weiß, in Trauerkleidung gehüllt gewesen, die ihr wunderbar gut gestanden hatte.

Eine gewisse Sonderbarkeit im Anzug eines jeden aus der Gesellschaft brachte mich wieder auf den Gedanken, dass das Beschwichtigungssystem vielleicht doch noch in Anwendung sei, dass mich Direktor Maillard vielleicht bloß bis nach dem Essen täuschen wolle, um mir den unangenehmen Gedanken, mit Wahnsinnigen an einem Tische zu speisen, zu ersparen; doch erinnerte ich mich auch wieder, in Paris von Provinzialen des Südens als von außerordentlich exzentrischen und in ihrem Gebaren lächerlich altmodischen Leuten reden gehört zu haben; und als ich mit verschiedenen Mitgliedern der Gesellschaft sprach, zerstreuten sich meine Befürchtungen in der Tat wieder.

Der Speisesaal, obgleich ziemlich groß und bequem, war doch durchaus nicht elegant möbliert. Auf dem Fußboden lag zum Beispiel kein Teppich, der allerdings in Frankreich nicht so unerlässlich ist wie anderswo. Die Fenster waren durch keinerlei Gardinen noch durch Vorhänge verhüllt, die Fensterläden waren verschlossen und durch zwei diagonal laufende Eisenstangen wohl verwahrt. Ich bemerkte, dass der Speisesaal allein einen ganzen Flügel des Schlosses einnahm; an drei Seiten des Parallelogramms befanden sich die Fenster – es waren nicht weniger als zehn – und an der vierten die Tür. Der Tisch war sehr reichlich gedeckt und mit Leckereien überladen. Die Verschwendung war fast barbarisch, es waren so viel Gerichte vorhanden, dass man ein ganzes Heer damit hätte sättigen können. Niemals in meinem Leben ist mir wieder eine ähnliche, monströse Zusammenstellung aller guten Dinge des Lebens vorgekommen. Doch bewies das ganze Arrangement sehr wenig Geschmack, und meine an ruhiges Licht gewöhnten Augen empfanden den strahlenden Glanz der zahllosen, in silbernen Kandelabern allzu reichlich umherstehenden Kerzen höchst unangenehm. Ein paar geschäftige Dienstboten bedienten. Auf einem großen Tische am unteren Ende des Saales saßen sieben oder acht Musiker mit Geigen, Flöten, Posaunen und Trommeln. Diese Burschen belästigten mich während der Mahlzeit ganz erheblich durch das unglaubliche Getöse, das sie vollführten. Die Anwesenden schienen es allerdings für Musik zu halten und großes Vergnügen darob zu empfinden.

Ich konnte mich des Gedankens, wie bizarr meine ganze Umgebung doch sei, immer weniger entschlagen; aber es gibt eben allerlei Menschen auf der Welt, die verschiedene Gedanken und Manieren haben, und ich war zu viel gereist, um mich noch naiv über etwas verwundern zu können. Ich ließ mich also zur Rechten meines Wirtes nieder und tat, da ich guten Appetit hatte, der vortrefflichen Mahlzeit alle Ehre an.

Man unterhielt sich im Allgemeinen sehr lebhaft. Die Damen sprachen, wie gewöhnlich, am meisten. Ich fand, dass alle Tischgenossen sehr gut erzogene Leute waren; mein Wirt sprudelte über von lustigen Anekdoten. Er schien offenbar sehr gern von seiner Stellung als Direktor des Irrenhauses zu reden, und zu meiner großen Überraschung bemerkte ich, dass die verschiedenen Äußerungen des Wahnsinns ein beliebtes Gespräch der Tischgesellschaft zu sein schienen.

»Wir hatten neulich ein Individuum hier«, erzählte mir ein dicker, kleiner Herr, der zu meiner Rechten saß, »das sich für eine Teekanne hielt. Und beiläufig gesagt: Ist es nicht sonderbar, dass gerade diese Vorstellung das Gehirn der Wahnsinnigen so oft beunruhigt? Ich glaube, es gibt in ganz Frankreich keine Anstalt, die nicht mit einer menschlichen Teekanne aufwarten könnte. Unser Herr hielt sich für eine Teekanne aus Britanniamasse und polierte sich jeden Morgen sorgfältig mit einem Stück Hirschleder und Wiener Putzkalk.«

»Vor nicht langer Zeit«, meinte ein sehr großer Herr, mir gerade gegenüber, »war ein Mensch hier, der sich für einen Esel hielt, was, wie Sie bemerken werden, allegorisch gesprochen, auch richtig war. Es war ein sehr unruhiger Patient, und wir hatten oft alle Mühe, ihn von Exzessen zurückzuhalten. Eine Zeit lang wollte er nichts anderes essen als Disteln, doch kurierten wir ihn bald davon, indem wir ihm wirklich nichts anderes zukommen ließen. Dann schlug er immer mit den Hinterbeinen aus, so – sehen Sie – so – so –«

»Herr de Kock, ich wäre Ihnen sehr dankbar, wenn Sie sich ein wenig mäßigen wollten«, unterbrach ihn hier eine alte Dame, die neben ihm saß. »Halten Sie doch, bitte, Ihre Füße bei sich! Sie haben mir mein ganzes Brokatkleid verdorben. Ist es denn unumgänglich nötig, eine Bemerkung praktisch zu illustrieren? Ich glaube, unser Freund hier hatte Sie auch so verstanden. Sie sind wahrhaftig ein ebenso großer Esel wie der Unglückliche, von dem Sie reden. Sie ahmten das Tier wenigstens äußerst naturgetreu nach.«

»Mille Pardons! Ma'mselle!«, erwiderte der also angeredete Herr de Kock, »bitte tausendmal um Entschuldigung. Ich hatte nicht die Absicht, Sie zu belästigen. Ma'mselle Laplace – Herr de Kock nimmt sich die Ehre, auf Ihr Wohl zu trinken!«

Bei diesen Worten verbeugte sich Herr de Kock sehr tief, küsste ehrfurchtsvoll seine eigene Hand und trank auf das Wohl der Dame.

»Gestatten Sie mir, mein Freund«, wandte sich Herr Direktor Maillard jetzt an mich, »Ihnen ein Stück von diesem Kalbfleisch à la Sainte-Menehould zu überreichen; es wird Ihnen sicher besonders zusagen.«

Drei sehr kräftige Diener hatten eben eine ungeheure Schüssel ohne weiteren Unfall auf den Tisch gesetzt. Sie war fast so groß wie ein Boot und enthielt, wie mir schien, das

monstrum, horrendum, informe, ingens,
cui lumen ademptum.

Ein aufmerksamer Blick überzeugte mich jedoch davon, dass es nur ein kleines unzerlegt gebratenes Kalb sei, das auf seinen Knien lag und einen Apfel im Maule trug, wie man in England gewöhnlich einen Hasen serviert.

»Danke, nein!«, erwiderte ich dem Direktor, »ich bin kein besonderer Freund von Kalbfleisch à la Sainte – wie sagten Sie doch? – es bekommt mir nicht! Ich möchte jedoch meinen Teller wechseln lassen und etwas von dem Kaninchenbraten nehmen.«

Auf dem Tische standen nämlich mehrere Mittelschüsseln, welche den bekannten französischen Kaninchenbraten zu enthalten schienen, den ich sehr liebte.

»Jean!«, rief mein Wirt, »reichen Sie dem Herrn einen anderen Teller und etwas von dem Kaninchen nach Katzenart!«

»Kaninchen nach was?«, fragte ich.

»Nach Katzenart!«, antwortete er.

»Danke nein«, sagte ich rasch. »Ich habe es mir anders überlegt und möchte lieber etwas von dem Schinken nehmen.«

›Man weiß doch wahrhaftig nie‹, dachte ich bei mir, ›was man am Tische von Provinzmenschen zu essen bekommt. Ich danke für Euer Kaninchen nach Katzenart – ebenso wie ich für Eure Katze nach Kaninchenart danken würde.‹

»Und weiter«, nahm jetzt eine Person mit einem wahren Leichengesicht am unteren Ende der Tafel das Gespräch, das einen Augenblick gestockt hatte, wieder auf, »– und weiter hatten wir unter anderen Merkwürdigkeiten einmal einen Patienten hier, der sich für ein Stück Cordovakäse hielt, immer mit einem Messer in der Hand herumlief und alle seine Bekannten aufforderte, mal ein Scheibchen aus der Mitte seines Beines zu versuchen.«

»Er war wirklich ein großer Narr«, rief jemand anders dazwischen, »und doch kann man ihn absolut nicht mit einer anderen Person vergleichen, die wir alle – den fremden Herrn da ausgenommen – genau kennen. Ich meine den Mann, der sich plötzlich für eine Champagnerflasche hielt und oft plötzlich mit einem Pang! pang! aufsprang und pschi-pschi-i-i-i-i-dazu machte, so nämlich –«

Hier streckte der Sprecher ungebildeterweise seinen rechten Daumen in die linke Wange, zog ihn mit einem Tone, der dem Aufspringen eines Korkes glich, wieder heraus und brachte durch eine geschickte Bewegung der Zunge auf den Zähnen, einen scharfen, zischenden, sprudelnden Laut hervor, der ähnlich klang wie das Moussieren des Champagners.

Ich bemerkte sofort, dass dies Betragen Herrn Maillard durchaus nicht gefiel, doch sagte er nichts.

Ein sehr magerer, kleiner Mann in einer riesigen Perücke führte die Unterhaltung weiter fort: »Einmal war ein Ignoramus hier, der hielt sich für einen Frosch, mit dem er übrigens, beiläufig gesagt, wirklich viel Ähnlichkeit hatte. Ich wünsche, Sie hätten ihn gesehen, mein Herr« – hier wandte sich der Sprecher mir zu – »es hätte Ihrem Herzen wohlgetan, zu beobachten, wie natürlich er sich benahm. Mein Herr, wenn der Mann kein Frosch war, so kann ich nur sagen, es war schade, dass er wirklich keiner war. Sein Quaken – er machte es so: o o o o gh! – o o o o gh! – war das schönste Quaken der Welt – ganz b-Moll. Und wenn er, nachdem er ein oder zwei Glas Wein getrunken hatte, seine Ellbogen so, wie ich es jetzt tue, auf den Tisch stützte, seinen Mund auseinanderzog – so – und seine Augen nach oben rollte und fabelhaft schnell mit den Lidern zwinkerte – so ähnlich! – ich glaube, mein Herr, das imitatorische Genie dieses Mannes hätte Sie mit Bewunderung erfüllt!«

»Zweifellos!«, erwiderte ich.

»Einmal war auch«, meinte ein anderer, »ein Deutscher, ein Herr Schnupfer, hier, der sich für eine Prise Tabak hielt und untröstlich war, dass er sich nicht zwischen seinen Daumen und Zeigefinger nehmen konnte.«

»Auch war Jules Desoulieres ein sonderbares Phänomen, und die Vorstellung, dass er ein Kürbis sei, machte ihn ganz verrückt. Er verfolgte den Koch mit Bitten, ihn doch zu Kompott zu verarbeiten, was ihm der Koch aber voller Entrüstung abschlug. Ich will es jedoch gar nicht so schroff ableugnen, dass ein Kürbiskompott à la Desoulieres nicht vorzüglich geschmeckt haben würde.«

»Sie setzen mich in Erstaunen«, erwiderte ich dem lustigen Herrn und blickte den Direktor Maillard fragend an.

»Hahaha!«, antwortete mir dieser, »hehehe! hihihi! höhöhö! hühühü! Das ist sehr gut! Sie müssen sich nicht allzu sehr verwundern, mein Freund; der Herr ist ein Schäker – ein Witzbold – Sie dürfen seine Reden nicht wörtlich nehmen.«

»Und außerdem war noch Bouffon-Legrand hier«, rief irgendein anderer Tischgenosse – »er war in seiner Weise auch eine außerordentliche Persönlichkeit, die Liebe richtete in seinem Gehirn Verwüstungen an, sodass er sich einbildete, er sei der Kopf des Cicero, der andere sei jedoch eine Zusammensetzung: Von der Spitze der Stirn bis zum Munde sei er nämlich der Kopf des Demosthenes, und vom Munde bis zum Kinn der Kopf Lord Broughams. Es ist ja möglich, dass er sich täuschte, doch hätte er Sie sicher von der Richtigkeit seiner Ansicht überzeugt, denn er war ein Mann von großer Beredsamkeit. Er hatte geradezu eine Leidenschaft für die Kunst des Redens und konnte es sich nicht versagen, dieselbe oft zu zeigen. So pflegte er zum Beispiel auf den Esstisch zu springen – so ungefähr und – und –«

Hier legte mein Freund, der neben dem Sprecher saß, die Hand auf dessen Schulter und flüsterte ihm ein paar Worte ins Ohr; worauf er ganz plötzlich zu sprechen aufhörte und in seinen Stuhl zurücksank.

»Und dann«, sagte nun der Freund, der eben seinem Nachbar ins Ohr geflüstert hatte, »war noch Boulard hier, der Kreisel. Ich nenne ihn den Kreisel, weil er die drollige, doch nicht ganz unvernünftige

Idee hatte, in einen Kreisel verwandelt worden zu sein. Sie wären vor Lachen gestorben, hätten Sie ihn so herumschnurren sehen! Er konnte sich eine Stunde lang auf einem Absatz herumdrehen, so nämlich – so –«

Der Freund, den er vorhin durch die zugeflüsterte Bemerkung unterbrochen hatte, erwies nun seinem Nachbar genau denselben Dienst.

»Ihr Herr Boulard«, schrie jetzt eine alte Dame mit Fistelstimme, »er war verrückt, und zwar sehr blödsinnig verrückt, denn wer, gestatten Sie mir die Frage, hat jemals einen lebendigen Kreisel gesehen? Die ganze Sache ist absurd. Da war Frau Soyeuse eine viel gescheitere Person. Sie hatte ja auch ihre Grille, aber eine Grille, die sich mit dem gesunden Menschenverstande wohl vereinigen ließ und allen, die die Ehre ihrer Bekanntschaft genossen, nur Vergnügen bereitete. Sie fand nach reiflicher Überlegung, dass sie durch irgendeinen Unfall ein junger Hahn geworden war, doch benahm sie sich als solcher durchaus schicklich. Sie schlug wundervoll mit den Flügeln – so – so – so und krähte einfach entzückend! Kikeriki – Kikeriki – Kikeriki-i-i-i-i-i!«

»Ich muss Sie bitten, Frau Soyeuse, sich anständig zu benehmen«, unterbrach sie mein Wirt voller Zorn. »Wenn Sie sich hier nicht betragen wollen, wie es einer Dame zukommt, müssen Sie den Tisch verlassen. Sie haben die Wahl.«

Die Dame, die ich nach der Beschreibung, die sie von Frau Soyeuse gegeben, mit großer Überraschung als diese selbst anreden hörte, errötete bis an die Brauen und schien den Vorwurf als eine tiefe Demütigung zu empfinden. Sie senkte den Kopf und erwiderte keine Silbe. Eine andere, jüngere Dame nahm die Unterhaltung wieder auf. Es war das schöne Mädchen, das ich im Sprechzimmer kennengelernt.

»Oh, Frau Soyeuse war eine Närrin«, rief sie aus. »Von wirklich gesundem Menschenverstande zeugten eigentlich nur die Ansichten der Eugenie Salsafette. Sie war ein sehr schönes, trauriges, bescheidenes Mädchen, das es für unpassend hielt, sich wie alle anderen Menschen zu kleiden, und es vorzog, die innere Seite ihrer Kleidungsstücke nach außen zu tragen. Das kann man übrigens leicht bewerkstelligen, Sie brauchen bloß so zu machen – und so – und so – und –«

»Mein Gott! Fräulein Salsafette, was machen Sie denn«, schrien hier wohl zwölf Stimmen auf einmal, »was fangen Sie an! – Gott behüte – das genügt ja aber vollständig – wir sehen ja klar genug, wie die Sache gemacht wird! Halten Sie ein, halten Sie ein!« Mehrere Personen sprangen von ihren Sitzen auf und versuchten Fräulein Salsafette zu verhindern, sich auf gleichen Fuß mit der Venus von Medici zu stellen.

Man hatte die junge Dame kaum beruhigt, als plötzlich aus dem Hauptflügel des Schlosses ein fürchterliches Geschrei gellend zu uns herüberklang.

Obwohl der gräuliche Lärm meine eigenen gesunden Nerven schon ziemlich angriff, musste ich die übrige Gesellschaft geradezu bemitleiden, denn sie schien in einer Weise zu erschrecken, wie ich es nie wieder bei vernünftigen Menschen gesehen habe. Sie wurden alle bleich wie Laken, fuhren zusammen, saßen zitternd und bebend da und horchten angstvoll, ob sich der Ton wiederholte.

Plötzlich erklang er wieder, lauter und anscheinend viel näher – dann erscholl er ein drittes Mal sehr laut und ein viertes Mal sehr viel leiser und entfernter.

Sofort erlangte die Gesellschaft ihre gute Laune wieder. Man sprudelte wie vorhin vor Leben und Lustigkeit über. Ich fragte nun nach dem Grunde der Störung.

»Ach, eine Kleinigkeit!«, erwiderte mir Herr Maillard. »Wir sind an dergleichen gewöhnt und machen uns wenig daraus. Die Irrsinnigen heulen zuweilen alle zusammen auf – einer steckt den anderen an, wie es oft die Hunde in der Nacht tun. Zuweilen jedoch folgt auf ein solches Konzert eine einmütige Anstrengung, loszubrechen, was immerhin eine kleine Gefahr über uns bringen könnte.«

»Wie viele Wahnsinnige befinden sich denn zurzeit in den Zellen?«

»Augenblicklich im Ganzen nur zehn.«

»Hauptsächlich wohl Frauen?«

»O nein, alle zehn sind Männer, und kräftige Männer dazu, kann ich Sie versichern!«

»Wirklich? Ich habe immer sagen hören, dass die Mehrzahl der Wahnsinnigen dem schöneren Geschlechte angehöre!«

»Im Allgemeinen ja, doch nicht immer. Vor einiger Zeit hatten wir siebenundzwanzig Kranke hier, und zwar befanden sich darunter nicht weniger als achtzehn Frauen, doch hat sich das Verhältnis, wie Sie hören, jetzt in kurzer Zeit geändert.«

»O ja, sehr geändert«, unterbrach ihn hier der Herr, der Ma'mselle Laplace vorhin auf ihr Brokatkleid getreten hatte.

»O ja – sehr geändert«, schrie die ganze Gesellschaft im Chorus.

»Halte doch jeder seinen Mund«, rief mein Wirt voller Zorn – und die Tafelrunde beobachtete fast eine ganze Minute lang ein Todesschweigen.

Eine Dame jedoch gehorchte Herrn Maillard wörtlich, fasste ihre Lippen mit beiden Händen und hielt sie bis zum Schluss des Essens fest.

»Und die Dame«, wandte ich mich flüsternd an Herrn Maillard, »die eben den Hahn imitierte, ist harmlos – ganz harmlos, nicht wahr?«

»Harmlos?«, rief er mit aufrichtiger Überraschung aus. »Was meinen Sie damit?«

»Nun, nur leicht erkrankt«, entgegnete ich und wies auf meinen Kopf. »Ich meine, sie ist durchaus nicht besonders schlimm oder gar gefährlich krank.«

»Mein Gott! Was denken Sie sich nur überhaupt! Die Dame, meine alte, spezielle Freundin, ist so gut bei Verstande wie ich. Sie hat ein paar exzentrische Angewohnheiten, das ist wahr – aber Sie wissen doch: Alle alten Frauen – alle sehr alten Frauen haben dergleichen an sich, sind mehr oder weniger exzentrisch.«

»Gewiss, gewiss!«, entgegnete ich, »und die übrigen Herren und Damen –«

»Sind meine Freunde und untergebenen Beamten«, unterbrach mich Herr Maillard in einem, wie mir schien, etwas hochmütigen Tone, »meine prächtigen Freunde und Helfer.«

»Wie? Alle?«, fragte ich, »auch die Frauen?«

»Gewiss!«, antwortete er. »Ohne weibliche Hilfe ist eine Anstalt wie die unsrige nicht zu leiten. Frauen sind die besten Irrenpflegerinnen, die man sich denken kann. Sie haben ihre eigene Art und Weise, mit den Wahnsinnigen umzugehen, und ihre schönen Augen tun oft Wunder – es ist ähnlich damit, wie mit dem Bann, den die Schlangen ausüben, wissen Sie!«

»Das mag sein, gewiss!«, entgegnete ich. »Sie benehmen sich zwar alle ein wenig sonderbar, nicht? Ein bisschen verdreht, was? Finden Sie nicht auch?«

»Sonderbar? Verdreht? Glauben Sie das wirklich? Wir hier im Süden nehmen es allerdings nicht so genau in derlei Angelegenheiten, wir tun, was wir wollen, genießen unser Leben – sind lustig und guter Dinge –«

»Das ist gewiss sehr vernünftig«, erwiderte ich.

»Und überdies, sehen Sie, dieser herrliche Tropfen, der Clos de Vougeot, ist ein bisschen schwer – ein bisschen stark – Sie verstehen – wie?«

»Gewiss, gewiss«, sagte ich. »Habe ich Sie übrigens recht verstanden, dass Sie anstelle des Beschwichtigungssystems eine außerordentlich harte Behandlung gesetzt haben?«

»Nicht vollständig. Wir schließen die Kranken bloß strenger ein, ihre Behandlung – ich meine die ärztliche Behandlung – muss ihnen eher angenehm als unangenehm sein.«

»Sie haben das neue System selbst erfunden?«

»Nicht ganz – einige Punkte in demselben stammen von Doktor Pech, von dem Sie sicher schon gehört haben. Und verschiedene Abänderungen schreibe ich mit Stolz dem berühmten Professor Feder zu, mit dem Sie, wenn ich mich nicht irre, ja sehr nahe bekannt sind.«

»Ich muss leider gestehen«, wandte ich ein, »dass ich keinen der beiden Namen früher gehört habe.«

»Du lieber Himmel«, rief mein Wirt, rückte erschrocken seinen Stuhl zurück und schlug die Hände zusammen, »ich höre wohl nicht recht! Sie wollten doch nicht sagen, dass Sie noch nie von dem gelehrten Doktor Pech, noch nie von dem berühmten Professor Feder etwas gehört haben!«

»Ich muss leider meine vollständigste Unwissenheit zugeben. Der Wahrheit die Ehre: Ich bedaure aufrichtig, von den Werken dieser beiden berühmten Persönlichkeiten auch nicht das Geringste zu wissen. Ich will mir, sobald es angeht, ihre Schriften verschaffen und mit dem nötigen Eifer durchlesen. Sie haben mich nämlich, Herr Maillard, wirklich, Sie haben mich, muss ich gestehen, ganz beschämt gemacht.«

Dies Letztere war tatsächlich der Fall.

»Reden wir doch nicht mehr davon, mein lieber junger Freund«, unterbrach mich der Direktor in gütigem Tone und drückte mir die Hand, »stoßen wir lieber mit einem Glas Sauterne an!«

Wir taten es. Die Gesellschaft folgte unserem Beispiele. Sie tranken unaufhörlich – schwätzten, scherzten, lachten und vollführten tausend absurde Dinge.

Die Geigen quietschten, die Trommeln rasselten, die Posaunen heulten, der Spektakel wurde, je mehr man dem Weine zusprach, immer wüster und das Ganze zu einer richtigen Orgie.

Herr Maillard und ich setzten indes zwischen verschiedenen Flaschen Clos de Vougeot und Sauterne hindurch unsere Unterhaltung fort, mussten jedoch aus Leibeskräften schreien, um einander verstehen zu können. Ein Wort, in gewöhnlicher Klangstärke gesprochen, wäre ebenso wenig gehört worden, wie die Stimme eines Fisches auf dem Grunde des Niagara-Falles.

»Vor dem Mittagessen sprachen Sie von den Gefahren, die das ›alte System der Beschwichtigung‹ mit sich gebracht habe«, schrie ich dem Direktor ins Ohr. »Was meinten Sie damit?«

»Nun«, entgegnete er, »die Launen der Irren sind ganz unberechenbar, und es ist sowohl meine Ansicht wie die des Doktors Pech und des Professors Feder, dass es nie klug ist, einen Irrsinnigen frei umherlaufen zu lassen. Er kann für eine Zeit lang ›beschwichtigt‹ werden, wie man es nennt, doch muss man sich immer auf Gewalttätigkeiten gefasst machen. Auch ist seine List so groß, dass sie ja fast schon sprichwörtlich geworden ist. Wenn er irgendetwas vorhat, verheimlicht er seinen Plan mit großer Geschicklichkeit. Und die wunderbare Verstellungskunst, mit welcher er den geistig Gesunden imitiert, ist eines der sonderbarsten Probleme in der psychologischen Wissenschaft. Wenn ein Wahnsinniger ganz vernünftig scheint, ist es die höchste Zeit, ihn in die Zwangsjacke zu stecken.«

»Aber die Gefahr, von der Sie sprachen? Haben Sie in Ihrer eigenen Praxis die Erfahrung gemacht, dass die Freiheit für einen Wahnsinnigen gefährlich ist?«

»Hier? In meiner eigenen Praxis? O ja, das habe ich! So ist zum Beispiel vor Kurzem in diesem Hause etwas Merkwürdiges vorgekommen. Damals war das Beschwichtigungssystem noch in Anwendung und die Kranken alle in Freiheit. Sie betrugen sich außerordentlich gut, so gut, dass jeder vernünftige Mensch auf den Gedanken kommen musste, hinter dieser Bravheit verberge sich irgendein teuflisches Vorhaben. Und wahrhaftig! Eines schönen Morgens fanden sich alle Aufseher an Händen und Füßen gebunden und in Zellen gesperrt in denen sie von den Irren, die sich plötzlich alle für Aufseher hielten, wie Wahnsinnige behandelt wurden.«

»Was Sie sagen! Das ist allerdings ganz unerhört!«

»Tatsache! Die ganze Katastrophe wurde durch einen Burschen herbeigeführt – einen Wahnsinnigen – der sich plötzlich einbildete, er habe ein Regierungssystem erfunden, das besser sei als alle bisher bekannten – Irrenregierungssysteme meine ich natürlich. Er wollte seine Erfindung auf die Probe stellen und überredete die übrigen Kranken zu einer Verschwörung, um die regierenden Mächte über den Haufen zu werfen.«

»Und es gelang ihm auch?«

»Vollständig. Die Aufseher und die Beaufsichtigten wechselten ihre Plätze, das heißt, die Irren waren ja immer frei gewesen, doch die Aufseher wurden nun in Zellen gesperrt und, wie ich leider gestehen muss, sehr ehrenvoll behandelt.«

»Doch wurde nun gewiss schnell eine Gegenrevolution gemacht, denn so konnten die Dinge doch nicht lange bleiben. Die Bauern aus der Nachbarschaft – oder zufällige Besucher der Anstalt erstatteten wohl sofort Anzeige?«

»Da irren Sie sich. Der Anführer der Rebellen war zu schlau, er ließ überhaupt keinen Besucher ein – nur einmal einen jungen Mann, der ziemlich dumm aussah und der ihm keine Besorgnis einflößte. Er ließ ihn ein, um eine Abwechslung zu haben und sich über ihn zu amüsieren. Als er genug Hanswurst gespielt hatte, ließ er ihn wieder laufen.«

»Und wie lange dauerte denn die Regierung der Narren?«

»Oh, sehr lange – gewiss einen Monat lang – oder noch länger, ich weiß es nicht genau. Mittlerweile führten die Tollen ein vergnügtes Leben. Das können Sie sich denken. Sie warfen ihre schäbigen alten Sachen ab und plünderten den Familienkleiderschrank und die Familienschmuckschatulle. In den Kellern des Schlosses lagen reiche Weinvorräte – die Irren sind gerade die richtigen dazu, um ihn auszutrinken. Sie lebten gut, das kann ich Ihnen nur sagen.«

»Und die Behandlung – was für eine Art von Behandlung führte der Rebellenführer ein?«

»Nun, wie ich schon bemerkte: Ein Wahnsinniger braucht nicht immer dumm zu sein! Und es ist auch meine bescheidene Meinung, dass das System, welches er einführte, besser war als das, welches er über Bord geworfen. Es war ein vorzügliches System – ganz einfach – sauber – ohne Schwierigkeit – es war ganz köstlich – es war –«

Hier wurde mein Wirt durch eine lange, neue Reihe von Schreien unterbrochen, die genauso klangen wie die vorhin gehörten. Diesmal jedoch schienen sie von Personen ausgestoßen zu werden, die sich dem Saale rasch näherten.

»Himmlischer Vater!«, rief ich aus. »Wahrscheinlich sind die Wahnsinnigen losgebrochen!«

»Ich fürchte auch«, entgegnete Herr Maillard und wurde blass.

Jetzt ertönten die lauten Schreie und Rufe dicht unter unserem Fenster. Dann hörten wir jedoch auch, wie einige Personen sich bemühten, von außen, vom Korridor her in das Zimmer zu dringen. Die Tür wurde mit einem Widder oder riesigen Hammer bearbeitet, während andere mit unheimlicher Kraft an den Fenstergittern rüttelten und brachen.

Nun entstand die fürchterlichste Verwirrung. Herr Maillard versteckte sich zu meiner größten Überraschung hinter das Buffett. Eigentlich hatte ich von ihm mehr Entschlossenheit erwartet. Die Mitglieder des Orchesters, die seit einer Viertelstunde zu betrunken schienen, um ihrer Aufgabe nachzukommen, sprangen mit ihren Instrumenten wieder auf den Tisch, begannen einmütig mit fast übermenschlicher Energie und Tonfülle die »Schusterjungen« zu spielen, und musizierten während der ganzen Katastrophe, die nun hereinbrach, unentwegt weiter.

Der Herr, den man vorhin mit großer Mühe davon abgehalten hatte, auf den Tisch zu springen, hüpfte jetzt mitten zwischen die Flaschen und Gläser. Sobald er dort einen bequemen Standpunkt gefunden, begann er eine große Rede zu halten, die wahrscheinlich vorzüglich war – hätte man nur ein Wort verstehen können. Im selben Augenblick fing der Herr, der die Vorliebe für den Kreisel hatte, mit ungeheurem Kraftaufwand an, im Zimmer immer in die Runde herumzuschnurren. Dabei hielt er die Arme im rechten Winkel ausgestreckt, sodass er in der Tat einem Kreisel ähnlich sah und jeden, der in seine Nähe kam, zu Boden schleuderte. Zu gleicher Zeit vernahm ich ein unglaubliches, paffendes und zischendes Geräusch, wie von aufspringenden Champagnerflaschen, ein Geräusch, das von der Persönlichkeit herkam, die schon während des Mittagessens sich für eine Flasche des animierenden Stoffes gehalten hatte. Der Froschmann quakte dazu, als hinge sein Seelenheil von jedem Tone ab; indes der Deutsche, Herr Schnupfer, schnupfte, was das Zeug hielt. Doch über alles hinweg hörte ich das lang anhaltende Ia Ia eines Esels.

Und meine alte Freundin, Frau Soyeuse – ich hätte Tränen über sie weinen können, denn die Ärmste schien die Fassung vollständig verloren zu haben: Sie stand in einer Ecke am Kamin und konnte nichts weiter äußern als ein unaufhörlich aus Leibeskräften geschrienes Kikeriki-i-i-i. Während ihr gegenüber, in der anderen Ecke, Fräulein Salsafette, völlig ausgezogen, als Venus von Medici Posto gefasst hatte.

Und nun hatte die Komödie ihren Höhepunkt erreicht. Da man den Anstrengungen der Belagernden weiter keinen Widerstand entgegensetzte als Heulen, Schreien und Krähen, waren die Fenster bald erbrochen, war die Tür bald gesprengt. Niemals werde ich die Bestürzung und das Entsetzen vergessen, das mich befiel, als ich sah, wie durch die Fenster heulende Ungeheuer einstiegen, die ich für Schimpansen, Orang-Utangs und schwarze Paviane hielt, wie sie am Kap der guten Hoffnung vorkommen mögen.

Ich bekam einen Schlag, rollte unter ein Sofa und blieb da still liegen. Nach ungefähr fünfzehn Minuten, während welcher ich angestrengt auf das horchte, was im Zimmer vor sich ging, erlangte ich endlich mit Schluss des Dramas auch die Aufklärung seiner Verwickelungen. Herr Maillard hatte mir anscheinend mit der Geschichte des Rebellen, der die Irren befreite, nur seine eigenen Heldentaten erzählt. Er war in der Tat vor zwei oder drei Jahren Direktor der Anstalt gewesen, dann hatte sich jedoch auch sein Kopf verwirrt, und er wurde selbst der Abteilung für die Kranken überwiesen. Das aber war meinem Reisegefährten nicht bekannt gewesen.

Die Hüter, zehn an der Zahl, hatte er von seinen Mitpatienten ergreifen lassen; darauf wurden sie mit Pech überzogen und mit Federn besteckt und in unterirdische Zellen geworfen. Über einen Monat lang hatte man sie gefangen gehalten, und Direktor Maillard hat ihnen nicht nur Pech und Federn gelassen (darin bestand nämlich sein

System), sondern ihnen sogar ein wenig Brot und so viel Wasser zugestanden, wie sie haben wollten. Täglich ließ er sie mit einer Pumpe duschen. Endlich war es einem von ihnen gelungen, durch ein Abflussrohr zu entkommen und die anderen zu befreien.

Jetzt ist das Beschwichtigungssystem mit einigen wichtigen Veränderungen wieder angenommen worden. Doch kann ich nicht umhin, mit Herrn Maillard darin übereinzustimmen, dass seine selbsterfundene Behandlungsweise eine äußerst vorzügliche gewesen. Wie er sehr richtig bemerkte: einfach – sauber – und sie machte keine Mühe, wirklich nicht die geringste.

Ich will zum Schluss nur noch erwähnen, dass ich, obwohl ich alle Bibliotheken Europas nach den Werken des Doktors Pech und des Professors Feder durchsucht habe, doch bis heute noch keine ihrer Schriften habe finden können.

Gespräch mit einer Mumie

Das Gelage der vergangenen Nacht hatte mich ziemlich angegriffen, ich erwachte spät am Tage mit jämmerlichem Kopfweh und fühlte mich unglaublich schläfrig. Ich merkte bald, dass ich nichts Klügeres tun konnte, als meinen Plan, den Abend draußen zuzubringen, aufzugeben, ein kleines Abendessen zu nehmen und sofort wieder zu Bett zu gehen.

Ein leichtes Abendessen natürlich. Ich bin ein großer Freund von Welsh rabbit, jedoch ist es nicht immer rätlich, mehr als ein Pfund davon zu essen. Aber was könnte dagegen sprechen, dass man sich einmal an ein zweites Pfund wagte? Und der Unterschied zwischen zwei und drei ist eigentlich auch recht unbedeutend. Ich bewältigte im Ganzen vielleicht vier. Meine Frau behauptete zwar, es seien fünf gewesen – und doch scheint sie mir da zwei ganz verschiedene Angelegenheiten miteinander zu verwechseln. Die abstrakte Zahl fünf will ich ihr ja meinetwegen zugeben, doch bestand ihr Konkretum in fünf Flaschen braunem Stout, ohne den man Welsh rabbit nie genießen sollte.

Nachdem ich also dies einfache, kleine Mahl zu mir genommen hatte, setzte ich meine Nachtmütze auf, erfreute mich einen Augenblick lang der fröhlichen Hoffnung, mich bis zum Mittag des folgenden Tages nicht mehr von ihr zu trennen, zog mir die Kissen über die Ohren und versank, dank meines guten Gewissens, sofort in tiefen Schlaf.

Doch wann sähe der Mensch einmal seine Hoffnung erfüllt? Ich mochte kaum dreimal geschnarcht haben, als ich von einem wüsten Klingeln an der Haustür geweckt wurde, dem alsbald ein heftiges Stoßen mit dem Klopfer folgte, das mich vollständig wach machte. Im nächsten Augenblick! – ich rieb mir noch die Augen – trat meine Frau ein und überreichte mir einen Brief von dem Doktor Ponnonner, meinem langjährigen Freunde. Er lautete folgendermaßen:

> Mein lieber, guter Freund!
> Kommen Sie, sobald Sie diesen Brief erhalten haben, sofort zu mir. Kommen Sie, und freuen Sie sich mit uns! Endlich ist es unseren diplomatischen Künsten gelungen, dem Direktor des städtischen Museums die Einwilligung zur Untersuchung der Mumie – Sie wissen, welche ich meine – abzulocken. Ich habe die Erlaubnis erwirkt, sie loswickeln und, wenn nötig, sogar öffnen zu lassen. Dies soll denn auch in Gegenwart einiger Freunde geschehen – Sie werden natürlich auch kommen, nicht wahr? Die Mumie befindet sich schon in meinem Hause, und gegen elf Uhr heute Abend wollen wir mit der Loswickelung beginnen.
>
> Ihr Ponnonner

Als ich den Brief bis zur Unterschrift ›Ponnonner‹ gelesen hatte, fühlte ich, dass ich auch den letzten Rest Verschlafenheit abgeschüttelt hatte und so wach war, wie ein Mensch nur sein kann. Ich sprang voll Begeisterung aus dem Bette, stieß alles, was mir in den Weg kam, um, stürzte mich mit wahrhaft wunderbarer Geschwindigkeit in meine Kleider und begab mich schleunigst in die Wohnung des Doktors.

Ich wurde mit Spannung erwartet; die Mumie lag auf dem großen Speisetische ausgestreckt, und gleich nach meinem Eintritt begann die Untersuchung.

Vor mehreren Jahren war die Mumie von dem Kapitän Arthur Sabretasch, einem nahen Verwandten Ponnonners, aus einer Grabstätte in der Nähe von Eleithias in den Libyschen Bergen, eine Strecke weit oberhalb Thebens, mitgebracht worden. Die Höhlen an diesem Orte sind weit weniger prächtig als die Gräber zu Theben, doch sind sie für den Forscher von viel größerem Interesse, da sie mit zahlreichen Abbildungen aus dem häuslichen Leben der Ägypter ausgeschmückt sind. Die Kammer, der man unsere Mumie entnommen, war, wie man sagte, außerordentlich reich an solchen Bildern, ihre Wände waren über und über mit Fresko-Gemälden und Basreliefs bedeckt, und zahllose Statuen, Vasen und prachtvolle Mosaikarbeiten ließen darauf schließen, dass der dort Begrabene ungeheuer reich gewesen sei.

Man hatte den Fund genau in demselben Zustande, in dem Kapitän Sabretasch ihn entdeckt, im Museum aufgestellt; der Sarg war nicht einmal geöffnet worden, sondern während der acht Jahre, die er sich im Museum befunden, nur von außen zu besichtigen gewesen. Die Mumie war also in gänzlich unberührtem Zustande, und alle, die wissen, wie selten ein solches Altertum undurchstöbert zu uns nach Amerika kommt, können sich vorstellen, wie glücklich wir darüber waren, an diesem seltenen Objekt unsere Studien machen zu dürfen.

Als ich mich dem Tische näherte, bemerkte ich zuerst nur eine große Schachtel oder vielmehr eine Kiste von sieben Fuß Länge, ungefähr drei Fuß Breite und etwa zweiundeinhalb Fuß Tiefe. Sie war länglich, erinnerte jedoch nicht an einen Sarg. Wir hielten das Material anfänglich für Sykomoren-Holz, als wir jedoch hineinschneiden wollten, fanden wir, dass es Pappdeckel, oder besser: ein aus Papyrus hergestelltes Papiermaché war. Es war reichlich mit Abbildungen verziert, die Leichenbegängnisse und dergleichen vorstellten, und hier und da durch Reihen hieroglyphischer Zeichen unterbrochen wurden, die offenbar den Namen des Verstorbenen andeuteten.

Glücklicherweise war auch Herr Gliddon, der Ägyptologe, zugegen: Er entzifferte die Zeichen, einfache Lauthieroglyphen, ohne Schwierigkeit. Sie bedeuteten den Namen Allamistakeo.

Es kostete uns einige Mühe, den Kasten zu öffnen, ohne ihn zu beschädigen.

Als es uns endlich gelungen war, stießen wir auf einen zweiten, sargartig geformten Kasten, der an Umfang viel geringer, sonst jedoch dem ersten in jeder Beziehung ähnlich war. Der Zwischenraum zwischen den beiden war mit Harz ausgefüllt, wodurch die Farben des inneren Behälters ein wenig gelitten hatten.

Den zweiten Kasten öffneten wir mit Leichtigkeit und gelangten an einen dritten aus Zedernholz, der noch den dieser Holzart eigentümlichen Wohlgeruch ausströmte. Zwischen dem zweiten und dritten Kasten befand sich kein Zwischenraum, da der eine genau in den anderen hineinpasste.

Als wir den Deckel des dritten Kastens öffneten, erblickten wir den Körper selbst und hoben ihn heraus.

Wir hatten erwartet, ihn wie gewöhnlich mit vielen Streifen und Binden von Leinewand umwickelt zu sehen, stattdessen fanden wir ihn jedoch in einer Art von Futteral, das aus Papyrus verfertigt und mit einer dicken Schicht reichlich vergoldeten und bemalten Gipses überkleidet war.

Viele der Bilder behandelten die mannigfachen Pflichten der Seele, andere stellten dar, wie sie verschiedenen Gottheiten ihre Huldigung

darbringt. An diesen Letzteren war sie stets von zahlreichen menschlichen Gestalten umgeben, die offenbar die einbalsamierte Person vorstellen sollten. Von Kopf bis zu den Füßen zog sich eine säulenartige, senkrecht laufende Inschrift, die ebenfalls aus Lauthieroglyphen bestand und den Namen und Titel des Toten sowie die Namen und Titel seiner Verwandten bedeutete.

Um den Hals war eine Kette von zylinderförmigen Glasperlen geschlungen, die in der Farbe verschieden und so geordnet waren, dass sie Bilder von Gottheiten, von Käfern und anderen heiligen Tieren sowie von geflügelten Kugeln bildeten. Um den Leib wand sich eine ähnliche Kette.

Wir entfernten den Papyrus und fanden, dass das Fleisch vortrefflich erhalten und vollständig ruchlos war. Seine Farbe war rötlich und die Haut hart, glatt und glänzend. Zähne und Haare waren ebenfalls in bestem Zustande. Die Augen hatte man, wie mir schien, herausgenommen und durch Glasaugen ersetzt, die sehr schön und wunderbar lebensähnlich aussahen und eigentlich nur durch ihren allzu starren Blick als künstliche zu erkennen waren. Finger und Nägel waren glänzend vergoldet.

Herr Gliddon meinte, die Röte der Haut lasse darauf schließen, dass bei der Einbalsamierung nur Asphalt verwendet worden sei. Als man jedoch die Haut an einer Stelle ein wenig schabte und den auf diese Weise gewonnenen Staub ins Feuer warf, verbreitete sich ein Geruch von Kampfer und wohlriechenden Harzen.

Wir untersuchten den Körper mit größer Sorgfalt, um die Öffnung zu entdecken, durch die man die Eingeweide herausgenommen, konnten sie jedoch zu unserem großen Erstaunen nicht finden, niemand von uns wusste damals, dass vollständige, ungeöffnete Mumien gar nicht so selten vorkommen. Man hatte gewöhnlich das Gehirn durch die Nase und die Eingeweide durch einen Einschnitt in die Seite entfernt; hierauf wurde dann der Körper rasiert, gewaschen, mit Salz eingerieben und mehrere Wochen so liegen gelassen, ehe die eigentliche Einbalsamierung begann.

Als wir keine Spur von einer Öffnung entdecken konnten und Doktor Ponnonner schon feine Instrumente zur Sektion bereitlegte, machte ich die Bemerkung, dass es bereits zwei Uhr vorbei sei. Wir beschlossen also, die innere Untersuchung bis zum nächsten Abend aufzuschieben, und wollten uns gerade voneinander verabschieden, als einer der Anwesenden den Vorschlag machte, noch ein paar Experimente mit der voltaischen Säule vorzunehmen.

Eine drei- bis viertausend Jahre alte Mumie elektrisieren zu wollen, war ein, wenn auch nicht gerade sehr vernünftiger, doch immerhin so origineller Vorschlag, dass wir alle sofort auf denselben eingingen. Wir machten in des Doktors Studierzimmer eine elektrische Batterie zurecht, trugen den Ägypter hinüber und sahen mit einem aus einem Zehntel Ernst und neun Zehntel Scherz gemischten Gefühl den Dingen entgegen, die da kommen sollten.

Nach vieler Mühe gelang es uns, einen Teil von den Muskeln an der Schläfe bloßzulegen. Er war nicht ganz so steinhart, wie der übrige Körper, gab aber, wie wir eigentlich als selbstverständlich vorausgesetzt hatten, nicht das geringste Zeichen von Empfänglichkeit für die Elektrizität, die wir ihm durch die Berührung mit dem Draht der Batterie zuführten. Dieser erste Versuch schien also entscheidend zu sein, und mit einem herzlichen Gelächter über unsere Torheit wollten wir uns gerade gute Nacht wünschen, als meine Blicke zufällig auf die Augen der Mumie fielen und mit höchstem Erstaunen an denselben haften blieben. Mein kurzer Blick hatte mir gezeigt, dass diese Augen, die wir alle wegen ihres sonderbaren starren Blickes für gläserne gehalten, jetzt plötzlich so tief unter den Lidern versteckt lagen, dass nur ein ganz kleiner Strich von der tunica albuginea sichtbar blieb. Mit einem unwillkürlich lauten Ausrufe lenkte ich die Aufmerksamkeit der Gesellschaft auf diese Tatsache, und ich sah an dem Ausdruck ihrer Gesichter, dass ich mich nicht getäuscht hatte.

Ich will jedoch nicht behaupten, dass mich die wunderbare Erscheinung erschreckt habe – denn dies Wort würde meine Gefühle nicht ganz richtig wiedergeben; es ist höchstens möglich, dass mich der braune Stout ein wenig aufgeregt hatte. Niemand von der übrigen Gesellschaft aber machte auch nur den geringsten Versuch, seine Angst zu verbergen.

Doktor Ponnonner sah geradezu beklagenswert aus, Herr Gliddon war durch einen unerklärlichen Vorgang plötzlich unsichtbar geworden, und ich glaube, dass Herr Silk Buckingham kaum die Kühnheit haben wird, zu leugnen, dass er sich auf allen vieren ein Versteck unter dem Tische gesucht.

Nachdem der erste Ausbruch des, sagen wir, Erstaunens vorüber war, fassten wir erklärlicherweise den Entschluss, mit dem Experiment fortzufahren.

Wir machten also zunächst an der großen Zehe des rechten Fußes einen Einschnitt über dem äußeren *os sesa-moideum pollicis pedis* und gelangten an die Wurzel des Abductor-Muskels.

Während wir nun den elektrischen Strom aufs Neue gegen die gespaltenen Nerven leiteten, zog die Mumie plötzlich mit einer vollständig lebensähnlichen Bewegung ihr rechtes Knie so weit in die Höhe, dass es fast mit dem Leibe in Berührung kam. Darauf streckte sie es mit einem gewaltsamen Ruck wieder gerade und versetzte dabei dem Doktor Ponnonner einen so heftigen Stoß, dass der gute Herr wie ein vom Bogen geschnellter Pfeil durch das eine Fenster hindurch und auf die Straße flog.

Wir stürzten alle auf einmal hinaus, um die verstümmelten Überreste des unglücklichen Opfers der Wissenschaft zu sammeln. Doch begegneten wir ihm schon auf der Treppe, die er unversehrt und mit seltsamer Hast hinaufstieg, übervoll von neuen Ideen und mehr als je von der Notwendigkeit überzeugt, unsere Experimente mit Nachdruck und Eifer fortsetzen zu müssen.

Auf seinen Vorschlag machten wir an der Nasenspitze unseres Objektes einen tiefen Einschnitt, den der Doktor alsdann, der selbst überall eifrigst mit Hand anlegte, in Berührung mit einem starken Strome brachte.

Die Wirkung war – moralisch und plastisch, bildlich und buchstäblich – eine elektrische.

Die Mumie öffnete zunächst ihre Augen und blinzelte ein paar Minuten lang heftig mit den Lidern, darauf nieste sie und richtete sich auf. Dann ballte sie dem Doktor Ponnonner eine Faust, wandte sich an die Herren Gliddon und Silk Buckingham und richtete in ausgezeichnetem Ägyptisch folgende Worte an sie: »Ich muss gestehen, meine Herren, dass mich Ihr Benehmen in gleichem Maße überrascht und kränkt. Von Doktor Ponnonner war ja nichts Besseres zu erwarten. Er ist ein elender kleiner dicker Narr, der es nicht besser versteht. Er kann mir nur leidtun, und ich verzeihe ihm. Aber Sie, Herr Gliddon, und Sie, Herr Silk Buckingham, die Sie Ägypten bereist und sich dort so lange aufgehalten haben, dass man glauben könnte, Sie seien da geboren, Sie, sage ich, die sie so lange unter uns gelebt haben, dass Sie die ägyptische Sprache so geläufig sprechen wie Sie Ihre Muttersprache schreiben – Sie, die ich von jeher für die wärmsten Freunde der Mumien gehalten habe – Sie, ja! Sie hätten sich wirklich etwas mehr gentlemanlike betragen sollen. Was soll ich davon denken, dass Sie ruhig dabeistehen und zusehen können, wie man mich so unhöflich behandelt? Wie soll ich mir erklären, dass mich Tom, Dick und Harry mit Ihrer Zustimmung in diesem erbärmlich kalten Klima aus meinem Sarge und meinen Hüllen rissen? Und um endlich zur

Hauptsache zu kommen – in welchem Lichte stehen Sie da, seit Sie dem erbärmlichen, kleinen Bösewicht, dem Doktor Ponnonner, nicht nur beigestimmt, sondern auch noch geholfen haben, mich an der Nase zu kitzeln?«

Nun wird ein jeder glauben, dass wir bei diesem unter so seltsamen Umständen gehaltenen Ruf nach der Tür gestürzt wären, hysterische Krämpfe oder Ohnmachtsanfälle bekommen hätten. Jedenfalls wäre dergleichen zu erwarten gewesen, und niemand hätte etwas Verwunderliches darin sehen können, wenn jeder aus unserer Gesellschaft eins von diesen dreien getan hätte. Nichts von alledem geschah, und ich bin auf mein Ehrenwort nicht imstande, zu erklären, wie es kam, dass wir weder die Flucht ergriffen noch vor Schrecken verrückt wurden oder umfielen. Vielleicht liegt der wahre Grund hierfür im Geist jeder Zeit, der jetzt alles Paradoxe und Unmögliche ›erklären‹ will. Vielleicht jedoch lag es auch in dem vollständig natürlichen und selbstverständlichen Tone der Mumie, der ihren Worten alles Schreckliche nahm.

Nun – wie dem auch sei, so viel steht fest, dass keiner von uns eine besondere Bestürzung verriet oder der Meinung war, es sei irgendwas Befremdliches geschehen.

Ich jedenfalls fand, dass alles in bester Ordnung sei, und trat nur ein wenig zur Seite, um nicht länger im Bereiche der Fäuste des Ägypters zu stehen. Doktor Ponnonner steckte seine Hände in die Hosentaschen, blickte die Mumie fest an und wurde sehr rot im Gesicht.

Herr Gliddon strich sich abwechselnd über den rechten und linken Zipfel seines Backenbartes und zog verlegen seinen Hemdkragen in die Höhe.

Herr Silk Buckingham ließ den Kopf hängen und steckte den Daumen der rechten Hand in seinen linken Mundwinkel.

Der Ägypter betrachtete ihn einige Minuten lang mit strenger Miene und sagte in höhnischem Tone: »Weshalb reden Sie nicht, Herr Silk Buckingham? Haben Sie verstanden, was ich Sie gefragt habe, oder nicht? Nehmen Sie doch gefälligst Ihren Daumen aus dem Mundwinkel!«

Herrn Silk Buckingham durchfuhr bei diesen Worten ein leises Zucken. Er nahm den rechten Daumen aus dem linken Mundwinkel und schob dafür den linken in den rechten Winkel der eben erwähnten Öffnung.

Da es dem Ägypter nicht gelang, Herrn Silk Buckingham zu einer Antwort zu bringen, wandte er sich verdrießlich an Herrn Gliddon und fragte in hochfahrendem Tone, was wir denn eigentlich von ihm wollten.

Herr Gliddon antwortete ihm des Langen und Breiten in Lauthieroglyphen – und ich würde mit großem Vergnügen seine ganze wohlgesetzte Rede hier im Original wiedergegeben haben, hätte ich nur in ganz Amerika eine Druckerei auftreiben können, die im Besitze von hieroglyphischen Lettern gewesen wäre.

Bei dieser Gelegenheit will ich denn bemerken, dass die ganze nun folgende Unterhaltung mit der Mumie in altägyptischer Sprache geführt wurde, und zwar dienten mir und den anderen Herren aus der Gesellschaft, die diese Sprache nicht kannten, die Herren Gliddon und Buckingham als Dolmetscher. Sie beherrschten nämlich die Muttersprache der Mumie mit unnachahmlicher Gewandtheit und Grazie, doch bemerkte ich ein paarmal, dass sie, wahrscheinlich bei Verwendung moderner Bilder, die dem Fremdling natürlich unbekannt waren, zu gröberen Mitteln als Worten greifen mussten, um sich verständlich zu machen.

Herrn Gliddon wollte es zum Beispiel in einem Satze nicht gelingen, dem Ägypter den Sinn des Wortes ›Politik‹ mitzuteilen, bis er mit einem kleinen Stück Kreide an der Wand einen kleinen Herrn hinzeichnete. Der stand auf einem Baumstumpf, hatte eine dicke, feuerrote Nase, die Hände in die Seite gestemmt, das linke Bein nach rückwärts gezogen, den rechten Arm mit geballter Faust gerade vor sich hingestreckt, und blickte mit rollenden Augen und sperrweit geöffnetem Munde zum Himmel auf.

Herr Silk Buckingham versuchte einmal vergeblich; ihm den allerdings durchaus modernen Begriff ›Perücke‹ verständlich zu machen. Doktor Ponnonner flüsterte ihm darauf etwas ins Ohr. Herr Silk Buckingham wurde blass und nahm schweigend seine eigene Perücke vom Kopf.

Herrn Gliddons Reden bezogen sich erklärlicherweise auf die wichtigen Erkenntnisse, welche der Wissenschaft aus dem Loswickeln und Öffnen der Mumie erwachsen. Darauf bat er um Entschuldigung, wenn der hier anwesenden, Allamistakeo genannten Mumie, aus diesem Vorgehen Unannehmlichkeiten zugefügt worden seien, und schloss mit der Andeutung – anders konnte man es nicht nennen –, dass man nun, da diese unwichtigen Dinge erklärt seien, mit der beabsichtigten Untersuchung fortfahren wolle. Hierauf legte dann Doktor Ponnonner seine Instrumente in Bereitschaft.

Die letzte Äußerung des Redners schien jedoch dem Herrn Allamistakeo gewisse Bedenken zu erregen, über deren Natur ich mir nicht recht klar wurde. Doch erklärte er, dass ihn die Entschuldigungen zufrieden gestellt hätten, sprang vom Tische herunter und schüttelte jedem von uns herzlich die Hand.

Als diese Zeremonie zu Ende war, beeilten wir uns, die Schäden, die unser Seziermesser seinem Äußeren zugefügt hatte, wieder auszubessern. Die Wunde an der Schläfe wurde zusammengenäht, der Fuß verbunden und der Einschnitt an der Nase mit einem zollbreiten Stück schwarzen Pflasters verklebt.

Jetzt bemerkten wir, dass der Graf – dies war, wie es schien, der Titel Allamistakeos – von einem leichten Schauder befallen wurde, den wir nur der Kälte zuschreiben konnten. Der Doktor eilte an seinen Kleiderschrank und kam mit einem schwarzen Gehrock von modernstem Schnitt und ein paar himmelblau karierter Beinkleider mit Hosenträgern zurück. Dann brachte er noch eine langschößige brokatene Weste, einen weißen Sackpaletot, einen Spazierstock mit riesigem Griff, einen Hut ohne Rand, ein Paar tüchtige Lederschuhe, strohgelbe Glacehandschuhe, eine Kravatte, ein Lorgnon und die zwei Teile eines Kotelettenbartes mit.

Da der Graf und der Doktor jedoch von verschiedener Gestalt waren – sie verhielten sich zueinander wie zwei zu eins –, bereitete es einige Schwierigkeiten, den Ägypter mit den herbeigeschleppten Garderobestücken zu bekleiden.

Endlich jedoch war er in Toilette, Herr Gliddon bot ihm den Arm und führte ihn zu einem behaglichen Sitze am Kamin, während der Doktor klingelte und Wein und Zigarren holen ließ.

Die Unterhaltung wurde bald sehr lebhaft, und man war, wie leicht begreiflich, neugierig, zu erfahren, wie es komme, dass Allamistakeo noch am Leben sei.

»Man sollte annehmen«, bemerkte Herr Silk Buckingham, »es sei die höchste Zeit für Sie, tot zu sein.«

»Weshalb?«, erwiderte der Graf ganz erstaunt. »Ich bin eben siebenhundert Jahre alt geworden, mein Vater lebte tausend Jahre und war absolut noch nicht verkindischt, als er starb.«

Nun entstand ein lebhaftes Kreuzfeuer von Fragen und Berechnungen, die es bald an den Tag brachten, dass man sich über das Alter der Mumie gröblich getäuscht hatte. Der Graf war vor fünftausendundfünfzig Jahren und einigen Monaten in den Katakomben von Eleithias beigesetzt worden.

»Meine Bemerkung«, fing Herr Silk Buckingham vorsichtig wieder an, »sollte sich absolut nicht auf Ihr Alter zur Zeit Ihrer Bestattung beziehen. Ich gebe gern zu, dass Sie noch ein junger Mann sind. Meine Andeutung galt hauptsächlich der unermesslich langen Zeit, während welcher Sie Ihrem Aussehen nach im Asphalt gelegen haben müssen.«

»Worin?«, fragte der Graf.

»In Asphalt«, wiederholte Herr Buckingham.

»Ja so, ich habe eine undeutliche Vorstellung von dem, was Sie meinen. Zu meiner Zeit jedoch wurde kaum etwas anderes verwandt als Ätz-Sublimat.«

»Wir können nicht im Mindesten begreifen«, nahm nun Doktor Ponnonner das Wort, »wie es kommt, dass Sie in Ägypten seit fünftausend Jahren tot und begraben sind und heute hier lebendig und wohl aussehend vor uns stehen.«

»Wäre ich, wie Sie es nennen, tot gewesen, so würde ich es höchstwahrscheinlich heute noch sein. Wie ich bemerke, befinden Sie sich in den Anfangsgründen der Wissenschaft vom Galvanismus und wissen noch nicht so gut mit ihm umzugehen, wie es zu meiner Zeit geschah. Also ich verfiel in Starrkrampf, meine besten Freunde waren der Meinung, ich sei tot oder müsse es wenigstens sein, und balsamierten mich ein. Ich vermute, dass Ihnen die hauptsächlichsten Regeln, nach denen man bei diesen Einbalsamierungen verfuhr, bekannt sind –«

»Nicht vollständig –«

»Ah! Welch beklagenswerte Unwissenheit! Doch kann ich mich jetzt auf Einzelheiten nicht einlassen. Kurz nur dies: Die eigentliche Einbalsamierung bestand darin, alle zum Lebensprozesse unentbehrlichen animalischen Funktionen auf unbegrenzte Zeit hin in Stillstand zu versetzen. Ich gebrauche hier das Wort ›animalisch‹ in seiner weitesten Bedeutung und bezeichne mit demselben sowohl das moralische wie vitale Dasein. Ich wiederhole also, dass das leitende Prinzip der Einbalsamierung bei uns darin bestand, alle zum Lebensprozess nötigen animalischen Funktionen plötzlich zum Stillstand zu bringen, aber dabei doch in fortwährender Spannung zu erhalten. Kurz, das Individuum blieb in eben dem Zustande, in dem es sich befand, als es einbalsamiert wurde. Da ich nun das Glück habe, aus dem Blute des Scarabaeus zu stammen, wurde ich, genau wie Sie mich jetzt sehen, lebendig einbalsamiert.«

»Aus dem Blute des Scarabaeus!«, rief Doktor Ponnonner.

»Jawohl! Der Scarabaeus war das Abzeichen oder das Wappen einer sehr vornehmen Patrizierfamilie, und ›aus dem Blute des Scarabaeus stammen‹ heißt weiter nichts, als ein Mitglied jener Familie sein, welche den Scarabaeus im Wappen führt. Ich sprach vorhin bildlich.«

»Aber dies alles erklärt doch nicht, dass Sie noch am Leben sind.«

»In gewissem Sinne doch. Im Allgemeinen ist es in Ägypten Sitte, den Leichnam vor der Einbalsamierung seines Gehirns und seiner Eingeweide zu berauben, nur das Geschlecht des Scarabaeus fügte sich dieser Sitte nicht. Wäre ich kein Scarabaeus gewesen, so hätte ich weder meine Eingeweide noch mein Gehirn behalten – und es lässt sich bekanntlich weder ohne das eine noch das andere leben.«

»Das begreife ich«, sagte Herr Silk Buckingham, »und vermute, dass alle vollständigen Mumien, die zu uns gelangen, aus dem Geschlecht des Scarabaeus sind.«

»Sehr richtig!«

»Ich glaubte«, sagte Herr Gliddon ziemlich kleinlaut, »der Scarabaeus sei eine der ägyptischen Gottheiten gewesen.«

»Eine der ägyptischen … was?«, rief die Mumie entrüstet und sprang auf.

»Gottheiten«, wiederholte der Altertumsforscher.

»Herr Gliddon«, sagte der Graf und nahm wieder Platz, »ich bin wirklich höchst erstaunt, Sie solchen Unsinn schwatzen zu hören. Kein Volk auf der ganzen Erde hat jemals mehr als eine Gottheit anerkannt. Der Scarabaeus, der Ibis waren bei uns, wie ähnliche Tiere bei anderen Völkern, nur Symbole, nur Medien, durch die wir den Schöpfer aller Dinge, der zu erhaben ist, als dass man sich unmittelbar an ihn wenden dürfte, unsere Verehrung darbrachten.«

Hierauf entstand eine Pause, bis Doktor Ponnonner die Unterhaltung wieder begann.

»Nach Ihren Erklärungen zu schließen«, sagte er, »ist es also nicht unwahrscheinlich, dass sich in den Katakomben unweit des Nils noch andere Mumien aus dem Geschlechte des Scarabaeus befinden, die man wieder ins Leben zurückrufen könnte?«

»Daran ist gar nicht zu zweifeln«, erwiderte der Graf. »Alle aus diesem Geschlechte, die durch irgendeinen Zufall lebendig einbalsamiert worden sind, sind wohl auch lebendig geblieben. Es ist sogar immerhin möglich, dass einige von denen, die absichtlich so einbalsamiert worden sind, später von ihren Testamentsvollstreckern übersehen wurden und sich noch in den Gräbern befinden.«

»Wären Sie so liebenswürdig, mir zu erklären«, sagte ich, »was Sie unter dem Ausdruck ›absichtlich so einbalsamiert‹ verstehen?«

»Mit großem Vergnügen«, antwortete mir die Mumie, nachdem Sie mich gelassen längere Zeit durch ihr Lorgnon betrachtet hatte – denn es war das erste Mal, dass ich wagte, eine direkte Frage an sie zu stellen.

»Mit großem Vergnügen«, antwortete mir also der Ägypter. »Zu meiner Zeit belief sich die gewöhnliche Lebensdauer eines Mannes auf ungefähr achthundert Jahre. Wenig Menschen starben, wenn sie nicht etwa durch einen Zufall dahingerafft wurden, bevor sie das Alter von sechshundert Jahren erreicht hatten; nur wenige jedoch lebten länger als eine Dekade von Jahrhunderten. Als die natürliche Lebensdauer nahm man achthundert Jahre an.

Nach der Erfindung des Einbalsamierungsprinzips, das ich Ihnen eben erklärt habe, kamen unsere Philosophen auf die Idee, dass man einer sehr lobenswerten Neugier der Menschen und den Interessen der Wissenschaft dienen könne, wenn man jemanden diese natürliche normale Lebensdauer in verschiedenen Zeitabschnitten durchleben ließe. Vom Standpunkt der Geschichtskunde war das eigentlich sogar geboten.

Nehmen wir einmal an, ein Historiker hätte im Alter von fünfhundert Jahren mit großer Mühe ein Buch geschrieben. Darauf ließe er sich sorgfältig einbalsamieren und gäbe seinen Testamentsvollstreckern die Anweisung, dafür zu sorgen, dass er nach Verlauf einer gewissen Zeit – sagen wir einmal nach fünf- oder sechshundert Jahren – wieder ins Leben zurückgerufen werde.

Wenn er also nach dieser Zeit wieder ins Dasein träte, würde er sein großes Werk sicherlich in ein großes, aus gelegentlichen Aufzeichnungen entstandenes Notizbuch verwandelt finden – das heißt in eine Art literarischen Tummelplatz für die widerstreitenden Vermutungen, Auslegungen und persönlichen Zänkereien ganzer Horden von Kommentatoren.

Diese Vermutungen, welche sich unter dem Namen von Erklärungen, Anmerkungen und Erläuterungen breitmachten, hätten den wirklichen Text seines Buches so verdreht oder verwirrt, dass der Autor selbst mit der Laterne herumgehen müsste, um ihn wiederzufinden. Und wenn er ihn wiedergefunden, müsste er sich sagen, dass er kaum des Suchens wert gewesen. Er schrieb das Buch von Neuem

und verbesserte nach seiner eigenen Kenntnis und Erfahrung die Forschungen des Tages über die Zeit, in welcher er ursprünglich gelebt hatte. Dieses Verfahren einzelner Gelehrter, ihre eigenen vor Jahrhunderten geschriebenen Werke wieder umzuarbeiten und zu berichtigen, hat unsere ägyptische Geschichte glücklicherweise davor bewahrt, zur reinen Fabel zu werden.«

»Verzeihung«, sagte Doktor Ponnonner und legte seine Hand leicht auf den Arm des Ägypters, »Verzeihung, mein Herr, darf ich mir erlauben, Sie auf einen Augenblick zu unterbrechen?«

»Bitte, bitte, mein Herr«, sagte der Graf zuvorkommend und richtete sich auf.

»Ich möchte nur eine Frage stellen«, begann der Doktor. »Sie sprachen eben von der persönlichen Berichtigung, welche der wieder zum Leben erwachte Historiker den über seine Zeit in Umlauf gesetzten Traditionen angedeihen lässt. Würden Sie die Güte haben, mir zu sagen, wie viel im Allgemeinen an diesen gelehrten Noten für richtig befunden wurde?«

»Diese, wie Sie sagen, gelehrten Noten standen gewöhnlich in einem genau umgekehrten Verhältnis zu den Tatsachen, die in den nicht wieder durchgearbeiteten Geschichtswerken erzählt waren – das heißt: An beiden war auch kein Jota richtig.«

»Da es aber ganz klar ist«, begann der Doktor wieder, »dass seit Ihrer Bestattung wenigstens fünftausend Jahre vergangen sind, nehme ich an, dass, wenn schon nicht die Traditionen, so doch die Geschichtsschreiber Ihrer Zeit die Menschheit eingehend und zuverlässig von dem Ereignis unterrichteten, welches allezeit das größte Interesse in Anspruch nahm und, wie Sie wohl wissen, nur zehn Jahrhunderte früher stattfand – ich meine die Erschaffung der Welt.«

»Ich begreife nicht recht –«, meinte der Graf Allamistakeo.

Der Doktor wiederholte seine letzten Worte, doch verstand der Fremde den Sinn derselben erst, nachdem man ihm einige Erklärungen gegeben, und antwortete schließlich zögernd: »Ich muss gestehen, dass mir die Ideen, die Sie soeben äußerten, vollständig neu sind. Zu meiner Zeit habe ich nie jemanden gekannt, der die seltsame Vorstellung hatte, dass das Universum, oder die Welt, wie Sie sagen, jemals einen Anfang genommen hätte. Ich erinnere mich allerdings, einmal, aber auch nur einmal, von einem Grübler eine entfernte Andeutung über den Ursprung des Menschengeschlechtes vernommen zu haben. Der Mann bediente sich, wie Sie es eben taten, gleichfalls des Wortes ›Adam‹ – Tonerde –, gebrauchte es jedoch in generischem Sinne, indem er es auf die rasche Fruchtbarkeit eines üppigen Bodens anwandte, der zu gleicher Zeit und auf fünf verschiedenen und fast gleich großen Teilen der Erde fünf Menschenrassen entstehen ließ.«

Hier zuckten verschiedene aus der Gesellschaft die Schultern, und zwei oder drei tippten mit bezeichnender Miene mit dem Zeigefinger auf ihre Stirn.

Herr Silk Buckingham warf einen flüchtigen Blick auf den Hinterkopf und die Stirne Allamistakeos und meinte dann: »Die lange Dauer des Lebens in Ihrem Zeitalter und die Sitte, dasselbe in verschiedenen Zeitabschnitten zu verbringen, muss allerdings eine bedeutende Anhäufung der Kenntnisse, eine erstaunliche Entwickelung der Wissenschaft zur Folge gehabt haben. Und dass die alten Ägypter mit ihren wissenschaftlichen Erkenntnissen im Vergleich zu den modernen Menschen, besonders zu den Amerikanern, dennoch eine untergeordnete Rolle spielen, kann ich nur der größeren Festigkeit des ägyptischen Schädels zuschreiben.«

»Ich gestehe wieder«, antwortete der Graf mit größter Liebenswürdigkeit, »dass ich Sie nicht recht verstehe. Würden Sie mir gütigst erklären, welche speziellen wissenschaftlichen Erkenntnisse Sie ausspielen könnten?«

Nun ereiferte sich die ganze Gesellschaft in breite Erörterungen über die Mutmaßungen der Phrenologie und langte zum Schluss bei den Wundern des tierischen Magnetismus an.

Der Graf hörte uns geduldig bis zu Ende an und erzählte dann ein paar Anekdoten, die klar bewiesen, dass die Vorläufer von Gall und Spurzheim in Ägypten schon vor unvordenklich langen Zeiten floriert hatten und wieder verschwunden waren, und dass die Manipulationen Meßmers ganz verächtliche Taschenspielereien sind im Vergleich zu den tatsächlichen Wundern der Weisen von Theben, welche Läuse und Flöhe erschaffen und eine Menge ähnlicher rätselhafter Dinge vollführen konnten.

Ich fragte den Grafen, ob sein Volk astronomische Verfinsterungen habe berechnen können; er lächelte fast verächtlich, als er diese Frage bejahte.

Ich wurde ein wenig verlegen und versuchte ein paar andere auf die Sternkunde bezügliche Fragen an ihn zu richten, als einer von uns, der bis jetzt noch nicht gewagt hatte, den Mund auf zu tun, mir ins Ohr flüsterte, es sei besser, mich von einem Ptolemäus als von einem Plutarch über die Gestalt des Mondes belehren zu lassen.

Nun befragte ich die Mumie über Brennspiegel und Linsengläser sowie über die Glasfabrikation im Allgemeinen, doch kaum hatte ich diese Frage ausgesprochen, als mein eben erwähnter schweigsamer Genosse mich sacht am Ärmel zupfte und bat, doch um Gottes willen etwas über Diodorus Siculus in Erfahrung zu bringen zu suchen. Der Graf begnügte sich damit, meine Erkundigungen durch die Gegenfrage zu beantworten, ob wir Modernen ein Mikroskop besäßen, das uns befähigte, in ägyptischer Art Kameen zu schneiden. Während ich noch darüber nachdachte, wie ich diese

Frage am klügsten beantworten sollte, kompromittierte sich der kleine Doktor aufs Gründlichste.

»Sehen Sie sich einmal unsere Architektur an«, rief er zur höchsten Verlegenheit der anderen aus, die ihn heimlich schwarz und blau kniffen.

»Sehen Sie sich nur einmal«, rief er voll Begeisterung, »die ›Bowling green fontain‹ in New York an oder betrachten Sie einen Augenblick lang das Kapitol in Washington«, und der gute kleine Doktor erging sich in eingehenden Schilderungen des Gebäudes, das er da eben genannt. Er erwähnte besonders, dass der Porticus allein mit nicht weniger als vierundzwanzig Säulen geschmückt sei, die in einer Entfernung von zehn Fuß voneinander ständen und fünf Fuß im Durchmesser hätten.

Der Graf antwortete, er bedauere sehr, sich in diesem Augenblicke nicht genau der Größe und Ausdehnung eines berühmten Gebäudes in der Stadt Aznak entsinnen zu können, dessen Gründung sich im Dunkel der Zeiten verliere, dessen Ruinen aber zur Zeit seiner Bestattung in einer weiten Sandebene westlich von Theben noch zu sehen gewesen seien.

Dagegen erinnere er sich genau eines Porticus in der Vorstadt Karnak, welcher sich an einen unbedeutenden Palast anschloss und aus hundertvierundvierzig Säulen bestand, von denen jede einzelne siebenunddreißig Fuß im Umfange maß, und die fünfundzwanzig Fuß voneinander entfernt standen.

Von dieser Säulenhalle führte eine zwei Meilen lange, von Sphinxen, Statuen und Obelisken gebildete Allee zum Nil. Der Palast selbst war, das wisse er ganz genau, nach einer Richtung hin zwei Meilen lang und hatte einen Umkreis von sieben Meilen. Die Wände waren über und über reich bemalt und innen und außen mit Hieroglyphen ganz überdeckt. Er wolle nicht behaupten, dass man innerhalb dieser Mauern vielleicht fünfzig oder sechzig von den Kapitols des Doktors hätte erbauen können, doch sei es nicht unwahrscheinlich, dass man, wenn auch mit einiger Mühe, zwei- bis dreihundert solcher Gebäude habe hineinstecken können. Und doch wäre dieser Palast zu Karnak nur eine kleines, unbedeutendes Bauwerk gewesen. Immerhin wolle er die geistvolle Idee, die Pracht und sonstigen Vorzüge der Fontäne, die ihm der Doktor beschrieben, durchaus nicht in Abrede stellen und gestehe gerne, dass er seinerzeit in Ägypten etwas Ähnliches wohl nicht zu Gesicht bekommen habe.

Nun fragte ich den Grafen nach unseren Eisenbahnen.

Eigentlich könne er da gar nichts sagen, erwiderte er, nachdem er aufmerksam zugehört. Doch meinte er dann, dass sie ihm schwächlich, ungeschickt zusammengesetzt und nach schlechtem Plane ausgeführt erschienen. Sie könnten wohl im Ernst mit den breiten, ebenen und mit eisernen Furchen versehenen Kunststraßen der Ägypter, die ganze Tempel und massive Obelisken von hundertundfünfzig Fuß Höhe auf ihnen fortzuschaffen vermochten, kaum verglichen werden.

Ich sprach von der Riesenkraft unserer Maschinen.

Er gab zu, dass wir da wahrscheinlich etwas verständen, fragte jedoch, wie wir es wohl angefangen haben würden, die Querbalken in die obere Türeinfassung des kleinen, unbedeutenden Palastes zu Karnak hineinzubringen.

Ich fand es angemessen, diese Frage zu überhören, und sagte nur, von einem artesischen Brunnen habe er aber doch wohl keine genaue Vorstellung. Er zog statt aller Antwort einfach die Augenbrauen in die Höhe, während Herr Gliddon mir heftig zuwinkte und leise in mein Ohr flüsterte, vor Kurzem sei ein solches Bauwerk von Ingenieuren, die in einer großen Oase nach einer Quelle bohrten, aufgefunden worden.

Ich rühmte unsere Stahl-Werkzeuge, der Fremde rümpfte nur die Nase und fragte mich, ob man mit diesen Instrumenten die scharf hervortretenden Schnitzereien, die man an den Obelisken bewundere, und die mithilfe von bloßen Kupferinstrumente hergestellt seien, verfertigen könne.

Dies brachte uns so sehr in Verlegenheit, dass wir es für geraten hielten, den weiteren Angriff auf das Gebiet des Metaphysik hinüberzuleiten. Wir ließen ein Buch holen, welches den sonderbaren Titel ›Die Sonnenuhr‹ führt, und lasen daraus ein oder zwei Kapitel vor. Der Inhalt des Werkes ist nicht ganz klar, die Amerikaner fassen ihn unter die Bezeichnung ›die große Bewegung oder der Fortschritt‹ zusammen.

Der Graf bemerkte bloß, dass große Bewegungen zu seiner Zeit entsetzlich gewöhnliche Vorkommnisse gewesen und der Fortschritt einmal viel Schaden gebracht habe – sonst aber nichts!

Dann sprachen wir von der Herrlichkeit und den bedeutenden Vorzügen der Demokratie, und es kostete uns viele Mühe, dem Grafen die richtige Empfindung für die Vorteile beizubringen, in einem Lande zu leben, in dem Wahlfreiheit herrsche und kein König an der Spitze stehe.

Er hörte uns mit ausgesprochenem Interesse zu, schien sich jedoch über uns zu amüsieren. Als wir fertig waren, sagte er, dass vor langer Zeit etwas ganz Ähnliches vorgekommen sei: Dreizehn ägyptische Provinzen beschlossen zu gleicher Zeit, sich ›frei‹ zu erklären, um der Menschheit ein glänzendes Beispiel zu geben. Die Weisen des Landes versammelten sich und schmiedeten die geistreichste Verfassung zusammen, die man sich nur denken kann. Eine Zeit lang ging auch alles gut, nur dass ihre Gewohnheit, zu prahlen, immer unerträglicher wurde. Die Sache endete denn auch, nach einer Vereinigung der dreizehn Provinzen mit fünfzehn oder zwanzig anderen Staaten, in einem so widerwärtigen und unerträglichen Despotismus, wie ihn die Welt noch nicht gesehen hatte.

Ich fragte, welchen Namen denn dieser ›Despot‹ getragen habe.

Der Graf antwortete, man habe ihn ›Mob‹ genannt.

Da ich nicht recht wusste, was ich zu all dem sagen sollte, sprach ich plötzlich sehr laut aus, wie bedauerlich es sei, dass den Ägyptern die Dampfkraft unbekannt gewesen.

Der Graf sah mich erstaunt an, antwortete jedoch nichts. Der schweigsame Herr in der Gesellschaft aber gab mir einen heftigen Rippenstoß und flüsterte mir zu, dass ich mich damit ordentlich blamiert habe: Ob ich denn nicht wisse, dass unsere moderne Dampfmaschine über Salomon de Caus auf eine Erfindung des Hero zurückzuführen sei.

Wir waren in der größten Gefahr, eine Schlappe zu erleiden; zum Glück hatte sich Doktor Ponnonner wieder so weit gesammelt, dass er uns jetzt zu Hilfe kommen konnte. Er fragte, ob die Ägypter vielleicht mit uns Modernen in den wichtigen Einzelheiten der Bekleidung rivalisieren könnten.

Der Graf tippte bei dieser Frage an seine Hosenträger, ergriff den Zipfel einer seiner Rockschöße und hielt ihn sich dicht unter die Augen. Als er ihn wieder fallen ließ, erweiterte sich sein Mund von einem Ohr zum anderen, doch erinnere ich mich nicht, ob er sonst noch etwas antwortete.

Nun fassten wir wieder frischen Mut; der Doktor näherte sich der Mumie mit großer Würde, richtete die Aufforderung an sie, auf ihr Manneswort zu sagen, ob die alten Ägypter je verstanden hätten, Doktor Ponnonners Pastillen oder Brandreths Pillen herzustellen.

Mit tiefer Spannung warteten wir auf die Antwort – vergebens. Der Graf wurde rot, senkte seinen Kopf und sagte kein Wort. Niemals erlebten wir einen vollständigeren Triumph, niemals wurde eine

Niederlage mit weniger Anstand ertragen. Ich konnte es nicht länger mit ansehen, wie die arme Mumie sich schämte, ergriff meinen Hut, machte ihr eine rasche Verbeugung und ging fort.

Als ich zu Hause ankam, es war vier Uhr vorbei, begab ich mich zu Bett. Jetzt ist es zehn Uhr morgens. Seit sieben Uhr bin ich auf und habe mittlerweile zu Nutz und Frommen meiner Familie und der ganzen Menschheit die Erlebnisse der letzten Nacht aufgezeichnet. Meine Familie will ich nicht mehr sehen, denn meine Frau ist eine Xanthippe. Ich bin überhaupt dieses Lebens im Allgemeinen und des neunzehnten Jahrhunderts im Besonderen herzlich überdrüssig. Alles geht mir gegen den Strich, und ich möchte auch ganz gern wissen, wer im Jahre 2045 Präsident der Vereinigten Staaten sein wird. Deshalb werde ich, sobald ich mich rasiert und eine Tasse Kaffee getrunken habe, zu Doktor Ponnonner hinübergehen und mich für ein paar Jahrhunderte einbalsamieren lassen.

Morella

Ein Gefühl tiefer, doch ganz eigentümlicher Zuneigung verband mich mit meiner Freundin Morella. Als ich sie vor vielen Jahren zufällig kennenlernte, lohte meine Seele auf in einer Glut, die ich bis dahin noch nicht empfunden hatte; doch war es nicht Liebe, und bitter wurde mein Geist von der wachsenden Überzeugung gequält, dass es mir nie möglich sein werde, die sonderbare Bedeutsamkeit meiner Empfindungen zu erkennen oder ihre unbestimmte Heftigkeit in natürliche Bahnen zu lenken.

Doch fanden wir einander, und das Schicksal vereinigte uns vor dem Altar.

Nie sprach ich von Leidenschaft, noch dachte ich an ihre heißen Wünsche.

Morella aber floh jede Gesellschaft, schloss sich an mich allein an und machte mich glücklich. Denn es ist wohl ein Glück, sich verwundern und träumen zu können.

Morellas Gelehrsamkeit schien allumfassend, ihre Talente waren ungewöhnlich, ihre Geisteskräfte fast überentwickelt. Ich empfand dies und wurde in manchem ihr Schüler. Bald bemerkte ich, dass sie mit Vorliebe jene mystischen Schriften vor mir ausbreitete, die man allgemein als den bloßen Schaum der frühen deutschen Literatur betrachtet.

Sie waren, aus Gründen, die ich nicht kannte, ihr beständiges und liebstes Studium, und dass sie im Laufe der Zeit auch das meine wurden, muss ich dem einfachen, aber sehr wirksamen Einfluss der Gewohnheit und des Beispiels zuschreiben.

Mit alledem hatte, wenn ich mich nicht irre, mein Verstand wenig zu tun. Meine Überzeugungen waren in keiner Weise auf das Ideale gegründet, und weder in meinen Handlungen noch in meinen Gedanken war – ich müsste mich denn selbst nicht mehr kennen – ein Schatten von dem Mystizismus meiner Lektüre zu entdecken. Vollständig davon überzeugt, überließ ich mich blindlings der Führung meiner Frau und betrat mit ruhigem Herzen das Labyrinth ihrer Studien.

Und dann – als ich mich in jene unheilvollen Blätter versenkte und fühlte, wie sich ein Verderben bringender Geist in mir entzündete, pflegte Morella ihre kalte Hand auf die meine zu legen und aus der Asche einer toten Philosophie ein paar düstere, sonderbare Worte aufzustöbern, deren seltsamer Sinn sich meinem Gedächtnis einbrannte. Und dann verträumte ich lange Stunden an ihrer Seite und lauschte auf die Musik ihrer Stimme, bis mir endlich Schrecken aus ihr widertönte; – es fiel ein Schatten auf meine Seele, ich wurde bleich und schauderte im Inneren bei diesen unirdischen Tönen. Und so erstarb die Freude bald im Entsetzen, das Schönste wandelte sich zum Grässlichen, wie einst das Tal Hinnom zur Gehenna wurde.

Es ist unnötig, den genauen Charakter der mannigfaltigen Probleme zu enthüllen, die aus den Büchern, von denen ich sprach, hervorwuchsen und lange Zeit den einzigen Gesprächsstoff zwischen mir und Morella bildeten.

Die Erfahrenen in jener Wissenschaft, die man theologische Moral nennen könnte, werden sie leicht begreifen, und die Ungelehrten würden im besten Falle nur sehr wenig davon verstehen. Der seltsame Pantheismus Fichtes, die gemäßigte Lehre der Pythagoräer von der Wiedergeburt, und vor allem Schellings Identitätsdoktrinen waren die

Punkte im Gespräch, die den größten Reiz auf die fantasiereiche Morella ausübten. Diese sogenannte persönliche Identität definiert Locke, glaube ich, als in der ununterbrochenen Dauer eines vernunftbegabten Wesens bestehend.

Und da wir unter ›Person‹ ein denkendes, vernunftbegabtes Wesen verstehen, und da jedes Denken von einem Bewusstsein begleitet ist, so ist es dies – das Bewusstsein –, was uns von den übrigen denkenden Wesen unterscheidet und uns unsere persönliche Identität verleiht.

Doch das principium individuationis, der Begriff dieser Identität, die mit dem Tode auf immer verloren geht oder nicht verloren geht, war für mich jederzeit ein Problem von tiefstem Interesse; und zwar ebenso sehr wegen der eventuellen aufregenden und verwirrenden Konsequenzen wie auch wegen der besonderen, erregten Art und Weise, mit der Morella es behandelte.

Doch war jetzt die Zeit gekommen, in der mich das Geheimnis der Natur meiner Frau wie ein unenträtselbarer Zauber quälte. Ich konnte den Druck ihrer bleichen Finger, den tiefen Klang ihrer musikalischen Stimme, den Glanz ihrer melancholischen Augen nicht mehr ertragen.

Sie wusste das alles, doch machte sie mir nie einen Vorwurf; sie schien meine Schwäche oder meine Torheit zu bemerken und nannte es lächelnd – ›Schicksal‹. Sie schien auch um die mir unbekannte Ursache der langsamen Entfremdung meinerseits zu wissen, doch gab sie mir niemals eine Erklärung oder machte eine Anspielung auf die Natur dieser Ursache. Aber sie war nur ein Weib und welkte von Tag zu Tag dahin.

Nach einiger Zeit erschienen und blieben zwei purpurne Flecken auf ihren Wangen, und die blauen Adern traten auf der weißen Stirn hervor. Mein ganzes Wesen schmolz manchmal in Mitleid, aber einen

Augenblick später traf mich ein Blick aus ihren bedeutsamen Augen, und meine Seele wurde krank und von Schwindel ergriffen, wie jemand, der in einen finsteren, unergründlichen Abgrund blickt.

Muss ich gestehen, dass ich oft mit heftigem, verzehrendem Verlangen den Augenblick von Morellas Tod herbeisehnte? Ich tat es; doch ihr Geist klammerte sich noch manchen Tag, manche Woche, manchen lästigen Monat an seine staubgeborene Hülle, bis meine gequälten Nerven den Sieg über meine Vernunft davontrugen. Ich wurde wütend über die Verzögerung und verfluchte die Tage, die Stunden und die Minuten, die sich im gleichen Maße zu verlängern schienen, in dem ihr edles Leben sich neigte, wie die Schatten in der Todesstunde des Tages.

Aber eines Herbstabends, als alle Winde am Firmamente schliefen, rief mich Morella an ihr Lager. Ein trüber Nebel lag über der ganzen Erde und ein warmes Glühen über den Wassern, und ein Regenbogen schien vom Himmel mitten in das reiche Oktoberlaub des Waldes gefallen zu sein.

»Dies ist der Tag der Tage«, sagte sie zu mir, als ich näher kam, »der schönste Tag zum Leben oder zum Sterben. Es ist ein schöner Tag für die Söhne der Erde und des Lebens – ach, ein schönerer Tag für die Töchter des Himmels und des Todes.«

Ich küsste sie auf die Stirn, und sie fuhr fort:

»Ich sterbe, doch werde ich leben.«

»Morella!«

»Nie sind die Tage gewesen, an denen du mich wahrhaft lieben konntest – doch die du im Leben verabscheutest, wirst du im Tode anbeten.«

»Morella!«

»Ich wiederhole es: Ich sterbe. Doch in mir ist ein Unterpfand der Neigung – ach, welch geringer –, die du mir entgegenbrachtest.

Und wenn mein Geist mich verlässt, wird das Kind leben, dein Kind und meines! Aber deine Tage werden Tage des Kummers sein, des Kummers, der von immerwährendem Eindruck ist, wie die Zypresse der langlebigste der Bäume. Die Stunden deines Glückes sind vorüber, und die Freude erblüht nicht zweimal im Leben, wie die Rosen von Paestum zweimal im Jahr. Myrte und Rebe wirst du nicht kennen, sondern dein Leichentuch mit dir über die Erde tragen, gleich den Muselmännern Mekkas.«

»Morella!«, schrie ich auf, »Morella, wie weißt du das?« Doch sie barg ihr Gesicht in die Kissen, ein leichtes Zittern lief über ihre Glieder, sie starb, und nie mehr hörte ich ihre Stimme.

Wie sie es vorher gesagt hatte, blieb ihr Kind, das sie sterbend geboren und das erst atmete, als die Mutter zu atmen aufgehört – blieb ihre Tochter am Leben.

Sie nahm sonderbar an Gestalt und Wissen zu und wurde das vollkommene Ebenbild der Abgeschiedenen.

Ich liebte sie mit heißerer Liebe, als ich sie je zu einem Menschen empfunden hatte.

Doch bald verdunkelte sich der Himmel dieser reinen Zuneigung, und Schreck und Kummer zogen wie Wolken über ihn hin. Ich sagte schon, das Kind nahm seltsam an Gestalt und Weisheit zu.

Seltsam in der Tat war ihr überaus schnelles körperliches Wachstum, und schrecklich, ja, schrecklich waren die Gedanken, die sich tobend auf mich stürzten, wenn ich die unheimliche Entwicklung ihres geistigen Seins betrachtete.

Hätte es auch anders sein können, da ich täglich in den Gedanken des Kindes die ausgereifte Kraft und die Anschauungen des Weibes entdeckte, da die Lehren der Erfahrung über die roten, kindlichen Lippen kamen, ja, da ich stündlich die Weisheit und die Leidenschaften der Reife aus diesen dunklen, nachdenklichen Augen schimmern sah? Als dies alles meinen erschrockenen Sinnen offenbar wurde, als ich es meiner Seele nicht länger verbergen konnte, ist es da zu verwundern, dass ein Argwohn schrecklicher, quälender Art in mein Hirn kroch, und dass meine Gedanken sich entsetzt der seltsamen Erzählungen und scharfsinnigen Theorien der verstorbenen Morella erinnerten?

Ich entriss das Wesen, das mir das Schicksal zu lieben gebot, der Neugier der Welt und wachte in der strengen Abgeschlossenheit meines Heims mit tödlicher Angst über alles, was den Gegenstand meiner Liebe betraf.

Und wie die Jahre flohen und ich Tag für Tag ihr heiliges, mildes, beredtes Antlitz betrachtete und ihre reiferen Formen beobachtete, entdeckte ich immer neue Ähnlichkeiten zwischen dem Kind und der Mutter, dem Melancholischen und der Toten. Und stündlich verdichteten sich die Schatten dieser Ähnlichkeit, wurden tiefer, bestimmter, beängstigender.

Dass ihr Lächeln an das Lächeln der Mutter gemahnte, konnte ich ertragen, doch schauderte ich vor einer so *vollkommenen* Ähnlichkeit; dass ihre Augen denen Morellas glichen, nahm ich hin, doch oft blickten sie in die Tiefen meiner Seele mit Morellas eigenem, durchdringendem, verwirrendem Ausdruck.

Und im Umriss der hohen Stirn, in den seidenen Locken ihres Haares, in den bleichen Fingern, die sich in ihm vergruben, in dem ernsten, musikalischen Tonfall ihrer Stimme und vor allem, ja, vor allem in den Wortwendungen und Ausdrücken der Toten auf den Lippen der Geliebten und Lebenden fand ich Nahrung für meine verzehrenden Gedanken und mein Entsetzen für den Wurm, der nicht sterben wollte.

So vergingen die ersten zehn Jahre ihres Lebens, und noch wandelte meine Tochter namenlos über die Erde. ›Mein Kind‹, ›mein

Liebling‹ waren die Namen, die meine väterliche Zuneigung ihr verlieh, und das plötzliche Ende ihrer Tage machte jeden anderen unnötig. Morellas Name war mit ihr gestorben.

Zur Tochter hatte ich nie von der Mutter gesprochen – es war mir unmöglich gewesen.

Sie hatte auch während ihres kurzen Lebens keine Eindrücke von der äußeren Welt bekommen, ausgenommen die wenigen, die ihr unsere gänzliche Zurückgezogenheit verschaffen konnte. Doch nach und nach glaubte mein nervöser, erregter Geist, in der Taufe vielleicht eine Befreiung von den Schrecken meines Schicksals zu finden. Am Taufbecken zögerte ich, einen Namen anzugeben.

Eine Menge Bezeichnungen voll Weisheit und Schönheit, Namen aus alter und neuer Zeit, aus meinem Heimatland und aus der Fremde drängten sich auf meine Lippen, Benennungen für Liebliches, Glückliches, Gutes.

Was stachelte mich denn an, das Andenken an die begrabene Tote wieder wachzurufen? Welcher Dämon zwang mich, jenen Namen zu flüstern, bei dessen bloßer Erinnerung mein Blut in Strömen aus den Schläfen in das Herz schoss? Welcher böse Geist sprach aus den Abgründen meiner Seele, als ich in dem dunklen Gewölbe und im Schweigen der Nacht in das Ohr des heiligen Mannes die Silben flüsterte: »Morella«? Welches dämonische Wesen krampfte die Züge meines Kindes zusammen, übergoss sie mit Todesfarbe, als sie bei dem kaum vernehmbaren Namen erzitternd ihre verglasenden Augen vom Boden zum Himmel erhob und auf den schwarzen Steinplatten unseres Familiengrabes auf die Knie sank und mir antwortete: »Hier bin ich!«?

Klar, kalt, mit ruhiger Deutlichkeit fielen diese einfachen Worte in mein Ohr und drangen von da, wie geschmolzenes Blei, zischend in mein Gehirn.

Jahre, Jahre können vergehen, die Erinnerung an diesen Augenblick niemals! Ach! Blumen und Weinrebe waren mir nicht unbekannt, doch Schierling und Zypresse überschatteten mich Tag und Nacht. Ich verlor jedes Bewusstsein für Zeit und Ort, und die Sterne meines Schicksals verblichen am Himmel, und die Erde wurde finster, und ihre Gestalten wanderten wie Schatten an mir vorüber, und unter allen sah ich nur – Morella! Die Winde des Himmels flüsterten nur einen Ton in mein Ohr, und die Wellen des Meeres murmelten unaufhörlich: Morella. Doch sie starb; und mit meinen eigenen Händen trug ich sie zum Grabe und lachte ein langes, bitteres Lachen, als ich in der Gruft, in die ich die zweite bettete, keine Spuren entdeckte von der ersten – Morella.

Anhang

Im Folgenden finden Sie die Übersetzung der den Geschichten vorangestellten Zitate:

Seite 7: Sein Herz gleicht einer aufgehängten Laute; wenn man sie berührt, erklingt sie.

Seite 36: Die Wege Gottes in der Natur wie in den Anordnungen der Vorsehung sind nicht unsere Wege; und die Vorstellungen, die wir uns bilden, entsprechen keineswegs der Großartigkeit, Unermesslichkeit und Unerforschlichkeit seiner Werke, welche eine Tiefe in sich haben, die großartiger ist als der Brunnen des Demokritos.

Seite 93: Wenn man den Körper auf eine ganz bestimmte Weise konserviert, bleibt die Seele intakt.

Seite 124: Sie ist zwar etwas verblüffend, die Frage: Welches Lied die Sirenen gesungen oder welchen Namen Achilles angenommen, als er sich bei den Frauen verbarg, doch liegt ihre Beantwortung nicht außerhalb des Bereiches der Möglichkeit.

Seite 172: Nichts ist der Weisheit verhasster als ein Übermaß an Scharfsinn.

Seite 230: Und der Wille liegt darin, der nicht stirbt. Wer kennt die Geheimnisse des Willens und seine Macht? Denn Gott ist nur ein großer Wille, der alle Dinge mit der ihm eigenen Kraft durchdringt. Lediglich aus Willensschwäche überliefert sich der Mensch dem Tode.

Seite 276: Meine Gefährten gaben mir den Rat, das Grab meiner Freundin zu besuchen, da dies meinen Schmerz ein wenig lindern würde.

Seite 318: Erwarte mich! Ich will Dich nicht verfehlen, Dich wiedertreffen in dem hohlen Tal der Schatten!

Über den Autor

Der Einfluss des Edgar Allan Poe auf die Literatur des 19. Jahrhunderts ist von enormer Bedeutung. Zwar wird der amerikanische Schriftsteller in erster Linie als »Großmeister des Horrors« wahrgenommen, doch damit kann man ihm kaum gerecht werden. Sein poetisches Talent geht weit über den virtuosen Einsatz bloßer Schauerrequisiten hinaus. Mit erstaunlichem psychologischem Gespür erforscht er den menschlichen Verstand, mit chirurgischer Akkuratesse seziert er die Abgründe der Psyche und entwirft Gefühlswelten, die die Seelenpein eines gequälten und geistig zerrütteten Helden vergegenwärtigen. Seine Figuren sind Getriebene, die sich sehenden Auges und ohne Hoffnung auf Erlösung ins Verderben stürzen. Ob sie nun unter bizarren Zwangsvorstellungen leiden, von Todessehnsucht durchdrungen sind oder einfach nur der Überreizung eines empfindsamen Gemüts erliegen, bei Poe steht am Ende immer eines: die Selbstzerstörung. Lähmende Angstzustände, krankhafte Obsessionen und Neurosen aller Art sind Leitmotive seiner Schauergeschichten, die er facettenreich und mit beispielloser Intensität abzubilden vermag. Der fantastischen Literatur hat er damit seinen Stempel aufgedrückt.

Gleichermaßen weitreichend ist sein Einfluss auf das Genre der Kriminalliteratur. Man kann Edgar Allan Poe getrost als Vater der modernen Detektivgeschichte bezeichnen. Mit Auguste Dupin hat er einen Helden zum Leben erweckt, der durch Kombinationsgabe, Logik und den Einsatz deduktiver Methoden der Polizei immer einen Schritt voraus ist und selbst vermeintlich unlösbare Fälle aufklärt. Die Figur des Auguste Dupin – seines Zeichens Privatier und Amateurdetektiv – wird zum Ahnherrn so berühmter literarischer Gestalten wie Sherlock Holmes, Hercule Poirot oder Miss Marple.

Tragischerweise wurde Edgar Allan Poe zu Lebzeiten von seinen eigenen Landsleuten nahezu ignoriert. In Europa hingegen hatte er durchschlagenden Erfolg, namentlich in Frankreich; dort sorgte vor allem Baudelaire für die Verbreitung seiner Werke. Heute nimmt er den Platz in der Literaturgeschichte ein, der ihm gebührt.

Weltbild Buchverlag
–Originalausgaben–

Projektleitung: Almut Seikel
Übersetzung: Hedda Eulenberg

Umschlagabbildung und Illustrationen: Beate Brömse
Umschlaggestaltung: zeichenpool, München
Layoutkonzeption: Sabine Novotny, München
Layout und Satz: Lydia Kühn
Reproduktion: Point of Media GmbH, Augsburg
Druck und Bindung: Offizin Andersen Nexö
Leipzig GmbH, Zwenkau

Gedruckt auf chlorfrei gebleichtem Papier

Printed in the EU

ISBN 978-3-86800-138-9